Saskia Trögeler

BLUT IST SEIN SCHICKSAL

DANKSAGUNG

Ich möchte allen danken, die mir dabei geholfen haben, dass dieses Buch gedruckt werden konnte. Auch danke ich dem Papierfresserchen MTM-Verlag, der mein Manuskript angenommen hat. Aber den größten Dank muss ich meiner Familie aussprechen, die mich tatkräftig unterstützt hat. Vor allem meine Mutter und mein Vater! Auch der Buchhandlung am Chlodwigplatz und deren Inhaber Herrn Johann Schumandl sowie allen Mitarbeitern möchte ich herzlich für ihre Unterstützung danken.

Saskia Trögeler

Bibliografische Information der Deutschen Nationalbibliothek:
Die Deutsche Nationalbibliothek verzeichnet diese Publikation in der Deutschen Nationalbibliografie; detaillierte bibliografische Daten sind im Internet über http://dnb.d-nb.de abrufbar.

Titelbild: © Butch - Fotolia.com
Illustration: © Adroach - Fotolia.com

1. Auflage 2013
ISBN: 978-3-86196-205-2

Das Werk einschließlich aller seiner Teile ist urheberrechtlich geschützt.

Copyright (©) 2013 by Papierfresserchens MTM-Verlag
Sonnenbichlstraße 39, 88149 Nonnenhorn, Deutschland

www.papierfresserchen.de
info@papierfresserchen.de

WILLKOMMEN IN EINER NEUEN WELT

Der Weg zur Schule zog sich in die Länge. Ich sah, wie sie ihren Schritt beschleunigte, in der Hoffnung, sie würde dadurch schneller ankommen. Dann endlich, nach zehn Minuten, erreichte sie das Schultor. Heute würde ein neuer Schüler die Schule beehren. Ihr Gesicht war rot vor Freude.

Ich schüttelte den Kopf. Nur, weil ein neuer Schüler kam, musste man doch nicht gleich so ausflippen. Zu meinem Bedauern war *sie* nicht die Einzige, die so reagierte. Die ganze Schule schien verrückt zu spielen. Ich ging an einem Haufen Jungen vorbei, der sich angeregt unterhielt. „Haltet nach einem Ferrari Ausschau! *Er* wird mit einem Ferrari kommen!" Erneut schüttelte ich den Kopf. Wieso sollte der neue Schüler mit einem Ferrari kommen? Als ich an unserem Zickenverein vorbeiging, hätte ich am liebsten laut geschrien, als ich hörte: „Er soll supersüß sein! Natürlich wird er mit mir gehen! Ich habe es verdient!" Die anderen Zicken stimmten ihrer Anführerin zu. Wieso sollte der neue Schüler Single sein? Und wieso sollte er ausgerechnet mit Kate gehen wollen? Als ich dann an unserem Karatefanclub vorbeikam, hatte ich einfach keine Reaktion mehr parat. „Er kann voll gut Karate, Leo-San!" Leo-San. Diese Gruppe war mit Abstand die seltsamste an unserer Schule.

Plötzlich wurde alles still. Ein Motor heulte auf und ein Wagen parkte auf der anderen Straßenseite. Wie gebannt starrten alle auf den roten Ferrari.

„Ich hab es doch gesagt!", hörte ich einen Jungen sagen. Na ja gut, hatte er halt einen Ferrari, na und? Er stieg aus, zu meiner Verblüffung auf der Fahrerseite. *Er* hatte das Auto also selbst gefahren?

„Er ist supersüß!", kreischte der Zickenverein.

Ich hoffte inständig, dass mir eine Karatevorstellung erspart blieb.

Der Neue kam näher und er war nicht süß! Ihn konnte man nicht mit Zucker vergleichen! Er war ein Gott! Erschrocken schüttelte ich heftig den Kopf, entsetzt über diesen Gedanken. Er war doch bloß ein neuer Schüler, nichts weiter.

Der Neue trug seine Tasche lässig über der Schulter, seine schwarze Lederjacke wirkte nicht bedrohlich – eher cool – und seine Haare waren blond. Er kam geradewegs auf mich zu, aber etwas in mir schien mich zu warnen, mich fast anzuschreien, Platz zu machen. Normalerweise war es nicht meine Art, den Schwanz einzuziehen, aber dieses Mal war es anderes. Auf einmal sah ich ihn nicht mehr als den Gott, sondern als eine Bedrohung an. Wäre ich eine Katze gewesen, hätte ich sofort die Krallen ausgefahren. Ich sprang regelrecht beiseite, als er an mir vorbeiging.

Als er das bemerkte, blieb er kurz stehen. Seine Augen waren sturmgrau. Am liebsten wäre ich im Boden versunken. Nicht, weil es peinlich war, eher vor Angst. Irgendetwas war mysteriös an ihm.

Als sich alle dann wieder einigermaßen beruhigt hatten, schellte es auch schon zum Unterricht. Ich fragte mich, in welche Klasse er wohl kommen würde. Wir hatten in der ersten Stunde Bio. Wieso musste es so ein Fach überhaupt geben? Es war langweilig, uninteressant und äußerst ermüdend.

„Heute arbeiten wir an unserem Thema weiter." Keiner außer Frau Bräuer schien sich darüber zu freuen. Es klopfte an der Tür. „Herein", gebot Frau Bräuer Einlass. Die ganze Klasse hielt den Atem an. Der neue Schüler stand in Begleitung unseres Schulleiters in der Tür.

„Frau Bräuer, Ihr neuer Schüler Spike."

Normalerweise hätte sich meine Klasse über diesen Namen lustig gemacht, aber bei *ihm* wagte es keiner.

Frau Bräuer hieß Spike herzlich willkommen und stellte ihn sogleich der Klasse vor. „Das hier ist Spike. Seine Eltern sind Amerikaner, aber er ist hier in Deutschland geboren."

Aha. Ein Amerikaner also.

„Spike, Jessica ist nicht da, würdest du dich so lange neben Irina setzen?"

Was? Der merkwürdige Drang wegzurennen, machte sich in mir breit.

„Natürlich." Seine Stimme klang verführerisch und hatte einen Hauch von Mystik in sich. Er kam auf mich zu und setzte sich neben mich. Ich fühlte mich merkwürdig in die Enge getrieben.

„Spike, kannst du mir die Abläufe bei der Fotosynthese erklären?"

Eine Art Schadenfreude machte sich in mir breit. Wenn er ein Auto fuhr, musste er mindestens achtzehn sein, und wenn er achtzehn war, musste er mindestens zweimal sitzen geblieben sein. Ich wartete quietschvergnügt auf die Worte: „Nein, tut mir leid." Doch sie kamen nicht. Zu meiner Verbitterung konnte er ohne zu zögern die Abläufe der Fotosynthese erklären. Das ärgerte mich und eine noch größere Woge der Abneigung überkam mich.

„Vorbildlich. Wann hast du dich denn zuletzt mit der Fotosynthese beschäftigt?"

Spike sah Frau Bräuer an. „Vor fünf Jahren." Seine Stimme war plötzlich ganz anders. Sie war weich und der Hauch der Mystik darin kam noch besser zur Geltung.

Frau Bräuer sah irritiert aus. „Was hast du gerade gesagt?"

Spike lächelte. „Vor fünf Jahren."

„Äh ... ja ... genau, das sagtest du."

Die Mädchen begannen, zu kichern und Spike schwärmerisch anzublinzeln. Die Jungs würden ihn gewiss nicht für die Fotosynthese bejubeln. Ich sah sie erwartungsvoll an und musste nicht lange auf eine Reaktion warten: „Alter, bist du so was wie Einstein oder so?" Der erwartungsvolle Ausdruck in meinem Gesicht verschwand.

Als diese Stunde endlich vorbei war, ging ich zum nächsten Unterrichtsraum. Auf meinen Englischleistungskurs war ich sehr stolz. Als Spike jedoch auch hier aufkreuzte, war mir zum Heulen zumute. Auch die darauf folgenden Fächer erwiesen sich als keine besondere Hilfe, den neuen Schüler wenigstens für eine Stunde loszuwerden. Er war in jedem Kurs, in dem auch ich war. Nach Schulschluss ging ich dankbar zum Tor. Der rote Ferrari glänzte. Ich wechselte die Straßenseite und sah mir das Auto näher an. Hinten am Kofferraum stand das Wort *California*. Aha. Dies war also ein Ferrari California. Das Nummernschild fiel mir ins Auge. Es stand der Buchstabe S für Spike dort. Nichts Ungewöhnliches, doch neben dem S befanden sich ein Strich, die Zahl 2000 und ein weiterer Strich.

„Du interessierst dich für Autos?"

Ich erschrak. Eigentlich hätte ich es mir auch denken können, dass der Besitzer dieses Gefährts bald kommen musste.

„Ähm ..." Na toll. „Nein, nicht direkt, aber einen Ferrari sieht man ja nicht immer."

Spike sah mich mit einem Grinsen an. „Willst du mir vielleicht irgendetwas sagen?"

Ich sah ihn perplex an. „Was sollte ich dir denn bitte schön sagen wollen?"

„Ach nichts, hätte ja sein können."

Dieser Typ bildete sich jetzt auch schon ein, dass man ihm etwas sagen wollte, nur, weil man an seinem Auto stand. „Wie alt bist du eigentlich?", fragte ich.

„Sechzehn, wieso?"

„Dann darfst du doch noch gar nicht Auto fahren."

„Nein, eigentlich nicht, aber sehe ich etwa aus wie sechzehn?"

„Nein, eher wie achtzehn."

„Na also."

Ich konnte es kaum glauben. Meine Abneigung gegen ihn schien wie weggeblasen.

„Soll ich dich ein Stück mitnehmen?"

Plötzlich war die Abneigung wieder da. „Nein, danke."

„Na schön, dann bis morgen."

„Ja, ciao." Ich ging von dem Auto weg und sah erneut auf dieses merkwürdige Nummernschild. Spike hupte und fuhr dann davon. Ich machte mich auf den Weg. Meine Füße trugen mich schneller heimwärts als sonst. Vielleicht lag es daran, dass ich eine innere, dumpfe Angst verspürte, die ich jedoch nicht erklären konnte.

Meine Mutter hatte bereits gekocht, als ich nach Hause kam. „Nanu, du bist ja früh hier. Möchtest du etwas essen?" Ich nickte. „Du wirkst besorgt, was ist passiert, Irina?" Meine Mutter setzte sich zu mir an den Tisch.

„Wir haben einen neuen Schüler."

„Macht er Ärger?"

„Nein."

„Hast du dich vielleicht ein bisschen in ihn verliebt?"

„Mama!"
„Ich frag ja nur."
„Nein, habe ich nicht. Aber ich empfinde eine unerklärliche Abneigung gegen ihn."
„Ist er so schlimm?"
Ich verdrehte die Augen. „Nein. Es ist mir einfach unerklärlich, warum ich so empfinde. Ich kenne ihn nicht mal richtig."
Meine Mutter überlegte kurz. „Sieht er asozial aus?"
„Nein. Er sieht verdammt cool aus!"
„Ich kann mir das nicht erklären. Du bist schon seltsam, Iri."
„Na, herzlichen Dank auch!"
„Och Schatz, mach dir nichts draus, vielleicht ist diese Abneigung morgen ja wieder weg?"
Doch der nächste Tag kam und meine unerklärliche Abscheu gegen den Jungen war noch immer nicht verschwunden. Irgendetwas in mir schien sich gegen Spike zu richten, aber was es war, wusste ich nicht. Ich saß auf der Bank und schaute in den blauen, klaren Himmel, die große Pause kam mir da gerade recht. Es waren immerhin siebenundzwanzig Grad und ich war dankbar für jeden kühlenden Windhauch. Die Schule hatte sich immer noch nicht beruhigt ob des neuen Schülers. Meine Aufmerksamkeit wurde auf eine Mädchengruppe gelenkt, die kichernd und albernd gute zehn Meter von mir entfernt stand. Inmitten der Runde: *er*! Ich erkannte ihn sofort, aber er wirkte nicht genervt von diesen gackernden Hühnern. Ich entschied mich dafür, weiter den Himmel zu betrachten. So blieb ich eine Weile in mich gekehrt.
„Kann ich mich zu dir setzen?"
Schon wieder erschrak ich beim Klang seiner Stimme. „Ja, wieso nicht?" Warum wurde man von überraschenden Situationen so außer Gefecht gesetzt?
„Worüber denkst du nach?"
Was ging ihn das an? „Worüber soll ich schon nachdenken?"
„Nicht zufällig über einen roten Ferrari California?"
„Nein, zufällig nicht."
„Nein, jetzt mal im Ernst. Worüber denkst du nach?"
„Wieso interessiert dich das?"
„Einfach so." Wir schwiegen. Es schellte zur nächsten Stunde.

„Hast du etwas dagegen, wenn ich mit dir zusammen zum Unterricht gehe?"

Ja, ich hatte etwas dagegen, sagte aber: „Klar, komm mit." Wir gingen hoch zum Klassenzimmer. Herr Schmelz sah auf seine Armbanduhr. „Ihr seid ein bisschen früh, aber setzt euch ruhig." Ich sah meinen Mathelehrer entgeistert an. Er hätte niemals zu mir gesagt „Setz dich ruhig", wenn ich alleine gewesen wäre. Spike schien also sogar die Lehrer zu verändern.

„Herr Schmelz, dürfte ich mich für diese Stunde neben Irina setzen? Ich denke, es wäre eine gute Sache."

Unser Lehrer sah Spike freundlich an. „Aber natürlich."

Spike lächelte und setzte sich dann neben mich. „Du hast doch nichts dagegen, oder?"

„Nein."

Wieder lächelte er.

Was um Himmels willen war mit mir los? Ich hatte eine Abneigung gegen ihn, ließ jedoch alles zu, was er von mir verlangte, das war ja schon fast unheimlich. Wo war mein freier Wille geblieben?

Langsam tröpfelte der Rest der Klasse in den Raum. Die Gesichtszüge von Herrn Schmelz wurden wieder strenger. Als sich der Tumult in der Klasse gelegt hatte, stand er auf und begann mit dem Unterricht. „Da die halbe Klasse die Hausaufgaben nicht hat, werde ich mit euch den Satz des Pythagoras wiederholen."

Spike verdrehte die Augen. „So einfach", jammerte er.

„Wem sagst du das?", entgegnete ich

„Mündlich. Bücher und Hefte zu, Stifte weg." Ich hatte mein Buch nicht einmal aufgeschlagen. Spike trommelte rhythmisch mit den Fingern auf die Tischkante. „Spike, Irina, könnt ihr bitte Kreide und einen Eimer Wasser holen?"

Spike und ich standen gleichzeitig auf und gingen zur Tür.

„Wieso bist du so verkrampft?", fragte er mich plötzlich unvermittelt.

Ich blieb stehen. „Wieso musst du mich das jetzt fragen?"

„Weil es mir gerade aufgefallen ist."

„Wie kann jemandem auffallen, dass ein anderer verkrampft ist?"

„Ich bemerke so was halt. Wohin?"

„Rechts lang. Du scheinst ja wirklich alles zu können."

„Ja, das glauben viele, aber ich empfinde das nicht so", entgegnete er.

„Worin bist du denn nicht gut?", fragte ich verblüfft.

„Ich kann mich in vielen Dingen nicht beherrschen."

„Zum Beispiel?"

„Nicht so wichtig. Und jetzt?"

„Links die Treppe runter."

Wir bogen nach links ab und stießen fast mit Marco Rodrigues zusammen. „Spike?"

„Marco Rodrigues, was machst du denn hier?"

„Ich gehe hier zur Schule, was denn sonst? Also ist das Gerücht, du würdest jetzt auch hier zur Schule gehen, wahr. Ich glaub's nicht!" Marco lachte.

„Wie lange haben wir uns jetzt nicht mehr gesehen?", fragte Spike.

„Drei Wochen."

„Du musst es ja wissen."

„Wo wollt ihr denn hin, es ist doch Unterricht?" Marco klang neugierig.

„Kreide und einen Eimer Wasser holen."

„Na dann, viel Spaß."

„Woher kennst du Marco?", fragte ich Spike nach dieser kurzen Begegnung.

„Er ist mein bester Freund."

„Cool." Wir gingen zum Hausmeister und holten Kreide und einen Eimer.

„Warst du eigentlich schon mal in Amerika?"

„Ja, natürlich. In New York."

„Bist du da geboren?" Sofort bereute ich diese Frage, denn mir fiel wieder ein, dass Frau Bräuer gesagt hatte, er wäre hier in Deutschland geboren.

„Bin ich." Ich sah ihn verdutzt an. „Frau Bräuer hat sich vertan. Nicht ich bin in Deutschland geboren, sondern mein Vater." Betrübt stellte ich fest, dass wir unser Klassenzimmer schon wieder erreicht hatten und unser Gespräch beenden mussten. Der Matheunterricht wartete auf uns.

Nach der Schule stand ich am Schultor und betrachtete erneut das Nummernschild des Ferraris. Ich verstand immer noch nicht, was die Striche zu bedeuten hatten.

„Soll ich dich mitnehmen?" Spike stand plötzlich hinter mir.

„Nicht nötig, danke."

„Worauf wartest du eigentlich immer?"

„Auf gar nichts."

Spike schüttelte den Kopf und ging zu seinem Wagen. Als ich meinen gewohnten Weg nach Hause gehen wollte, bemerkte ich eine Absperrung. Sie zog sich den ganzen Straßenrand entlang. Es gab nur noch einen anderen Weg nach Hause, und der war ziemlich lang. Seufzend änderte ich die Richtung und kam schließlich an dem Waldstück an, durch das mein Weg nun führte. Ich atmete tief ein und ging los.

Es knackte und raschelte überall. Schwarze Wolken zogen auf und es würde nicht mehr lange dauern, bis ein Gewitter losbräche. Ich beschleunigte meine Schritte. Es war ziemlich unklug, bei einem Gewitter in einem Wald zu sein. Das hatte meine Oma mir immer eingebläut. Wieder knackte es. Ich sah mich um. Gerade als ich mich umdrehte, fiel ein dicker Ast vor meine Füße. Ich erschrak und sprang einen Meter zurück. Automatisch sah ich nach oben, konnte aber nichts Verdächtiges sehen.

„Wird Zeit, dass ich hier rauskomme", schoss es mir durch den Kopf. Hastig lief ich weiter, doch nach kaum zehn Schritten hörte ich einen Wolf heulen. Ich war mir ganz sicher, dass es ein Wolf war!!! Aber: Das konnte nicht sein! Hier gab es keine Wölfe! Ich begann zu rennen.

„Warte!" Dieses Mal bildete ich mir seine Stimme bestimmt nur ein, er konnte nicht hier sein! „Irina, bleib stehen!" Zu meiner Verwunderung hielt ich tatsächlich inne und drehte mich um. Spike stand wirklich vor mir. „Irina, du darfst nicht weitergehen, da hinten sind Wölfe."

„Es gibt hier keine Wölfe." Ungläubig starrte ich ihn an. „Wir sind hier in Deutschland. In Deutschland gibt es keine Wölfe. Was machst du hier überhaupt?"

„Das Gleiche könnte ich dich fragen."

„Mein Heimweg ist gesperrt, deswegen musste ich hier entlang."

„Du hättest mit mir fahren sollen."

Erneut überkam mich eine Woge der Abneigung, aber diesmal vermischt mit einer unerklärlichen Wut. „Was soll das alles hier? Du, die *Wölfe* ...", fragte ich ihn.

„Komm, ich bringe dich jetzt nach Hause."

„Ich dachte, wir können dort nicht weitergehen wegen der Wölfe?"

„Komm einfach mit." Ich bewegte mich keinen Zentimeter. „Was soll das, Irina? Ich will dich heil aus diesem Wald bringen und du stellst dich quer."

„Wie hast du mich gefunden? Ich habe dein Auto gar nicht gehört."

„Spielt doch keine Rolle, es gewittert gleich, da bist du im Wald sehr schlecht aufgehoben."

„Wieso nur ich? Du doch auch!"

„Diskutier nicht, komm mit!"

Als ich mich immer noch nicht bewegte, packte er mich schließlich am Handgelenk und zog mich mit sich. Ich versuchte, mich zu wehren, doch es hatte keinen Zweck, er war einfach zu stark. Ich gab meine Bemühungen, mich loszureißen, auf und fragte stattdessen: „Wieso läufst du im Sommer eigentlich in Lederjacke und Pullover rum?"

„Einfacher als Sonnencreme."

Wir waren fast am Ende des Waldes angekommen, als er stehen blieb. Er wirkte auf einmal wachsam. „Ich würde dich ja gerne nach Hause bringen, aber ich kann nicht. Tut mir leid, dass ich dir falsche Versprechungen gemacht habe."

„Macht rein gar nichts, komme ich wenigstens nicht zu spät!" Ohne mich von ihm zu verabschieden, stakste ich davon. Es hatte angefangen zu regnen und ich kam klitschnass zu Hause an.

„Irina, wo kommst du denn jetzt her?", rief mir meine Mutter entgegen, als ich zur Tür hereinkam.

„Die Straße war gesperrt, also musste ich durch den Wald." Meine Mutter holte mir ein Handtuch und ich begann, meine Haare trocken zu reiben. „So ein Sauwetter", beschwerte ich mich und ging anschließend auf mein Zimmer.

Es regnete und gewitterte noch den ganzen Tag und die folgende Nacht. Der Regen klatschte wütend gegen die Fenster und Albträume suchten mich heim. Am nächsten Morgen erwachte ich mit Fieber. „Guten Morgen, Schatz", begrüßte mich meine Mutter und drehte sich zu mir um. „Wie siehst du denn aus?" Sie kam zu mir an den Tisch. „Du hast ja Fieber! Heute gehst du aber nicht zur Schule." Dankbar schlich ich zurück in mein Zimmer und legte mich ins Bett. Nach wenigen Minuten war ich eingeschlafen.

„Irina, wach auf, du hast Besuch."

Ich blinzelte. Meine Mutter hatte unbemerkt mein Zimmer betreten. Besuch?

„Hey, wie geht es dir?"

Sofort war ich wach. Diese Stimme würde ich überall wiedererkennen. „Was machst du denn hier?"

„Dich besuchen, was denn sonst?", erwiderte Spike.

Ich setzte mich auf. „Woher weißt du, wo ich wohne?"

„Ist doch egal. Kommst du morgen wieder zur Schule?", wechselte er geschickt das Thema.

„Wenn es mir wieder besser geht, ja, sonst nicht."

„Okay, ich bin dann mal wieder weg. Ich wollte nur kurz sehen, wie es dir geht, nachdem ich gehört habe, du seist krank. Bis dann!"

„Warte!" Ich zögerte kurz, denn ich wollte nicht, dass er schon wieder ging. Doch was sollte ich sagen, um ihn zum Bleiben zu bewegen? „Haben wir irgendwelche Hausaufgaben auf?", brachte ich schließlich hervor.

„Nein. Bis morgen!" Hastig verließ er mein Zimmer. Enttäuscht blickte ich ihm hinterher.

Am nächsten Morgen fühlte ich mich großartig. Als ich in der Schule ankam, sah ich mich um. Meine beste Freundin Jessica war offensichtlich immer noch krank. Das wunderte mich eigentlich, weil sie sonst nie fehlte. Ich sah zum Schultor. Spike lehnte an seinem Ferrari und beobachtete mich. Ich sah mich kurz um, ob jemand anders etwas mitbekommen würde, und ging zu ihm. „Hi, wieso kommst du nicht rein?"

„Weil alle dort drinnen wissen, dass ich heute Geburtstag habe."

„Oh. Aber du wirst gleich so oder so reingehen müssen."

„Ja, aber noch nicht jetzt."

„Wie alt bist du denn jetzt eigentlich?"

„Nun, siebzehn." Er sah auf den Eingang der Schule, bevor er zögernd fortfuhr. „Ich habe eigentlich gar nicht Geburtstag." Ich sah ihn fragend an. „Ich ... Tu einfach so, als hätte ich Geburtstag und als wäre ich heute siebzehn geworden."

„Okay, aber wieso glauben alle, dass du Geburtstag hast?"

„Ich habe es Marco rumerzählen lassen, aber ich hätte nie gedacht, dass alle so einen Tumult veranstalten würden."

„Die machen generell einen großen Tumult um dich."

„Ja, ich merk's."

Mir brannte eine Frage auf der Zunge. „Wieso hast du erzählen lassen, dass du heute Geburtstag hast?"

„Es läutet. Wir müssen jetzt zum Unterricht."

„Hallo, ich habe dich was gefragt."

„Lass uns reingehen."

Ich gab auf. Wenn er nicht reden wollte, dann eben nicht. Wir gingen zusammen in die Schule und schon waren wir umringt von Schülern.

„Herzlichen Glückwunsch, Spike!"

„Happy birthday!"

So ging das die ganze Zeit weiter.

Spike bedankte sich jedes Mal, ohne zu lächeln. „Die nerven mich alle, besonders die Mädchen."

„Wenn du auch rumerzählen musst, dass du angeblich Geburtstag hast."

„Ist ja gut, ich beschwere mich ja schon nicht mehr." Wir gingen zu unserem Klassenraum. Als Spike die Tür öffnete, war sein Gesichtsausdruck wie aus Stein. An der Tafel stand groß geschrieben: *Herzlichen Glückwunsch, Spike!* „Diese Mädchen sind echt lästig", sagte er.

„Nimm es ihnen nicht übel, sie schwärmen halt für dich."

Er schnaubte. „Wenn die wüssten."

„Wenn sie was wüssten?", fragte ich neugierig und etwas verwirrt.

„Ach nichts."

„Sie werden gleich alle hier sein", gab ich ihm zur Antwort.

„Ich halte das heute nicht aus. Lass uns verschwinden. Komm, gehen wir zu meinem Auto." Ich folgte ihm, obwohl ich sonst nichts von Schuleschwänzen hielt. Aber ich wollte wissen, was mit ihm los war. „Du bist heute wirklich genervt, kann das sein?"

„Ja. Ich verstehe euch Mädchen mit dieser Euphorie nicht. Ich meine, wieso rennen sie mir hinterher, obwohl ich sie alle abweise?"
„Weil sie es nicht wahrhaben wollen. Aber das legt sich schon wieder, keine Sorge."
„Hoffen wir mal, dass du recht hast." Er schaltete die Klimaanlage von außen an. „Komm, wir steigen in den Wagen, es ist zu warm hier draußen." Er öffnete die Tür des Ferraris. Ich ließ mich auf den bequemen Polstern nieder und auch er setzte sich ins Auto. „Hier drinnen kann ich abschalten. Stört's dich, wenn ich etwas Musik anmache?" Ich schüttelte den Kopf. Er schaltete die Musik ein, ganz leise. „Ich wünschte echt, die anderen wären ein bisschen mehr wie du."
„Wie ich? Was ist denn an mir so anders?"
„Schon gut. Ich finde, du bist sehr aufschlussreich."
Aufschlussreich? Sofort war diese Abneigung wieder da. Er startete den Motor. „Was machst du?", fragte ich und sah auf seine Hände, die auf dem Lenkrad lagen.
„Wir fahren 'ne Runde." Er drückte das Gaspedal durch. Der Motor heulte auf.
„Park doch erstmal aus!", rief ich.
„Natürlich." Er fuhr sofort auf die Straße und drückte erneut das Gaspedal durch.
„Was tust du da? Fahr doch nicht so schnell!"
„Lass mich ruhig machen, ich kenne dieses Baby sehr gut!" Ich griff nach dem Gurt und schnallte mich hastig an. „Halt dich gut fest, Irina, dieses Auto ist gefährlich! Es wird zur Bestie auf der Straße." Er lachte und gab noch einmal mächtig Gas. Ich wurde in den Sitz gepresst. „Okay, wir können wieder zur Schule fahren, ich hab mich beruhigt." Beruhigt? Wieso war er denn aufgeregt? „Sag niemandem, was ich dir jetzt sagen werde." Er beugte sich zu meinem Ohr. Mein Herz pochte gewaltig. „Ich bin ein Vampir."
Ich riss die Augen auf und befand mich in einem Ferrari California. Hatte ich das alles nur geträumt? Spike saß mit geschlossenen Augen seelenruhig am Lenkrad und bewegte sich nicht. Automatisch fuhr ich mir über den Hals, doch da war nichts. Auf meine Bewegung folgte eine Reaktion von Spike. Er schlug die Augen auf und sah aus dem Fenster. „Wir haben Biologie verpasst."

Ich blinzelte. Was war passiert? „Ich habe dich einschlafen lassen. Du wirktest sehr müde. Ich habe schon vorgestern bemerkt, dass du eine Auszeit brauchst", antwortete Spike, als hätte er meine Gedanken gelesen. Ich verstand dennoch nicht, was er meinte.

„Ich wollte, dass du krank wirst. Du warst in letzter Zeit viel zu unruhig."

„Du hast mich ... krank gemacht?"

„Ja. Aber jetzt war es langsam an der Zeit, dir mein kleines Geheimnis zu verraten, dir zu sagen, dass die Abneigung, die du gegen mich spürst, von mir beabsichtigt ist. Ich wollte nicht, dass dir etwas passiert."

„Ich verstehe immer noch nicht. Wieso wolltest du nicht, dass mir etwas passiert? Was sollte mir denn passieren? Sag mir endlich, warum ich anders bin."

„Weil du die Einzige bist, die keinen Wirbel um mich gemacht hat. Meine Situation ist schwer zu beschreiben."

„Versuch es."

„Na ja, ich kann verstehen, wenn du jetzt nichts mehr mit mir zu tun haben willst."

„Wer sagt, dass ich dir glaube?" Ich grinste.

„Woher sollte ich sonst wissen, was du in meiner Nähe fühlst?"

Ich überlegte. Da war was dran. „Aber es gibt doch keine Vampire, oder? Und du hast doch vorhin in meinen Traum hinein gesagt, du seist ein Vampir, oder?" Ich schwieg einen Augenblick und fuhr fort: „Dabei gibt es gar keine Vampire, außer vielleicht im Märchen."

Jetzt grinste er. „Lass mich dich beißen, dann werden wir ja sehen, ob es Vampire gibt." Er öffnete leicht seine Lippen und ein Paar spitzer weißer Zähne kamen zum Vorschein.

„O...okay, ich glaube dir." In seinen Augen lag plötzlich ein Funkeln. „Spike?" Seine Lippen öffneten sich noch ein Stück und er näherte sich meinem Hals. „SPIKE!" Er schnellte zurück und krallte sich ans Lenkrad. Sein Fuß schwebte über dem Gaspedal. „Geht es dir gut?"

„Das fragst du mich? Ich hätte dich fast gebissen!" Jetzt rutschte sein Fuß näher zum Gaspedal.

„Es ist doch nichts passiert." Er drückte das Pedal durch. Der

Wagen heulte auf und raste los. „Spike, halt an!" Doch er schien mich nicht zu hören. Er fuhr zu dem Wald, in dem wir uns schon einmal begegnet waren. Unschlüssig stieg ich aus, nachdem er die Fahrertür aufgerissen hatte, und sah mich nach ihm um. Er lief bereits geradewegs in den Wald hinein, vor mir davon. Seine Augen schienen Funken zu sprühen vor Wut.

Ich folgte ihm. „Wo willst du hin?"

„Geh zurück zum Auto, ich bin zu gefährlich!"

„Nein, ich gehe nicht zurück!" Er schlug gegen einen Baum, sodass dieser umkippte.

„Oh mein Gott!" Ich hatte keine Zeit, mich über seine enorme Kraft zu wundern.

„Komm, lass uns zurück zur Schule gehen."

„Willst du, dass ich alle, die mich nerven, töte?" Ich sah ihn entsetzt an. „Ich bin ein Vampir, Irina! Wovon, glaubst du, ernähre ich mich?" Ich gab keine Antwort, lief ihm nur hinterher. Wie schnell sich doch alles verändert hatte. Er war so mysteriös gewesen und jetzt, wo ich sein Geheimnis kannte, war er so anders. So ... unberechenbar.

„Irina, bitte, geh."

„Nein, ich werde nicht gehen."

Endlich blieb er stehen und drehte sich zu mir um. „Ruf Marco an, er soll hierherkommen."

„Der sitzt im Unterricht."

„Egal! Ruf ihn an. Mein Handy liegt im Auto, die Nummer ist eingespeichert." Ich lief zurück zum Wagen. Das Handy fand ich allerdings nicht sofort, weil es in einem Fach lag. Es sah teuer aus und war golden. Hastig suchte ich Marcos Nummer und wählte.

„Spike, spinnst du? Ich bin im Unterricht!"

„Komm schnell, der holzt den ganzen Wald ab!"

„Ich komme!" Marco legte auf.

Ich warf das Handy zurück in das Fach und rannte wieder zu Spike. „Er ..." Weiter kam ich nicht, denn Marco stand bereits neben Spike.

„Erklär ich dir später, geh zurück zum Auto!", rief Marco.

Widerwillig gab ich nach, wandte mich um und ließ die beiden allein.

Als Spike und Marco einige Zeit später schließlich ebenfalls am Wagen eintrafen, sah Spike entspannter aus.

„Wie bist du so schnell hier gewesen? Bist du auch ein Vampir?"

Marco lachte. „Nein, ich bin ein Werwolf."

„Das ist jetzt nicht dein Ernst!"

„Doch. Spike ist der einzige Vampir auf der Welt. Aber von uns Werwölfen gibt es noch ganz viele."

Spike lachte. „Euch krieg ich auch noch ausgerottet."

„Kannste lange drauf warten." Die beiden stiegen ins Auto ein. „Ich glaube, wenn ich mit dir im Auto fahre, bin ich erst gegen Ende der Stunde wieder in der Schule. Ich kann meine Ausrede, ich müsste aufs Klo, eh vergessen."

„Na, dann spring mal raus."

„Halt an." Spike bremste sanft. „Oh, der Herr kann bremsen! Ich glaub's nicht!"

„Halt die Klappe und steig aus!" Marco lachte und kletterte aus dem Wagen. Ich blickte aus dem Fenster und sah plötzlich neben dem Auto einen riesigen Wolf stehen. Erschrocken starrte ich ihn an. Er jedoch blinzelte mir nur zu und war dann auch schon verschwunden.

„Irina, versprich mir, dass du niemandem etwas erzählst", wandte sich Spike auf einmal an mich, während ich immer noch irritiert auf die Stelle blickte, an der eben noch der Wolf gestanden hatte. Irgendwie kam ich mir vor wie in einem schlechten Film. Dann sagte ich: „Klar. Der Baum ist von selbst umgekippt, wenn jemand fragt."

„Irina, bitte. Ich meine, dir wird eh niemand glauben, wenn du etwas von Vampiren und Werwölfen erzählst, aber trotzdem."

„Ich sage schon nichts. Aber es ist krass, dass alles so schnell ging. Vor ein paar Stunden warst du für mich nur ein Junge, der einfach nur in sich gekehrt war. Aber jetzt bist du ein Vampir."

„Du hast es aber besser verkraftet, als ich dachte."

„Wie hätte ich denn deiner Meinung nach reagieren sollen?"

„Ich hätte erwartet, dass du schreist oder wenigstens vor mir fliehst, aber du läufst mir noch hinterher. Ich war wütend, ich hätte dir etwas antun können, ich hätte dich *töten* können!"

„Lass uns nicht weiter darüber reden. Ich finde, wir sollten nach Hause gehen", sagte ich.

„Du kannst nicht nach Hause, du hättest eigentlich Schule."

„Ich sage, mir ist schlecht. Und was sagst du deinen Eltern? Sind sie auch Vampire?"

„Nein, ich bin der einzige, den es gibt, das sagte Marco doch bereits. Als meine Eltern bemerkten, was ich bin, sind sie in eine andere Stadt gezogen. Sie haben Angst, dass ich sie beiße. Deswegen schicken sie mir jeden Monat mehrere Tausend Euro, weil sie glauben, Geld hält mich davon ab, sie zu töten."

„Und? Ist es so?"

„Nein. Aber ich hätte nichts dagegen, es zu tun."

Ich verzog das Gesicht.

„Was ist?"

„Ist das nicht etwas link und hinterhältig?"

„Na und? Sie glauben, ich würde sie töten. Meine eigenen Eltern." Er schüttelte den Kopf.

„Aber du solltest deine Eltern trotzdem nicht so abziehen", entrüstete ich mich.

„Sie haben genug Geld." Wir kamen an der Schule an. „Willst du zur Schule oder zu dir?", fragte Spike schließlich.

„Nach Hause. Ich möchte erst mal alles verarbeiten."

„Tu das, es wird noch eine Menge auf dich zukommen."

„Wie meinst du das?"

„Sag ich jetzt noch nicht. Treffen wir uns am Wochenende? Ich werde dir dann alles erklären. Jetzt fahre ich dich erst mal nach Hause."

Das Wochenende kam schnell. Zu schnell. Spike holte mich bereits um zwölf Uhr ab. „Guten Morgen, Irina. Wir haben einen anstrengenden Tag vor uns."

Ich gähnte ausgiebig. „Wohin fahren wir?"

„Zurück in den Wald, dort kann ich dir am besten zeigen, wie gefährlich ich bin und auf was du alles achten musst, wenn du mit mir zusammen bist. Marco ist bereits da, er wird dir etwas über Werwölfe erzählen." Er startete den Motor und fuhr los.

„Gibt es viel, woran ich denken sollte?"

„Nun ja, einiges. Marco wird dir zusätzliche Dinge erklären. Werwölfe sind längst nicht so gefährlich wie Vampire."

„Aber wieso erzählst du mir das? Wieso niemand anderem?"

„Dazu kommen wir später."

Wir erreichten das Waldstück und stiegen aus. „Wir gehen auf eine Lichtung, da ist es sicherer."

Ich folgte ihm und hatte ein leicht mulmiges Gefühl dabei, doch die Abneigung gegen ihn war verschwunden. „Bist du oft hier?", fragte ich.

„Nein." Mehr sagte er nicht.

Ein großer grauer Wolf lag mitten auf der Lichtung. Er schien zu dösen.

„Marco, steh auf!", fuhr Spike ihn an. Der Wolf schmatzte und sah verschlafen auf.

„Ihr hättet euch ruhig noch etwas Zeit lassen können." Der Wolf bewegte seine Schnauze nicht, dennoch hörte ich seine Worte.

„Verwandle dich mal wieder zurück, die Wolfsgestalt brauchen wir nicht", entgegnete ihm der Vampir leicht ungehalten. Sogleich richtete sich der Wolf auf und grauer Nebel erschien. Als dieser sich langsam wieder lichtete, sah ich, dass der Wolf verschwunden war und Marco an seiner Stelle stand.

„Soll ich beginnen? Werwölfe sind allerdings nicht besonders spannend", sagte Marco und sah Spike fragend an.

„Mach ruhig, wir haben Zeit", antwortete dieser gelassen.

„Also gut. Irina, ich würde sagen, du setzt dich am besten auf den Stein dort drüben." Marco wies auf einen riesigen Felsbrocken. Ich ging auf ihn zu, klopfte ein paar Ameisen davon ab und setzte mich. „Du solltest wissen, dass Werwölfe kein Blut trinken."

„Das stimmt nun wirklich nicht", mischte sich Spike ein.

„Okay, einige trinken Blut, aber es sind nicht viele. Hauptsächlich ernähren sich Werwölfe von Wild. Sie leben ganz normal unter Menschen, wie du bemerkt hast."

„Haben wir noch andere Werwölfe auf der Schule?", fragte ich.

„Nein, ich bin der einzige. Viele Werwölfe gehen nicht gern zur Schule, sie gehen lieber arbeiten."

„Wieso?"

„Weil es einfacher ist wegzugehen, wenn einen das Rudel ruft."

„Das Rudel?"

„Ja. Mein Rudel ist relativ klein und besteht hauptsächlich aus jungen Wölfen. Wir sind nur zu siebt", erklärte Marco.

„Gibt es bei euch auch einen Leitwolf?" Davon hatte ich mal im Biounterricht gehört.

„Allerdings! Der Leitwolf ist immer der Älteste. Stirbt er, so wird der Zweitälteste automatisch zum Leitwolf. Aber das ist eigentlich nicht das Wichtigste, was du dir merken solltest. Generell solltest du dich von bösartigen Werwölfen fernhalten! Meistens trinken diese auch Blut. Wenn sie im Rudel unterwegs sind, sind sie keine allzu große Gefahr. Triffst du sie allein an, solltest du aufpassen."

„Wie kann ich einen bösartigen Werwolf erkennen?"

„Äußerlich überhaupt nicht. Du erkennst einen bösartigen Werwolf nur an seinem Charakter."

„An seinem Charakter?", fragte ich leicht verwirrt.

„Er verhält sich meistens draufgängerisch oder verführerisch, so bekommt er – je nach Vorliebe des Opfers – seine Beute."

Erschrocken sah ich ihn an. Je nach Vorliebe des Opfers? „Und was mache ich, wenn ich einem Werwolf zum Opfer gefallen bin?"

„Da kannst du nichts machen, dann bist du so gut wie tot." Es fühlte sich an, als würde jemand Eiswasser statt Blut durch meine Adern fließen lassen. Man konnte sich also gegen einen Werwolf nicht wehren. Man war ihm kampflos ausgeliefert. „Das war's eigentlich schon, was du beachten solltest", durchbrach Marco meine Gedanken.

„Nein", mischte Spike sich ein, „du hast etwas vergessen. Die Werwölfe haben ein Abkommen: Ihre Existenz muss streng geheim bleiben. Irina, du bist verpflichtet, nichts der Außenwelt zu sagen."

Würde mir nicht schwerfallen, ich wollte eigentlich keine Karriere als durchgeknallte Märchenerzählerin starten. Statt einer Antwort fragte ich: „Und was ist mit den Vampiren? Pardon, mit dir, Spike?"

„Dir sollte eines klar sein: Ich bin das mächtigste Wesen, das es gibt. Sogar die Elementnationen sind an mir gescheitert."

„Elementnationen?"

„Nicht so wichtig, erklären wir dir später", meinte Marco kurz.

Spike nickte während Marcos Worten und wandte sich schließlich wieder mir zu. „Eine sehr wichtige Regel wird für dich sein, dich nicht zu verletzten und zu bluten. Mach es dir am besten zur Aufgabe, jede Ungeschicklichkeit zu vermeiden. Jeder noch so kleine Blutstropfen bringt mich um den Verstand."

„Gibt es noch etwas, was ich unbedingt beachten sollte?"
„*Du* auf jeden Fall!"
„Wieso *ich* auf jeden Fall?"
„Du bist die einzige Person, mit der ich wirklich oft in der Schule zusammen bin."
„Ach ja?" Ich wurde das Gefühl nicht los, dass dies nicht so ganz stimmte.
„Hast du noch irgendwelche Fragen?"
„Ja. Du bist ja ein Vampir, was ist mit dem Knoblauch und so? Verträgst du den?"
„Wir leben doch nicht im Märchen! Weihwasser, Knoblauch und Tageslicht sind kein Problem, es gibt nichts, was mich töten würde." Marco sah ihn mit einem Blick an, der so viel hieß wie: *Lüg doch nicht!* „Na gut, mich tötet nur eins: der eigentliche Sonnenstrahl", gab er letztendlich zu.
„Der *eigentliche* Sonnenstrahl?" Jetzt war ich endgültig durcheinander. Was war das nun wieder?
„Wenn ich direkt auf der Sonne landen würde, würde ich sterben, aber ansonsten tötet mich nichts!"
„Kannst du Schmerzen spüren?"
„Keine körperlichen."
„Hast du besondere Fähigkeiten?"
„Eine ganze Menge, es gibt nichts, was ich nicht kann."
„Nimm ihn beim Wort", warf Marco ein und grinste.
„Sonst noch Fragen?", fügte Spike hinzu.
„Nein, jetzt habe ich keine Fragen mehr." Spike und Marco lachten. „Wieso lacht ihr?"
„Im Laufe der Zeit wirst du sicher noch einige Fragen stellen", entgegnete Spike.
Ein wenig nervös kaute ich auf meiner Unterlippe. Mich quälte eine Frage: Wie kam es, dass er der einzige Vampir auf der Welt war? Schließlich rang ich mich dazu durch, ihn danach zu fragen, doch Spike reagierte angespannt darauf. „Du erfährst es zum richtigen Zeitpunkt", war alles, was er dazu sagte.
„Irina?", begann Marco zögernd.
Ich blickte ihn an.
„Verleite ihn bloß nicht dazu, dich zu beißen. Er würde dich zwar

nicht verwandeln, aber er könnte nicht aufhören, dein Blut zu trinken."

„Wieso sollte ich ihn dazu verleiten, mein Blut zu trinken?", fragte ich verständnislos.

„Egal, was passiert, wie sehr er dich auch anfleht, hörst du? Egal! Lass ihn bitten und betteln, so viel er will, du wirst es nicht zulassen. Und wenn er dir alles verspricht, niemals! Gib nicht nach! Hast du das verstanden?"

„Okay, ich hab's ja kapiert."

Spike hatte mich während des ganzen Gesprächs nicht angesehen. „Willst du ein Eis oder so?", fragte er mich schließlich sichtlich um Normalität bemüht.

„Nein, danke."

„Ich aber!", rief Marco und hüpfte regelrecht zum Auto.

Spike war ruhiger geworden. Er redete kaum und konzentrierte sich voll aufs Fahren. Als wir in der Eisdiele angekommen waren, bestellte sich Marco ein großes Eis und wir setzten uns nach draußen. Eine Gruppe von Mädchen ging an unserem Tisch vorbei. Zwei von ihnen sahen verstohlen zu Spike hinüber. Er verdrehte kaum merklich die Augen und sah dann wieder auf die Straße.

„Hast du diese Jacke gesehen? Die war ja voll geil, oder?", sagte eines der Mädchen unnötig laut.

„Ja, ja!", bekräftigte ein anderes Mädel ebenso unüberhörbar. „Die würde dir gut stehen, dann würdest du noch sexyer aussehen, da wette ich mit dir!" Spike ignorierte die Anspielungen und konzentrierte sich stattdessen auf einen hässlichen grünen Mercedes. Die Mädchen verschwanden schließlich tuschelnd um eine Ecke.

„Wenn du aufgegessen hast, werden die uns folgen", sagte Spike missgelaunt.

„Ist doch klasse, noch mehr Weiber, die dir hinterherhecheln!", sagte Marco gut gelaunt und schleckte sein Eis weiter. Als er endlich aufgegessen hatte, standen wir auf und gingen an der Ecke vorbei, hinter der die Mädchen tatsächlich lauerten.

„Ich habe wirklich eine Frage", sagte ich.

„Später, Schatz, wir müssen mir noch eine neue Hose kaufen, ich will endlich hier weg!" Ich sah Spike verdutzt an.

„Spiel mit, der will die Mädels da abschrecken", kicherte Marco leise. Wir gingen rasch zum Wagen zurück, verfolgt von Spikes Bewunderinnen.

„Wolltest du dir nicht eine Hose kaufen, Liebster?", nahm ich den Faden auf.

„Ich gehe lieber woanders einkaufen." Wir stiegen in den Ferrari ein und die Mädchen versuchten, möglichst unauffällig das Auto zu bestaunen. „Ich sage dir, ich bin froh, wenn das vorbei ist", gab Spike genervt von sich.

„Abwarten, Spike, noch ist nichts gewonnen", erwiderte Marco. Ich sah die beiden fragend an, doch keiner schien bereit, mir eine Antwort zu geben. Wir fuhren schweigend durch die Stadt, Spike schien sich entschieden zu haben, dass der Ausflug in einen riesigen Park gehen sollte. Er steuerte einen Parkplatz an. „Wenn wir gleich aussteigen, möchte ich, dass wir möglichst unauffällig die Wiese überqueren." Er sah Marco an. „Keine Verwandlung, klar?"

„Ja doch, ich bleibe Mensch."

„Irina, du solltest am besten meine Hand nehmen, ich will nicht noch mal so eine Aktion haben wie vorhin."

„Wieso ignorierst du nicht einfach die Mädchen? Ich meine, bevor ich da war, musstest du doch auch damit klarkommen. Ich glaube kaum, dass du Marco an die Hand genommen hast." Spike machte einen angewiderten Gesichtsausdruck.

Wir schlenderten über die Wiese, doch ich tat Spike nicht den Gefallen, seine Hand zu nehmen. Ich wollte das nicht. Aus irgendeinem Grund hatte ich Angst. Ich wusste nicht, warum, aber ich wollte ihm unter keinen Umständen eine Gelegenheit geben, an mein Blut zu kommen. „Wolltet ihr mir nicht etwas zeigen, was angeblich den ganzen Tag dauert?", fragte ich irgendwann.

Spike sah zu Marco, der nickte. „Okay, aus diesem Grund sind wir eigentlich auch hier. Wir werden dir jetzt Marcos Rudel vorstellen", gab der Vampir zögernd zu.

„Marcos ... Moment! Stopp! Ihr wollt, dass ich einem Rudel Werwölfe entgegentrete?"

„Ja, je schneller du sie kennenlernst, desto besser. Sie werden dir nichts tun, es sind keine bösartigen Werwölfe", versicherte mir Spike. „Außerdem bin ich noch da, dir wird nichts passieren."

Unsicher von Spike zu Marco blickend nickte ich schließlich. Wir näherten uns einem Teil des Parks, der so dicht mit Bäumen bewachsen war, dass er beinahe wie ein Wald wirkte.

„Wenn wir da reingehen, solltest du nur dann sprechen, wenn du gefragt wirst", sagte Spike und trat hinter mich, um mir Rückendeckung zu geben. Das vermutete ich zumindest. Wir liefen knapp zehn Minuten durch das kleine Waldstück, dann hielt Marco an.

„Er wird sein Rudel jetzt rufen, bleib dicht bei mir." Etwas ängstlich drückte ich mich an Spike und wartete. Marco stieß einen kurzen Heuler aus und der Wald begann, zum Leben zu erwachen. Gebüsche raschelten überall. Ich wollte nach Spikes Handgelenk greifen, ließ es dann jedoch. Mehrere Augenpaare erschienen. Sie waren gelb, grau, schwarz und eines war sogar mahagonifarben. Riesige Wölfe traten auf uns zu, alle mit gesträubtem Fell und gefletschten Zähnen.

„Beruhigt euch, das ist nur Spike. Und Irina ist da. Keine Sorge, sie ist ungefährlich", versuchte Marco, seine Artgenossen zu besänftigen.

Die Wölfe schüttelten ärgerlich die Köpfe und verwandelten sich in ihre menschliche Gestalt. „Was hat diese Fremde hier zu suchen?", fragte ein Mann, dessen Alter etwa um die Vierzig zu liegen schien.

„Sie kennt unser Geheimnis, aber sie schweigt", antwortete Marco dem anderen Werwolf beschwichtigend.

„Natürlich kennt sie unser Geheimnis, nachdem sie uns gesehen hat!" Der Mann kam wütend auf mich zu. Spike fletschte alarmiert die Zähne. „Und wieso bringst du diesen Blutsauger mit?"

„Er ist mein bester Freund, außerdem kennt er euch."

„Mag sein, dass er dein bester Freund ist. Ich will ihn aber nicht hier haben!" Dieser Mann musste der Rudelführer sein. Besonders freundlich war er ja nun nicht gerade. „Verschwindet! Alle beide!", rief er Spike und mir zornig zu.

„Warte!", mischte sich Marco ein. „Lernt sie doch erst mal kennen, sie ist wirklich nett."

„Du findest diesen Blutschlucker auch nett! Aber wer Blut trinkt, der tötet! Und wer tötet, den will ich hier nicht haben!" Der Mann verwandelte sich zurück in einen Wolf. „Wir werden jetzt gehen, und solltest du noch einmal mit einem der beiden ankommen, dann wirst du verbannt! Und jetzt verschwindet!" Nun verwandelten sich auch die anderen in Wölfe.

„Tja, das war wohl nichts", sagte Spike, doch Marco hatte sich bereits verwandelt.

„Kämpf gegen mich, Bully! Der Gewinner bekommt seinen Willen!", rief er dem Leitwolf wütend entgegen.

„Marco, hör auf damit, du wirst verlieren!", zischte Spike.

„Du willst gegen mich kämpfen? Hörst du nicht, was dein blutsaugender Freund dir prophezeit?"

„Der Gewinner bekommt seinen Willen!", beharrte Marco.

„Also schön. Wenn ich gewinne, verziehen sich dein Blutsauger und deine Blutsaugerfreundin!"

„Er glaubt Marco nicht, dass du ein Mensch bist. Er denkt, du wärst von mir erschaffen worden", flüsterte Spike mir ins Ohr.

„Woher weißt du das?", fragte ich ebenso leise.

„Ich kann seine Gedanken hören."

„Meine auch?"

„Auch deine." Ich kam mir ertappt vor. „Wir sollten besser etwas beiseitegehen, für diesen Kampf brauchen die beiden viel Platz." Er drängte mich weiter weg von den Wölfen und stellte sich neben mich. „Wieso gehen wir nicht einfach?", fragte ich und sah zu den beiden Wölfen hin, die sich kampfbereit gegenüberstanden. Ein Schauder überlief mich.

„Marco kann es nicht ertragen, eine Abfuhr erteilt zu bekommen. Er wird gleich eine hübsche Bisswunde in der Flanke haben, dieser hitzköpfige Idiot!"

„Was?" Ich sah Spike entsetzt an.

„Was erwartest du von einem Kampf? Das hier ist Ernst und kein Spaß." *Ernst*. Dieses Wort ließ mich realisieren, dass hier wirkliche Verletzungen im Spiel waren. Es war genau, wie Spike gesagt hatte. Bully sprang vor und biss Marco in die Flanke. Dieser heulte auf und sprang zurück.

„Oh! Das war sein erster Fehler. Wird er weitere begehen?"

„Ohne Zweifel. Aber mach dir keine Sorgen, nichts, was ich nicht wieder beseitigen könnte. Dir sollte aber eins klar sein, Werwölfe sind von Natur aus leicht aggressiv."

„Was willst du mir damit sagen?"

„Bleib bei mir, das Rudel glaubt, du wärst ein Vampir. Sie werden versuchen, dich mit Gewalt zu vertreiben."

„Was?" Wie konnten sie das nur glauben? Ich war kein Vampir!

„Keine Sorge, das werde ich nicht zulassen." Das war in dem Moment kein wirklicher Trost für mich. Ich verbrachte die nächsten Augenblicke damit, panisch um mich zu blicken. „Dir wird nichts passieren, ich lasse das nicht zu. Keine Panik, du kannst dich wieder abregen." Doch diese Worte beruhigten mich nicht. „Irina, vertrau mir."

Jetzt hatte ich den starken Drang, in den Arm genommen zu werden. Flehend blickte ich ihn an. „Könntest du mich bitte in den Arm nehmen?"

„Was?", fragte Spike entsetzt.

„Nimm mich in den Arm, bitte."

„Das kann ich nicht." Ein Schatten legte sich über sein Gesicht und schmerzerfüllt wandte er sich von mir ab.

„Wieso nicht?"

„Kann ich dir nicht erklären, aber ich kann nicht!"

Ich erschrak heftig, als Marco und Bully gegeneinander knallten.

„Willst du dir den Kampf weiterhin angucken?", fragte Spike dann.

„Nein, ich will hier weg." Spike sah zunächst auf die kämpfenden und dann auf die umherstehenden Wölfe. „Gut, aber ich werde dich tragen müssen, um schnell genug zum Auto zu kommen." Ich stimmte zu und Spike hob mich hoch. „Bist du bereit?", fragte er. Ich nickte und er lief los, mitten im Rennen rief er Marco zu: „Ich werde dich später abholen!" Dann gab er mächtig Gas, und ehe ich mich versah, standen wir am Auto.

„Dein Herz rast ja. Soll ich dich nach Hause bringen?", fragte Spike mich besorgt.

Ich sah auf die Uhr. „Nein, es ist noch viel zu früh." Wir stiegen ins Auto und fuhren zu Spike nach Hause. Dort war alles sehr modern und stilvoll eingerichtet.

„Willst du etwas schlafen?"

„Nein."

„Etwas trinken?" Ich schüttelte den Kopf. „Du solltest schlafen."

„Wieso?"
„Weil dein Körper müde ist." Ich setzte mich im Wohnzimmer auf die Couch. „Du kannst auch auf dem Bett schlafen", bot er mir an.
„Spike, ich will nicht schlafen."
„Wäre allerdings besser."
„Wieso willst du, dass ich schlafe?" Mich überkam plötzlich die Angst, dass er mich beißen wollte, während ich ein Nickerchen hielt.
„Ich könnte wieder zurück zu Marco gehen und ihm helfen", entgegnete Spike, als hätte er meine Gedanken erraten.
„Nein! Lass mich nicht allein." Er sah mich stirnrunzelnd an. „Ich habe Fragen an dich", gestand ich schließlich. Er setzte sich neben mich. „Viele Fragen. Aber eine würde ich wirklich gern beantwortet haben."
„Stell sie mir."
„Tötest du wirklich andere Menschen, um deren Blut zu trinken?"
Für einen Moment schloss Spike die Augen. Als er sie wieder öffnete, sah er mich ernst an. „Ja." Grauen, Hass, Angst, Verzweiflung und Entsetzen packten mich. Ich rutschte von ihm weg. „Nein!", rief er aus. „Dich würde ich niemals töten!"
„Zu wie vielen Leuten hast du das schon gesagt?" Ich stand auf und stürmte zur Tür hinaus. Ich rannte so schnell ich konnte nach Hause.

Der Montag kam viel zu schnell. Ich wollte diesen blutrünstigen Mörder nie wieder sehen. Ich wollte sein Geheimnis nicht länger kennen. Doch der rote Ferrari stand wie immer am Straßenrand. Er war also da. Unsicher näherte ich mich dem Schultor, an dem Spike lässig lehnte. Zögernd blieb ich stehen. Was sollte ich jetzt tun? Weitergehen oder warten, bis er zum Unterricht ging?
Diese Entscheidung blieb mir erspart, denn er sprach mich an. „Irina, du hast mich nicht verstanden." Ich gab keine Antwort. „Dir werde ich niemals wehtun, vertrau mir." Ohne zu antworten, ging ich an ihm vorbei und stolzierte zu Jessica, die endlich wieder da war.
„Wer ist dieser Typ am Tor?", fragte sie, als ich bei ihr ankam.
„Spike Simon, der Neue. Halt dich besser von ihm fern, der bringt haufenweise Schwierigkeiten." Mir war klar, dass ebenjener mich hören konnte, doch das war mir egal.

„Ah, der Neue!" Spike hatte Jessicas Interesse geweckt.

„Lass lieber die Finger von ihm, er ist gefährlich. Er hat einiges auf dem Kerbholz."

„Ich steh auf böse Jungs!"

Ich verdrehte die Augen und wir gingen zum Unterricht. Als Jessica sich neben mich setzen wollte, zögerte ich. „Ähm, Jessi? Während du krank warst, musste Spike neben mir sitzen, ich weiß nicht, wo du jetzt sitzt." Es war mir irgendwie unangenehm, eine gute Freundin von ihrem Platz zu vertreiben.

Die antwortete zu meiner Überraschung leichthin: „Oh, okay. Neben Ingo ist, glaube ich, noch ein Platz frei, ich werde mich zu ihm setzen."

„Nein! Spike soll sich neben Ingo setzen!"

„Aber er saß doch die ganze Zeit neben dir, dann sollte er auch weiterhin hierbleiben." Jessica zeigte meiner Meinung nach viel zu viel Verständnis für Spike. Sie war sonst nie so. Jessi ging zu dem Tisch, an dem Ingo seinen Platz hatte, und setzte sich. In diesem Moment betrat Spike den Raum. Als er sich neben mir niederließ, war sein Gesichtsausdruck beherrscht.

„Du hast Jessi verhext!", fauchte ich leise.

Er wandte mir den Kopf zu. „Wieso sollte ich Jessica verhexen?" Er sah sehr ernst und sehr unschuldig aus.

„Du willst nicht neben Ingo sitzen, deshalb hast du sie verhext!"

„Du unterstellst mir Sachen." Er schüttelte den Kopf und lächelte. Jetzt entschied ich mich dafür, kein Wort mehr mit ihm zu wechseln, außer wenn es nicht anders ging.

Herr Schmelz kam mit etwas Verspätung zur Tür hereingerauscht.

„Verzeiht die Verspätung, aber ich musste noch etwas besprechen. Ich hoffe aber, dass ihr eure Bücher bereits rausgeholt habt. Ah, Jessica, du bist ja wieder da. Ist dir der Platz da hinten recht?" Jessi nickte lächelnd und Herr Schmelz drehte sich zufrieden zur Tafel um. Während er die binomischen Formeln zur Wiederholung an die Tafel schrieb, sah ich verstohlen zu Jessi hinüber. Sie beobachtete Spike.

„Es mag ja sein, dass ich dich in Schwierigkeiten gebracht habe, aber dass ich einiges auf dem Kerbholz habe?"

„Du tötest!"

„Oh bitte, du hast mich noch nie töten sehen."

„Das will ich auch gar nicht!", giftete ich.

„Irina, einen Strich, bei drei gehst du vor die Tür", warf unser Mathelehrer leicht verärgert ein.

Wütend sah ich Spike an.

„Soll ich jetzt ein schlechtes Gewissen haben?", fragte der fies grinsend. Ich streckte ihm die Zunge raus.

„Zweiter Strich." Ich verdrehte die Augen. „Irina, kannst du mir die zweite binomische Formel diktieren?"

„Ja. $(a-b)^2$."

„Schön abgeschrieben, Tina, und schön abgelesen, Irina."

„Was? Nein!" Ich hatte nicht abgelesen!

„Irina, also wirklich, wieso liest du ab?", fragte Spike mich nach der Stunde.

„Du warst das!", beschuldigte ich ihn.

„Ja, ein kleiner Denkzettel für diese freche Lüge, mein Schätzchen."

„Wieso ärgerst du mich?"

„Er will deine Aufmerksamkeit. Hi, Spike!" Marco war zu uns gekommen und hatte sich in das Gespräch eingemischt.

„Marco, du sollst doch nicht lügen." Die beiden lachten. Dieser Schultag war mehr als nur grauenhaft, er war der reinste Horror. Spike sorgte dafür, dass ich in jedem Unterrichtsfach einen Klasseneintrag bekam.

„Na, wie war dein Tag?", fragte mich meine Mutter, als ich nach Hause kam.

„Super, wunder dich nicht, wenn ich einen Brief von der Schule bekomme, oder besser gesagt *du* einen bekommst!"

„Was ist denn passiert?" Meine Mutter hörte mit dem Abwasch auf und setzte sich zu mir an den Tisch.

„Spike hat es geschafft, dass ich in jedem Fach eingetragen wurde."

„Sicher, dass es Spikes Schuld ist?"

„Ja!", entgegnete ich heftig.

„Schätzchen", diesen Kosenamen konnte ich seit heute nicht mehr ausstehen, „er ist ein junger, gut aussehender Mann, vielleicht will er dich bloß ein wenig ärgern?"

Ärgern, das war das passende Wort! „Ich geh in mein Zimmer", sagte ich schließlich wütend und schloss gerade die Tür hinter mir, als es klingelte.

„Irina, Besuch für dich!", rief meine Mutter.

Besuch? Ich stand da und überlegte, entschied mich jedoch, in meinem Zimmer zu bleiben. Es klopfte.

„Darf ich reinkommen?"

Ich atmete erleichtert auf. Es war nur Jessica. „Klar."

Sie trat ein und setzte sich aufs Bett. „Dieser Spike ist ja schon heiß." Natürlich. Der einzige Grund, warum sie zu mir gekommen war: Spike.

„Ja, er sieht ganz gut aus."

„Ganz gut? Irina, jedes Mädchen ist hinter ihm her! Er scheint allerdings an niemandem Interesse zu haben ... Vielleicht ist er ja schwul? Obwohl, so ein scharfer Typ, nee!"

Spike war sicher nicht schwul, dafür hatte er zu viel Interesse an mir. Und ich war eindeutig kein Junge! „Glaub ich auch nicht, aber es stimmt, die ganze Schule ist hinter ihm her. Einfach jeder außer mir." Jessi warf mir einen Blick zu, der so viel hieß wie: *Das glaubst du doch wohl selber nicht!* Da klingelte es erneut.

„Irina, Besuch! Mensch, heute wird's aber voll hier!", schallte wieder die Stimmer meiner Mutter durch den Hausflur.

Noch jemand? Dieses Mal klopfte niemand an die Tür. Ohne Vorwarnung stand er plötzlich im Zimmer, der Vampir, von dem eben noch die Rede gewesen war. Jessi stockte der Atem.

Ungerührt begann Spike zu sprechen: „Oh, du hast bereits Besuch, wie ich sehe. Irina, die Einträge heute in der Schule waren verdient. Du hast mir ein Versprechen gegeben. Nicht nur mir. Es war eine kleine harmlose Warnung. Das war alles, was ich sagen wollte." Nach diesen Worten drehte er sich um und war ebenso schnell wieder verschwunden, wie er aufgetaucht war.

„Wow. Ein Versprechen?" Jessi sah mich neugierig an.

Noch immer stand ich wie vom Donner gerührt da und bemerkte, dass meine Hände leicht zitterten. Zögernd antwortete ich meiner Freundin: „Ich werde schweigen wie ein Grab, hast du seine Drohung nicht mitbekommen?"

VERFLOCHTEN

Mittlerweile war es bereits Oktober und die Blätter waren braun. In den letzten Wochen hatte Spike es geschafft, mich davon zu überzeugen, mehr Zeit mit ihm zu verbringen, um ihn besser kennenzulernen. Ebenso wie Marco. Nun befand ich mich mit den beiden im Wald, um eine weitere Lektion in Sachen *Vampire und Werwölfe* zu erhalten. Spike bewegte sich so schnell, dass ich ihn nicht mehr sehen konnte. Das machte mir ein bisschen Angst. Ungeduldig rief ich seinen Namen.

„Ich bin hier", ertönte es kurz darauf hinter mir.

Ich erschrak, als er mich plötzlich an den Schultern packte. „Wo ist Marco?"

„Sein Rudel hat ihn gerufen, er kommt schon wieder." Ich machte mir um die Rückkehr von Marco keine Gedanken, eher darum, was Bully, der oberste Werwolf, mit ihm anstellen würde, wenn er wieder den Geruch von Spike verströmte. „Wir werden auch ohne ihn zurechtkommen." Das bezweifelte ich nicht.

„Glaubst du, wir sollten zurückgehen? Es sieht nach Regen aus."

Spike schnaubte. „Ein bisschen Regen tut dir schon nichts."

Mir nicht, da gab ich ihm recht, aber für meine Haare bedeutete das den Tod! Ein Geräusch zerriss auf einmal die Stille. Ich sah mich um. Auch Spike war aufmerksam geworden. Mit angespannter Haltung lauschte er, horchte auf ein weiteres Geräusch. Ich wagte es nicht, eine Frage zu stellen, denn ich hatte begriffen, dass die Welt, in der Spike lebte, gefährlich war. Die Blätter raschelten, als der Wind durch sie hindurchfuhr.

Plötzlich drehte sich Spike zu mir um. „Lauf!" Ich fragte erst gar nicht, sondern rannte einfach los. Was auch immer im Wald war, es war gefährlich! Ich sprang über dicke Wurzeln und wich Ästen aus. Der Herbst machte es mir nicht gerade leicht, die Flucht zu ergreifen. Plötzlich raschelte es rechts von mir. Das Geräusch war noch weit entfernt, aber es machte mir Angst. Ich lief schneller. Wo sollte ich hin? Spike hatte nicht gesagt, wo ich sicher war und wo nicht. Das Rascheln wurde immer lauter, während ich panisch und atemlos weiterlief. Dann, nach einigen Minuten, wurde ich gezwungen anzuhalten. Ein Abgrund tat sich vor mir auf und hinderte mich daran, weiterzulaufen.

„Wieso läufst du vor mir weg?" Die Worte ließen mich vor Schreck aufschreien. „Shht! Sei still! Willst du, dass er uns hört?" Spike hielt mir mit seiner Hand den Mund zu. Ich befreite mich aus seiner Umklammerung und sah ihn an.

„Er?", fragte ich.

„Ja. Komm erst mal von dem Abgrund weg."

„Wer ist *er*?", fragte ich unbeirrt ein weiteres Mal.

„Sein Name ist Adrian White. Vor ihm solltest du große Angst haben!", erklärte Spike mir eindringlich.

„Wieso?"

„Er ist ein bösartiger Werwolf. Ich bringe dich jetzt hier weg, denn wenn er blutdürstig ist, dann ..."

„Wie sprichst du denn von mir? Also wirklich." Spike schien wie versteinert, er bewegte sich nicht, glich einer Statue, als er die fremde Stimme vernahm. „Ja, ich bin ein Werwolf. Aber ich kann mich nicht erinnern, dass man Angst vor mir haben sollte", fuhr der Unbekannte, der unbemerkt an uns herangetreten war, fort. Das musste Adrian White sein, vor dem mich Spike gerade gewarnt hatte.

„Du bist nicht allein hier", erwiderte Spike eisig.

„Da hast du recht. Ich bin fast nie allein. Aber du solltest deine kleine Freundin lieber nach Hause schicken, sie will doch sicher nicht sehen, wie gefährlich und blutrünstig du bist." Fassungslos starrte ich Adrian an. „Ja, er tötet Menschen wie dich. Er trinkt ihr Blut bis zum letzten Tropfen und weidet sich daran, wie sie langsam sterben. Er ist das Monster!" Adrian schien es zu genießen, mir diese grauenvollen Dinge zu erzählen.

„Halt den Mund!" Spike war wieder aufgetaut. „Belüg sie nicht!"

„Wieso so empfindlich? Die Kleine bedeutet dir doch nichts, oder? Sie ist doch bloß ein Leckerbissen für dich, nicht wahr?"

„Du wagst es, mich zu beleidigen? Dein Rang ist ganz weit unter meinem, du solltest mir Respekt entgegenbringen!"

„Ja, zeig mir, wie gefährlich du bist! Erkennst du es, das Monster in ihm?" Provozierend deutete Adrian auf den Vampir und grinste höhnisch.

Ich sah Spike an, und konnte mein Entsetzen nicht verbergen. Mit gefletschten Zähnen und verzerrten Gesichtszügen stand er in Angriffshaltung da und sah furchterregend aus. Mir lief ein Schauer über den Rücken. In diesem Moment wünschte ich mich weit fort von hier.

„Ein Vampir ist kein Schoßhund. Wenn er einmal wild ist, kann ihn nichts aufhalten! Du solltest dich lieber von ihm fernhalten, meine Kleine." Adrians Grinsen brannte sich in mein Gedächtnis ein. Als Spike mich ansah, waren seine Augen gierig und seine sturmgraue Iris hatte sich golden verfärbt. Wäre Marco in diesem Moment nicht erschienen, hätte Spike mich vermutlich getötet ...

„Irina, hast du Spike gesehen? ... Hallo? Irina?"

„Äh, was?" Ich blickte auf.

„Typisch, nur am Träumen. Hast du Spike gesehen?"

„Nein, wieso?"

„Ich würde ihm das hier gern geben." Jessica hielt mir ein silbernes Armband hin.

„Oh." Ich war überrascht. Was war hier passiert? Wo war ich? Wo war der böse Werwolf? Und seit wann schenkte Jessi einem Jungen, den sie verehrte, Schmuck?

„Hi, Irina", erklang plötzlich eine weitere Stimme neben mir.

„Spike!" Jessi wurde auf einmal hibbelig.

„Dir auch einen wunderschönen Morgen, Jessica." Spike lächelte. Seit wann lächelte er, wenn jemand außer mir ihn begrüßte? „Nettes Armband."

„Oh. Ja! Es ist für ... dich." Zaghaft überreichte sie ihm ihr Geschenk.

„Danke, wie aufmerksam." Spike nahm das Armband und streifte es über. Ich sah ihn ungläubig an. Jessi ging unterdessen glücklich lächelnd zu ihrem Platz neben Ingo zurück. „Du könntest auch mal etwas fröhlicher sein, Irina", bemerkte Spike spitz.

„Sag du mir nicht, was ich zu tun habe!"

„Du bist seit gestern sehr trüb gelaunt. Was hast du?"
„Tu doch nicht so! Du bist ein Monster!"
Spikes freundliche Miene wurde finster. „Ich bin ein Monster, weil ich dich vor einem Werwolf gerettet habe? Irina, Adrian hätte, ohne zu zögern, dein Leben ausgelöscht!"
„Das meine ich doch gar nicht."
Jetzt wurde seine Miene noch finsterer. In seinen Augen spiegelte sich Hass. „Das war keine Absicht. Ich wollte das nicht. Ich habe die Kontrolle verloren." Und da verstand ich: Es war Hass gegen sich selbst.
„Du hättest mich getötet, nicht wahr?"
„Lass mich nicht leiden, Irina, bitte! Was gestern geschehen ist, würde ich am liebsten vergessen! Also sei nicht so grausam zu mir."
Hätte ich in seinen Augen nicht diesen Selbsthass erkannt, hätte ich wahrscheinlich weiter auf ihn eingeredet. Aber nun wusste ich, dass ich nicht geträumt hatte.

Er tötet Menschen wie dich. Er trinkt ihr Blut bis zum letzten Tropfen und weidet sich daran, wie sie langsam sterben.

Adrians Worte machten mir zu schaffen, denn selbst Bully hatte bei unserer ersten Begegnung gesagt: *Wer Blut trinkt, tötet!*

Spike war gefährlich, das hatte er mir selbst gesagt, doch er schien mir auch klarmachen zu wollen, dass er mir niemals etwas antun würde. Eine Lüge, denn er hatte mich bereits zweimal attackiert. Das erste Mal, als er mir sagte, dass er ein Vampir war, auch wenn das nicht als richtiger Angriff zu werten war, hatte er doch versucht, mein Blut zu trinken. Beim zweiten Mal hingegen hatte er sich gar nicht mehr unter Kontrolle gehabt. Sein Durst musste so groß gewesen sein, dass er sich nicht mehr hatte zurückhalten können. Marco hatte ihn nur mit großer Not davon abhalten können, mich anzufallen. Dabei hatte er sich selbst einige Verletzungen zugezogen. Eine gefährliche Aktion, selbst für einen Werwolf und besten Freund. Adrian war entwischt. Spike hatte ihn nicht weiter verfolgt, er war zu sehr mit seinem Blutdurst beschäftigt gewesen.

„Irina, träumst du etwa?" Frau Römer riss mich aus meinen Gedanken. „Wie wird das Present Perfect gebildet?"

„Ich weiß es nicht, tut mir leid." Schuldbewusst sah ich auf die Tischplatte.

„Spike?" Frau Römer versuchte ihr Glück bei meinem Nachbarn. „Das Present Perfect wird gebildet mit have und has und der dritten Form des Verbs."

„Sehr gut. Wirklich ausgezeichnet!"

„Ja, Eins plus mit Sternchen!", nörgelte ich leise.

„Was ist bloß los mit dir? Ist diese Eifersucht, die du gerade verspürst, begründet?"

„Ach, lass mich doch!"

„Verstehe, du weißt selbst nicht, woher diese Eifersucht kommt."

Ja, genau das war es! Plötzlich kamen grundlose Gefühle in mir auf. Sie kamen und gingen. Es war unerklärlich für mich. Frau Römer redete weiter über die Zeitformen im Englischen, während ich mir den Kopf zerbrach. Spike schien meinen Gedanken zu lauschen, was mich gründlich ärgerte. Was war bloß los mit mir? Seit der Vampir mich angegriffen hatte, war ich so schreckhaft geworden. Spikes Gesicht, das im Moment so wunderschön wirkte, war gestern Angst einflößend gewesen.

Die Schulklingel kündigte das Ende der ersten Stunde an. Wie lange würde ich es aushalten, neben einem so gefährlichen Menschen zu leben? „Vampir", korrigierte ich meinen Gedanken.

„Irina, zu Sport geht es hier lang. Bist du immer noch so in Gedanken versunken."

Ich blickte auf. „Du solltest dich da nicht einmischen, Spike. Es gibt Dinge, die ich überdenken muss."

„Wieso akzeptierst du nicht, dass ich ein Vampir bin?" Er fasste mich an der Schulter.

„Lass mich los, du machst mir Angst!"

„Angst? Weißt du, wer alles vor mir Angst haben sollte? Jeder, jeder außer dir! Irina, ich könnte dir niemals etwas antun!"

„Und wieso nicht? Wir kennen uns doch überhaupt nicht so lange. Wieso könntest du ausgerechnet *mir* nichts antun?"

„Das kann ich dir nicht sagen. Noch nicht. Du wirst es irgendwann verstehen, aber noch ist es zu früh. Bitte, vertrau mir."

Ich sah ihn an. „Kann man einem Vampir trauen?"

„Nein."

„Kann *ich* einem Vampir trauen?"

„Ja." Ich sah zu Boden.

„Hey", er hob mein Kinn an, „du solltest nicht betrübt sein, Irina. Ich werde dir nicht wehtun. Und sollte es einmal doch so weit kommen, dann werde ich dich erst wieder ansehen, wenn ich mir selbst verziehen habe. Und das wird wahrscheinlich sehr lange dauern."

Ich legte meine Finger um sein Handgelenk. „Ich werde es nicht so weit kommen lassen." Ich drückte seine Hand sanft von meinem Kinn weg.

„Sei nicht albern, wie willst du so ein mächtiges Wesen wie mich denn aufhalten?"

„Das weiß ich noch nicht."

„Dann solltest du so etwas auch nicht sagen." Er wandte sich von mir ab. „Dein Hals ist wunderschön und weich. Bitte pass gut auf dich auf, wenn ich nicht da bin." Er ging zum Ende des Gangs und verschwand.

Was auch immer er damit meinte, ich verstand es nicht. Wieso versuchte er so eindringlich, mich davon zu überzeugen, dass er mir niemals etwas tun würde? Allmählich glaubte ich ihm, doch war es seine Absicht, mir diese Angst zu nehmen? Ich schüttelte den Kopf. Nein! So etwas sollte ich nicht denken! Vielleicht bildete ich mir diese brutale und blutdürstige Seite ja nur ein? Aber ich hatte seine Gier gesehen ... und seine Reißzähne ... Das erste Mal, dass ich richtige Angst vor ihm gehabt hatte. Angst vor einem Vampir ...

„Hey, Irina, wo ist Spike?"

Ich drehte mich um. „Oh, Marco. Hi. Er ist gerade eben weggegangen, wohin, weiß ich nicht."

„Okay. Dann werde ich ihn mal suchen. Es ist verdammt wichtig!" Marco verschwand hinter der Glastür. Wahrscheinlich machte ich mir wirklich zu viele Sorgen, denn müsste ich tatsächlich Angst vor Spike haben, hätte Marco mich bestimmt gewarnt, und er selbst würde Spike nicht so sehr vertrauen.

„Na, wie geht es dir?" Jessica riss mich aus meinen Gedanken.

„Oh, hi. Mir geht's gut."

„Was ist los? Du bist schon den ganzen Tag so komisch."

„Es ist nichts. Was haben wir denn als Nächstes?", lenkte ich ab.

„Eine Freistunde, Herr Goliad ist krank. Na, was ist? Sollen wir in die Schülerbar gehen?"

„Ja, das ist eine gute Idee."

Ich folgte Jessi zu dem Café, das extra für uns Schüler eingerichtet worden war, und wir setzten uns an einen freien Tisch.

„Spike scheint dich ja sehr zu mögen. Kennst du ihn schon länger? Vielleicht von früher?", kam meine Freundin dann auch umgehend auf das Thema, das ihr auf der Seele lag.

„Nein. Aber wir verstehen uns einfach gut, das glaube ich zumindest."

Jessi sah mich an. „Wie kannst du das nicht sehen? Ich glaube, er will dir etwas klarmachen. Bevor du fragst, ich weiß nicht, was. Das musst du schon selber herausfinden."

Etwas klarmachen? Ja, das hatte er bereits versucht. Mein Verstand und der Wille zu überleben waren ihm dabei jedoch im Weg gewesen.

„Irina, du träumst ja schon wieder!" Ich schreckte hoch. „Spike ist gerade hereingekommen."

„Was?" Ich drehte mich um. Er stand an der Bar und beobachtete uns.

„Willst du nicht zu ihm hingehen?"

„Jessi, ich muss nicht jedes Mal zu ihm hingehen, nur weil er gerade in der Nähe ist." Für einen Moment spürte ich seinen Blick auf mir, dann kam er zu uns.

„Ich werde aus dir einfach nicht schlau, Irina. Du verlangst doch nach mir, jede Minute, jede Sekunde", sagte er.

„Wovon redest du?"

„Ach nichts."

„Hat Marco dich gefunden?"

„Ja. Allerdings ist er ein wenig außer sich. Er ist kurz zu seiner Familie gegangen. Das verstehst du doch sicher?"

„Ja, natürlich", antwortete ich.

„Du trägst ja immer noch mein Armband!", kam es plötzlich von einer strahlenden Jessi. Spike lächelte sie an. „Cool! Ich meine, das freut mich."

Jessi errötete. Spike schmunzelte weiter, was Jessi offenbar noch mehr in Verlegenheit brachte.

„Ich verschwinde dann besser mal, bevor ich etwas Unüberlegtes tue", sagte er schließlich und wandte sich zum Gehen.

„Ist gut", verabschiedete sich Jessi winkend. „Er ist doch total süß, findest du nicht auch?"

„Nein, ich ... Er ist nicht süß!"

„Natürlich ist er das und das weißt du auch! Weshalb bist du so nachdenklich? Bist du in ihn verliebt?"

„Wir sollten lieber gehen, der Unterricht beginnt gleich."

„Lenk ja nicht vom Thema ab! Du bist so ... Na schön, gehen wir."

„Jessica verhält sich komisch, findest du nicht?" Spike und ich saßen im Chemieraum zusammen mit dem Rest der Klasse. Während unsere Lehrerin Frau Gomez die Utensilien für den Unterricht holte, unterhielten wir uns.

„Wieso komisch?"

„Sie versucht, meine Aufmerksamkeit zu bekommen. Aber ihre Vorgehensweise ist wirklich interessant. Sie macht mir ein Geschenk, dieses Armband, dennoch versucht sie, dir einzureden, dass ich mich für dich interessiere. Sie hat einen Plan: Sie glaubt, wenn du der Meinung bist, ich würde so viel Interesse an dir zeigen, dass du mehr mit mir unternimmst, könnte sie mich dadurch besser kennenlernen. Sie glaubt, ich sei ein guter Fang, dabei sollte sie aufpassen, denn ich bin ein Hai im Karpfenteich!" Er musterte mich kritisch. „Dich scheint das alles nicht zu interessieren. Das sollte es aber."

„Wie meinst du das? Wieso sollte mich das kümmern? Es ist deine Sache, ob du auch Interesse an Jessica hast."

In diesem Moment betrat Frau Gomez wieder den Klassenraum. „Wir werden heute einen Versuch durchführen. Bitte setzt eure Schutzbrillen auf." Verärgert sah ich Spike an. Verdammt! Sogar mit dieser dummen Schutzbrille sah er unfassbar gut aus! „Die Mädchen binden bitte ihre Haare zusammen." Frau Gomez verteilte die Materialien, die sie eben geholt hatte. Spike und ich griffen gleichzeitig nach dem Glasbehälter. Ich war schneller und Spikes Hand legte sich auf die meine. Unsere Blicke trafen sich. Ich senkte den Kopf.

„Du brauchst nicht rot zu werden", flüsterte er mir ins Ohr.

„Wir sollten uns um den Versuch kümmern." Er ließ meine Hand jedoch nicht los. „Spike, lass mich bitte los."

„Verzeih mir." Er ließ seine Hand langsam von meiner gleiten und mich den Versuch fortführen. „Lass mich das Protokoll schreiben, ich brauche nicht so lange wie du", schlug er vor und nahm einen Stift. Seine Hand huschte übers Papier, innerhalb von zehn Sekunden war das Protokoll fertig. „Du bist wunderschön, Irina, weißt du das?", stieß er plötzlich hervor. Mein Herz schien für einen Moment stehen zu bleiben. „Tut mir leid, das hätte ich nicht sagen sollen", entschuldigte er sich sofort.

Ich antwortete nicht gleich. Als ich mich wieder etwas gefangen und mein Herzschlag wieder eingesetzt hatte, erwiderte ich: „Wir sollten jetzt nicht über Privates reden, Spike. Du kannst es dir erlauben, aber ich nicht."

„Es war falsch von mir, tut mir wirklich leid", entschuldigte er sich noch einmal. Was war los mit ihm? Seit heute war er so merkwürdig. Was hatte er vor?

Ich zerbrach mir den Kopf so sehr, dass ich bald Kopfschmerzen verspürte und ins Krankenzimmer gebracht werden musste. Spike sah mir nach, in seinem Blick lag etwas, das ich nicht deuten konnte, aber dann stand er auf. „Frau Gomez, ich muss dringend mit dem Schulleiter sprechen!"

„Kannst du das nicht in der Pause?" Spikes Gesichtszüge wurden weich. „Na schön, aber dafür holst du den Stoff nach."

„Danke."

Als ich wenige Zeit später im Krankenzimmer saß, drehte sich alles. Mein Kopf schien mit all dem überfordert zu sein. Das Schlimmste war: Ein Fünftklässler saß auch im Krankenzimmer und weinte. Seine Schluchzer waren so heftig, dass ich es nicht länger aushielt. „Was ist denn los?"

„Ich bin hingefallen und jetzt blutet mein Knie ganz stark", heulte er. Tatsächlich, er hatte sich das komplette Knie aufgeschlagen.

„Wie heißt du denn? Kann ich dir irgendwie helfen?"

„Mein Name ist Niko, und nein, du kannst mir nicht helfen!" Seine Antwort war kalt. Er hatte aufgehört zu weinen.

„Bist du neu auf der Schule?"

„Ja, und jetzt lass mich in Ruhe!"

„Sprich nicht so mit ihr!"

Unerwartet stand Spike in der Tür. Der Junge sah ihn feindselig an. „Misch dich nicht ein, Blutsauger!" Ich erschrak. Er wusste, dass Spike ein Vampir war?

„Marco hat vergessen, dir ein wichtiges Kriterium zu nennen, wie du einen bösartigen Werwolf erkennst: Er ist besonders kalt und unfreundlich. Im Übrigen ist diese Wunde nicht echt. Er hat nur darauf gewartet, dass jemand hier erscheint", rief Spike aufgebracht. Dieser kleine Junge war ein bösartiger Werwolf? Mein Herz begann zu rasen. Er hatte darauf gewartet, dass jemand erschien? Wieso?

„Blut", antwortete Spike, der meine Frage wieder einmal in Gedanken gelesen hatte. „Du gehörst nicht auf diese Schule, verschwinde!", wandte er sich dann an den Werwolf.

Der Junge sah Spike geringschätzig an. „Dir gehorche ich nicht, du bist kein Leitwolf, und schon gar nicht mein Leitwolf!"

„Adrian!", knurrte Spike. „Du solltest jetzt besser gehen, soweit ich weiß, wirst du unberechenbar, wenn du Blut riechst." Spike ballte die Hände zu Fäusten. „Und du wirst sie unter keinen Umständen anfassen!" Hatte dieser kleine Junge etwa vorgehabt, mir Blut abzuzapfen?

„Was ist los mit dir, Blutsauger? Seit wann beschützt du die Menschen? Waren sie nicht immer deine Nahrungsquelle?"

„Verschwinde!"

„Wovon ernährst du dich jetzt? Tierblut?"

„Hau endlich ab!"

Die Schulschwester betrat den Raum. „Nanu, was ist denn hier los? So viele Kranke? Oh mein Gott, Kind, was hast du denn gemacht?"

„Ich bin hingefallen." Plötzlich war er wieder der kleine schluchzende Junge, der sich verletzt hatte.

„In welcher Klasse bist du denn?", fragte die Schwester fürsorglich.

„In keiner, ich bin hierhergekommen, weil ein Mann meinte, Sie könnten mir helfen."

„Tut mir leid, aber wenn du nicht auf dieser Schule bist, darf ich dich nicht behandeln."

„Okay." Der Werwolf stand resigniert auf und verschwand.

„Eigenartiger Junge, meint ihr nicht?" Wir nickten. „Wer ist als Nächstes dran?"

„Wir kommen beide mit", sagte Spike.

Die Krankenschwester ging mit uns in den Behandlungsraum. „Du glühst ja!", rief sie und zog Spike auf die Liege. „Ausziehen!"

Spike schloss die Augen.

„Wie soll ich dich sonst untersuchen?"

„Überhaupt nicht! Ich bin nicht krank. Sie werden meinen Herzschlag nicht hören und meinen Puls nicht fühlen können. Das Fieberthermometer wird sich überhitzen. Sie sollten das mit hundert Grad Celsius nehmen."

Irritiert sah die Krankenschwester ihn an.

„Ich meine die Sonderanfertigung in Ihrer Schublade." Die Krankenschwester holte die Utensilien, während Spike sein T-Shirt auszog. Wieso trug er im Herbst ein T-Shirt? Sein Körper war göttlich! Er war nicht nur muskulös, seine Haut schien auch sehr weich zu sein. Die Krankenschwester drehte sich um und staunte ebenfalls nicht schlecht. Spikes Körper wies die Muskeln eines erwachsenen Mannes auf.

„Erst mal messen wir Fieber."

„Zweiundsechzig Grad."

„Dann wärst du schon längst tot, mein Lieber!" Das Thermometer piepste. „Zweiundsechzig Grad? Das kann nicht sein. Hören wir mal deinen Herzschlag ab." Sie nahm das Stethoskop zur Hand und untersuchte ihn. „Das gibt es doch nicht, ich kann deinen Herzschlag nicht hören!", flüsterte sie ungläubig.

„Sie werden auch meinen ..."

Doch die Krankenschwester hing bereits an seinem Handgelenk. „Auch kein Puls! Bist du überhaupt ein Mensch?"

„Gute Frage, aber ich muss diese Erinnerung jetzt leider löschen." Er schnipste mit den Fingern und der Blick der Krankenschwester wurde glasig. Lässig zog er sich wieder an und meinte: „Die Kopfschmerztabletten sind dort in dem Schrank, nimm dir eine raus und lass uns verschwinden."

„Wann wird sie wieder normal?", fragte ich mit einem besorgten Blick auf die Frau.

„In wenigen Augenblicken, also komm!"

Ich nahm mir eine Tablette und folgte Spike auf den Schulhof. „Wieso konnte sie deinen Herzschlag nicht hören?" Er antwortete nicht. „Nein! Du bist kein Untoter! Das kann nicht sein!", rief ich hilflos.

„Wieso regt es dich so auf? Du wusstest doch von Anfang an, dass ich ein Vampir bin. Ein Untoter."

„Kannst du mir nicht sagen, wie du zum Vampir wurdest? Ich würde es wirklich gerne hören. Dich besser verstehen ..." Wir blieben stehen.

„Ich entstand durch die Explosion einer Maschine, die ein alter Freund meiner Eltern gebaut hatte. Es ist mir und dem Erfinder Professor Etienne Prangère ein Rätsel, wie ich mich dadurch in einen Vampir verwandeln konnte."

„Was für eine Maschine war das?", fragte ich neugierig.

Er sah mich an und zögerte einige Zeit, bis er endlich hervorbrachte: „Vielleicht werde ich dir später einmal genauer davon berichten."

„Na ja, die Geschichte klingt etwas primitiv und unglaubwürdig, wenn du mich fragst", erwiderte ich ein wenig enttäuscht.

„Willst du vielleicht vom Thema ablenken? Kommst du damit klar, was ich bin? Ich weiß, dass du Angst vor mir hast."

Angst? Zum ersten Mal dachte ich darüber nach. Aber ja, ich hatte Angst. Mir wurde von Tag zu Tag bewusster, dass er gefährlich war. Aber ich hatte weniger Angst um mich, als um andere Menschen.

„Dabei würde ich dir niemals absichtlich wehtun", fügte er noch einmal hinzu. Diese Worte schmerzten mich jedes Mal, doch warum, wusste ich selbst nicht. „Wir sollten reingehen", sagte er schließlich.

„Nein!", entgegnete ich.

Er drehte sich zu mir um. „Wieso nicht?"

„Du willst doch nicht wirklich zurück in den Unterricht, oder?"

„Ich muss, ich habe Frau Gomez gesagt, dass ich nur kurz mit dem Schulleiter reden muss. Ich will dich hier nicht alleine lassen."

„Mir passiert schon nichts."

„Dieser Werwolf läuft hier frei rum, ich kann dich nicht alleine lassen!"

„Und was ist mit den anderen Schülern?"

Seine Miene wurde hart. „Die interessieren mich nicht!"
„Dich vielleicht nicht, aber mich!"
Er schloss die Augen und atmete tief durch. Immer noch mit geschlossenen Lidern antwortete er mir: „Du fragst dich so viele Dinge in letzter Zeit und suchst verzweifelt nach der Antwort. Dabei hättest du mich nur fragen brauchen. Du glaubst, ich sei grausam, dabei kennst du die Welt, in der ich lebe, nicht. Wenn du mich für grausam hältst, dann will ich nicht wissen, wie du über die bösartigen Werwölfe denken würdest, denn die sind skrupellos und brutal. Irina, zeig mir, dass du keine Angst vor mir hast! Zeig mir, dass dein Herz größer ist als dein Verstand! Zeig mir, dass du einen Vampir lieben kannst!" Der Wind blies die vertrockneten Blätter über den Hof. Ich stand da und rührte mich nicht. Spikes Augen waren immer noch geschlossen. „Lass mich hier nicht alleine stehen." Seine Stimme war zu einem Flüstern geworden. „Die Kälte in meinem Herzen muss aufhören. Nimm sie mir, Irina, nimm sie mir." Er war mir so nahegekommen, dass er in mein Ohr flüstern konnte. „Ich habe so lange warten müssen, befrei mich."

Mein Herz klopfte heftig. Die Kopfschmerzen hatte ich schon längst vergessen. Spike legte seine Arme um mich, die Augen immer noch geschlossen. Dann rutschten seine Hände bis zu meinen Ellbogen hinunter und er legte seinen Kopf an meine Brust.

„Dein Herz darf niemals aufhören zu schlagen, Irina. Ich werde dich beschützen, aber nimm mir diese Dunkelheit."

In dieser Nacht konnte ich nicht schlafen. Am Nachmittag hatte ich seinem Ferrari gedankenverloren hinterhergestarrt, als er davonfuhr. Spike war das mächtigste Wesen auf Erden, dennoch bat er eine Sterbliche wie mich um Hilfe. Seine Worte waren ein Rätsel für mich gewesen. Welche Kälte und welche Dunkelheit? Wie sollte ich zeigen, dass ich einen Vampir lieben konnte? Und in diesem Moment bemerkte ich ein starkes Kribbeln in meinem Bauch. Aber es konnte keine Liebe sein! Oder etwa doch?

TREU ERGEBEN

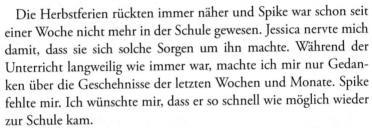

Die Herbstferien rückten immer näher und Spike war schon seit einer Woche nicht mehr in der Schule gewesen. Jessica nervte mich damit, dass sie sich solche Sorgen um ihn machte. Während der Unterricht langweilig wie immer war, machte ich mir nur Gedanken über die Geschehnisse der letzten Wochen und Monate. Spike fehlte mir. Ich wünschte mir, dass er so schnell wie möglich wieder zur Schule kam.

Außerdem wusste ich nicht, warum er nicht da war. Das beunruhigte mich. Ich beschloss, ihn nach der Schule zu besuchen. Der Unterricht ging nur langsam vorbei, doch als die Schulglocke ertönte, war ich die Erste, die draußen war.

„Irina, warte mal!" Es war Jessi, die mich da rief. „Wollen wir zusammen laufen?"

„Das ist schlecht, weil ich nicht nach Hause gehe."

„So, wo gehst du denn hin?"

„Ähm ... zu Spike. Ich wollte ihm die Hausaufgaben bringen."

In Jessicas Gesicht breitete sich Euphorie aus. „Ich komm mit!"

Na super! „Öh ... Ich weiß nicht, ob das eine so gute Idee ist, schließlich ist er krank."

„Ich will nur gute Besserung wünschen."

„Na schön." Was hätte ich auch anderes sagen sollen? So gingen wir also zu Spikes Haus.

„Wow, hier wohnt er?", war Jessicas erster Kommentar, als sie das Haus sah.

„Ja. Aber Jessi, nur gute Besserung wünschen, okay?" Ich klingelte und betete, dass er mir nicht den Kopf abriss.

Spike öffnete die Tür ... und ich erschrak. Er sah furchtbar aus! Seine Haare waren zerzaust, seine Augen wirkten leer und trüb, seine Haut war blass und er hatte dunkle Schatten unter den Augen. Konnte ein Vampir krank werden?

„Oh, hallo ihr zwei." Seine Stimme klang heiser und schwächlich. „Kommt doch rein." Wir traten ein und folgten ihm ins Wohnzimmer. Die Couch war zerwühlt und eine Wolldecke lag halb darauf, halb auf dem Boden.

„Haben wir dich geweckt?", fragte ich besorgt.

„Nein, ich bin vor zehn Minuten wach geworden."

Jessi sah sich staunend um. „Sind deine Eltern nicht zu Hause?", fragte sie.

„Nein, sie sind arbeiten. Möchtet ihr etwas trinken?"

„Nein, aber du solltest einen Tee trinken! Wo ist denn die Küche? Ich mach dir einen." Spike zeigte Jessica, wo sich alles befand, und kam dann zu mir zurück ins Wohnzimmer.

„Bist du wirklich krank?", fragte ich leise.

„Nein, ich kann aus einem anderen Grund nicht zur Schule kommen."

„Und wieso siehst du dann so furchtbar aus?"

„Wenn man eine Woche lang keinen Schlaf bekommt, kommt so etwas schon mal vor." Schlaf? Seit wann schliefen Vampire? „Ein bis zwei Stunden, mehr brauche ich nicht", beantwortete er wieder einmal meine unausgesprochene Frage. „Aber ganz ohne geht es eben nicht."

„So, der Tee ist fertig! Spike, soll ich ihn auf den Tisch stellen?"

„Gerne, das ist lieb von dir, danke." Spike schenkte Jessi ein mattes Lächeln.

„Jetzt ab, hinlegen! Schwester Jessica kümmert sich um dich!"

„Wie war das mit *guter Besserung*?", fragte ich.

„Sei still jetzt, ich muss mich um meinen Patienten kümmern! Spike, trink schon mal den Tee, ich wasche mir kurz die Hände." Ich verdrehte die Augen, als Jessi an mir vorbei ins Badezimmer ging.

„Zum Wohlsein", sagte Spike und trank seine Tasse in einem Zug leer. „Uah! Widerlich!"

„Was erwartest du von Kamillentee?" Ich konnte mir ein Schmunzeln nicht verkneifen.

„Oh Spike, schon ausgetrunken? Prima! Deck dich zu, du bist krank!" Jessica hatte wieder das Kommando übernommen.

„Jawohl, Schwester!" Obwohl er so schrecklich aussah, schaffte er ein unwiderstehliches Lächeln.

Jessi schien das zu bestärken. „Wo ist das Fieberthermometer?"

Ich sah Spike besorgt an, doch er lächelte. „Dort auf dem Regal."

Jessi steckte es ihm in den Mund und nach einer Minute piepste es. „Neununddreißig Grad! Du hast Fieber, mein Junge!" Ich sah Spike fragend an, doch dessen Blick ruhte nur schuldbewusst auf Jessi. Was sollte das Ganze?

„Du solltest etwas schlafen", sagte ich und zog Jessi am Arm. „Strengste Bettruhe! Ich will dich am Montag in der Schule sehen!"

„Irina, ich verspreche es dir. Gute Nacht und schönes Wochenende."

„Gute Besserung", flötete Jessi und drückte ihm einen Kuss auf die Wange. Irritiert sah ich ihn an, aber er zuckte nur grinsend mit den Schultern.

Als wir draußen waren, sah ich noch einmal auf das Haus.

„Er ist so süß! Ich glaube, ich habe ihn in der Tasche, meinst du auch?"

Etwas regte sich in mir. „Nein, ich kenne Spike, du hast ihn noch lange nicht *in der Tasche*." Ich konnte mich nicht auf Jessicas Geplapper konzentrieren, denn mich beschäftigte die Frage, aus welchem Grund Spike eigentlich nun wirklich nicht zur Schule gehen konnte.

„Hallo, ich rede mit dir!"

„Was?" Jessi hatte mich aus meinen Gedanken gerissen.

„Ja, ich rede mit dir! Glaubst du, ich habe trotzdem Chancen bei ihm?"

„Nein. Ich glaube nicht. Soweit ich weiß, hat er eine andere im Visier." An Jessicas Gesicht konnte ich ablesen, dass sie damit nicht einverstanden war.

Als ich zu Hause ankam, war meine Mutter nicht da. Ich war gerade in meinem Zimmer, als das Telefon klingelte.

„Irina Kolb."

„Ich bin's."

„Spike, woher hast du meine Nummer?"

„Ist doch egal, kannst du noch mal herkommen?" Seine Stimme war wieder einigermaßen normal.

„Ja, klar. Wann?"
„Jetzt!"
„Okay, bis gleich." Ich beeilte mich und joggte fast den Weg zu Spike. Gerade wollte ich klingeln, da öffnete Spike bereits die Tür. Er sah genauso schlimm aus wie zuvor. „Was ist denn los?", fragte ich und trat ein.
„Ich hatte Sehnsucht nach dir." Ich ersparte mir einen Kommentar und ging ins Wohnzimmer durch.
„Du wurdest ja richtig eifersüchtig", grinste Spike. „Vorhin, als Jessi mich geküsst hat."
„Eifersüchtig? Wie meinst du das?"
Spikes Grinsen wurde breiter. „Du hast förmlich gebebt vor Wut."
„Echt? Hab ich gar nicht mitbekommen."
„Oh Mann! Und das ist nicht mal gelogen. Aber deswegen habe ich dich nicht herbestellt. Ich hatte nicht nur Sehnsucht nach dir, ich wollte mich von dir verabschieden."
Verabschieden? Das Wort hallte mir durch den Kopf und ich versuchte verzweifelt, es irgendwo einzuordnen, doch es gelang mir nicht.
„Ich weiß nicht, wann ich wiederkommen werde."
„Aber wieso? Spike, weshalb kommst du seit einer Woche nicht zur Schule? Weshalb hast du seit einer Woche nicht mehr geschlafen?"
„Irina, reg dich nicht auf."
„Ich rege mich nicht auf! Ich bin total entspannt!", beharrte ich.
Spike fasste mich an den Schultern und drückte mich sanft aufs Sofa. „Ich jage einen Werwolf, der die Stadt unsicher macht. Es ist nicht irgendein Werwolf, Irina. Es ist Adrian. Er könnte noch gefährlicher werden, als er schon ist. Ich muss ihn vernichten!"
„Deswegen siehst du aus, als hättest du monatelang nicht geschlafen? Weil du einen Werwolf jagst?"
„Irina, er hat diese Woche achtzehn Menschen getötet! Ich muss ihn aufhalten, wenn Bully zu feige dazu ist! Der sollte sich eigentlich dieser Aufgabe widmen, aber anscheinend traut er sich nicht. Er hat Angst, dass ihm etwas passiert. Er will nicht riskieren, sein Rudel einem anderen überlassen zu müssen. Bully liebt es, sein Rudel voll und ganz unter Kontrolle zu haben."

„Also hat er dir sozusagen alles überlassen?", fragte ich.

„Ja, und ich muss mich beeilen, der Werwolf ist mir schon zu oft entwischt! Ich weiß nicht, ob ich es schaffe, am Montag wieder in der Schule zu sein."

„Du hast es versprochen", erinnerte ich ihn.

„Ja, aber willst du wirklich, dass noch mehr Menschen seinetwegen sterben? Er tötet, weil es ihm Spaß macht, lass mich ihn aufhalten!"

„Die Menschheit ist wichtiger als ich, das verstehe ich."

Spike sah für einen Moment verdutzt aus. „Nein, für mich stehst du an erster Stelle, aber ich will Adrian den Gefallen nicht tun und aufgeben. Auch ich bin eine Bestie, aber ich töte nur einmal in der Woche, nicht achtzehn Mal!"

„Du bist keine Bestie, Spike. Aber halte ihn auf! Vielleicht solltest du heute Nacht etwas schlafen. Wenn du willst, bleibe ich bei dir."

„Irina, ich muss ihn dringend finden, ich kann nicht schlafen!"

„Natürlich kannst du! Die paar Stunden, in denen du ihn nicht jagst. Leg dich ruhig hin. Keine Sorge, ich mache dir keinen Kamillentee", entgegnete ich, indem ich ihm fest in die Augen blickte.

Er lächelte. „Ich werde erst schlafen, wenn auch du schlafen gehst."

„Ich frage meine Mutter gleich mal, ob ich das Wochenende hier verbringen darf, wenn du willst."

Spike fuhr mir durchs Haar und ein wohliges Kribbeln breitete sich in meinem Bauch aus. „Nichts wäre mir lieber als das", antwortete er zärtlich.

Unter vielem Bitten und Betteln willigte meine Mutter schließlich ein, als ich sie um Erlaubnis fragte. Spike und ich sahen uns einen Film an, dann gingen wir in das Schlafzimmer seiner Eltern. „Willst du rechts oder links schlafen?", fragte er mich.

„Mir egal. Spike? Versprich mir, heute Nacht nicht abzuhauen und Adrian zu suchen."

Spike seufzte. „Na gut, aber nur, weil du es bist."

Nachdem wir uns hingelegt hatten, schloss ich die Augen. „Du bist einzigartig, Irina. Befrei mich." Diese Worte flüsterte er mir noch zu und kurz darauf schlief ich ein.

Am nächsten Morgen wachte ich um fünf Uhr auf. Spike schlief noch. Zufrieden drehte ich mich um. Spike würde ausgeschlafen sein. So konnte er Adrian vielleicht kriegen. Erneut schloss ich die Augen, um ein wenig Schlaf einzufangen, was mir auch gelang. Um zehn Uhr wachte ich erst wieder auf. Spike schlief immer noch. Ich setzte mich auf und sah auf die Vorhänge, die zugezogen waren. Das Haus war wirklich schön. Obwohl es modern eingerichtet war, hatte es seinen leicht altertümlichen Stil nicht verloren. Spikes Hand berührte plötzlich meinen Oberschenkel und ich erschrak. Doch er schlief immer noch. Fünf Minuten später schlug er jedoch die Augen auf.

„Wie spät ist es?", fragte er.

„Viertel nach zehn."

Sofort setzte er sich auf. „Was?" Er riss die Decke beiseite und entblößte seinen göttlichen Oberkörper. „Das ist faszinierend", murmelte er. Ratlos und fragend sah ich ihn an. „Dein Geruch scheint eine beruhigende Wirkung auf mich zu haben."

„Mein ... Geruch?"

„Ja, dein Körpergeruch. Für mich riechst du appetitlicher als alle anderen Menschen auf der Welt."

„Wonach rieche ich denn? Pommes mit Schnitzel?"

„Nein, pfui! Deinen Geruch kann man nicht beschreiben. Aber du duftest wunderbar!"

„Also ... hast du jetzt meinetwegen so lange geschlafen?"

Spike nickte. „Ja, es scheint so."

Wir schwiegen.

„Hast du Hunger?", fragte er nach einer Weile.

„Nein, danke." Jetzt, da Spike ausgeschlafen war, wollte ich nicht, dass er sich auf die Jagd auf Adrian vorbereitete. „Ich will nicht, dass du gehst." Das platzte einfach so aus mir heraus.

In Spikes Gesicht spiegelte sich eine Mischung aus Liebe und Wut wider. „Ich würde gerne bleiben, aber Adrian muss Einhalt geboten werden." Ich seufzte. „Irina", er sah mich an, „ich werde schnell wiederkommen. Und, versprich mir, mach keine Dummheiten. Und jetzt werde ich gehen. Wir sehen uns." Er huschte durchs Zimmer, ich hörte den Schrank klappern und dann nichts mehr. Stille.

Nachdem ich aufgestanden war, ging ich langsam durchs Haus und sah mich um. Was sollte ich jetzt machen? Einen Spaziergang? Mich draußen mit Jessi treffen? Spike hatte mir beim Gehen noch verboten, sie ins Haus zu lassen.

Ich ging zum Telefon. „Jessi? Hast du Zeit?"

„Klar! Von welchem Telefon rufst du an? Das ist nicht deine Nummer."

„Wir sehen uns später, bin bei meiner Tante. Tschüss!" Ich legte auf, bevor Jessi noch weitere Fragen stellen konnte.

„Was machen wir jetzt?", fragte mich Jessica, als wir uns einige Stunden später trafen.

„Warten, dass ich einen Anruf bekomme."

„Einen Anruf? Von wem?"

„Kennst du nicht. Lass uns in den Park gehen."

Wir gingen quatschend zum Park. Als wir gerade über die Wiese schlenderten, stach mir jemand direkt ins Auge. Ein Junge mit schwarzem Haar stand im Schatten einer Buche. „Wir müssen hier weg", dachte ich und wollte gerade mit Jessica eine andere Route nehmen, als er auf uns zukam.

„Irina, wo ist deine Bestie?" Ich sah Adrian warnend an, was ihn wahrscheinlich eher weniger beeindruckte. „Oder sollte ich ihn vielleicht *Beschützer* nennen?"

Ich sah aus den Augenwinkeln, wie Jessica sich aufbaute. Sie durfte auf keinen Fall etwas sagen! Wenn sie die Nächste auf seiner Liste war ... „Er sucht nach dir!", sagte ich und versuchte, möglichst sicher zu klingen. „Und er wird dich finden!"

Adrians gehässiges Grinsen verschwand. „Es ist töricht von dir, mir zu sagen, dass er mich finden wird! Er hat überhaupt keine Ahnung, wo ich bin!"

„Was, wenn ich's ihm sage?" So mutig, wie ich tat, war ich überhaupt nicht, im Gegenteil: Ich hatte Angst vor ihm.

„Sei vorsichtig, dass dich nicht ..."

„Adrian!" Eine Männerstimme rief seinen Namen. „Schüchtere die beiden Mädchen nicht ein!"

Ungläubig starrte ich den Mann an, der auf uns zukam. „Doktor White?", brachte ich ungläubig hervor. Ich kannte diesen Mann durch meine Eltern.

Er drehte sich zu mir um. „Irina Kolb, richtig? Was machst du denn hier?"

„Spazieren gehen."

Doktor White lächelte und wandte sich wieder Adrian zu. „Junge, ich habe etwas erfahren, was mich sehr wütend macht, halte dich mehr zurück!" Adrian funkelte ihn zornig an. „Es ist wohl wahr, aber ich bin immer noch dein Vater, und das ist bekannt!"

Doktor White war der Vater dieses Monsters?

„Trotzdem werde ich dir nicht gehorchen! Wir stehen auf verschiedenen Seiten!"

„Wenn du nicht aufhörst, werde ich dir Einhalt gebieten müssen!"

„Versuch es ruhig, mich hält keiner auf!" Doktor White sah seinen Sohn noch einmal zornerfüllt an, dann ging er. „Und jetzt zu euch, verschwindet lieber oder ihr seid Geschichte!", fuhr Adrian Jessica und mich an.

Jetzt schienen sich die aufgestauten Worte meiner Freundin Bahn brechen zu müssen. „Verschwinden? Das hier ist ein Park! Ein öffentlicher Aufenthaltsort!"

„Jessi, beruhige dich", knirschte ich.

„Irina, lass dich von diesem Kerl nicht einschüchtern!" Jetzt hatte sie mir meine Vermutung bestätigt! Sie stand eindeutig auf Spike, sonst hätte sie Adrian nicht so angefahren. Schließlich sah Adrian nicht schlecht aus.

„Du solltest vorsichtig sein, Mädchen, ich mag es ganz und gar nicht, wenn man nicht das tut, was ich sage!", entgegnete dieser mit eiskalter Stimme.

„Jessi, komm jetzt!", versuchte ich, meine Freundin davon abzuhalten, die Situation noch zu verschlimmern.

Doch sie ließ sich von mir nicht mitschleifen. Im Gegenteil, sie fuhr mit ihrer wütenden Ansprache fort. „Ihr Jungs glaubt wohl, ihr könnt euch alles erlauben!"

„Wag es nicht ..."

„Adrian White, hab ich dich endlich gefunden", wurde der bösartige Werwolf unerwartet unterbrochen.

Jessi drehte sich beim Klang dieser Stimme sofort um. „Spike, du bist ja wieder gesund!"

„Ja. Adrian, es ist an der Zeit, alledem ein Ende zu bereiten!"

„Wie wahr, du stehst mir schon seit Langem im Weg!"

„Uh! Zwei Rivalen", zwitscherte Jessi.

Rivalen? Nein, das waren Feinde, wie sie im Buche standen!

„Hast du den Mut, dich mir zu stellen, oder soll dieses Katz-und-Maus-Spiel noch lange so weitergehen?" Adrian bleckte die Zähne.

„Keine Sorge, Adrian, es wird schnell gehen", entgegnete Spike finster. „Du wirst nicht lange leiden, was mir jedoch eigentlich mehr Freude bereiten würde." Spikes Oberlippe hob sich.

„Ich erwarte dich heute Abend, Simon. Meine Leute werden dir beim Sterben zusehen." Adrian schritt hämisch grinsend davon.

„Spike, geh nicht", drängte ich, doch Spike hatte Rache geschworen, das verriet mir sein Gesichtsausdruck. Während Jessi vollkommen euphorisch jubelte und in die Hände klatschte, bemerkte ich, dass Spikes Körper bebte. Nicht vor Angst, sondern vor Wut. Ich hob eine Hand und berührte vorsichtig seinen Arm. Er reagierte sofort auf die Berührung. Sein Körper entspannte sich und er legte seine Hand auf meine.

„Die Dunkelheit in mir ...", murmelte er leise. Jessi hüpfte währenddessen aufgekratzt durch die Gegend. Mit einem traurigen Blick auf sie fuhr Spike fort: „Sie ist nicht wie du. Du bist so anders. Rette mich."

„Ich werde versuchen, dir zu helfen, aber geh nicht zu diesem Kampf."

Ein Muskel in seinem Arm zuckte. „Ich muss! Er wird zu gefährlich." Spike nahm seine Hand von meiner. „Sei heute Abend vorsichtig, Irina. Ich will nicht, dass dir etwas passiert, das könnte ich mir niemals verzeihen." Ich nickte gegen meinen Willen.

„Gehen wir auch zu diesem Kampf?", fragte Jessi vergnügt.

„Nein, ihr werdet schön zu Hause bleiben!", sagte Spike streng.

Jessica machte ein Gesicht wie sieben Tage Regenwetter. „Och menno! Spikey, bitte!" Spikey? Nicht nur mir schien dieser Name nicht zu gefallen. Auch Spike zog eine merkwürdige Grimasse. „Es wird schon nicht so gefährlich sein", maulte Jessi weiter.

„Du ahnst gar nicht, wie gefährlich. Irina, du hast noch deine Sachen bei deiner Tante, ich fahre dich schnell hin. Jessi, du gehst am besten jetzt auch nach Hause." Ich fragte schon gar nicht erst, woher er wusste, dass ich Jessi gesagt hatte, ich wäre bei meiner Tante gewesen. Jessi verabschiedete sich an einer Straßenecke von uns und wir gingen langsam zu seinem Haus.

„Du willst also wirklich hingehen", stellte ich niedergeschlagen fest. „Ja, aber ich werde dem Kampf ein schnelles Ende setzen, damit du nicht allzu lange alleine bist. Du kannst, wenn du möchtest, an den Computer oder fernsehen." Er schloss die Haustür auf. Als wir den Flur betraten und er die Haustüre geschlossen hatte, drehte er sich zu mir um. „Wenn ich heute Nacht wiederkomme, werde ich geschwächt sein. Es gibt nur ein einziges Mittel, das mich wieder auf die Beine bringt. Irina, wirst du mir heute Nacht dein Blut schenken?"

Egal, was passiert, wie sehr er dich auch anfleht, hörst du? Egal! Lass ihn bitten und betteln, soviel er will, du wirst es nicht zulassen, und wenn er dir alles verspricht, niemals!

Marcos Worte hallten in meinem Kopf wider. Ich war hin und her gerissen. Ich hatte Angst davor, ihm mein Blut zu geben, andererseits wollte ich ihm auch helfen, die Dunkelheit in seinem Innern zu besiegen, und vielleicht war dies der erste Schritt? „Du wirst es nicht brauchen, ich weiß es!" Spike lächelte, doch es war ein Lächeln, mit dem er seinen Zweifel an meiner Überzeugung offenbarte.

Spike war gegen acht Uhr abends verschwunden, mit dem Versprechen, dass er mich nicht lange warten lassen würde. Das Haus kam mir plötzlich trostlos und einsam vor, obwohl ich gerade mal das Untergeschoss kannte. Ich beschloss daher, das obere Stockwerk zu inspizieren. Die Diele war wunderschön, obgleich modern. Die Wände waren weiß und alles schien makellos. Alle Türen waren geschlossen. Alle ... bis auf eine. Das machte mich neugierig und ich ging in das Zimmer. Auch hier waren die Wände weiß, die Tür war in einen dunklen Holzrahmen gefasst. Der Raum war nicht besonders groß und auf der Fensterbank standen ein paar Bilderrahmen. Das eine Bild war ein Hochzeitsfoto. Eine Frau mit dunkelblondem Haar, schmaler Figur und braunen Augen stand in einem champagnerfarbenen Kleid und mit einem wunderschönen Brautstrauß neben einem Mann mit schwarzem Haar, Brille und grauen Augen, der einen schwarzen schicken Anzug trug. Neben diesem Foto stand ein Familienbild. Erst jetzt wurde mir klar, dass das

Brautpaar Spikes Eltern sein mussten, denn in der Mitte des zweiten Bildes stand Spike. Er sah gut aus, doch man erkannte deutlich den Unterschied zwischen Mensch und Vampir. Auf jeder Schulter hatte er die Hand eines Elternteils. Die Familie auf dem Foto wirkte glücklich und vor allem fürsorglich. Spike schien sich mit seinen Eltern gut verstanden zu haben. Das nächste Foto war ein Porträt von Spike. Er sah darauf leicht genervt aus, wirkte aber glücklich. Auf den restlichen Bildern waren diverse Leute zu sehen, die mich jedoch nicht weiter interessierten. Ansonsten wirkte der Raum eher karg. Spike musste öfter hier gewesen sein, denn das Zimmer wirkte trotz seiner Kargheit nicht verlassen oder unbewohnt. Es befand sich noch ein alter Holzschrank in diesem Zimmer, der zur Tür passte. Ich ging darauf zu und öffnete ihn. Hier befanden sich ein Fotoalbum und zwei Kartons. „Nein", dachte ich, „das verletzt Spikes Privatsphäre zu sehr. Die Bilder durfte ich sehen, sie waren eingerahmt." Das versuchte ich mir zumindest einzureden, denn ich hatte ein schlechtes Gewissen. Aus diesem Grund entschied ich mich dafür, die anderen Räume nicht weiter zu inspizieren, und ging wieder runter ins Wohnzimmer.

Den restlichen Abend verbrachte ich vor dem Fernseher, ohne wirklich auf den Film zu achten. Ich stellte mir immer und immer wieder eine Frage: Wie war Spikes Leben gewesen, bevor er zu dem wurde, was er jetzt war?

Einschlafen konnte ich nicht, jedenfalls nicht, bevor ich wusste, dass Spike noch am Leben war! Dann – um zwölf Uhr – ging die Tür auf. Ich hörte, wie der Schlüssel zu Boden fiel. Vollkommen kraftlos betrat Spike das Schlafzimmer. Er fiel aufs Bett. Ich hätte mich vielleicht gefragt, ob er schauspielerte, doch so unelegant bewegte er sich sonst nie. Für ein paar Minuten blieb er reglos liegen, dann hob er schwach die Hand und berührte meinen Ellbogen. „Hilf mir, Iri...Irina."

Ich erschrak. Seine Stimme klang, als hätte er Rasierklingen verschluckt. „Was soll ich tun, Spike?"

„Blut. Dein Blut." Seine Stimme versagte.

Lass ihn bitten und betteln so viel er will.

Aber ich konnte ihn doch nicht so leiden lassen. Ich schwankte hin und her, einerseits Marcos Worte im Ohr, andererseits Spikes schmerzverzehrtes Gesicht vor Augen. „Trink, Spike." Mein Entschluss war endgültig. Seine Hand berührte schwach mein Gesicht. Erst jetzt bemerkte ich, dass ich ihm dabei wohl helfen musste. Ich schob eine Hand unter seinen Rücken und hob ihn sachte an. Seine Hände fanden schwach Halt an meinen Schulterblättern. Ich schob meine Haare beiseite, sodass er meinen Hals erreichen konnte.

„Nein", sagte er matt. „Nicht deinen Hals. Es ... es ist zu gefährlich. Mach deine ... deine Schulter frei." Zuerst saß ich nur still da und hörte zu, wie Spike atmete. Dann machte ich meine Schulter frei und wartete darauf, dass er seine Zähne darin versenkte.

„Danke", sagte er, und seine Lippen berührten sanft die Haut an meiner Schulter. Sie wanderten tiefer bis zu der Stelle, an der er sanft zubiss. Der Schmerz jagte durch meine Schulter bis hin zum Schlüsselbein. Ich hörte die Schlucke, die er nahm. Ich hielt den Schmerz nur aus, weil ich den alten, starken Spike vor Augen hatte. Nach ungefähr fünf Schlucken hörte er auf. Seine Lippen berührten noch einmal sachte meine Schulter, dann ließ er mich los. Sein Kopf sank in die kühlen Kissen zurück und er schlief ein. Als ich zögernd zu der Wunde hinsah, die Spikes Biss hinterlassen hatte, bemerkte ich, dass dort nur eine kleine Narbe war. Sie würde mich für immer an diese Nacht erinnern.

Mitten in der Nacht wurde ich von einer Mücke geweckt, die sich auf meine Wange gesetzt hatte. Das dachte ich zumindest. In Wirklichkeit hatte Spike mich mit seiner Fingerkuppe berührt. „Du weinst ja!", stellte er fest. Ich fuhr mir mit der Hand übers Auge. Tatsächlich, es war nass. Spike fing eine Träne ab, die sich ihren Weg zu meinem Kinn bahnte. „Sie ist wunderschön." Er betrachtete die Träne und leckte sie dann ab. „Ich schmecke jeden Salzkristall." Jetzt musterte er mich aufmerksam. „Was hast du geträumt?"

Ich überlegte. „Von einem Raum ..." Mehr wollte ich nicht sagen, denn er sollte nicht wissen, dass ich in seiner Privatsphäre rumgeschnüffelt hatte.

„Einem Raum? Was war in diesem Raum?", hakte er nach.

„Eine Frau und ein Mann." Spikes Blick wurde aufmerksam. „Sie verblassten immer mehr." Erneut rollten mir Tränen die Wangen hinunter. „Du warst so unglücklich, sie haben dich im Stich gelassen, ihren eigenen Sohn!" Die Tränen wollten nicht enden und ich verstand nicht, wieso.

Spike setzte sich endlich auf und nahm mich in den Arm. „Ja, sie haben mich verraten, aber du solltest eigentlich wegen etwas anderem weinen." Jetzt sah ich ihn fragend an. „Ich habe dir wehgetan, obwohl ich mir geschworen hatte, es niemals zu tun. Morgen solltest du gehen."

„Nein!", rief ich. „Ich wollte es doch! Ich habe es zugelassen!"

„Weil ich es wollte! Irina, ich könnte dich kontrollieren, wenn ich es darauf anlegen würde! Ich könnte dich alles tun lassen, und du würdest es nicht einmal merken. Ich bin gefährlich!"

„Hör auf!" Ich riss mich von ihm los. „Ich bereue es nicht!"

„Du hängst an einem Monster."

„Sag so etwas doch nicht. Du bist kein Monster!"

„Ich habe letzte Nacht getötet." Ich schwieg. Irgendwie kam es mir so vor, als würde er lügen. „Aber es war nicht Adrian, Irina. Ich habe Bully getötet."

DIE ZEREMONIE

Marco gab sich große Mühe, nicht sauer auf Spike zu sein. Das ganze Rudel war in Trauer verfallen. Spike und ich saßen mit den anderen Wölfen im Wald auf einer Lichtung und schwiegen uns gegenseitig an.

„Es tut mir leid", meldete sich Spike schließlich zu Wort.

„Das hättest du dir vorher überlegen sollen!", fuhr ihn einer der Werwölfe aufgebracht an.

„Chad, beruhig dich."

„Halt die Klappe, Marco! Du bist doch mit diesem Blutsauger befreundet! Er denkt nur ans Töten!"

„Das stimmt nicht!" Ich war aufgestanden.

„Du gehörst doch auch zu seiner Rasse!", sagte Chad und wies wütend auf mich.

„Sie ist kein Vampir, Chad", versuchte Marco ihn zu beruhigen. „Lasst uns lieber über die Zeremonie reden."

„Zeremonie?" Ich sah mich verdutzt um.

„Ja", erklärte Marco. „Wenn ein Rudelmitglied stirbt, dann wird es auf seinem Weg ins Reich der Toten begleitet. Zugleich wird bei dieser Zeremonie der neue Leitwolf ernannt." Zustimmendes Gemurmel.

„Ihr habt etwas Wichtiges vergessen", erinnerte Spike. Marco sah jetzt betrübt aus. „Wenn ein Rudelmitglied getötet wird, soll sein Mörder verflucht werden. Ewiger Hass soll auf ihm lasten."

Jetzt war ich verwirrt. Sie wollten Spike verfluchen? Und Marco würde mitmachen?

„Tut das nicht, bitte. Er wird seine Gründe gehabt haben."

„Nein, Irina." Spike war aufgestanden.

„Ich habe ihn aus Wut und Rache getötet. Das waren meine Motive." Es war kein Entsetzen, was mich durchflutete, es war eine Art Enttäuschung und Wut. Also war er doch eine Killermaschine. „Ich kann mich nur entschuldigen. Mir tut es nicht leid für ihn, sondern für euch. Obwohl auch das gelogen ist. Wie oft hat er euch schikaniert? Wie oft musstet ihr euch gegen Freunde stellen, nur weil er es wollte? Ich weiß, dass es die Tradition so will, aber ich weiß auch, dass ich nicht der Einzige bin, der ihn gehasst hat!"

„Wag es nicht ..."

„Chad, hör auf! Spike hat recht. Wir alle haben ihn gehasst, aber wir können die Tradition nicht brechen", mischte sich ein weiblicher Werwolf ein.

„Das verlange ich auch nicht, Emilie", nahm Spike den Faden wieder auf. „Ich weiß, ihr haltet nicht viel von den bösartigen Werwölfen, aber nehmt euch ein Beispiel an ihrer Wahlmethode. Wählt, wen ihr für richtig haltet." Das Rudel schwieg. Es war ein unangenehmes Schweigen, das erdrückend auf jedem von uns lastete.

„Denkt nicht, dass ich mich auf das Niveau dieser Mistviecher herablasse!", grummelte Chad und sah alle wütend an.

„Aber wir können die Tradition nicht ändern", warf Emilie erneut ein.

Ich begriff plötzlich, was das für Konsequenzen haben würde. „Ihr werdet also Spike tatsächlich verfluchen?" Emilie nickte. „Aber ... Aber es wirkt doch nicht wirklich, oder? Ich meine, Flüche sind doch reiner Aberglaube, oder nicht?"

„Nicht bei magischen Wesen, Irina." Spike klang ernst.

„Was ist damit gemeint: Ewiger Hass soll auf ihm lasten?" Ich war mir nicht sicher, ob ich die Antwort auf diese Frage wirklich hören wollte.

Emilie sah mich mitleidig an. „Wenn wir ihn verfluchen, dann werden wir ihn bis zu unserem Tod abgrundtief hassen." Marco machte bei diesen Worten ein merkwürdiges Gesicht.

„Muss Marco daran teilnehmen?" Meine Stimme versagte fast, als ich die Frage stellte.

„Ja. Das ganze Rudel ist dazu verpflichtet."

„Was ist, wenn ich mich weigere?", platzte es aus Marco heraus.

„Hast du schon mal das Wort *Verbannung* gehört?", fragte Chad sarkastisch.

„Warum können wir diese verdammte Tradition nicht einfach vergessen?", rief Marco wütend.

„Weil es eine Tradition ist." Eine Stimme, die ich noch nie zuvor gehört hatte, erklang wie aus dem Nichts.

„Diego, wir haben doch bestimmt die Möglichkeit, die Tradition zu ändern!"

„Schweig, Marco! Tradition ist Tradition!" Ein großer brauner Wolf erschien zwischen den Bäumen. Seine Augen waren bernsteinfarben und ihr Blick ließ keinen Widerspruch zu.

„Ja, Diego." Marco senkte demütig den Kopf.

„Du wirst also der neue Leitwolf", stellte Spike nüchtern fest. „Wer wird zusätzlich ins Rudel aufgenommen?"

Diego sah ihn vernichtend an. „Carla Rodrigues."

„Nein!" Marco war plötzlich aufgesprungen. „Nicht meine Schwester!"

„Marco, auch sie wird bald ein Werwolf sein, ich will es so", sagte Diego bestimmt.

„Sie liebt dich aber überhaupt nicht!"

Diego knurrte. „Wag es ja nicht, Marco! Sie wird unserem Rudel beitreten. Basta!"

„Sie wird dich niemals wollen! Sie will Spike – wie jedes andere normale Mädchen auch!"

„Silencio, Marco! Schweig!" Diego zog eine Grimasse. „Geh jetzt!"

„Befehle ihm nichts, Flohsack!", rief Spike und sah Diego wütend an. „Noch bist du nicht der Leitwolf."

Diego fletschte die Zähne, dann verwandelte er sich zurück in einen Menschen. „Misch dich bloß nicht ein, Vampir! Ich habe durchaus den Mut, dich zu töten."

Jetzt grinste Spike hämisch. „Mich töten? Ich kann mich stolz das mächtigste Wesen der Welt nennen, versuch du ruhig, mich zu töten."

Diego knurrte wütend. „Sei vorsichtig, Vampir. Arroganz ist meistens ein schlechter Ratgeber, wenn nicht sogar der völlig falsche."

„Ein zwanzig Jahre junger Leitwolf, der den Verstand eines Zwölfjährigen hat. Ihr Werwölfe mögt in der Überzahl sein, dennoch unterschätzt ihr mich. Adrian White wird heute Nacht tot sein, verlasst euch drauf."

Marco sah zu Spike. „Du sagtest, es wäre Bullys Aufgabe gewesen, Adrian zu töten ... Wie ist es mit Diego?"

Spike grinste. „Wenn er euer neuer Leitwolf ist, ist es seine Pflicht, jeden bösartigen Werwolf, der seine Stadt bedroht, zu töten." Diego wirkte angespannt und ich fragte mich, warum. Er kannte doch seine Pflichten, oder etwa nicht?

„Wieso macht Danielle das nicht?", fragte Diego plötzlich leicht verunsichert.

„Weil die Morde nicht in Danielles Revier stattgefunden haben", machte Spike deutlich.

„Ich werde sie trotzdem um Hilfe bitten."

„Die wird sie dir nicht gewähren. Es ist dein Revier, das du selbst verteidigen musst."

„Du wolltest ihn doch heute Nacht erledigen. Wieso sollte ich dir dann den Spaß verderben?"

Spike knirschte mit den Zähnen. „Du glaubst, es würde mir Spaß machen? Diego, dieses Wesen hat achtzehn Menschen in einer Woche getötet, aber das ist ja egal, solange es nichts mit dir zu tun hat!"

„Vampir, du tötest auch!", konterte Diego wütend.

„Nicht zum Spaß und keine achtzehn Menschen in einer Woche! Diego, das hier ist kein Spiel! Willst du, dass Carla vielleicht die Nächste ist?" Marco zuckte bei diesen Worten zusammen und ich konnte das gut nachvollziehen, wurde hier doch schließlich von seiner Schwester gesprochen.

„Ein Werwolf, der einen Menschen liebt, das ist einfach unpassend."

„Aber ein Vampir darf das, ja?", wehrte sich Diego und warf Spike einen bösen Blick zu.

„Treib's nicht zu weit, Flohsack!", knurrte Spike und hob leicht die Oberlippe.

„Wenn du einen Menschen liebst, dann darf ich das auch!"

„So ein Kinderkram", sagte Emilie leise.

„Misch dich nicht ein, Emilie! Vampir, hältst du es nicht für angebracht, es ihr zu sagen? Nein? Du heißt Irina, richtig?"

Ich nickte langsam.

„Wag es nicht!", knirschte Spike.

„Der Blutsauger hier ..."

„Halt den Mund! Noch ist nicht der richtige Zeitpunkt!"

„... liebt einen Menschen."

Irgendwo in meiner Magengegend fing es an zu brennen. Spike schüttelte ungläubig den Kopf. „Irina, nein, nicht ... Das wird dir noch leidtun, Diego!" Etwas Nasses rollte ungewollt meine Wange hinunter. Jessi hatte also erreicht, was sie wollte.

„Nein!", rief Spike und schüttelte mich. „Du denkst an Jessi. Aber die kann ich nicht mal ausstehen!" Welches Mädchen denn dann? Carla? Wollte er deswegen nicht, dass Diego sie in sein Rudel holte? Ich schloss die Augen und irgendjemand nahm mich in den Arm. „Ich liebe keine andere. Nur dich", flüsterte seine vertraute Stimme in mein Ohr.

Der Montagmorgen begann grauenhaft. Zuerst verschlief ich, weil der Traum, der so wunderschön gewesen war, nicht enden wollte. Dann fand ich meine Schulsachen nicht und schließlich war es Viertel nach acht. Herr Goliad, der Sportlehrer, würde mich mindestens zwanzig Liegestütze für meine Verspätung machen lassen. Als ich endlich beim Sportunterricht erschienen war, gesellte sich Spike zu mir und fragte besorgt: „Wie geht's dir? Warum kommst du so spät?"

„Bei mir ist alles okay. Mich interessiert im Moment eher dein Schicksal", war alles, was ich hervorbrachte, und ich spürte, wie mein Gesicht heiß wurde.

Spike lächelte. „Wie oft soll ich dir noch sagen, dass dir so etwas nicht unangenehm sein muss? Aber ich weiß, du kannst dein Blut nicht kontrollieren."

„Simon, Kolb! Basketball wird hier hinten gespielt, also kommt!", rief Herr Goliad dazwischen.

„Der ist der Nächste auf meiner Liste", knurrte Spike und stand auf.

Als die Sportstunde endlich zu Ende war, mussten wir zum Biologieunterricht. Unser Stundenplan war verändert worden. Eigentlich war mir das egal, aber in der ersten Stunde Sport zu haben war für mich nicht wirklich akzeptabel.

Spike war nicht so konzentriert in Bio wie sonst. Das schien auch Frau Bräuer zu bemerken, denn sie beobachtete ihn unablässig. Schließlich sagte sie: „Kommen wir zu einem neuen Thema. Wir nehmen ab heute noch einmal Sexualkunde durch." Die Jungs jubelten begeistert. Spike richtete sich gespannt auf. Meine Aufmerksamkeit galt nun Spike, der Frau Bräuer ansah und auf volle Konzentration schaltete. „Ich werde jetzt einige Modelle holen, verhaltet euch bitte ruhig."

Als sie den Raum verlassen hatte, herrschte sofort lautstarker Tumult. Ich nahm die Chance wahr und sah Spike direkt an. „Was findest du so interessant daran?" Das war alles nicht so aus meinem Mund gekommen, wie ich es eigentlich hatte sagen wollen.

„Ich würde gerne etwas herausfinden. Die menschlichen Organe und die eines Vampirs funktionieren alle gleich, aber irgendetwas Unbestimmbares läuft bei mir anders." Hurra! Spike wollte seinen Körper erkunden. „Das wird dich irgendwann auch mal interessieren", sagte er und wandte sich der Tafel zu. Okay, wieso sollte mich das irgendwann mal interessieren? Spike dachte doch nicht ernsthaft über ... Wir waren nicht mal zusammen!

Frau Bräuer betrat wieder den Klassenraum und alle Jungs außer Spike johlten, als ein Tisch mit Rollen durch die Tür kam, auf dem zwei Modelle von beiden Geschlechtern standen. Vom Magen bis zu ... na ja, den Geschlechtsorganen eben.

„Alles so identisch ...", hörte ich Spike neben mir leise murmeln. Bei aller Liebe, aber das interessierte mich nun wirklich nicht.

„Meine Damen und Herren, ich präsentiere auf der einen Seite das sogenannte starke Geschlecht, den Mann, und auf der anderen Seite den allseits leider unterschätzten Körper der Frau."

„Tja, wir Männer haben halt Vorrang, nicht wahr?", wurde aus der Klasse eingeworfen.

„Halt die Klappe, Kevin!", zischte Jessi genervt. Jessi, das Mädchen, welches eigentlich immer eine gute Freundin gewesen war. Doch seit Spike sie nett behandelt hatte, war sie so anders geworden.

„Na, zum Glück war sie gestern nicht dabei", dachte ich und krallte mich an meinem Kugelschreiber fest. Erst jetzt fiel mir auf, dass Spike mich beobachtete. Nein. Eigentlich musterte er mich regelrecht. „Was ist?", fragte ich leise.

Er antwortete nicht direkt. „Ich versuche herauszufinden, ob deine Organe genau wie jetzt aussähen, wenn du ein Vampir wärst."

„Moment, du schaust mir doch gerade nicht unter meine Haut?"

„Sei nicht albern", knurrte er, doch ich glaubte, bemerkt zu haben, dass er das eigentlich liebend gern getan hätte.

„Die Membran ist dünn, aber elastisch." Frau Bräuers Worte drangen nur gedämpft in meine Gehörgänge.

„Mach das, wenn ich nichts davon weiß, aber schweig danach wie ein Grab. Ich will nichts davon hören." Spike lächelte mich zufrieden an und nickte. Doofes Angebot, wieso tat ich das? Doch nicht etwa, weil er es wollte und mich dazu zwang?

Biologie verging recht schnell, gemeinsam mit Spike ging ich in die Pause. Ich hatte mir vorgenommen, nach der Schule mit zu ihm zu fahren. Gemeinsam wollten wir uns etwas überlegen, um die traditionellen Regeln der Werwölfe umgehen zu können. In der Pause kam jedoch Kate an unseren Tisch. „Hey, Spike, heute Abend ist bei mir eine kleine Party. Kommst du auch?" Ich verdrehte die Augen. Typisch Kate.

„Tut mir leid, Katharina, aber heute Abend hab ich Training."

Kate sah etwas enttäuscht aus. „Musst du da hin? Du bist doch eh in allem so gut."

„Ja, tut mir leid, meine Eltern wären nicht begeistert, wenn sie eine Stunde umsonst zahlen müssten." Er konnte lügen, ohne unglaubwürdig oder unsicher zu wirken.

„Schade. Ein anderes Mal vielleicht?", kam die betrübte Antwort von Kate.

„Ich werde sehen, ob in meinem Terminplan noch irgendwo Platz ist." Kate nickte und ging mit einem „Tschüssi" davon.

Grinsend sah ich ihn an und bemerkte schnippisch: „Terminplan. Wow! Maniküre, Pediküre montags. Friseur, Massage dienstags. Fotoshooting, Interview und Fitness mittwochs und donnerstags."

„Du hast den Freitag vergessen, da kommt die Putzkolonne." Wir lachten und Spike berührte meine Hand. Sofort veränderte sich meine Gefühlslage. Als er bemerkte, dass ich aufgehört hatte zu lachen, hielt auch er inne. „Du bist so anders als die anderen. Und ich bin mir sicher, dass du es bist." Ich blinzelte irritiert. Dass ich es war? Was meinte er damit? Bevor ich mir weiter Gedanken darüber machen konnte, läutete es zur nächsten Unterrichtsstunde.

„Du weißt nicht, was ich heute Morgen gemeint habe, richtig?" Spike ließ den Motor des Ferraris aufheulen.

„Nein, ich habe es nicht verstanden."

Wir rollten auf die Straße und Spike schloss das Dach des Autos. „Bei einem Vampir ... nein, so sollte ich das nicht sagen, schließlich bin ich der Einzige. Bei mir ist es so: Seit ich ein Vampir bin, kann ich nicht mehr lieben. Das heißt, wenn jetzt irgendein Mädchen sich in mich verliebt, kann ich diese Gefühle nicht erwidern. Wenn ich allerdings auf das eine Mädchen treffe, das mein Herz zutiefst berührt, ist sie mein Schicksal und ich bin ihr Schicksal. Für immer." Ich schwieg, wusste nicht, was ich davon halten sollte. „Irina, du bist mein Schicksal. Meine Liebe zu dir ist unsterblich, genau wie ich."

Boom! Das saß! Allerdings wusste ich nicht, ob ich mich freuen sollte. Am liebsten wäre ich jetzt aus dem Auto gesprungen und irgendwo hingerannt, wo er mich niemals finden würde.

„Ich kann verstehen, dass es ein Schreck für dich ist, aber du musst dich daran gewöhnen. In ein paar Wochen wirst du genauso fühlen wie ich."

„Was werden die anderen sagen?" Mit *den anderen* meinte ich die Werwölfe, insbesondere Diego, und Jessica.

„Sie werden es überleben."

„Du kannst Diego nicht leiden. Warum?", stellte ich die Frage, die mir schon länger im Kopf herumspukte.

„Er ist als Leitwolf nicht geeignet, wie du bestimmt schon mitbekommen hast. Er ist kein Mensch, sondern stärker, schneller und beweglicher. Dennoch fürchtet er den Kampf mit Adrian. Ich würde Adrian auch nicht mit meinen Händen und Zähnen zerreißen, sondern mit Magie. Ich würde ihn ganz anders vernichten!"

Das wollte ich gar nicht wissen. Aber das Wort *Magie* faszinierte mich in diesem Moment. „Du kannst zaubern?", fragte ich beeindruckt.

„Ich würde es nicht zaubern nennen. Sagen wir mal so, alles was ich will, passiert auch." Eine Ampel schaltete auf Rot. „Irina, ich möchte dir das hier geben." Er schloss und öffnete seine Hand. Ein Armband besetzt mit kleinen Anhängern aus Gold lag auf seiner Handfläche.

„Wow!" Ich sah das Armband vollkommen verzückt an. „Es ist wunderschön, aber ..."

„Ach, komm schon, es hat nicht mal etwas gekostet, es ist selbst gemacht." Ich lachte kurz auf. Selbst gemacht war eindeutig gelogen. „Okay, sagen wir selbst gezau... selbst gewollt." Ich schenkte ihm ein Lächeln und nahm das Armband aus seiner Hand. Während er nun seelenruhig weiterfuhr, betrachtete ich die Anhänger genauer. Es waren vier an der Zahl und sie waren alle aus Gold. Ein kleines Herz, ein S, ein Kleeblatt und ein I. In der Mitte des Herzens war ein kleiner Edelstein eingesetzt.

„Es ist ein Diamant", erklärte Spike. Ein Diamant. Vorsichtig legte ich mir das Armband um.

Endlich kamen wir an Spikes Haus an. „Spike, bevor wir aussteigen: Warum benutzt du eigentlich das Obergeschoss nicht?"

Er zog den Schlüssel aus dem Zündschloss. „Es sind schlechte Erinnerungen dort oben." Ich versuchte angestrengt, nicht an das Zimmer mit den Fotos zu denken, doch vergebens. Er merkte, was mit mir los war. „Du warst wohl in dem alten Arbeitszimmer meines Vaters? Ich bin dir nicht böse, Irina. Es war mein Fehler, ich hätte die Tür schließen sollen."

Er war so verständnisvoll. „Es tut mir leid, aber als ich so alleine bei dir war, hat mich der Rest des Hauses interessiert."

„Ich sagte doch, es war mein Fehler. Du musst deswegen kein schlechtes Gewissen haben."

„Okay", murmelte ich zerknirscht. Wir stiegen aus und gingen ins Haus. „Was wird Marco tun?"

„Er wird mich verfluchen. Kein Werwolf nimmt es auf sich, von seinem Rudel verbannt zu werden, schließlich ist das Rudel seine Familie ... und ich bin bloß ein Freund. Aber ich werde es überleben, denn ich habe ja dich." Er lächelte.

„Du bist sein bester Freund! Wie lange kennst du Marco schon?"

„Seit knapp vier Jahren."

„Eine lange Zeit, nicht? Und wie lange ist er in seinem Rudel?"

„Seit einem Jahr."

„Ich würde sagen, du bist seine ... Warte mal, du sagtest, das Rudel wäre Marcos Familie, was ist mit seinen Eltern?"

„Bei ihnen wohnt er, aber sie haben keine Ahnung davon, dass er ein Werwolf ist."

Wie musste es sich wohl anfühlen, zwei Familien zu haben? „Gibt es denn wirklich keine Möglichkeit, euch beiden zu helfen?", fragte ich.

Spikes Miene hellte sich auf. „Doch, eine gibt es!" Er griff nach dem Telefon und wählte eine Nummer. „Marco, trommel die anderen zusammen! Alle außer Chad und Diego, ich hab eine Idee!" Er legte auf.

„Was für eine Idee?", fragte ich neugierig.

„Erklär ich dir, wenn wir im Wald sind. Jetzt komm, nimm meine Hand."

„Ähm ..." Ich wollte ihn jetzt nicht berühren.

„Es dauert nicht lange, eine Sekunde, mehr nicht. Materialisieren geht schnell." Materialisieren? Gab es denn wirklich gar nichts, was er nicht konnte? Widerwillig nahm ich seine Hand, dann schloss ich die Augen.

„Spike, was hast du vor?" Ich hörte Marcos Stimme und schlug die Augen auf. Ich stand mitten auf der Lichtung, auf der ich Marco zum ersten Mal als Wolf gesehen hatte, zwischen den beiden Werwölfen Pascal und Christian.

„Hört alle gut zu! Emilie, wärst du jetzt schon bereit, Leitwölfin zu werden?", richtete sich Spike an die junge Frau, die etwas abseits stand.

Ich sah, wie sie bleich wurde. „Du willst Diego doch nicht töten, oder?"

Spike verdrehte die Augen. „Nein, natürlich nicht! Es ist nur so, es gibt zwei Möglichkeiten, die Tradition zu umgehen. Ihr wisst doch alle, dass das Rudel Diego, wenn er seinen Pflichten nicht nachkommt, als Leitwolf ablehnen kann. Entweder das, oder ihr gründet euer Rudel neu ohne ihn." Ich spürte, wie Pascal nach diesen Worten unsicher zu Emilie hinsah und Christian sich unruhig bewegte.

„Hör mal", begann Christian schließlich. „Diego mag ein Vollpfosten sein, aber er gehört zu unserer Familie." Die anderen – Marco, Emilie und Pascal – murmelten leise, aber zustimmend.

„Also wollt ihr keine der beiden Möglichkeiten in Betracht ziehen?" Niemand antwortete. „Nun gut. Es war eine angenehme Zeit mit euch. Wollen wir hoffen, dass keiner von euch in einem Kampf gegen mich stirbt." Spike wandte sich zum Gehen.

„Ey, das kannst du doch nicht machen!", rief Marco.

„Wenn wir uns das nächste Mal sehen, wirst du versuchen, mich zu töten, Marco. Du wirst zu einer rachedurstigen Killermaschine! Ich habe Rudel gesehen, die diesen Schwur abgelegt haben. Sie mordeten gnadenlos! Aber ihr werdet mich niemals töten können ... und das wird euch in den Wahnsinn treiben!"

Marco sah auf Spikes Rücken. „Ich kann dich nicht verstehen, Spike. Auch du hattest mal eine glückliche Familie. Wie kannst du so egoistisch sein? Glaubst du, ich würde dich nicht vermissen?"

„Ich habe keine Familie! Außerdem wirst du dich nicht mehr an unsere Freundschaft erinnern! Das ist der Preis, den der Schwur verlangt."

Marcos Gesichtsausdruck fiel in sich zusammen. „Was?"

„Hat dir das niemand erzählt?", fragte Spike.

Marco sah die anderen an, die alle schuldbewusst dreinblickten. „Ihr wusstet davon? Ihr wusstet davon und habt es mir nicht gesagt?"

„Marco ..." Emilie trat vor. „Es tut mir leid, aber wir dachten, so wird es einfacher für dich."

„Einfacher? Spinnt ihr? Ich werde ihn nicht wiedererkennen, stimmt's?"

„Nein", antwortete Pascal ihm wahrheitsgemäß. „Marco, wir alle werden diese Zeit hier vergessen."

„Nein, nicht *wir*! Ihr vielleicht, aber *ich* werde das nicht tun!"

„Diego wird dir den Kopf abreißen!"

„Wieso? Wieso habt ihr Angst vor ihm?"

Emilie sah Marco ernst an. „Er ist unser Leitwolf, Marco, du kannst dich ihm nicht widersetzen, keiner von uns kann das."

Spike sah die Wölfe reihum an. „Ich könnte euch helfen. Gründet euer eigenes Rudel!"

„Hör mal zu, Vampir. Wir können nicht so einfach ein neues Rudel gründen."

„Pascal, du bist einer der Ältesten hier, du müsstest eigentlich wissen, dass es gar nicht so schwer ist, ein neues Rudel zu gründen." Es folgte eine Diskussion, die endlos zu sein schien. Schließlich nahm Spike meine Hand und zog mich mit sich. „Dann leistet den Schwur und bringt es endlich hinter euch!"

„Wo willst du hin, Spike?", fragte ich und versuchte, mich von ihm loszureißen.

„Wir werden zu mir gehen und darauf warten, dass sie mich verfluchen."

„Nein!" Ich schaffte es endlich, mich seinem Griff zu entziehen. „Ich will nicht, dass du dich verfluchen lässt!"

Er legte seine Hand an meine Wange. „Ich werde es überleben."

„Marco ist dein bester Freund, du kannst ihn doch nicht einfach aufgeben!"

„Er ist es, der mich aufgibt! Irina, hör mir zu, ich werde Marco in nächster Zeit einfach meiden. Er wird keine Gelegenheit haben, mich angreifen zu können."

„Darum geht es mir nicht, um deine Sicherheit mache ich mir keine Sorgen, aber um deine und seine Freundschaft." Meine Hände zitterten leicht und Spike nahm sie beruhigend in die seinen.

„Gehen wir erst mal zu mir nach Hause und warten darauf, dass Marco sich meldet", schlug er vor.

Wir warteten zwei Stunden. Dann endlich stand Marco vor der Tür. „Ich tue das jetzt nicht gerne, aber bitte töte Diego!"

Spike begann zu grinsen. „Deine Schwester also."

Marco nickte. „Ja, ich will nicht, dass sie zum Werwolf wird, das würde sie nicht verkraften."

„Und deswegen soll ich Diego töten? Das ist für mich kein Angebot."

„Ich werde mit Emilie als neuer Leitwölfin noch einmal über die Tradition reden."

„Schon besser, unter diesen Umständen werde ich Diego beseitigen." Der Entschluss war gefasst: Diego sollte nicht länger der Leitwolf bleiben.

„Spike, verrate mich bitte nicht", bat Marco.

„Keine Sorge, ich werde nichts sagen, schließlich habe ich einen ganz persönlichen Grund." Mehr sagten beide nicht dazu.

Die Schulwoche ging schnell vorbei und der Tag der Zeremonie zur Einführung des neuen Leitwolfs rückte immer näher. Wann würde Spike seinen Plan in die Tat umsetzen? Mit einem scheinbar endlosen Gefühl der Angst versuchte ich, den Gedanken aus meinem Kopf zu verbannen, dass Spike erneut morden würde.

Er tötet Menschen wie dich.

Aber Diego war kein Mensch ...
„Machst du dir wieder Sorgen?" Spike kam die Treppe herunter.
„Geht schon. Du warst oben?"
„Ja, ich musste kurz nachdenken." Jetzt sah er mich interessiert an. „Ich habe irgendwie das Gefühl, dass du eine merkwürdig emotionale Bindung zu den Fotos von meinen Eltern und mir aufgebaut hast. Vor allem weil sie eng mit dem Thema verbunden sind, dass ich von meinen Eltern verlassen wurde."
„Mir ist es unbegreiflich, dass die eigenen Eltern einfach so ihr Kind im Stich lassen können."
Spike lächelte. „Mach dir keine Sorgen um mich, ich komme ohne sie gut zurecht." Er würde mich in diesem Punkt nicht anlügen, da war ich mir sicher.
„Was ist mit Diego?", wechselte ich das Thema. „Wieso muss er sterben?"
„Du kannst ihn doch auch nicht leiden. Er muss sterben, weil es nicht anders geht. Außerdem war es der Wunsch eines Rudelmitglieds." Diegos Tage waren also gezählt ...
„Hi, kommt doch rein." Marco hieß uns bei sich zu Hause herzlich willkommen.
„Du wirst jetzt seine Schwester kennenlernen, aber rede am besten nicht so viel mit ihr", riet mir Spike, während wir in Marcos Zimmer gingen.
„Ich hole noch rasch etwas zu trinken", sagte Marco und verschwand. Plötzlich ging die Tür auf und ein Mädchen mit blondierten Haaren betrat das Zimmer.
„Spike!" Ihre Stimme war genauso barbiehaft wie ihr Aussehen. „Möchtest du einen Orangensaft?"
„Er möchte, dass du aus meinem Zimmer verschwindest! Vamos, Carla!" Marco war mit einem Glas Wasser ins Zimmer gekommen.
„Woher willst du wissen, dass er mich hier nicht haben will?"
„Raus jetzt!"
„Marco, lass es gut sein. Du kannst mir einen Orangensaft bringen, Carla", sagte Spike schließlich, um den Streit zu beenden. Im Vorbeigehen streckte Carla ihrem Bruder die Zunge raus.

„Wieso machst du das?", fragte Marco Spike genervt. „Ich verstehe dich nicht, du kannst sie doch genauso wenig wie ich leiden."

„So, dein Orangensaft", flötete Carla und schwebte zur Tür herein.

„Danke." Spike nahm den Saft entgegen und ich spürte seinen Ekel, als er ihn trank und hinunterschluckte.

„Was macht ihr denn heute?" Carla schien mich nicht bemerkt zu haben – oder zumindest spielte sie die Rolle der Irina-Ignorantin sehr gut.

„Eigentlich hatten wir vor, etwas zu besprechen, aber leider bist du hier im Raum und wir können nicht reden. Hast du das verstanden oder soll ich es noch mal für ganz Dumme erklären?" Carla funkelte ihren Bruder böse an.

„Spike?", warf ich ein. „Wie alt sind eigentlich deine Eltern?"

„Sechsunddreißig und vierzig, wieso?"

„Ach, nur so." Jetzt hatte ich mein Ziel erreicht und Carlas Aufmerksamkeit gewonnen. Ihre und meine Blicke trafen sich und die Ereignisse überschlugen sich. In ihren Augen lag pure Rivalität! Spike krallte sich wütend in die Bettdecke und Marco ließ das Wasserglas fallen. Die Scherben sprangen in alle Richtungen und das Wasser lief bis unter den Schreibtisch.

„Wer ist das?", fragte Carla mit leicht zusammengebissenen Zähnen.

Spike konnte sich zwar beherrscht äußern, seine Hände zerrissen jedoch fast die Decke. „Das ist Irina." Ich hörte, wie der Stoff leicht knirschte.

Auch Marco konnte mit seinen feinen Wolfsohren die Nähte reißen hören. „Spike, meine Decke", sagte er trocken.

Spike ließ sie schuldbewusst los und sah Carla mit bohrendem Blick an. „Irina, das ist Carla." Ich nickte nur, während ich überlegte, was Spikes ungezügelte Wut entfacht haben könnte. „Marco, wir müssen heute Abend reden, ich rufe dich an." Spike stand auf. „Komm, Irina, ich bringe dich nach Hause."

Carla warf mir einen weiteren vernichtenden Blick zu. Ich stand auf und folgte Spike zur Tür. „Tschüss!" Marco nickte mir zu und schloss hinter uns die Tür.

„Das wird sie noch bereuen, das schwöre ich!", stieß Spike hervor, als wir draußen waren, und riss wütend den Schlag des Ferraris auf.

„Was ist los?", fragte ich und öffnete vorsichtig die Beifahrertür des teuren Sportwagens. Seine Reaktion konnte ich nicht nachvollziehen.

„Was bildet die sich ein?" Er schwang sich zähneknirschend auf den Fahrersitz. Auch ich ließ mich im Wagen nieder. „Sie sollte nicht so naiv sein!" Der Motor heulte auf.

„Könntest du mir vielleicht freundlicherweise erklären, wieso du so wütend bist?" Für einen Moment schloss er die Augen. Als er mir dann sein Gesicht wieder zuwandte, hatte er immer noch die Augen geschlossen. Er legte seine Hände aufs Lenkrad. Sein Gemüt schien sich zu beruhigen, das dachte ich zumindest. Doch plötzlich begannen seine Hände zu beben, er öffnete die Augen und ich erschrak. Seine Iris war rot gefärbt. Leuchtend rot. Die Reifen quietschten, der Motor heulte und die Geschwindigkeit drückte mich in den Sitz.

„Sie hatte so naive Gedanken!" Spike fuhr mit vollem Karacho über eine gut befahrene Straße. Ich betete, dass ich das hier überleben würde. Spike schien sich darüber keine Sorgen zu machen, er fuhr einfach in dem gleichen Tempo weiter.

„Was verursacht so eine Wut bei dir?" Er antwortete mir nicht. Als wir endlich von dieser befahrenen Straße runter waren, parkte er den Ferrari unsanft auf einem leeren Parkplatz. „Redest du jetzt endlich mit mir?", fragte ich und schnallte mich ab.

„Ich würde Diego jetzt ganz gerne über den Weg laufen oder Adrian!"

„Wieso bist du so wütend?"

„Ihre Gedanken waren unerträglich!"

„Du hast gefühlt, was sie gedacht hat? Carla, meine ich. Was war es denn?"

Jetzt zitterten seine Hände leicht. „Ihre Gedanken sollen deinen Geist nicht verschmutzen. Schnall dich wieder an, wir fahren weiter!" Weiter? In diesem Tempo? Nein! Zu meiner Erleichterung fuhr er danach wieder normal.

Als ich zu Hause ankam, fühlte ich mich unwohl. Spike war gefährlich. Für Diego und jetzt auch für Marcos Schwester. Das Telefon klingelte und Jessi war am anderen Ende.

„Irina? Ich wollte dich fragen, ob du morgen Zeit hast."
„Ähm ... ja, aber Spike wird auch da sein."
„Cool! Wann treffen wir uns?"
„Um zwei bei mir." Das war wahrscheinlich keine so gute Idee. Spikes Wut würde garantiert auch morgen noch nicht verraucht sein.

In dieser Nacht schlief ich sehr schlecht. Der nächste Morgen kam mir wie die Erlösung vor. Mein Handy klingelte und auf dem Display erschien der Name: *Spike*. Kaum dass ich abgenommen hatte, schallte es mir entgegen: „Das war eine sehr dumme Idee und ich hoffe, das weißt du auch." Es ging um das Treffen mit Jessica. Wieder einmal wusste er vorher, was ich ihm hatte sagen wollen.

Sarkastisch erwiderte ich: „Danke für die tolle Begrüßung, dir auch einen wunderschönen Morgen. Ich weiß, aber was hätte ich sonst sagen sollen? Außerdem kennst du ihre Absicht."

„Du wirst sehr viel mit ihr reden müssen, um sie abzulenken, Marco und ich müssen noch etwas besprechen, gestern hat Carla am Telefon gestört." Ich hörte Knöchel knacken. „Um zwei bei dir. Marco und ich werden da sein." Er legte auf. Seine Stimme war normal gewesen, aber seine Wut immer noch deutlich zu spüren.

„Irina!" Jessi stürmte auf mich zu.

„Hallo. Die anderen beiden kommen noch, möchtest du dich setzen?" Kaum hatte ich es ausgesprochen, betraten auch schon Marco und Spike mein Zimmer.

„Hallo, Spike! Marco, du bist auch hier?" Jessi war total aus dem Häuschen.

„Jessica?" Marco schien nicht so erfreut zu sein, dass Jessi auch da war.

„Spike, du trägst ja immer noch mein Armband!", rief diese entzückt, ohne von Marco weiter Notiz zu nehmen.

„Gehen wir?", warf ich schließlich ein.

„Klar, Spike hat sein Auto dabei, wir fahren an einen See", war Marcos Antwort.

Ich sah Spike unsicher an. „An einen See?"

„Ja. Keine Sorge, wir werden dich schon nicht ins Wasser schubsen." Spike musste schmunzeln.

Jessi klatschte in die Hände. „Klasse, lasst uns losgehen!" Marco seufzte und ging voraus aus meinem Zimmer. Als wir am Auto waren, sagte er etwas zu Spike, der nickte, dann kamen sie zu uns.

„Irina, Jessica, setzt euch bitte nach hinten, ich muss mit Marco etwas besprechen."

Als wir im Wagen Platz genommen hatten, schob sich mit einem Mal das Dach nach hinten. „Bist du verrückt? Sollen wir erfrieren?", protestierte ich.

„Ich will nur sichergehen, dass ihr während der Fahrt nichts von unserem Gespräch mitbekommt." Zunächst fuhr Spike in normalem Tempo, doch als wir die Autobahn erreichten, zeigte er, was sein Auto wirklich drauf hatte. Wir wurden zweimal geblitzt.

Die ganze Fahrt über schwieg ich. „Irina, habt ihr euch nichts zu erzählen?", fragte Spike nach einiger Zeit.

„Oh ja! Iri, ich hab in den letzten Tagen so viel Tolles erlebt!", begann Jessi sofort. So war sie, man musste nur den richtigen Knopf drücken. „Ich war mit Susi in diesem neuen Club – Blue Diamond – das war voll super da!" Und schon begann Jessi, von ihren ersten Ferientagen zu reden. Ich versuchte, aufmerksam zu wirken, doch die bevorstehenden Ereignisse, von denen Jessi nicht einmal ansatzweise etwas ahnte, ließen mich nicht los. Ich zerbrach mir unablässig den Kopf. Die restliche Fahrt über plapperte Jessi vor sich hin, bis Spike endlich das Auto parkte und wir ausstiegen. Wir befanden uns an einem riesigen See, der bei diesem trüben Wetter beinahe schwarz wirkte. Der Park war verlassen und es war irgendwie gruselig.

„Auf wen warten wir?" Mir war plötzlich klar geworden, dass dies gar kein Spaziergang war.

„Adrian", antwortete Spike, ohne mich anzusehen. Sein Blick war auf die andere Seite des Sees gerichtet.

„Ist das nicht dieser Junge, den wir im Park getroffen haben? Der mit den schwarzen Haaren?", fragte Jessi.

„Ja, genau der", antwortete ich.

„Wow, der war heiß!"

„Vielleicht von außen, aber von innen ist er kälter als Eis", sagte Spike, ohne den Blick vom anderen Ufer abzuwenden.

„Das glaube ich nicht, in jedem steckt ein weicher Kern." Jessi hatte keine Ahnung, wie gefährlich Adrian eigentlich war.

„Er kommt. Irina, geh mit Jessica dort hinten zu der Bank, ich will nicht, dass er euch zu nahe kommt. Diego und die anderen warten hinter den Bäumen. Ich habe ein Abkommen mit ihm. Ich töte Adrian und er ändert die Tradition, sodass sie mich nicht verfluchen."

„Töten?", fragte Jessi und sah mich entsetzt an.

„Stell jetzt keine Fragen, Jessi, wir müssen genau das tun, was Spike uns sagt." Jessica und ich gingen zu der Bank und warteten. Spikes Augen verengten sich. Auf der anderen Seite des Sees bewegte sich etwas, aber ich konnte es nicht erkennen.

„Warum will Spike jemanden töten? Das war doch ein Scherz, oder? Er wird doch niemanden umbringen?" Ich achtete nicht auf Jessi, sondern konzentrierte mich voll und ganz auf das andere Seeufer. Es waren plötzlich Bewegungen zu erkennen.

„Sie kommen", sagte Spike leise.

„Sie?" Jessi war vollkommen aufgelöst. Die Bewegungen nahmen Formen an. Mein Herz pochte wild. Die Gestalten kamen auf uns zu und ich konnte jetzt sehen, wie sie sich in verschiedene Richtungen davonmachten und hinter Bäumen und Büschen verschwanden. Adrian stand nun allein da. Sein Rudel gab ihm Rückendeckung, genau wie Marco Spike zur Seite stand.

„Du kommst ziemlich spät, Adrian", sagte Spike und seine Augen verengten sich noch mehr.

„Tut mir leid, Blutsauger, ich habe noch schnell einen Imbiss zu mir genommen." Adrian grinste hämisch und Spike knurrte leise.

„Okay, Schluss damit! Warum hast du mich hierherbestellt?" Adrian sah Spike jetzt misstrauisch an.

„Ich will meine Rechnung begleichen", antwortete dieser.

„Schön, aber soweit ich weiß, hast du den Leitwolf der anderen getötet, was habe ich damit zu tun?"

„Du warst eigentlich derjenige, den ich töten wollte und jetzt ..."

„... jetzt wollen sie dich verfluchen, richtig? Ich weiß immer noch nicht, was ich damit zu tun haben soll, nur weil du zu blöd warst, mich zu töten?"

„Ich möchte dir gerne jemanden vorstellen, Adrian. Diego, komm her." Diego trat hervor.

„Oh, das ist ja ein kläglicher Bursche von Wolf", sagte Adrian.

„Du solltest vorsichtiger sein, Adrian, er ist mein Auftraggeber. Du solltest dich fragen, wer nach dir Leitwolf wird", sagte Spike.

Adrian verengte die Augen. „Worauf willst du hinaus, Blutlutscher?"

„Riley vielleicht? Er wird sein Amt voll und ganz ausnutzen ..."

„Wovon redest du?" In Adrians Stimme lag leichte Panik.

„Es wird ein Leichtes, dich zu vergessen, Adrian White."

„Dieses Mal bist du derjenige, der nicht allein ist, hab ich recht?", fragte Adrian.

„Dieses Mal bin ich dir noch überlegener, Adrian." Mir blieb kurz das Herz stehen. Der Moment des Kampfes rückte immer näher und ich war gespannt darauf. Wie sah so ein Kampf wohl aus?

***

„Schaff Jessica hier weg, sie sollte diesen Kampf lieber nicht sehen", hallte Spikes Stimme in meinem Kopf wider.

„Ich ... Aber mich interessiert euer Kampf", antwortete ich leicht quengelnd auf dieselbe Art und Weise.

„Tu, was ich dir sage!", war seine barsche Antwort.

***

„Jessi, komm, ich bring dich jetzt hier weg", sagte ich schließlich laut.

„Ich mach das schon." Marco war hinter uns erschienen.

„Ich will aber nicht weg!", motzte Jessica. „Und was ist mit Irina?"

„Sie wird hierbleiben, jetzt komm!" Jessi stand widerwillig auf und ging mit Marco mit. Der war plötzlich so besorgt. Was war mit ihm los?

„Du hast dein Rudel dabei. Ich schätze, das wird ein interessanter Kampf", hörte ich unterdessen Spike reden.

Adrian sah jetzt nicht mehr so selbstsicher wie sonst aus. „Du willst mich also wirklich töten, ja?"

„Das ist meine Absicht."

„Was kümmern dich denn diese paar Leute? Auch du tötest!" Spike knurrte. „Nur weil ich ein armer Werwolf bin." In dem Gebüsch, in dem Adrians Rudel sich versteckt hielt, heulte es auf. „Aber du hast mir da ja einen richtigen Leckerbissen mitgebracht."

Wäre doch nicht nötig gewesen." Adrian näherte sich mir.

„Lass sie in Ruhe!" Spike machte eine Handbewegung und Adrian wurde zur Seite gerissen. Der Vampir ging auf ihn zu. „Das ist ein weiterer Grund für mich, dich zu töten!" In dem Gebüsch nahe dem anderen Seeufer raschelte es unruhig.

„Du beschützt einen Menschen, anstatt ihn abzuschlachten?"

„Du Narr! Du willst doch nicht wirklich behaupten, ich würde Menschen abschlachten! Du reißt ihnen die Kehle raus, wenn du sie aussaugst! Und noch viel mehr!" Spike bebte vor Wut. Ich kauerte mich auf der Bank zusammen. Plötzlich war der magische Kampf nicht mehr so interessant. Ich hatte nur noch Angst.

„Es ist Zeit, den Krieg zu beenden, Vampir. Die Macht meines Rudels gegen dich!" Jetzt traten um die zwanzig Wölfe aus den Gebüschen hervor.

„Wie soll ich dich deinem Vater bringen? In einem Sarg oder in einer Papiertüte?", fragte Spike gehässig.

Die Wölfe knurrten und fletschten die Zähne. „Tötet ihn!" Die Tiere sprangen von allen Seiten auf Spike zu. Für einige Augenblicke schienen sie den Vampir besiegen zu können, doch dann flogen sie in alle Richtungen von ihm weg. Fünf von ihnen fielen in den See, die anderen landeten in Büschen oder auf der Wiese.

„Ihr verdammten Idioten, doch nicht so! Dann mach ich das halt selbst!" Adrian rannte auf Spike zu und mitten im Laufen verwandelte er sich. Ein Wolf mit tiefschwarzem Fell und leuchtend blauen Augen sprang auf Spike zu.

„Soll das ein Witz sein?", rief Spike und packte Adrian mitten im Sprung. „Geh baden, Flohsack!" Er warf Adrian in hohem Bogen in den See. „Irina, lauf zum Wagen!"

Diego kam hinter dem Baum hervor. „Komm, ich bringe dich zum Auto. Emilie, wenn Spike Hilfe benötigt, dann weißt du ja, was zu tun ist." Diego zerrte mich von der Bank, was ich eigentlich gar nicht wollte. Widerwillig ließ ich mich mitziehen. Jessica saß mit Marco bereits im Auto. „Marco, komm schon, der Vampir wird vielleicht Hilfe brauchen!"

Marco lachte hohl auf. „Der braucht garantiert niemanden von uns, Diego." Während die beiden darüber diskutierten, setzte ich mich neben Jessi. Marco hatte das Cabrio wieder überdacht.

„Was ist passiert? Du siehst so blass aus." Jessi sah mich besorgt an.

„Schon okay. Mir geht's gut. Was ist mit dir?"

„Mir auch. Marco hat mir erklärt, dass Spike diesem Adrian nichts Schlimmes antun wird. Trotzdem verstehe ich das alles nicht. Vampire, das Kämpfen …"

In mir kamen die eben gesehenen Bilder wieder hoch. Adrian war mit voller Wucht in den See geschleudert worden. Ich wollte nicht wissen, wie schwer wohl ein ponygroßer Wolf war und auch nicht, wie viel Kraft notwendig war, um ihn durch die Luft zu schleudern.

„Wann kommt Spike? Ich mache mir Sorgen." Jessi quengelte. Ich aber hatte ganz andere Probleme. Adrian hatte versucht, mich anzugreifen. Mein Blut zu trinken.

***

„Jetzt beruhige dich." Spikes Stimme ertönte in meinem Kopf. „Ich mache mir schon genügend Vorwürfe, weil du es zugelassen hast, dass ich dein Blut trinke." Das war aber etwas ganz anderes gewesen … Ich hatte es ihm freiwillig angeboten.

***

Plötzlich ertönte ein lauter Knall. „Was war das?", rief Jessi panisch.

„Verdammt! Was ist da los?", warf nun auch Diego ein.

„Keine Sorge, Spike hat bestimmt alles im Griff", beruhigte Marco die beiden. Ein weiterer Knall ertönte. „Das sind Schüsse!" Verwirrt blickte Diego Marco an. Jemand schien unter unablässigem Beschuss zu stehen. Marco zögerte nicht lange und stob in Richtung See davon.

„Was läuft hier?" Jessi war nun wirklich in Panik und schien sich auch nicht mehr beruhigen zu können. Die Schüsse hörten nicht auf.

***

„Was passiert da bei euch?", fragte ich Spike in Gedanken. Ich wusste ja nun, dass auch ich auf diese Weise mit ihm kommunizieren konnte.

Prompt kam die Antwort zurück: „Es ist alles gut, Irina, Marco geht es gut."

Marco? Was war mit ihm? „Auch mir geht es gut", hörte ich dann.

***

Die Schüsse hörten auf und ich meinte, Wölfe in der Ferne wegrennen zu sehen. „Er hat es geschafft", sagte Diego leise. Hoffnungsvoll sah ich in Richtung See. Spike und Marco tauchten auf. Spike sah wütend aus.

„Achtung, schlechte Laune an Bord", warnte Marco und kam zu uns rüber.

„Hat es nicht geklappt?", fragte Diego.

„Nein, aber ich schwöre dir, ich werde ihn kriegen!", erwiderte der Vampir zornig.

Diego nickte kurz angebunden. „Da habe ich keinen Zweifel."

„Sie haben mich getroffen", sagte Spike. Ich sah ihn entsetzt an. „Hey, beruhige dich", fuhr er fort und legte eine Hand auf meine Schulter.

„Wo wurdest du getroffen?" Ich konnte meine Panik nicht verbergen.

„Irina, keine Sorge, ich kann nicht sterben." Das war sicherlich nicht der Grund, warum ich so bestürzt war. Spike war getroffen worden, er war verletzt und hatte Schmerzen! „Irina!" Jetzt schüttelte Spike mich. „Mach dir keine Sorgen, mir geht es gut." Er hatte Schmerzen! „Jetzt hör endlich auf, hier Panik zu schieben! Irina, ich lebe und ich habe keine Schmerzen! Schatz, hör auf zu zittern."

Emotionen, die mir unerklärlich waren, sprudelten aus mir heraus. Schmerzen. Es tat weh. Wieso hörte es nicht auf? „Aufhören!", schrie ich laut und unkontrolliert. Spike ließ mich los.

„Was hat sie?", hörte ich Marco fragen.

„Irina, wo hast du Schmerzen?" Spike berührte mich behutsam an der Wange.

„Hier." Die Besorgnis in Spikes Blick wich einem Ausdruck von Entsetzen und Schuld.

„Spike, du wirkst irgendwie gequält", stellte Marco fest.

„Ich bin schuld! Ich habe sie gebissen, die Narbe ... Es ist Vollmond!"

Marco erstarrte. „Heute? Vollmond? Die Zeremonie!"
Spike sah seinen Freund an und seine Augen weiteten sich. „Heute", erwiderte er trocken.
Die Zeremonie. Diese Worte drangen in mein Gehirn, doch es schrie eher nach Erlösung von diesem Schmerz, als dass es sich auf das Gehörte fokussieren konnte. „Aua", hauchte ich und hatte somit wieder Spikes Aufmerksamkeit gewonnen.
„Alles wird gut, Irina, deine Schmerzen werden gleich weg sein." Er schloss mich in seine Arme.
„Ich will ja nicht stören", meldete sich Diego, „aber wir sollten hier verschwinden und die Zeremonie vorbereiten."
„Spike, man sieht sich." Marco klopfte ihm auf die Schulter und die beiden Werwölfe gingen zum See, um den Rest des Rudels zu holen.
„Was hat Iri?", fragte Jessi.
„Ihr geht es nicht so gut, aber das wird schon wieder. Ich fahre dich jetzt besser nach Hause", antwortete ihr Spike.
Je näher der Abend rückte, desto mehr schmerzte die Narbe. Ich saß in eine Decke eingehüllt auf dem Sofa in Spikes Armen. Der Fernseher lief, doch weder er noch ich achteten auf die Telenovela, die ausgestrahlt wurde.
„Es tut mir leid." Er vergrub sein Gesicht in meinen Haaren.
„Ist nicht deine Schuld", sagte ich mit einem matten Lächeln. „Ich würde am liebsten ..."
„Nein, du würdest am liebsten gar nichts." Sein Atem schlug mir gegen den Nacken.
„Wird es denn jeden Vollmond wehtun?"
Er hob seinen Kopf. „Nein, ich werde dafür sorgen, dass es nicht mehr wehtun wird."
„Gehst du zur Zeremonie? Mir geht es besser, wirklich!"
„Lüg mich doch nicht an, dir geht es miserabel! Ich hole jetzt ein Kühlpad und du bleibst schön hier sitzen." Während Spike in die Küche ging, dachte ich nach. Spikes und mein Verhältnis war merkwürdig und noch konnte ich diese angeblich unsterbliche Liebe nicht erkennen. Spike kam zurück und ich wusste, dass er meine Gedanken gehört hatte. „Sorg dich nicht darum, Irina. Es kann auch länger dauern. Meine Liebe zu dir ist jetzt vielleicht so groß,

wie die eines frisch Verliebten. Das ist für einen Vampir nicht viel. Es wird sich noch alles entwickeln." Es war ziemlich merkwürdig, von jemand anderem die Liebe prophezeit zu bekommen. „Die Zeremonie beginnt um zwölf Uhr", wechselte er unvermittelt das Thema.

„Kann ich mitkommen?" Ich wollte wirklich gerne dabei sein.

„Nein! Das ist ... da wird ... Es geht nicht. Willst du wirklich an einer Art Beerdigung teilnehmen?"

„Warum nicht?"

„Irina, die Teilnehmer werden alle Wölfe sein und du wirst während der Zeremonie nicht reden können. Du darfst keinen Mucks von dir geben, absolut nichts."

„Ich werde still sein."

„Mir gefällt es nicht, dass du mitkommen willst."

Natürlich gefiel es ihm nicht, aber er würde sich damit abfinden müssen. „Wo findet sie statt?", wollte ich wissen.

„In einem Wald ... in Portugal." Einen Moment stutze er, dann fuhr er fort: „Wir werden schneller sein als ein Flugzeug. Und frag mich bitte nicht, warum es ausgerechnet Portugal sein muss! Ich weiß nur, dass es ein heiliger Ort für sie ist." Ach ja, er konnte sich ja dematerialisieren. Aber wie kamen die Werwölfe nach Portugal? Dematerialisieren konnten die sich garantiert nicht. „Sie laufen. Hast du ihre Geschwindigkeit etwa schon vergessen? Sie werden innerhalb einer Stunde in Portugal sein."

„Und wir werden in einer Sekunde dort sein?"

„Ja. Halb zehn ... Möchtest du noch etwas schlafen?"

„Nein, eigentlich nicht." Ich drückte mir das Kühlpad auf die Narbe. „Ich werde nie mehr schwimmen gehen."

„Wenn wir schwimmen gehen, dann werde ich die Narbe verschwinden lassen. Das geht allerdings nicht für immer, sondern nur für eine bestimmte Zeit."

„Schade." Diese Narbe würde mich also mein ganzes Leben an den Biss erinnern.

„Wir haben uns hier zusammengefunden, um unserem Freund die letzte Ehre zu erweisen." Diego sprach in seiner Wolfsgestalt. Spike und ich standen abseits. Es war tatsächlich so, wie er gesagt hatte. Einen Augenschlag und wir waren in Portugal angekommen.

Der Wind wehte und meine Narbe schmerzte heftig. Der Vollmond war hinter einer großen Wolke versteckt.

„Sie verabschieden ihn wie einen Freund", sagte ich leise.

„Ja." Mehr sagte Spike dazu nicht.

Der Wind fuhr mir durchs Haar und ich atmete die salzige Luft ein. Ich konnte das Meer rauschen hören, spüren, wie die Wellen gegen Klippen schlugen, und ich fühlte, wie ein Fischschwarm aufgescheucht wurde. Verwundert sah ich Spike an.

„Heute Nacht nimmst du die Natur mal mit meinen Sinnen wahr. Irina, sieh dich um."

Ich sah mir die Lichtung genauer an. Auf einem Baumstamm – gute hundert Meter weiter – krabbelte eine einsame Ameise entlang. Ich war sprachlos. Spike nahm die Natur so intensiv wahr. Plötzlich wurde die Stille von unregelmäßigem Klopfen gestört. Das Klopfen kam von dem Rudel. Als ich zu den Wölfen sah, spürte ich ihre Körperwärme.

„Es sind ihre Herzen", antwortete Spike.

Ich sah wieder zu ihm. „Dein Körper ist total heiß." Er schmunzelte und ich errötete. „Nein, ich meinte deine Temperatur. Sechzig Grad. Meine beträgt gerade mal sechsunddreißig."

„Nun ja, du bist halt nur ein Mensch. Siehst du den Hund da unten?" Er deutete vier Kilometer weiter auf den Strand.

„Ja, ein Labrador."

„Er hat eindeutig Flöhe, ein Streuner."

„Toll! Spike, deine Wahrnehmungen sind so intensiv und interessant."

Spike lachte. „Du bist von meiner Wahrnehmung fasziniert?"

„Ja, du erkennst alles viel deutlicher als ich. Ich würde gerne immer so intensiv sehen."

„Willst du auch meine Gefühle kennenlernen? Ich fühle ebenfalls intensiv."

„Ja, aber ... werde ich auch auf Blut reagieren?"

„Nein, aber du wirst das Blut so riechen wie ich. Man kann es mit nichts anderem auf der Welt vergleichen. Es gibt allerdings Unterschiede. Dein Blut zum Beispiel riecht für mich am besten, es ist sehr schwer für mich, dich nicht anzufallen. Jessicas Blut riecht ekelhaft, na ja, jedenfalls im Gegensatz zu deinem."

„Kannst du mein Blut riechen, obwohl ich nicht blute?"

Abermals lachte er. „Irina, dein Blut fließt durch deinen ganzen Körper, deine Haut riecht danach, zwar nicht ganz so intensiv, aber es reicht, um meine Sucht anzuregen."

Er hatte mich neugierig gemacht. Die Werwölfe, die ihre Zeremonie vollzogen, spielten in diesem Moment für mich eine untergeordnete Rolle. Schlagartig fühlte ich ganz anders. Gegen Diego richtete sich nun eine ausgeprägte Abneigung und für Marco empfand ich plötzlich eine tiefe und innige Freundschaft, viele gemeinsam erlebte Jahre. Als ich Spike nun ansah, wie er mich anhimmelte, versetzte es mir einen Stich. Ich fühlte ... Liebe. Eine unsterbliche, intensive und starke Liebe. Ich erschrak. Dass seine Liebe nur so stark wie die eines frisch Verliebten wäre, war eindeutig gelogen.

„Es ist nicht gelogen. Für mich ist das eben nicht viel." Wenn das nicht viel war, dann wollte ich nicht wissen, wie seine *vollendete Liebe* aussah.

Die salzige Luft breitete sich in meinen Lungen aus. „Wie lange wird es dauern, bis die Zeremonie vorbei ist?"

Spike sah abschätzend auf die Wölfe, die um eine Art Sarg saßen. „Eine Stunde vielleicht."

Meine scharfen Augen erkundeten die Umgebung. Meine Sinne hatten sich vollständig angepasst, und wenn ich mir Spikes restliche Fähigkeiten ansah, dann war er mehr als perfekt.

Das Rudel begann, plötzlich zu heulen.

„Lobo!" Ich nahm die Stimme eines Mannes wahr, er musste unten am Strand sein. „Was hat ein Spanier hier zu suchen?"

„Es ist nicht verboten, sich in einem anderen Land aufzuhalten. Allerdings sollten die sich etwas beeilen, unser Spanier hat ein Gewehr dabei." Entsetzt horchte ich auf Schritte oder weitere Worte.

„Vampir." Diego war auf Spike zugekommen, der nun aufblickte „Wir beginnen jetzt mit der ... dem ... Du weißt schon."

Spike nickte kurz und ging in die Mitte der Lichtung. „Beeilt euch, ein Jäger ist hierher unterwegs." Diego hielt kurz inne, der Wind fuhr ihm durchs Fell, dessen Farbe von der Dunkelheit verschluckt wurde.

Was hatten sie besprochen? Wollten sie ihn nun doch verfluchen? Das hatte er nicht verdient! Irgendwo schlug eine Turmuhr.

Die Wölfe bildeten einen Kreis um Spike. Mir wurde mit einem Mal klar, was sie beabsichtigten. „Nein!" Ich trat einen Schritt vor.

„Irina, bleib, wo du bist!" Spikes Anweisung war klar, aber ich konnte und wollte sie nicht befolgen! Mit fünf Schritten war ich beim Rudel. „Irina, geh zurück!" Spikes Blick war warnend, doch ich hörte nicht auf ihn.

„Was glaubt sie, Vampir?" Seit wann nannte Diego ihn eigentlich wieder Vampir? Seit wann hatte er so wenig Respekt vor ihm?

„Sie glaubt, ihr würdet mich doch verfluchen." Der graue Wolf, den ich als Marco erkannte, winselte.

„Schweig, Marco!" Der graue Wolf verstummte. „Wir werden ihn nicht verfluchen, er hat sich dazu entschieden, einen Schwur abzulegen."

Ich sah Spike fragend an. „Ich werde schwören, das Rudel zu unterstützen und Dinge, die Diego nicht bewältigen kann, für ihn zu erledigen."

Das war jetzt irgendwie peinlich. Mit hochrotem Kopf ging ich zurück in den Schatten der Bäume, während die Wölfe ihre Zeremonie beendeten.

DER HERRSCHER DES SANDES

„Langsam wird es ungemütlich", sagte Jessica und sah zum Himmel. Der Herbst war dem Winter gewichten. Ich antwortete Jessi nicht, denn gegen den Winter hatte ich nichts. „Wenn es wieder anfängt zu schneien, wird es so ungemütlich." Jessi hatte anscheinend keine anderen Probleme als Wind und Schnee.

„Setzt euch bitte." Frau Berger brachte Ruhe in die Klasse und begab sich dann hinter ihr Pult. „Ich weiß, dass ihr innerhalb von wenigen Minuten Gesprächsstoff für eine ganze Unterrichtsstunde zusammenkratzen könnt, aber ich habe Vorschriften, die ich einhalten muss. Eine davon ist die, euch etwas beizubringen." Die Klasse protestierte murmelnd, doch mit einem ernsten Blick brachte Frau Berger uns wieder zum Schweigen. „So, können wir dann anfangen?" Ich hob die Hand, um eine Frage zu stellen. „Ja, Irina?", rief Frau Berger mich auch sofort auf.

„Wie kommt es, dass Sandstürme nach Deutschland gekommen sind?" Ich hatte davon in der Zeitung gelesen und die Frage beschäftigte mich schon seit Tagen ungemeint. Dabei wusste ich nicht einmal, warum das so war. Spike neben mir seufzte unterdessen.

„Das ist eine ungeklärte Frage, Irina." Frau Berger sah mich an.

***

In meinem Kopf hörte ich Spikes Stimme: „Irina, wenn ich es wollte, dann wüsstest du das längst." Ebenfalls in Gedanken antwortete ich: „Das ist fies. Komm schon, Spike."

„Nein!", lautete seine bestimmte Antwort.

***

Auch in der Doppelstunde Kunst nervte ich ihn, doch er gab nicht nach. Und in den folgenden Unterrichtsfächern bekam ich ebenfalls keine Antwort, auf die Frage, was mit dem Sandsturm sei, der offensichtlich drohte, Hamburg zu vernichten.

„Jetzt hör endlich auf, dir Sorgen zu machen!", sagte Spike auf eine meiner vielen Fragen.

„Aber was, wenn die Sandstürme auch hierherkommen?"

„Du nervst mich gewaltig! Sieh mal, wenn ich die Sandstürme für eine größere Gefahr halten würde, täte ich etwas dagegen."

Das beruhigte mich nicht wirklich. „Aber was ist die Ursache?"

„Irina." Spike sah mich an. „Bitte hör auf, Fragen zu stellen. Es ist alles in Ordnung und es besteht auch keine Gefahr."

In den nächsten Tagen beruhigten sich die Stürme allmählich. Doch große Teile von Hamburg waren vollkommen von Sand bedeckt und die Nachrichten brachten nichts anderes mehr im Fernsehen. „Darin könnte man sich richtig schön wälzen", sagte Marco und deutete auf die Fernsehbilder, auf denen man Dünen erkennen konnte.

„Wieso haben Werwölfe bloß so einen Hundeverstand?", zog Spike seinen Freund auf.

„Hey, Kühe wälzen sich auch!", konterte der. Es war Samstagabend und wir saßen zu dritt auf der Couch und starrten auf den Fernseher. „Wow! Da hat Farid ja ganze Arbeit geleistet", rutschte es Marco plötzlich heraus.

Ich sah entsetzt auf die Mattscheibe. Der komplette Hamburger Hafen war von Sand verschüttet. „Farid?", fragte ich unsicher.

„Marco, du Vollidiot! Ich habe extra seinen Namen nicht erwähnt!" Spike schien wegen der unbedachten Äußerung sauer auf seinen Freund zu sein. „Ich glaube, ich muss nach Hamburg und meine Hilfe anbieten. Denn sonst versinken die Leute dort noch völlig im Sand." Spike verschwand wortlos.

„Wer ist dieser Farid?", fragte ich Marco interessiert.

Marco sah mich aufmerksam an. „Irina, es ist so ... In Ägypten existiert noch ein Königreich: das sogenannte Königreich des Sandes. Es besteht aus einem großen Tempel mitten in der Wüste, wo es zugeht wie in der Antike. Farid ist der König, der Herrscher des Sandes. Man kann es ein wenig mit den Elementnationen vergleichen."

„Und dieser Farid hat die Sandstürme nach Hamburg gebracht?"
„Genau. Aber er ist gefährlich, da er eine besondere Armee besitzt."
„Ist nichts Ungewöhnliches für einen König in der Antike, oder?", warf ich lächelnd ein. In Geschichte hatte ich aufgepasst!
„Ja schon, aber er hat eine Armee von Untoten. Mumien sind seine Untergebenen."
Bestürzt blickte ich den Werwolf an. „Mumien?"
„Tutanchamun zählt ebenfalls zu seinen Vollstreckern. Er ist ein Offizier, nein, *der* Offizier. Auch ägyptische Götter sind in dieser Armee, Osiris zum Beispiel."
„Was? Götter?", fragte ich entsetzt.
„Ja. Aber wir sollten nicht mehr darüber reden, Spike wird jeden Moment kommen, denke ich."
„Er ist bereits wieder hier", ertönte es plötzlich an der Tür.
„Oh nein, sag mir bitte, dass seine Stimme nur Einbildung war." Marco schlug sich mit der Hand vor den Kopf.
„Das hättest du wohl gern. Habe ich dir nicht vorhin gesagt, dass ich absichtlich nichts von ihm erzählt habe?", fuhr der Vampir seinen besten Freund an.
Ich ging zu ihm und legte meine Hand auf seine Schulter. „Was ist los mit dir?"
Sein Körper zitterte. „Farid ist gefährlich", sagte er und sah zu Boden. „Er ist ein Erzfeind aller Wesen, die keine Menschen sind."
„Ich dachte, für Deutschland sei er keine Gefahr."
„Ist er auch nicht." Wieder erzitterte sein Körper. „Es ist besser, du erfährst nicht die ganze Wahrheit."
„Ich glaube, ich gehe jetzt lieber", schaltete sich Marco ein und sein Verschwinden hinterließ eine quälende Stille.
„Marco sagte etwas von Elementnationen, was hat es damit auf sich?", wagte ich schließlich doch noch zu fragen. Seit ich Spike kannte, hatte ich mit Dingen zu tun, von denen ich zuvor noch nie etwas gehört hatte.
Spike ging zu dem Sofa und setzte sich. Einen Moment überlegte er wohl, ob er meine Frage beantworten sollte, dann sagte er: „Es gibt vier Elemente und ein Mischelement. Feuer, Wasser, Erde, Luft und Eis. Sie symbolisieren jeweils eine eigene Nation und

beherrschen unsere Natur. Das Mischelement Eis besteht aus den beiden einzelnen Elementen Wasser und Luft. Es ist also etwas Besonderes."

„Erzähl mir mehr über diese Elemente. Wie erkenne ich sie, und hast du auch etwas damit zu tun?", fragte ich, begierig darauf, alles zu erfahren.

„Du kannst ein Element nicht erkennen, da sie nicht unter Menschen leben. Aber auch ich bin ein Element."

„Welches?"

„Jedes. Ich bin ein Vampir, das mächtigste Wesen, und ich kann mich in alles verwandeln. Gehören tut mir jedoch die Feuernation."

„Was bedeutet *sie gehört dir*?" Mit offenem Mund starrte ich ihn ungläubig an.

„Das heißt, dass die Feuernation unter meinem Kommando steht", war seine knappe Antwort.

„Und die restlichen Nationen, wer regiert die?"

„Die Erdnation ist besonders friedlich, eigentlich haben alle bis auf die Feuernation keine richtigen Führer. Das reicht jetzt aber. Mehr musst du nicht wissen." Während draußen nun die vollkommene Dunkelheit hereingebrochen war, wirkte Spike plötzlich kraftlos. Er sah mich betrübt an. So hatte ich ihn noch nie gesehen und ich traute mich nicht, ihm weitere Fragen zu stellen.

In der Nacht murmelte er unablässig von mir unbekannten Sandwelten. Ich dagegen träumte von einem antiken Königreich in Ägypten. Überall stolzierten Wachen in schwarzen Umhängen umher. Ihre Gesichter konnte ich nicht sehen. An den Händen waren Fetzen von Bandagen zu sehen, doch der Rest des Körpers war vermummt. Mich schienen sie nicht zu sehen, denn sie zeigten keinerlei Reaktion. Während ich mich im Traum umsah, bemerkte ich, dass es hier sehr militärisch zuging, denn abgesehen von den Wachen war niemand anderer zu sehen. Ich kam an einem prachtvollen Tempel an, als ich ihn jedoch gerade betreten wollte, wurde ich durch eine Stimme aus dem Schlaf gerissen.

„Mein Gott, wie tief hast du denn geschlafen?" Spike wirkte genervt.

„Wieso weckst du mich?", murmelte ich verschlafen.

„Hallo? Wir haben elf Uhr morgens!" Ich sah neben mich auf den Wecker. „Wieso seid ihr Menschen bloß so schlafsüchtig?" Spike schüttelte den Kopf.

„Was hast du heute vor?", fragte ich, ohne mich wirklich dafür zu interessieren.

„Ich muss noch mal weg. Habe etwas zu erledigen."

„Wann willst du denn los?"

„Heute Nachmittag."

Als Spike dann am Abend wieder zurück war, fuhr er mich nach Hause. Meine Mutter war ziemlich neugierig geworden. „Läuft da etwa was zwischen euch?"

„Nein. Wie oft willst du mich das eigentlich noch fragen?"

„Es ist übrigens Post von Papa gekommen", erwiderte sie ein bisschen beleidigt und wies auf die Fensterbank, auf der ein Umschlag lag. Ich öffnete ihn.

Hallo, meine zwei Lieben,

ich bin heute in New York gewesen und habe den Ground Zero besichtigt. Na ja, eigentlich eher die Bauarbeiten. Ich hoffe, euch beiden geht es gut. Ich habe gehört, in Deutschland hat es Sandstürme gegeben. Komische Sache. Ich freue mich auf die Reise nach Phoenix, Arizona.
Kuss Papa.

Ich legte den Brief zurück auf die Fensterbank. „Also wurde wohl auch in den USA von den Sandstürmen berichtet."

Meine Mutter nickte. „Sieht ganz so aus."

Am nächsten Morgen dribbelte ich den Basketball. Herr Goliad, der Sportlehrer, hatte uns angewiesen, den Ball hundertmal auf dem Boden aufkommen zu lassen und dann einen Korb zu werfen. Ich hatte jedoch bereits aufgehört mitzuzählen. Ich hasste diesen langweiligen Sportunterricht. Bei anderen Lehrern war er viel interessanter. Jessi warf einen Korb und Herr Goliad lobte sie. „In fünf Minuten hören wir auf! Kolb, wirf endlich!" Ich ließ lustlos den Ball aus meiner Hand gleiten und verfehlte den Korb. „Das war schlecht, bleib lieber beim Dribbeln." Spike warf seinen Ball so hart, dass er den Rand des Korbs traf und sofort wieder davon abprallte. „Simon! Auch du dribbelst besser weiter!" Zähneknirschend befolgte Spike die Anweisung.

In Biologie langweilte Frau Bräuer uns mit der Entstehung eines Kindes. Alle sahen auf einmal sehr müde aus. Alle – außer Spike. Er lauschte interessiert jedem Wort unserer Lehrerin, fast so, als hätte er noch nie davon gehört, wie Kinder gezeugt werden. Während Frau Bräuer mit den Schülern über Babys sprach, sah ich aus dem Fenster. Der Himmel war grau und auch sonst wirkte alles trostlos. Die Uhr tickte leise und das Gespräch im Klassenzimmer klang in meinen Ohren eher monoton. Ich nahm entfernt wahr, wie Spike sich bewegte und Papier raschelte ... Alles war für mich auf einmal wie durch Watte gefiltert. Als endlich die Schulklingel läutete, erhob ich mich vollkommen teilnahmslos.

Auch in Mathe konnte ich mich nicht konzentrieren. Herr Schmelz fand es alles andere als amüsant, dass ich so abwesend war. „Irina Kolb, würdest du freundlicherweise aufpassen?" Ich nickte abwesend. Dieser Traum heute Nacht war so real gewesen ...

„Spike? Hast du mir diesen Traum gezeigt?"

„Was für einen Traum?", fragte er irritiert.

„Spike, Irina, hört auf zu quatschen und konzentriert euch auf den Unterricht!", schalt uns Herr Schmelz.

„Den Traum von dem Königreich in der Wüste", fuhr ich unbeeindruckt fort.

„Nein, habe ich nicht." Überrascht sah der Vampir mich an.

Der Rest des Schultags verging ziemlich schleppend. Irgendwann fragte mich Spike: „Du hast also von dem Königreich geträumt, ja?" Ich nickte. „Eigentlich solltest du von Farid noch gar nichts wissen. Er ist gefährlich und mächtig. Es reicht schon, dass du von seiner Existenz weißt. Von nun an kennt nämlich auch er dich." Ich wusste nicht, was ich davon halten sollte.

In den nächsten Wochen sollte mir die Gefahr, die von Farid ausging, bewusst werden. Eines Tages befand sich Marco gerade mit dem Rudel auf der Wiese, als graue Wolken aufzogen.

„Oh nein, heute sollte doch ausnahmsweise die Sonne scheinen", beschwerte sich Emilie.

„Das sind aber keine Regenwolken", sagte Pascal.

„Nein! Das ist ein Sandsturm!", entgegnete ein dritter Werwolf.

„Nein, das sind keine Regenwolken. Chris hat recht, das ist wirklich ein Sandsturm!" Marco sah zum Himmel.

„Wieso kommt dieser Idiot ausgerechnet hierher?", fluchte Pascal.

„Er will *sie*." Spike war von dem Baum am Rand der Wiese gesprungen, auf dem er gesessen hatte. „Sie bedeutet mir mehr als alles andere. Wenn sie stirbt, hat er mir eine tödliche Wunde zugefügt. Er will sie um jeden Preis." Mir gefror das Blut in den Adern. Jetzt hatte auch ich begriffen, von wem die anderen sprachen.

„Wo wird dieser ganze Sand herunterkommen?", fragte Emilie besorgt.

„Ich weiß es nicht. Aber eines weiß ich: Farid wird dann kommen, wenn wir es nicht erwarten."

Auch die Fernsehnachrichten zeigten schließlich die unheilvollen Wolken, die großräumig über Köln hingen. Spike schaltete den Fernseher aus. „Wieso zeigt er sich so auffällig?" Er sprach eher mit sich selbst als mit mir.

„Spike!" Marco sprang durchs Fenster und die Scheibe zersprang.

„Mann, was soll das? Das nächste Mal lasse ich Panzerglas einbauen!"

Marco verlor keine Zeit und sagte: „Der Park! Alles voller Sand!"

„Der große Park? Er legt es wirklich drauf an, aber er wird nicht allein sein", murmelte Spike gedankenverloren vor sich hin.

„Kann ich mitkommen?", fragte ich.

„Bist du verrückt, das ist zu gefährlich! Er will dich!"

„Nein, Marco, es ist zu gefährlich, wenn sie alleine ist!" Spike nahm mich an der Hand und wir standen im nächsten Moment in einem riesigen Sandkasten.

„Wow, wir sind ... Wo sind wir?" Vollkommen irritiert sah ich mich um.

„Keine Zeit, wir müssen Farid finden!"

„Spike, ich habe ihn, glaube ich, gefunden."

Wir drehten uns um. Er sah aus wie in meinem Traum: In Schwarz gehüllt konnte ich nur seine Augen sehen, deren Iris ebenfalls tief-

schwarz waren. „Spike." Seine Stimme klang tief und beängstigend.
„Lass mich raten, du bist hier, um dich an mir zu rächen?"
„Ja und nein. Ich könnte mich an dir für eine Sache wirklich rächen, aber deswegen bin ich nicht hier."
„Sondern?"
„Nun, wenn du so freundlich wärst und mir nach Ägypten folgen würdest? Ich könnte dort besser mit dir reden, hier fühle ich mich nicht zu Hause."
Spikes Gesichtsausdruck blieb hart. „Na schön, aber Marco und Irina bleiben hier!"
„Nein, die beiden sollen mein Reich ebenfalls bewundern können. Du kennst dich dort ja bereits aus."
Spike hob die Oberlippe an. „Schön! Aber sollte ihnen etwas passieren, garantiere ich für nichts!"
„Einverstanden. Wir sehen uns vor den Toren meines Palastes." Nach diesen Worten verschwand Farid so plötzlich, wie er erschienen war – und mit ihm der Sand.
„Er ist unheimlich", hauchte Marco.
„Wir sollten uns auf den Weg nach Ägypten machen", bemerkte Spike finster. „Du kannst ja gerne selbst laufen, Marco, aber du wirst fünf Stunden später als ich dort ankommen." Der Werwolf stimmte dem Vorschlag seines Freundes durch ein Nicken zu und schon standen wir vor dem Palast aus meinem Traum mitten in der Wüste.
Farid erwartete uns bereits vor dem riesigen Tor, das wahrscheinlich zu dem Hof des Palastes führte. „Ah, schön, dass ihr hier seid. Nun gut, kommen wir zu dem Zeitpunkt, wo ich euch erkläre, was ihr in Ägypten macht. Spike, du bist hier, weil ich dich genau hier haben will. Weil ich dich vernichten will."
„Natürlich, was sollte ich auch anderes erwarten?" Mit einem ironischen Lächeln blickte der Vampir seinen Gegner an.
„Aber dieses Mal wird es mir gelingen, denn ich habe eine Waffe, die dich hundertprozentig zur Strecke bringen wird."
„Das glaubst du doch wohl selbst nicht."
„Arashin, erhebe dich aus dem Tempel und diene deinem Herrn!" Der Sand begann, sich zu kräuseln und Formen zu bilden. Dann nahm er Gestalt an. Ein riesiger schwarzer Hund stand bedrohlich vor uns.

„Du willst also, dass mich dieser Hund umbringt? Willst du mich verarschen?" Spike sah das Wesen aus Sand abfällig an.

„Oh, du wirst diesen Hund abgrundtief hassen, das verspreche ich dir." Farid grinste. „Arashin, töte den lästigen Vampir!"

In die Augen des Hundes trat ein Leuchten und er sprang auf Spike zu, der geschickt auswich. „Dein Hund ist lahm, der wird mich niemals kriegen!"

„Wart's ab, Vampir, du wirst dich noch ganz schön wundern, das garantiere ich dir!" Ich sah entsetzt zu, wie Spike vor dem riesenhaften Hund davonsprang, einige Male lachend von ihm wegtänzelte.

„Arashin, Schluss mit dem Spielchen, jetzt wird es ernst! Töte ihn!" Plötzlich veränderte sich die Kondition des Hundes. Er wurde schneller, wendiger und geschickter. Spike hatte sichtlich Schwierigkeiten, Arashin weiterhin auszuweichen. „Ich sehe dich im Reich der Toten." Mit diesen Worten verschwand Farid.

„Verfluchter Mistkerl! Argh!" Spike hatte nicht aufgepasst und war von Arashin in die linke Schulter gebissen worden. Grüner Sabber lief aus dessen Maul. „Verdammt!", fluchte Spike.

Marco sah ungläubig auf den Hund. „Das ist nicht möglich!" Er sah auf den grünen Speichelfleck im Sand. „Spike, das ist Gift!"

„Nein, ehrlich? Haben wir das auch schon bemerkt?", bemerkte der Vampir sarkastisch.

„Bring uns hier weg, Spike!", rief Marco.

„Nein, erst, wenn ich dieses Mistvieh erledigt habe!"

„Spike, bitte, mir ist dieser Hund unheimlich!" Als der Klang meiner Stimme ihn erreichte, packte er Marco und mich und wir standen mit einem Mal wieder im Park. Spike hielt sich die verletzte Schulter.

„Hast du Schmerzen?", fragte der Werwolf und betrachtete die Hand seines Freundes, die auf der Wunde lag.

„Ach was, geht schon. Argh!" Der Vampir sackte in sich zusammen.

„Verdammt, Spike, jetzt hör auf, den schmerzlosen Indianer zu spielen! Wenn du Schmerzen von diesem Gift hast, dann sag es! Du brauchst ein Gegenmittel, damit die Schmerzen aufhören!" Marco half Spike dabei, wieder aufzustehen. „Ich werde jetzt Etienne anrufen, er wird dir helfen."

„Ich kann uns auch zu ihm bringen." Spike berührte uns, doch nichts geschah. Er wurde bleich. „Es geht nicht, ich fühle mich zu schwach."

Marco holte sein Handy raus und rief Etienne an. „Er kommt sofort, wir sollen dort vorne warten."

Nachdem er uns abgeholt hatte, achtete ich zunächst nicht auf Etienne, der uns zu seinem Labor fuhr, sondern hatte nur Augen für Spike, der immer schwächer wurde. Erst als wir im Labor ankamen, sah ich mir Etienne genauer an. Er machte den Eindruck eines Albert-Einstein-Professors.

„Die Wunde sieht böse aus, von einem Hund sagtest du?"

„Ja." Spikes Stimme war schwach.

„Ein Hund ..." Etienne begann, in seinem Labor auf und ab zu gehen. „Mir fällt keine Hundeart ein, die ein solches Gift in sich trägt, abgesehen die von der Nomocelius-Abstammung." Ich konnte mich generell an keinen Hund erinnern, der Gift in sich trug. Wahrscheinlich hatte ich in Bio wohl nicht gut genug aufgepasst. „Allerdings hilft bei der Nomocelius-Abstammung Blut ... Ja! Natürlich!" Der Professor ging zu einem Schrank und holte eine Kanüle heraus. Die Nadel glänzte im Licht. „Du, wie war dein Name noch gleich?"

„Irina."

„Würdest du mir eine Vene leihen?"

Spike riss die Augen auf. „Nein!" Seine Stimme hatte sich gefestigt.

„Du wirst sonst sterben, Spike!", entgegnete Etienne ihm.

„Ich bin unsterblich, das weißt du!"

„Ja, das weiß ich. Fast unsterblich. Es gibt nur zwei Dinge, die einen Vampir töten können – der eigentliche Sonnenstrahl und der Biss eines Hundes der Nomocelius-Abstammung. Sag bloß, du wusstest das nicht?", warf Etienne ein.

Ich sah, wie Spike kreidebleich wurde, und rief sogleich: „Nein!" Ich hielt dem Professor bereitwillig meinen Arm hin und Etienne legte los. Er durfte keine Zeit verlieren, das hatte er noch gesagt. Nach einer Weile sah Etienne etwas kläglich die Kanüle an. „Ich fürchte, das wird nicht reichen, es dient höchstens als Anregung, dich zu beißen."

„Lieber sterbe ich!", flüsterte Spike.

„Jetzt stell dich mal nicht so an, du Held!", sagte Marco.

„Es scheint, der Zeitpunkt ist gekommen?", fragte Etienne interessiert. Marco nickte. „Nun, ich weiß, dass es verdammt schwer für dich ist, aber du wirst sonst wirklich sterben. Ich mache keine Scherze!"

Spike sah mich kurz an. „Ich werde es tun." Seine Stimme klang gequält. „Aber ich werde mir das nie verzeihen." Etienne sah noch einmal auf die Kanüle. „Pack sie weg!"

Jetzt lächelte der Professor zufrieden. „Irina, würdest du bitte deine Schulter frei machen?" Ich zog mein T-Shirt etwas runter. Die Narbe schimmerte hervor.

„Spike! Du hast sie gebissen?" Marco sah ihn entsetzt an.

„Faszinierend!", sagte Etienne und musterte die Narbe genau.

„Ich bin nicht stolz darauf." Spike sah Etienne an und wartete, doch als es ihm zu lange dauerte, knurrte er.

„Oh. Verzeihung." Etienne trat zurück.

Ich war nicht gerade davon begeistert, dass alle dabei sein sollten. Spike hielt einen Moment inne, dann biss er zu. Der Schmerz durchfuhr meine Schulter. Wieder konnte ich die Schlucke hören, die er nahm.

„Trink, bis du dich nicht mehr schwach fühlst", hörte ich Etienne sagen.

Spike packte meine Oberarme. Doch mit jedem weiteren Schluck wurde er entspannter. Langsam bemerkte ich, wie ich schwächer wurde. Ich spürte noch, wie Spikes Zähne aus der Wunde glitten, dann wurde alles schwarz um mich.

Als ich wieder zu mir kam, blickte ich in mokkabraune Augen. „Wo ist Spike?"

„Ihm geht es gut, dein Blut hat ihm sehr geholfen. Allerdings musste Etienne bei dir eine Bluttransfusion vornehmen."

„Wie viel Blut habe ich verloren?"

Marco sah sich kurz um. „Eigentlich soll ich dir das nicht sagen, da Spike nicht will, dass du einen zu großen Schock bekommst."

„Wie viel?"

„Zwei Liter."

Es schockte mich nicht, aber ich war überrascht, wie schnell Spike zwei Liter Blut trinken konnte. „Wo ist er? Ich möchte ihn gerne sehen." In diesem Moment ging die Tür auf und Spike trat ein. Erst jetzt fiel mir auf, dass ich in einem fremden Schlafzimmer lag. „Geht es dir gut?", war seine erste Frage. Ich nickte. „Es tut mir leid." Er wirkte niedergeschlagen.

„Ich habe es für dich getan, Spike. Du solltest nicht sterben."

„Ich habe dich schon wieder verletzt, so geht das nicht. Es ist Etiennes Schuld."

„Niemand von uns hat Schuld. Der Einzige, der dafür die Verantwortung trägt, ist dieser Hund."

„Arashin. Verdammt! Wenn ich diesen Hund noch einmal sehe, bring ich ihn um!" Der Vampir ballte wütend die Fäuste.

Marco lachte. „Wenn er dich nicht vorher umbringt. Aber du hast ja ein Heilmittel."

Spike brüllte auf und ging Marco an die Kehle. Er drückte ihn gegen die Wand. „Halt die Klappe, Marco! Du hast genug getan!"

„Lass ihn los!" Ich war aufgestanden. „Er ist dein bester Freund!"

„Ja, das ist er, aber er wollte, dass ich dein Blut trinke!"

„Natürlich, er will doch auch nicht, dass du stirbst. Lass ihn los, verdammt!"

Marco schnappte kräftig nach Luft. „Verschwinde, du muffiger Flohsack!" Spike ließ seinen Freund los, der daraufhin eilig das Zimmer verließ.

„Was sollte das, Spike?", fragte ich entsetzt.

„Er hat es verdient! Das verstehst du nicht, Irina, deine Gefühle sind noch nicht so stark. Ich empfinde mit jedem Tag mehr für dich. Ich ..." Er brach ab.

„Ich weiß. Du hast mir einen deutlichen Einblick in deine Gefühlswelt verschafft."

Spike berührte meine Wange. „Ich werde mich jetzt mit Etienne unterhalten und versuchen, eine Möglichkeit zu finden, ein anderes Gegenmittel herzustellen." Er ging und ließ mich allein.

Jetzt hatte ich Zeit nachzudenken. Es gab also noch eine Möglichkeit, ihn umzubringen. Nur dass diese Möglichkeit viel gefährlicher war als die andere. Ein Hund, so groß wie ein Haflinger, war eine Waffe, die Farid sicherlich sehr gut bewachte. Es war eine raffinierte Waffe und nur mein Blut konnte als Gegenmittel dienen.

Wahrscheinlich wusste Farid nicht einmal davon. Wie konnte ein so monströser Hund entstehen? Andererseits war Spike ebenfalls erschaffen worden, auch wenn es durch die Explosion einer Maschine passiert war.

***

„Ich bin etwas ganz anderes, du kannst mich nicht mit Arashin vergleichen." Spikes Stimme in meinem Kopf beantwortete mir jedoch nicht meine Frage. Und was waren überhaupt *Nomocelius*? „Das ist eine Hundeart, die in Sibirien beheimatet ist. Eine wilde und gefährliche Hunderasse. Ihr Speichel ist giftig, aber lange nicht so giftig wie der von Arashin." Okay, dann war Etiennes Vermutung oder Gedanke falsch. „Ja, wir wissen außerdem nicht, ob es noch ein anderes Gegenmittel als dein Blut gibt."

***

Ich ging zur Tür und befand mich in einem Flur, von dem aus eine Treppe nach unten führte. Ich stieg die Stufen hinab und hörte Stimmen. „Was ist mit Tierblut?"

„Spike, ich bitte dich, du müsstest das Blut einer Kobra trinken, um dich zu entgiften!"

„Dann trinke ich halt das Blut einer Kobra."

„Nein, das wirst du nicht! Spike, du kannst doch dann in diesem Zustand nicht auf Kobrajagd gehen."

„Nein, ich wollte es mir eigentlich auch einfacher machen und in den Zoo gehen."

„Du kannst nicht die Schlangen aus dem Zoo aussaugen!" Angeekelt sah ich auf die Tür, durch die die Stimmen kamen.

„Ja, aber ich kann nicht jedes Mal sie aussaugen, das geht mir verdammt gegen den Strich!"

Etienne hüstelte. „Wir müssen eine andere Lösung finden."

„Aber nicht jetzt, Irina steht vor der Tür", sagte Spike. Ich öffnete die Tür und Etienne lächelte mich an. „Komm doch rein." Ich betrat den Raum, in dem die beiden gesessen hatten, und befand mich in einer Küche. Sie war recht groß und eher altmodisch eingerichtet. Spike saß auf einem Holzstuhl und sah mich an. Es lag kein Interesse in seinen Augen, es war eher eine Art Verzweiflung.

„Was ist los? Wieso bist du so still?", richtete ich besorgt das Wort an ihn. Er sah mich jedoch schweigend an. „Habt ihr schon ein Gegenmittel gefunden?"

Etienne schloss die Tür. Sein Lächeln wirkte leicht verstört. „Irina, du weißt genau, dass wir nichts gefunden haben, du hast die ganze Zeit zugehört."

„Ähm ..."

„Schon gut, es ist ja nicht deine Schuld mit dem Gegenmittel." Etienne sah mich immer noch mit diesem leicht verstörten Lächeln an. Ich fragte mich, wieso er auf einmal so merkwürdig war. War er etwa eine gestörte Persönlichkeit, die Schizophrenie aufwies? „Ich glaube, ihr solltet jetzt nach Hause gehen und euch ausruhen", sagte er unvermittelt.

„Ja, ich werde Irina zu mir nach Hause schaffen und die Nacht woanders verbringen." Spike stand auf und stellte sich neben mich. „Kann ich dein zweites Auto benutzen, Etienne?"

„Ja, kannst du, solange du es mir morgen früh wieder bringst!"

„Ja. Welchen Wagen kann ich nehmen? Den Toyota oder den Opel?"

„Nimm den Opel."

Spike nickte und ging auf den Flur. An der Wand hing ein Schlüsselbrett. Er nahm einen der beiden Autoschlüssel und steckte ihn in die Tasche.

„Kannst du nicht auch bei dir zu Hause schlafen?", fragte ich.

„Ich weiß nicht, ich habe eine komische Vorahnung. Ich habe Angst, dich erneut zu beißen." Er hielt mir die Tür auf und wir kamen in einer Garage raus. Ein silberner Toyota Yaris stand neben einem heruntergekommenen Opel Corsa. Spike sah den Wagen mitleidig an. „Wir werden nicht so schnell wie sonst zu Hause sein", lächelte er und schloss den Wagen auf. Ich setzte mich auf den Beifahrersitz und schnallte mich an. Als Spike auf dem Fahrersitz Platz genommen hatte, startete er den Motor. Es ertönte nicht dieses Heulen, das ich von Spikes Ferrari kannte, es war ein eher kränkliches Husten. „Oh Mann, das ist die reinste Schrottkarre!" Spike legte den Rückwärtsgang ein, stoppte jedoch mitten im Fahren, als er bemerkte, dass das Garagentor noch geschlossen war. „Das ist der Grund, warum ich mir eine eigene Tiefgarage an-

gelegt habe." Das war mir neu. Ich wusste nichts von einer Tiefgarage. Spike schnippte mit den Fingern und das Garagentor öffnete sich. Er parkte das Auto aus und das Tor schloss sich wieder hinter uns. Wir rollten auf die Straße. „Irina, hör auf damit!"
Ich sah Spike an. „*Womit* soll ich aufhören?"
„Ich ertrage deine Gedanken nicht, hör auf mich zu quälen! Ich kann und will nicht bei dir schlafen!"
„Verlange ich doch auch gar nicht, ich habe mich doch nur gefragt ..."
„Du brauchst dich nicht zu fragen, ich habe dir die Antwort auf deine Frage bereits gegeben!" Er riss das Lenkrad herum und wir rasten um eine Ecke. Der Motor machte ein klägliches Geräusch.
„Verdammt! Fahr doch vorsichtiger!", fuhr ich ihn an.
Spike knurrte und trat nur mäßig auf die Bremse. Er parkte den Wagen nicht, sondern ließ mich bloß vor seiner Haustür aussteigen und gab mir den Hausschlüssel. „Wir sehen uns morgen!" Er sauste davon, wobei der Opel ein schnaubendes Geräusch machte.
Ich ging zur Haustür und schloss auf. Ich hatte jetzt genug Zeit, mehr über Spikes Vergangenheit herauszufinden. Also stieg ich die Treppe hinauf und öffnete die Tür, hinter der das Zimmer mit dem alten Schrank lag. Ich nahm das Bild von Spikes Eltern in die Hand und versuchte, mich noch einmal in seine Situation hineinzuversetzen. In der anderen Hand hielt ich den Hausschlüssel und bemerkte, während ich unbewusst damit spielte, dass mehr als nur zwei einzelne Schlüssel daran hingen. Einer davon musste hier in eine Tür passen. Davon war ich überzeugt. Ich probierte die Schlüssel überall aus und hatte schließlich bei der Tür direkt neben der Treppe Erfolg. Als diese sich öffnete, schien ich in Spikes altem Zimmer gelandet zu sein. Es war alles sauber gehalten, nur eine einzige Schublade stand offen. Auf dem Schreibtisch lag ein zerrissenes Blatt Papier. Ich ging darauf zu und puzzelte die Einzelteile zusammen. Es war ein Brief von einem Mädchen namens Linda. Ich las den Zettel laut, damit Spike meine Gedanken nicht hören konnte.

Lieber Spike,
ich habe lange nichts mehr von dir gehört, wieso meldest du dich nicht? Das letzte Mal, dass ich etwas von dir gehört habe, war vor

einem Jahr. Ich würde mich gerne mit dir treffen, gib mir noch eine Chance.
Gruß Linda.

Ich fragte mich laut, warum Spike den Brief wohl zerrissen hatte. Diese Linda schien doch ganz nett zu sein. In der Schublade lag ein Büchlein, auf dem der Name *Dina Schneider* stand. Ich öffnete es und bemerkte, dass es ein Tagebuch war.

20.05.07
Liebes Tagebuch,
heute war ein sehr schöner Tag, auch wenn ich das Gefühl habe, dass Spike der heutige Tag nicht so gefallen hat. Wir waren Eis essen, und er schien ziemlich abwesend, denn er hat die meisten meiner Fragen nicht beantwortet.

Ich sah auf das Datum. 20.05.07. Da war Spike noch ein Mensch gewesen. Das wusste ich aus seinen Erzählungen.

23.07.07
Liebes Tagebuch,
Spike hat mit mir geredet und er schien von meiner Idee, die Sommerferien mit mir zu verbringen, sehr angetan zu sein! Ich freue mich so sehr auf unsere gemeinsamen Abenteuer!

28.07.07
Liebes Tagebuch,
Spike hat Schluss gemacht. Er sagt, ich sei zu aufdringlich, und er glaube nicht, dass ich mich ändern werde, aber dabei kann ich das doch! Ich werde ihm dieses Tagebuch schenken in der Hoffnung, dass er seine Meinung ändert.
Spike, ich liebe dich!
Dina

Ich legte das Tagebuch auf den Schreibtisch. Spike war also mit dieser Dina zusammen gewesen. Ich wusste jetzt zwar, wann diese Beziehung zu Ende gegangen war, nicht jedoch, wann sie angefangen hatte. Ich holte ein weiteres kleines Bündel Briefe aus der Schublade, wobei es sich offenbar um Liebesbriefe handelte.

*Lieber Spike,
ich finde, du hast wunderschöne Augen! Dieses Grau ist einfach umwerfend und dein Körper erst! Ich liebe dich!*

Dieser Brief war von einer Unbekannten.

In den Bäumen sitzen nun keine Vögel mehr, sie sind ausgeflogen. Du aber sitzt auf einer hölzernen Bank, wirkst halb erfroren, doch dann siehst du mich. Ein Lächeln fährt über dein Gesicht. O Spike, ich weiß, du liebst mich!

Schmunzelnd legte ich das Gedicht weg, das mir so missraten vorkam. Dabei fiel mir ein weiterer Brief ins Auge. Er war nicht wie die anderen per Hand geschrieben und schien auch nicht auf Deutsch zu sein. Das Datum war ebenfalls noch nicht so alt: 05.12.09. Ich las den Brief durch, er war von einer Maria. Ich hatte nur zwei Worte verstanden und das waren die beiden Namen Marco und Maria. Ich wunderte mich, was Marcos Name in diesem Brief verloren hatte. Spike schien ja viele Verehrerinnen gehabt zu haben, schon bevor er zu einem Vampir geworden war. Für mich war es schon zur Routine geworden, dass alle ihn auf der Straße anglotzten. Maria. Wer war dieses Mädchen und was stand in dem Brief? Er war eindeutig auf Spanisch.

Die Nacht in Spikes Haus war merkwürdig einsam und der Vollmond schien grell durchs Fenster. Ich hoffte, dass ich nicht von den Briefen träumen und Spike meine Gedanken hören würde. Ich fand erst in den Morgenstunden Schlaf.

„Guten Morgen, Irina!"

Ich schlug die Augen auf und setzte mich aufrecht hin. „Spike?"

„Hier oben."

Ich sah an die Decke. „Spielst du jetzt Spiderman?"

Spike kicherte und ließ sich elegant aufs Bett fallen. „Gut geschlafen?"

„Nein."

Er verdrehte die Augen. „Hasst du mich jetzt wegen gestern?" Ich sah ihn irritiert an. „Ich habe gestern dein Blut getrunken, Irina."

Eine vage Erinnerung drang in mein Gedächtnis. „Ach so, das meinst du. Nein, ich wollte es doch." Ich lächelte ihn an.

„Irina, das ist dein erster Fehler! Du darfst das nicht wollen! Du darfst mich nicht dein Blut trinken lassen wollen!"

„Ja doch!" Ich verdrehte die Augen und schlug die Decke beiseite.

„Du hast eine Frage an mich", stellte er fest.

„Eine Frage?" Das verwunderte mich, denn ich konnte mich an keine Frage erinnern. „Nein, ich habe keine Frage."

„Ich sehe mein altes Zimmer und Briefe. Marias Brief. Du verstehst den Inhalt nicht." Ich sah ihn entsetzt an. Hatte ich etwa geträumt? „Möchtest du wissen, was in dem Brief steht?" Ich nickte abwesend. „Sie hat eigentlich nur geschrieben, dass sie mich liebt und dass sie sich von mir nicht schlecht behandeln lässt."

„Ähm ... und was hat das mit Marco zu tun?"

Spike lachte kurz auf. „Maria ist seine Cousine. Marco hat ihr von dir erzählt, in der Hoffnung, sie würde mich vergessen."

„Spike, erzähl mir mehr von deiner Vergangenheit."

„Nein, Irina, meine Vergangenheit ist mir nicht wichtig. Ich bin mit meinem jetzigen Leben zufrieden. Für mich zählt nur noch die Gegenwart."

Ich war etwas enttäuscht, ließ es mir aber nicht anmerken. „Was passiert jetzt mit diesem Wüstenhund?" Ich wollte vom Thema Mädchen ablenken.

Spike legte sich in die Kissen zurück. „Du meinst Arashin? Den werde ich mir noch vorknöpfen, aber bis dahin suche ich nach einem Gegengift."

Ich nickte. „Farid will dich töten. Warum?"

„Weil er machtgeil ist. Er hasst mich, genau aus dem gleichen Grund wie Adrian auch. Du musst wissen, magische Wesen finden mich nicht so dramatisch attraktiv wie ihr Menschen. Magische Wesen spezialisieren sich immer auf ein Ziel. Ihr Ziel. Marco beispielsweise ist vollkommen auf sein Rudel fokussiert. Er nimmt zwar auch andere Dinge wahr, interessiert sich aber nicht so stark für sie wie für das Wohlergehen seines Rudels. Adrian verfolgt Blut und Farid die Macht. Adrian ist zwar auch ein Werwolf, jedoch an seinem Rudel total desinteressiert. Kein bösartiger Werwolf kümmert sich besonders um sein Rudel. Werwölfe wie Marco jedoch können einem mit dem Rudelkram gewaltig auf die Nerven gehen."

Was brachte es Farid, Macht zu haben? Wollte er die Weltherrschaft an sich reißen, oder wie sollte ich das jetzt verstehen? „Du kennst nicht zufälligerweise ein komplett vernünftiges, magisches Wesen, oder?", fragte ich.

„Doch! Die Wächterin des Lichts." Das klang, als wäre sie eine Elfe. Spike lachte. „Ja, in der Tat, sie ist so eine Art Elfe."

„Ist sie so schön wie eine Elfe?"

„Nun ja, ihr Menschen würdet sie wohl schön nennen." Ich versuchte, mir die Wächterin des Lichts vorzustellen. In meiner Fantasie war sie hellhäutig, hatte langes blondes Haar und ein engelsgleiches Gesicht. „Willst du nicht langsam mal aufstehen und etwas essen?", riss mich Spike aus meinen Gedanken.

„Oh, ja. Gerne!" Ich sprang aus dem Bett, was ich auch sofort bereute, da ich mit dem Fuß gegen den Bettpfosten knallte.

„Irina, sei etwas vorsichtiger, du bist kein Vampir wie ich." Auf einem Bein hüpfte ich in die Küche, während Spike mich auslachte. „Du bist fies, nur weil ich mich mal gestoßen habe!"

„Ach komm schon, du musst zugeben, dass ihr Menschen unnatürlich ungeschickt seid. Sogar ein Igel ist eleganter als ihr."

„Danke, Mister Ich-kann-alles-besser!" Spike grinste mich feixend an, woraufhin ich ihm die Zunge rausstreckte.

Während ich genüsslich auf einem Marmeladenbrot herumkaute, sah Spike mich angewidert an. „Könntest du vielleicht ein bisschen freundlicher gucken? Du verdirbst mir den Appetit."

„Es riecht aber furchtbar!"

„Ja, aber ich gucke dein Essen doch auch nicht so angewidert an."

„Sähe auch ein bisschen komisch aus, wenn du jedem auf der Straße einen angeekelten Blick zuwerfen würdest. ... Lerne ich die Wächterin des Lichts mal kennen?", wechselte ich das Thema.

„Vielleicht. Aber ich muss sie erst vorwarnen. Wir wollen ja nicht, dass sie einen Herzinfarkt kriegt, schließlich ist sie schon tausend Jahre alt."

„Tausend? Mamma Mia! Oh Gott! Und ich dachte, sie wäre schön!"

„Ist sie doch auch, du Dummerchen! Sie altert nicht."

„Ach so." Ich steckte mir das letzte Stück Brot in den Mund und schüttelte ein paar Krümel von meiner Brust. Spike schmatzte. „Was ist?"

„Nichts, ich habe einfach eine Höllennacht hinter mir." Ich sah ihn fragend an. „Ach, weißt du, ich habe gestern einfach zu viele besoffene Idioten getroffen. Die sind verdammt lästig!"

„Spike, was hast du mit ihnen gemacht?"

„Ich habe nur ein bisschen mit ihnen gespielt."

„Was heißt bei dir *gespielt*?"

„Ich habe eigentlich nichts mit ihnen gemacht, außer sie etwas rumgeschubst." Ich sah ihn mit einem Blick an, der so viel hieß wie: *Das glaubst du doch wohl selber nicht?* „Alkohol im Blut ist ekelhaft! Ich habe keinen von denen angerührt."

„Und warum war die letzte Nacht die Hölle für dich?"

„Nun ja, ich konnte nicht bei dir sein, betrunkene sechzehn Jahre alte Mädchen sind mir hinterhergelaufen, unter ihnen Jessica Sebert."

„Was macht Jessica mitten in der Nacht draußen und dazu noch betrunken?"

Spike lachte leise. „Ihren Hintergedanken nach zu urteilen, hat sie Liebeskummer." Er grinste.

Jessica hatte Liebeskummer? Seit wann war sie so menschlich? „Ich wüsste nicht, in wen sie sich verliebt haben sollte."

„Oh Irina, manchmal bist du wirklich kurzsichtig. Sie schenkte ihrem Schatz ein silbernes Armband und pflegte ihn, als er krank war."

Mir fiel die Kinnlade herunter. „Jessica ist in meinen ... ist in dich verliebt?"

„Ja, mein Schatz, Jessica ist in mich verliebt."

„Verdammt! Wieso hat sie mir davon nichts erzählt?"

„Weil sie keine Schwäche zeigen will."

Irritiert blickte ich ihn an, beschloss dann aber, das Thema fallen zu lassen. „Was machen wir denn heute?", fragte ich stattdessen.

„Ich will einen schönen und gemütlichen Tag mit dir verbringen. Ich ... ich will dir zeigen, wie sehr ich dich liebe, denn ich habe es dir bislang nie richtig zeigen können." Ein seltsames warmes Gefühl machte sich in meinem ganzen Körper breit. Spike lächelte. „Ich sehe, du freust dich."

„Ja, und ich ... ich hätte gerne, dass wir hier bei dir bleiben und es uns gemütlich machen."

„Gerne, Irina", antwortete er mir erfreut.

Ich fuhr nach Hause, damit meine Mutter mich noch einmal sehen konnte, und sprang rasch unter die Dusche. Am Abend holte Spike mich mit seinem Ferrari ab. Als wir bei ihm waren und er die Haustür öffnete, waren überall Kerzen aufgestellt, die Wärme und mattes Licht verbreiteten. Sprachlos blieb ich stehen. „Wow!"

„Willkommen." Spike schloss die Haustür hinter sich.

„Ich hätte nie gedacht, dass ein Vampir romantisch sein kann."

„Irina, ich bin ein perfektes Wesen."

Ich ging ein paar Schritte weiter. „Was hast du heute Abend vor?"

„Lass dich überraschen." Er nahm mir die Jacke ab und hängte sie an den Haken. Dann begleitete er mich ins Wohnzimmer.

„Toll, es ist ja richtig gemütlich hier", bemerkte ich.

„Ja, extra für dich." Spike lächelte. Wir ließen uns auf der Couch nieder und er sah mich mit sanftem Blick an.

„Wa...", setzte ich an, doch er unterbrach mich: „Shht. Nicht reden." Er legte seine Hand in meinen Nacken. „Ich habe so lange auf diesen Moment gewartet. Ich will ihn unvergesslich machen, Irina."

Ich spürte ein Kribbeln in meinem Bauch, konnte es jedoch nicht definieren. „Du willst diesen Moment unvergesslich machen?"

„Ja, du sollst dich für immer daran erinnern."

„Willst du mich ... auch zu einem Vampir machen?"

Spike lachte leise. „Das ist eine verlockende Idee, aber nein, ich werde dich nicht verwandeln. Noch ist dafür nicht der richtige Zeitpunkt gekommen." Das Kribbeln wurde zu einem unangenehmen Gefühl der Angst. „Du brauchst dir keine Sorgen zu machen, Irina. Nicht bewegen." Seine Lippen berührten sanft den Übergang von meinem Kiefer zum Hals. Ich saß ganz still da und rührte mich nicht. Mein Herz pochte wild. „Nicht bewegen." Sein heißer Atem schlug gegen meinen Hals. „Sag mir, hast du Angst?"

Ich nickte leicht. „Ja." Meine Stimme war nur ein Flüstern.

Spikes Lippen berührten erneut meinen Hals, wanderten jedoch hoch zu meinem Kieferknochen. Dann setzten sie ihren Weg langsam über meine Wange fort, bis hin zu meinen Lippen. Jetzt schlossen sich seine Augen und seine andere Hand legte sich an meinen Rücken. Seine Lippen waren heißer als die eines Menschen, doch sie verbrannten die meinen nicht. Auch ich schloss die Augen. Spikes Hand legte sich an meine Wange und er löste sich aus dem Kuss. Ich öffnete meine Augen und blickte in seine sturmgraue Iris. „Ein unvergesslicher Moment", flüsterte er. „Ich hoffe, er wird dir niemals mehr entfallen."

„Nein, bestimmt nicht", hauchte ich. Spike drückte mir noch einmal seine Lippen auf den Mund. „Und was machen wir jetzt?", fragte ich ihn immer noch atemlos.

„Wenn du willst, dann können wir einen Film gucken."

„Welchen denn?"

„Einen romantischen?"

Wir sahen uns schließlich einen Film an, den ich nicht kannte. Der Titel war: *Endlose Nacht der roten Rosen*. Es handelte sich um einen Film, in dem es um einen Vampir und ein Mädchen ging. Spike hatte ihn ausgewählt. Jedes Mal, wenn der Vampir namens Richard sein Opfer verführte, schmunzelte er. Das Mädchen Amanda war eine junge, hübsche Frau. Der Film spielte in London, in einer längst vergangenen Zeit. Ich sah ihn mir mit einer inneren Ruhe an. Als er endete, schaltete Spike den Fernseher aus. „England im achtzehnten Jahrhundert", sagte er.

„Wie primitiv diese Filmvampire doch sind", warf ich ein.

„Und sie sind immer alle gleich", gab er mir recht.

„Sagte ich doch: primitiv." Die Kerzen waren bereits heruntergebrannt. Spike stand auf. „Wohin willst du?", fragte ich.

Er setzte einen entschuldigenden Blick auf. „Ich muss jagen, Irina. Ich wollte es eigentlich auf morgen verschieben, aber es geht nicht anders." Ich nickte. „Es tut mir wahnsinnig leid, ich hatte nicht vor, diesen Abend zu verderben."

„Nein, du musst gehen, ich verstehe das."

„Es fasziniert mich, dass du es verstehst. Jedem anderen würde es normalerweise widerstreben, dass jemand Menschen tötet, um seinen Blutdurst zu stillen."

„Ich glaube nicht, dass ich es super finde, dass du tötest. Ich sage nur, dass ich es verstehe, wenn du trinken musst."

„Trotzdem, dass du überhaupt noch hier bei mir bist, nach dem, was du alles gesehen und mitgemacht hast." Ich lächelte. „Ich gehe jetzt", sagte er schließlich.

„Komm bald wieder."

„Ich werde spätestens in einer Stunde wieder da sein. Ich will dich eigentlich nicht allein lassen, aber ich muss." Spike ging zur Wohnzimmertür. „Ich beeile mich."

„Kann ich nicht mitkommen?"

Er sah mich an, als hätte ich ihm ins Gesicht geschlagen. „Nein!"

„Wieso nicht? Es ist doch nicht gefährlich, oder?"

„Irina, wenn ich jage, bin ich gefährlich. Ich konzentriere mich dann voll und ganz auf die Jagd und auf nichts anderes!"

„Aber ich passe doch auf mich auf!"

„Aber ich glaube nicht, dass das so eine gute Idee ist."

„Na gut, bleibe ich halt hier." Ich zog eine beleidigte Miene. „Ich sehe dich ja gleich wieder."

„Ja, wir sehen uns wieder." Ohne ein weiteres Wort wandte sich Spike um und war verschwunden.

Ich wartete ungeduldig auf seine Rückkehr, doch er traf erst nach eineinhalb Stunden wieder zu Hause ein. „Wo warst du so lange?", fragte ich vorwurfsvoll.

„Tut mir leid, aber es gab einen kleinen Zwischenfall." Er setzte sich zu mir ans Bett und strich die Decke glatt.

„Morgen ist wieder Schule ...", warf ich ein.

„Ja, und deswegen musst du ausgeschlafen sein."

Ich verdrehte die Augen. „Ja, Mama."

Am nächsten Morgen schleppte ich mich aus dem Bett. Ganz langsam schlurfte ich aus dem Schlafzimmer in die Küche. „Guten Morgen! Frühstück?", wurde ich empfangen.

Ich blinzelte Spike an, der den Tisch gedeckt hatte. „Ähm ... Spike? Warum hast du für zwei gedeckt?"

Spike überlegte kurz. „Stimmt, ich werde rasch Marco holen, der hat immer Hunger." Kurz darauf verschwand er und tauchte zwei Sekunden später mit einem vollkommen verschlafenen Marco wieder auf.

„Wieso schleppst du mich hierher? Ich bin verdammt müde!"

„Frühstück!", flötete Spike.

Sofort war Marco hellwach. „Wo?"
„Vor deiner Nase, Flohsack!" Spike deutete auf den Tisch.
„Uiii!" Marco schwang sich auf den Stuhl und sah begeistert auf den beladenen Tisch. Ich sah etwas bestürzt zu, wie Marco das Essen regelrecht verschlang.
„Marco, könntest du etwas gesitteter essen? Irina empfindet es als widerlich."
Mitten im Kauen hielt Marco inne. „Schlucken, bevor du redest!" Marco würgte den Bissen hinunter.
„Können wir jetzt gehen?", fragte ich dazwischen und stand auf.
„Nein, können wir nicht! Ich muss noch zu Ende essen!", rief Marco.
„Wir sehen uns in der Schule, ich wollte heute mal gemütlich dorthin fahren", erwiderte Spike. „Komm, Irina!" Ich stand auf und folgte ihm zum Auto.
„Wie kommt Marco denn jetzt zur Schule?"
„Er ist ein Werwolf, schon vergessen?" Spike trat aufs Gas und der Ferrari heulte laut auf.
„Wolltest du nicht gemütlich fahren?"
„Adrians Rudel verfolgt uns."
Ich sah in den Rückspiegel. Zwei Jungs rannten in übermenschlicher Geschwindigkeit hinter unserem Auto her. „Und was jetzt?"
„Wenn wir gleich parken, kümmere ich mich um sie."
„Aber ist das nicht Diegos Job?"
„Ja, aber du kennst Diego, er ist ein Feigling. Außerdem habe ich mit ihm eine Abmachung, du erinnerst dich?" Spike parkte nicht, er ließ den Wagen in die Parklücke schlittern.
„Bist du verrückt?" Ich griff nach der Autotür.
„Bleib im Auto, ich werde mich um diese Idioten kümmern." Spike stieg aus und ließ mich zurück.
„Hoffentlich geht das gut", sagte ich zu mir selbst. Als ich auf die andere Straßenseite sah, bemerkte ich, dass einige Schüler zum Ferrari blickten. Ich hoffte inständig, dass Spike seine wahre Identität nicht zeigte. Etwas landete auf dem Dach des Autos. Erschrocken stieg ich aus.
„Irina, geh zurück in den Wagen!" Ich sah, wie Spike einen Jungen mit schwarzem, zerzaustem Haar an den Zaun drückte, der die

Böschung von der Straße trennte. „Geh zurück ins Auto!", befahl er erneut, doch ich bewegte mich nicht.

Plötzlich spürte ich heißen Atem im Nacken. „Hallo, Menschlein." Ich drehte mich um und blickte in das Gesicht eines Jungen mit schrecklich schwarzen Augen. Ich schrie, doch der Junge hielt mir den Mund zu. „Shht!"

„Fass sie nicht an!" Spike hatte von dem anderen Jungen abgelassen und war auf den schwarzäugigen losgegangen. Befreit lief nun sein erster Gegner auf Spike zu und packte ihn von hinten. Spike knurrte und schüttelte ihn ab. Jetzt schien sich die halbe Schule vor dem Schultor versammelt zu haben. Ich sah, wie Marco sich nach vorne drängelte.

„Wie wird es dir wohl gefallen, wenn ich deiner Freundin einen kleinen Kratzer zufüge?", zischte derjenige, der mich angegriffen hatte. Ich riss die Augen auf. Ein Kratzer würde Spike den Verstand rauben!

„Lass sie los oder ich breche dir sämtliche Knochen!", knurrte Spike.

Der Werwolf lachte. Ich spürte auf einmal einen brennenden Schmerz am Unterarm. Rotes Blut rann aus dem Kratzer. Ich sah, wie Spikes Gesichtsausdruck sich veränderte. In seinen Augen schien sich mein Blut widerzuspiegeln. Eine goldene Farbe machte sich in seinen Augen breit. Ich sah auf die andere Straßenseite zu Marco hinüber, der sich den Durchgang nach vorn erkämpft hatte. Spikes Eckzähne wurden länger. Der Werwolf, der hinter mir stand, lachte. Spike packte das Handgelenk des Arms, an dem ich blutete.

„Nein!" Marco lief los.

Spike führte seine Lippen bereits an die Wunde. Es brannte, als sie meine Haut berührten. Er öffnete seinen Mund und ich konnte seine Reißzähne spüren. Gerade als er zubeißen wollte, wurde er von mir weggerissen. Der Werwolf hinter mir hörte auf zu lachen.

„Marco", keuchte ich, als ich sah, wer mir zu Hilfe gekommen war und nun mit dem Vampir rang.

„Komm schon, Spike, krieg dich wieder ein! Du liebst sie doch!" Marco hielt ihn mit zusammengebissenen Zähnen fest. „Hör endlich auf, deinem Blutdurst nachzugehen! Hör auf dein Herz, Mann!" Doch Spike blickte wie in Trance auf mein Blut.

„Du Idiot!" Erschrocken sah ich zu dem schwarzhaarigen Werwolf, der seinen Mitstreiter anschrie. „Lass das Mädchen los und kümmere dich lieber um diesen anderen Jungen!"

Der Werwolf hinter mir knurrte leise. „Gib unserem Vampir doch die Chance, seinen Durst zu stillen." Dennoch ließ er mich los und ging auf meinen Retter zu.

„Marco, pass auf!", versuchte ich, ihn noch zu warnen. Doch es war zu spät. Der Werwolf hatte Marco gepackt und von Spike weggerissen. Die Schulklingel läutete, doch niemand schien sich dafür zu interessieren. Spike wandte sich mir zu. Jetzt wo er nicht mehr von Marco aufgehalten wurde, hatte er freie Bahn, mich anzugreifen. Ich wich vor ihm zurück. In seinen Augen lag Hunger.

„Spike! Spike, hör auf damit! Hör auf dein Herz! Schalte dein Gehirn ein! Das ist Irina!" Doch Spike achtete nicht auf Marcos Worte, er ging unbeeindruckt weiter auf mich zu.

„Spike." Meine Stimme hatte einen merkwürdigen Klang, als ich sprach. „Bitte. Bitte, lass mich ... Töte mich nicht. Spike!" Er stand jetzt direkt vor mir. Das Gold in seinen Augen glühte. „Töte mich nicht", wiederholte ich mit kläglicher Stimme. Er packte mein Handgelenk. „Bitte ..." Er führte seine Lippen erneut an die Wunde, aus der immer noch frisches Blut tröpfelte.

„Spike! Erinnere dich!", brüllte Marco.

Plötzlich riss Spike die Augen auf. Das Gold in seiner Iris erlosch. Er keuchte, als er das Blut wahrnahm, und ließ mein Handgelenk los. „War ... war ich ... war ich das?"

Ich schüttelte den Kopf. „Nein, das warst du nicht. Es war der Werwolf mit den schwarzen Augen."

Spike drehte sich zu diesem um. „Lass Marco los!" Der Werwolf kicherte. „Ich wiederhole mich nur ungern, Colby!"

„Du willst mich wirklich bedrohen? Du bist hier nicht der King, Blutsauger", erwiderte der Angesprochene. Marco rang mit Colbys Klammergriff. „An deiner Stelle wäre ich nicht so vorlaut. Adrian hat um sein Leben gefleht, der Feigling!"

„Nein, das würde er nie tun!" Colby zerrte an Marco.

„Waren deine Ohren verstopft, als du dich im Gebüsch versteckt hast? Am See, meine ich." Colby sah nachdenklich aus.

„Und jetzt zu deinem Schicksal!", sagte Spike und ging auf Colby zu. „Ihr englischen Werwölfe habt wirklich keinerlei Benehmen. Lass Marco los!"

Es läutete zum zweiten Mal.

„Spike, die ganze Schule sieht zu, tu nichts Unüberlegtes", sagte ich leise und wusste, dass er mich hörte.

„Komm, Colby, bevor der Blutsauger uns noch in Stücke reißt!"

„Na gut, dann erklärst du das aber Adrian! Also dann, Blutsauger, man sieht sich wieder!" Colby ließ Marco endlich los und die beiden Werwölfe verschwanden.

„Mann! Du hättest ruhig mal schneller deinen Verstand wiedererlangen können!" Marco kam zu uns rüber.

„Warte mal, ich ... riechst du das auch?", entgegnete Spike

„Was?", fragte Marco irritiert.

„Dieser beißende Hundegeruch."

„Danke!"

„Dich meine ich doch überhaupt nicht!"

Ich sah abwechselnd von Spike zu Marco. „Adrian?", fragte ich und spürte, wie leichte Panik in mit aufwallte.

„Er ist hier", bestätigte der Vampir meine Vermutung.

„Ich rieche nichts", war Marcos Antwort.

„Doch. Er ist ganz in der Nähe."

Ängstlich sah ich mich um.

„Jetzt rieche ich es auch! Du hast recht, das ist Adrian! Der Geruch kommt aus südlicher Richtung", erkannte nun auch Marco. Die beiden drehten sich in die Richtung, in der sie ihren Feind vermuteten.

„Was ist denn hier los?" Herr Toba, unser Geschichtslehrer, kam zum Schultor. Ich konnte seinen Kopf in der Schülermenge auf und ab hüpfen sehen. „Was ist hier los? Kann mir einer mal sagen, was hier los ist?" Keiner der Schüler antwortete ihm. „Was starrt ihr denn da alle so gebannt an?" Herr Toba erkämpfte sich den Weg durch die Schülermenge. „Spike, Marco, Irina, ihr kommt sofort zurück!"

„Er kommt näher, ich kann seine Schritte hören", sagte Marco.

„Ich sehe ihn", war Spikes Antwort. Ich presste meinen Rücken gegen Spikes Wagen. Ich hatte begriffen, wie gefährlich bösartige Werwölfe waren. Vor Adrian hatte ich am meisten Angst, denn er war ein Leitwolf.

„Du schaffst es, deinen Blutdurst nach kurzer Zeit in den Griff zu bekommen?" Adrian kam auf uns zu.

„Verschwinde, Adrian!", sagte Spike mit zusammengebissenen Zähnen.

„Kommt sofort hierher!", rief Herr Toba.

„Du bist also lernfähig in puncto Blut."

„Hau ab!" Die beiden ließen sich in ihrer Diskussion nicht stören.

„Das gibt einen Tadel für euch alle drei!"

„Jetzt seien Sie doch mal still!", rief Spike Herrn Toba zu.

„Also ... also, das ist ja eine Unverschämtheit! Wie ich sehe, hast du keinen Respekt vor anderen Personen."

Spike knirschte mit den Zähnen und Adrian lachte. „Du hast dich damals nur mit Schusswaffen wehren können! Du bist so schwach gewesen, dass du nicht fähig zu einem Nahkampf warst!", zischte Spike ihn an.

Adrian sah leicht nachdenklich aus. „Du redest vom See ... Ja, ich war etwas geschwächt."

„Simon! Rodrigues! Kolb!" Jetzt war Herr Goliad näher gekommen.

„Ein netter Lehrer, wer ist das?", grinste Adrian.

„Verschwinde endlich von hier! Und sollte einer deiner idiotischen Werwolfbastarde noch einmal Irina auch nur anfassen, dann bringe ich ihn eigenhändig um!"

„Und ich euch!" Herr Goliad war zu uns auf die Straßenseite gekommen.

„Was hast du mit Diego gemacht?", fragte Spike und packte seinen Feind am Kragen.

Adrian grinste böse. „Ich weiß nicht, was du meinst."

„Hör auf zu lügen! Ich kann ihn in Gedanken schreien hören!"

Herr Goliad packte Spike an der Schulter. „Ab Freundchen! Und lass diesen Jungen los!" Adrians Grinsen wurde noch breiter.

„Du wirst noch bezahlen, Adrian, das schwöre ich dir!" Spike ließ ihn los und wurde von Herrn Goliad weitergeschoben.

„Und ihr zwei kommt auch mit!" Marco ging an Adrian vorbei, ohne ihn zu beachten. „Kolb, das gilt auch für dich!" Ich sah Adrian an, der immer noch grinste. „Was sollte das, Simon?" Spike gab Herrn Goliad keine Antwort. „Ich rede mit dir!"

„Begreifen Sie endlich, dass wir hier nicht beim Militär sind!", platzte es aus Spike heraus. Marco schlug sich mit der Hand gegen die Stirn.

„Nicht so frech, Simon!"

„Mein Name ist Spike!"

„Ruhe jetzt! Du hast dir sowieso schon fünfzig Liegestütze eingehandelt!"

„Interessiert mich nicht!"

„Gut, sechzig Liegestütze!"

„Kein Thema!"

„Hundert! Kolb, dreißig!"

„Ja", war alles, was ich sagen konnte.

„Wieso lässt du das zu?", fragte Spike wütend.

„Was soll ich denn deiner Meinung nach tun? Ich bin kein Vampir wie du!"

In der Sporthalle angekommen ließ Herr Goliad Spike und mich die Liegestütze machen. Spike war knapp vor mir damit fertig.

„Das waren niemals hundert, Simon!"

„Glauben Sie, ich kann nicht zählen?"

„Zehn weitere Liegestütze!" Jessi sah Herrn Goliad empört an.

„Kein Problem!", knirschte Spike.

„Kolb, bist du bereit?"

„Wofür?"

„Für ein Basketballmatch. Ab aufs Spielfeld!"

„Lassen Sie sie sich doch erst mal ausruhen!", rief Spike.

„Ich glaube, ich hatte dir eine Aufgabe erteilt, Simon!" Ich hörte, wie Spike leise knurrte. „Hast du was gesagt, Simon?"

„Nein!"

„Gut, dann mach deine Liegestütze!"

Diese Sportstunde war der blanke Horror. Spike hatte eine Menge Wut in sich und ich befürchtete, dass Herr Goliad sie zu spüren bekäme, wenn er sich nicht kontrollieren konnte. Ich verfehlte den Basketballkorb viermal.

„Was ist los mit dir, Kolb? Normalerweise ist Basketball doch deine Stärke!" Ich zuckte mit den Schultern. „Du brauchst mehr Kondition. Simon, trainiere etwas mit ihr, sie hat es dringend nötig!"

Spike kam zu mir rüber. „Lass dich nicht so fertigmachen. Dieser Mistkerl liebt es, Schwächere zu schikanieren."

„Seit wann bist du denn schwach?"
Spike antwortete auf diese Frage nicht. Stattdessen blickte er mich sanft an und sagte: „Du bist so zerbrechlich, Irina."
„Tja, ein Mensch halt", antwortete ich knapp.
„Du bist unglaublich, weißt du das?" Er lächelte.
„Jetzt schon."
„Ihr sollt Basketball spielen!", rief der Sportlehrer herüber.
„Ich erkläre ihr gerade etwas!", gab Spike zurück. „Irgendwann bring ich diesen Typen noch mal um!"
„Spike!"
„Tut mir leid, aber der geht mir gewaltig auf die Nerven!"

In Bio konzentrierte sich Spike besonders. Er achtete nicht mal auf meine Gedanken. Jessi sah immer wieder flüchtig zu ihm hinüber. Frau Bräuer erklärte etwas über den Fötus, doch ich hörte nicht hin. Meine Gedanken waren ganz woanders. Adrian hatte zwei aus seinem Rudel geschickt, aber ich verstand den Sinn darin nicht, denn sie hatten nichts erreicht. Und wieso war Adrian aufgetaucht, kurz nachdem die anderen beiden Werwölfe wieder verschwunden waren?

**

Jetzt antwortete Spike mir doch. In Gedanken. „Adrian hat die Information bekommen, die er wollte." Ich sah ihn fragend an. „Er wollte wissen, wie ich auf dein Blut reagiere. Es ärgert mich, dass er nun meinen Schwachpunkt kennt."

**

„Irina, passt du auch wirklich auf?" Frau Bräuer unterbrach unser gedankliches Zwiegespräch.
„Ja, ich versuche gerade, Ihren Erklärungen zu folgen und sie zu verstehen." Die Biologielehrerin fuhr mit dem Unterricht fort.

**

„Aber wie kann Adrian das ausnutzen, beziehungsweise wieso interessiert ihn das?", setzen wir anschließen unser Gespräch in Gedanken fort. Das klappte immer besser, je öfter Spike und ich es ausprobierten

„Sieh mal, Adrian würde genau wie Farid alles dafür tun, um mir wehzutun. Ich würde es nicht ertragen, wenn ich feststellen müsste, dass ich dich getötet habe."

„Aber Adrian wird mich doch nicht umbringen wollen, oder?", fragte ich erschrocken.

Spike legte unauffällig seine Hand auf meine. „Er wird dir nichts tun. Und sollte er es doch wagen, dann bringe ich ihn eigenhändig um!"

***

Adrian war ein Werwolf. Und Spike? Er war ein Vampir. Die Filme schienen nur teilweise zu stimmen. Ja, Werwolf und Vampir hassten sich, aber nur bösartiger Werwolf und Vampir. Was auch immer noch folgen würde, ich war darauf vorbereitet!

ALLES WIRD ANDERS

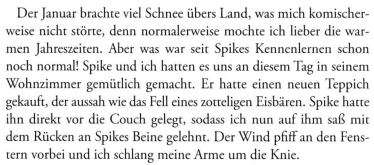

Der Januar brachte viel Schnee übers Land, was mich komischerweise nicht störte, denn normalerweise mochte ich lieber die warmen Jahreszeiten. Aber was war seit Spikes Kennenlernen schon noch normal! Spike und ich hatten es uns an diesem Tag in seinem Wohnzimmer gemütlich gemacht. Er hatte einen neuen Teppich gekauft, der aussah wie das Fell eines zotteligen Eisbären. Spike hatte ihn direkt vor die Couch gelegt, sodass ich nun auf ihm saß mit dem Rücken an Spikes Beine gelehnt. Der Wind pfiff an den Fenstern vorbei und ich schlang meine Arme um die Knie.

„Machst du dir Sorgen?", fragte Spike und legte seine Hände auf meine Schultern.

„Ich frage mich nur, wann Adrian sich wieder blicken lässt." Es war lange her, dass wir etwas von ihm gehört hatten.

Spike rutschte von der Couch auf den Teppich. Er umarmte mich von hinten und ich spürte, wie sich seine harte Brust gegen meinen Rücken presste. „Du brauchst dir keine Sorgen um Adrian zu machen. Er wird hier nicht aufkreuzen."

„Wie ist eigentlich Adrians Verhältnis zu seinem Vater?"

„Du meinst Doktor White? Nicht wirklich eng."

„Sind die beiden nicht in einem Rudel?", fragte ich erstaunt.

„Nein, dann wäre Adrian doch kein Leitwolf."

„Wie alt wird so ein Werwolf eigentlich?"

„Es ist unterschiedlich. Bösartige Werwölfe leben um einiges länger als normale Werwölfe."

Ich legte meinen Kopf an seine Schulter. „Und wie alt werden sie nun?"

„Bösartige Werwölfe leben bis zu hundertfünfzig Jahre, während normale Werwölfe nur so alt wie Menschen werden. Zumal die bösartigen bereits als Wolf geboren werden, im Gegensatz zu den anderen wie Marco", erklärte er.

„Und wie wurde Marco zu einem Werwolf?"

„Er wurde verwandelt. Von Bully. Aber du wolltest doch sicherlich noch mehr über Adrian hören, oder?" Ich nickte. „Adrian und sein Vater haben früher in Berlin gewohnt. Doktor White arbeitete als Arzt und Adrian war ein Junge im Alter von zehn Jahren. Doktor White wurde im Zweiten Weltkrieg als Soldat eingezogen. Da ein Werwolf nichts mehr hasst, als unter dem Befehl eines Menschen zu stehen, täuschten sowohl Doktor White als auch Adrian ihren Tod vor und zogen hierher. Doktor White tat so, als sei er erschossen worden, und Adrian zündete eine Bombe in ihrem Haus."

Ich stellte mir bildlich vor, wie Adrian eine Bombe zündete. Der stumme Knall in meinen Gedanken verminderte nicht die Wirkung. „Aber Doktor White muss sich doch eine Kugel ins Herz geschossen haben, damit man seine Leiche identifizieren konnte."

„Ja, genau das hat er auch getan. Du musst wissen, bis sie hundert Jahre alt sind, sind bösartige Werwölfe unsterblich."

„Also leben Adrian und sein Vater mindestens schon seit siebzig Jahren."

„Ja, so in etwa."

Ich schwieg. Dann war Adrian noch um die dreißig Jahre unbesiegbar. All die Versuche von Spike, ihn zu töten, waren sinnlos gewesen. Spikes heiße Haut brannte auf der meinen. „Dann werden wir Adrian also niemals los. Jedenfalls nicht, bevor die nächsten dreißig Jahre vergangen sind."

Spikes Hände fanden ihren Weg zu meiner Hüfte. „Auch ich bin unsterblich und bin es doch nicht." Ich stutzte. „Erinnerst du dich an den Tag, an dem wir im Wald waren und Marco und ich dir über Werwölfe und über mich erzählt haben?" Ich nickte. „Mich tötet nur der eigentliche Sonnenstrahl. Na ja, und Arashins Gift, aber okay. Tatsache ist, dass Adrian auch sterblich ist, aber auf eine viel kompliziertere Weise. Adrian besitzt einen Kristall, der hinter seiner Pulsader sitzt. Wenn Adrian mit einer Frau oder einem Mädchen schläft, bildet sich ebenfalls ein Kristall unter ihrer Haut. Allerdings nicht hinter der Pulsader, sondern davor. Wenn die Frau oder das Mädchen diesen Kristall aus ihrem Körper entfernt, ist Adrian so gut wie sterblich, denn es steckt ein weiterer Kristall vor der Pulsader eines anderen Werwolfs. Eines normalen Werwolfs. Zerstört auch dieser den Kristall, ist Adrian sterblich." Ich schüttelte mich bei der Vorstellung, mich selbst aufschneiden zu müssen, um einen Kristall aus mir herauszuholen. „Es wird nur schwierig sein herauszufinden, ob er schon jemandem einen Kristall eingepflanzt hat."

„Wie willst du das denn rausbekommen?"

„Ich erkenne es daran, wenn sein Kristall weiß ist. Das Schwierige ist nur, wie soll ich an sein Handgelenk kommen?"

„Und wer ist es, der den anderen Kristall besitzt?"

„Wieso muss so etwas immer so kompliziert sein?" Spike stützte sein Kinn auf meiner Schulter ab.

„Hat sich Marco schon mal gemeldet?", fragte ich dann.

„Nein, ich schätze, er ist viel mit dem Rudel unterwegs."

„Hast du noch mal etwas von Farid gehört?"

„Nein, aber auch er wird irgendwann wieder zuschlagen."

„Hoffentlich nicht." Meine Worte gingen in einem Gähnen unter.

„Du solltest ins Bett gehen, Irina, du bist sehr müde."

„Ja, ist wahrscheinlich keine schlechte Idee", stimmte ich ihm zu.

Kaum hatte ich mich hingelegt, schlief ich auch schon erschöpft ein. Ich träumte von Feuern, die Wälder niederbrannten, und von Spike, der auf einem hohen Felsen stand und Befehle an die lodernden Flammen erteilte. Mitten in der Nacht wachte ich auf. Spikes nackter Oberkörper war gut in der Dunkelheit zu erkennen. Seine muskulöse Brust hob und senkte sich. Ich war mir sicher, dass er schlief.

„Du bist wach?" Ich zuckte zusammen, als er sprach.

„Ja."

„Schlaf weiter." Ich drehte mich auf die Seite und spürte, wie sich etwas Heißes um meinen Bauch legte. Als ich die Augen schloss, schmiegte sich Spikes glühender Körper an meinen Rücken.

Am nächsten Morgen wachte ich sehr früh auf. Ich lag immer noch in der gleichen Position, in der ich in der Nacht eingeschlafen war. Spikes Körper war jedoch nicht mehr so heiß wie zuvor. „Du bist schon wach?", fragte er mich.

Ich streckte meine Beine aus. „Wach ist übertrieben", nuschelte ich.

Er lachte leise. „Dein Haar riecht gut." Er strich mit seiner Hand vorsichtig darüber. „Ich werde heute Abend für eine Stunde weg sein."

Er brauchte gar nicht erst weiterzureden, ich wusste bereits, was er vorhatte. „Wieso hast du mir das jetzt gesagt? Ich will nicht wissen, wann du jagen gehst."

Erneut lachte er leise. „Du wirst dich dran gewöhnen müssen."

Ich schnaubte. „Daran werde ich mich garantiert nie gewöhnen."

„Dann hast du Pech gehabt." Er schien Spaß daran zu haben, mich zu provozieren, was mich noch mehr ärgerte.

Belustigt grinste er. „Willst du etwas essen?"

Gemeinsam gingen wir in die Küche, damit ich etwas essen konnte. Ich kaute gelangweilt auf einem Käsebrot herum, als Spike sich unvermittelt von seinem Stuhl erhob und meinte: „Ich gehe jetzt spazieren."

„Kann ich mitkommen?"

„Das wird aber kein normaler Spaziergang. Ich werde über die Dächer der Stadt springen."

„Klingt nach Spiderman", alberte ich.

„Haha. Ich springe über die Dächer, also von einem Dach zum nächsten. Es ist gefährlich für dich, auf einem Hochhausdach rumzuturnen. Dächer sind nicht als Sportgeräte für Menschen gemacht."

„Ach, aber für Vampire?"

„Nein, aber du weißt genau, dass mir nichts passiert."

„Nimm mich mit."

„Hm. Na gut, aber wehe, du hältst dich nicht an meine Anweisungen!" Spike war bereits angezogen, als er mir die Jacke reichte. Er sagte nichts, schien sich aber über seine Zustimmung zu ärgern. „Ich hoffe, du hast keine Höhenangst."

„Nein, habe ich nicht." Ich grinste.

„Also gut, machen wir die Dächer der Stadt unsicher." Er öffnete die Tür.

„Schnee!", rief ich freudig aus.

Spike schloss die Tür hinter sich. „Glatteis", sagte er und deutete auf eine zugefrorene Pfütze. „Tut mir leid, Irina", sagte er grinsend. „Aber bei Glatteis kann ich dich leider nicht mitnehmen."

„Lass mich raten: Ein Vampir kann auf Glatteis nicht ausrutschen."

„Korrekt! Schnee macht die Sache noch gefährlicher, Irina. Ich hab Angst um dich."

„Du nimmst mich mit nach Ägypten zu diesem Farid und diesem Gift sabbernden Hund, aber Schnee ist natürlich viel gefährlicher!"

„Okay, du hast ja recht, aber bitte tu das, was ich dir sage."

„Und auf welches Dach geht es zuerst?"

„Erst einmal geht es zu Marco."

Ich runzelte die Stirn. „Wieso zu Marco?"

„Ich muss noch kurz mit ihm reden. Warte hier, ich hole das Auto."

„Hast du etwa jetzt schon vergessen, was du bist?" Er sah mich fragend an. „Ein Vampir mit Gedächtnisschwund. Materialisieren!"

„Könnte ich, will ich aber nicht." Er ging zur Tiefgarage und wenige Augenblicke später rollte der Ferrari auf die Straße.

Die Fahrt zu Marco war rutschig. Als wir endlich auf den Parkplatz rollten, der sich nicht weit von Marcos Haus befand, atmete ich erleichtert auf. „Was musst du denn noch mit Marco besprechen?", traute ich mich schließlich zu fragen.

„Irina, nicht alles, was mich betrifft, geht auch dich etwas an."

„Schon gut", gab ich leicht eingeschnappt zurück. Wir stiegen aus und gingen den rutschigen Weg zu Marcos Haus zurück. Spike schlitterte kein einziges Mal – im Gegensatz zu mir. Er klingelte schließlich und Carla öffnete die Tür.

„Spike!"

„Tritt zur Seite, Carla! Marco!" Spike schob dessen Schwester beiseite und trat ein. Noch bevor er die Türschwelle übertreten hatte, begann er, in sehr schnellem Spanisch zu reden.

Es war unangenehm, draußen vor der Tür zu stehen und sich gegenseitig anzuschweigen. Carla sah mich ziemlich arrogant an. Ihre wasserstoffblonden Haare wurden vom Wind erfasst. „Irina, richtig?" Es fehlte nur noch der megagroße pinke Kaugummi in ihrem Mund, dann wäre das Bild perfekt gewesen! Ich nickte nur.

„Spikes ... Freundin", fügte sie hinzu und sah mich noch herablassender an. „Pff!", machte sie abwertend.

„Irina, komm, wir müssen los!" Spike kam aus der Tür gerauscht.

„Warum hast du es so eilig?", fragte ich etwas irritiert.

„Adrian!" Spike ging an mir vorbei. Ich hatte überhaupt keine Lust, diesem idiotischen Werwolf hinterherzurennen. „Irina!" Spike kam zurück, hob mich hoch und trug mich zum Auto.

„Ich kann auch alleine laufen!", rief ich empört und versuchte, mich zu befreien – erfolglos.

„Was ist denn passiert?", fragte ich, als wir im Wagen saßen.

„Adrian ist auf dem Weg zu dir nach Hause! Wenn wir ihn nicht einholen, hat deine Mutter ein Problem!"

„Gib Gas!", war alles, was ich erwidern konnte.

Spike drückte das Gaspedal durch. „Verflucht!" Die Straße war stark befahren.

„Spike, park das Auto und dematerialisiere dich!"

„Nein!" Er ließ den Motor gefährlich dröhnen. Plötzlich erschien Blaulicht und eine Sirene ertönte: die Polizei. Dennoch trat er auf das Gaspedal. Jetzt standen wir Stoßstange an Stoßstange mit einem Ford. „Schalten Sie den Motor aus!", ertönte ein Megafon.

„Warum dematerialisierst du dich nicht einfach?"

„Nein!" Wieso wollte er sich nicht dematerialisieren? „Jetzt reicht's!" Er schnippte mit den Fingern und die Autos begannen, vom Boden abzuheben. Einige Passanten blieben erschrocken stehen und sahen zu, wie der rote Ferrari nun über die freie Straße bretterte.

„Stehen bleiben! Halten Sie den Wagen an!" Die Sirene des Polizeiwagens wurde lauter, als uns der Streifenwagen hinterherfuhr.

„Wo fahrst du hin? Da vorne ist eine Sackgasse!" Als wir nicht mehr weiterfahren konnten, holte der Polizeiwagen uns schließlich ein. Die Polizisten stiegen aus dem Wagen, die Pistolen in der Hand. Einer der beiden Polizisten überwältigte Spike und legte ihm Handschellen an. „So, Freundchen, jetzt ist Schluss mit lustig, und deinen Führerschein bist du auch so gut wie los."

Wir wurden zur Wache gebracht, wo unsere Personalien aufgenommen wurden. Nachdem das erledigt war, bat Spike die Beamten: „Gentlemen, bitte bringen Sie meine Freundin zu Marco Rodrigues. Ich selbst gehe zu Fuß."

„Wir werden sie fahren, kein Problem", erwiderte einer der Polizisten.

Spike wandte sich mir zu: „Irina, ich kann dich nicht mitnehmen. Nenn ihnen Marcos Adresse, wir sehen uns dann später." Spike verschwand zur Tür hinaus. Ich gab den beiden Polizisten nicht Marcos Adresse, sondern meine. Als wir dort ankamen, stand die Tür offen.

„Wieso ist denn die Haustür nicht geschlossen?", fragte der Polizist, der das Auto gefahren hatte. Ich, sprang aus dem Wagen und stürmte ins Haus.

„Du Idiot! Dachtest du wirklich, ich würde mich nicht an dir rächen, nach dem, was du mir alles angetan hast? Deinetwegen gehorcht mir mein Rudel nicht mehr!", hörte ich Adrian wütend sagen und

„Dafür hättest du sie nicht töten brauchen!" Ich hörte Glas zersplittern und lief ins Wohnzimmer. Spike hatte seine Brust gestrafft und die Hände noch in der Position, in der er Adrian aus dem Fenster geworfen hatte.

„Spike." Meine Stimme war nicht mehr als ein Flüstern.

„Irina, was tust du hier?" Ich sah entsetzt und fassungslos auf den Boden hinter Spike. Meine Mutter lag auf dem Rücken, die Augen geschlossen und ...

„Nein!", war alles, was ich herausbrachte.

„Irina, sieh nicht hin." Spike kam zu mir herüber und nahm mich in den Arm. „Es wird alles wieder gut werden, Irina. Dafür sorge ich. Adrian wird sterben!" Heiße Tränen rannen mir über die Wangen und benetzten Spikes Pullover. Als das Telefon klingelte und der Anrufbeantworter ansprang, hörte ich, wie mein Vater sprach. Doch es klang für mich so dumpf, als hätte ich Watte in den Ohren. „Hey, Claudia, Irina! Ich komme früher nach Hause als geplant. Ich freue mich auf euch. Kussi Papa."

Ich hörte, wie Spike seufzend ausatmete. „Ich bringe dich jetzt zu mir. Die Polizei wird später eine Autopsie machen und feststellen, dass deine Mutter durch einen Unfall gestorben ist. Genickbruch."

Ich spürte, wie Spike mich hochnahm und kurze Zeit später auf etwas Weiches legte. Ich befand mich in seinem Haus – auf seiner weißen Couch und starrte an die Decke. Nach drei Stunden klingelte mein Handy. Ich hatte mich keinen Zentimeter bewegt, lag einfach nur so da.

„Herr Kolb, mein Name ist Spike Simon. Ihre Tochter ist bei mir." Kurz nachdem Spike meinem Vater seine Adresse gegeben hatte, zog ein kalter Lufthauch durchs Wohnzimmer. Ich konnte Schritte hören, die näher kamen.

„Oh Gott! Irina, mein Kind!" Mein Vater stürzte sich auf mich und begann zu weinen. „Was ist nur passiert? Oh, ich war so lange weg!" Ich rührte mich nicht, mein Körper schien wie eingefroren.

„Herr Kolb." Spike hielt meinem Vater ein Glas Whiskey hin.

„Danke, mein Junge." Mein Vater trank das Glas in einem Zug leer. Dann erzählte Spike vom Tod meiner Mutter. „Was ist nur passiert?", fragte mein Vater mit klagender Stimme, als Spike seine Erzählung beendet hatte. Ich machte keine Anstalten, meinem Vater die Wahrheit zu sagen, wenn die Gerichtsmedizin doch später verkünden würde, dass eine vierzigjährige Frau an einem Genickbruch gestorben sei. Die *Wahrheit* hätte er sowieso nicht verstanden ...

„Ich weiß nicht einmal, wie sie ihre Beerdigung haben wollte", sagte mein Vater mit heiserer Stimme.

„Sie wird auf einem Friedhof ihre letzte Ruhe finden. Ich werde mich mit Irina darum kümmern." Spike schenkte meinem Vater Whiskey nach.

„Du bist ein netter Kerl." Erneut kippte mein Vater den Whiskey. Eine unangenehme Stille trat ein. Immer noch bewegte ich mich keinen Zentimeter.

***

„Adrian wird dafür bezahlen, noch heute Nacht!", hallte es in meinem Kopf.

***

Ich hatte keine Kraft, um zu antworten. Mein Körper schien nur noch eine leere Hülle zu sein. Mein Vater saß neben mir auf der Couch und schwieg. Wir waren versunken in unserer Trauer.

„Ich denke, es ist besser, wenn Sie heute Nacht hier schlafen", schlug Spike vor. Mein Vater gab darauf keine Antwort, nickte nur und legte sich ins Wohnzimmer, wo er augenblicklich auf dem Sofa einschlief.

„Ich werde jetzt Adrian suchen gehen. Noch kann ich ihn nicht töten, noch ist er unsterblich", teilte Spike mir mit, als er sah, dass mein Vater uns nicht mehr hören konnte.

„Was willst du tun?"

„Vielleicht kann ich ihn schwächen und ihm ein paar Schmerzen zufügen. Ich werde ihm sein restliches Leben zur Hölle machen!"

Ich sah ihn mit durchdringendem Blick an. „Was, wenn du ihn nicht findest und er hier auftaucht?"

Spike lächelte. „Du glaubst doch nicht wirklich, dass Adrian in das Haus eines Vampirs eindringen wird?" Ich biss auf meiner Unterlippe herum. Jetzt grinste Spike. „Du willst nicht, dass ich gehe, hab ich recht?" Ich sah zu Boden. Warum war es mir noch peinlich zuzugeben, dass ich nicht ohne ihn sein wollte? „Ich werde schnell wieder hier sein, das verspreche ich dir." Er drückte mir einen Kuss auf die Wange und ging lautlos zur Haustür.

„Spike!" Er drehte sich zu mir um. „Geh nicht. Ich brauche dich heute Nacht mehr denn je." Spike zögerte. „Ich weiß, dass dir meine Mutter egal war, aber ich weiß auch, dass ich dir nicht egal bin."

Spike ließ die Türklinke los, die er ergriffen hatte. „Was kann ich für dich tun?" Er sah mich liebevoll an.

„Zeig mir die Dächer der Stadt."

Er schloss für einen Moment die Augen. „Gibt es nichts anderes, was ich für dich tun kann?"

„Das ist jetzt das Einzige, was mich ablenken kann."

Er seufzte. „Na schön. Zieh dir die Jacke an, ich warte hier." Es war keine Freude, die mich durchflutete, es war eher eine Art Erleichterung.

Spike öffnete lautlos die Haustür und wir traten in die eisige Nacht hinaus. „Sollen wir?", fragte er mich. Ich nickte und er nahm mich auf den Arm, als wolle er mich über die Türschwelle tragen. Sein glühender Körper gab mir zusätzliche Wärme.

„Wie kommen wir aufs Dach?"

Er lächelte, ging in die Knie und schon befanden wir uns in der Luft. Mit Leichtigkeit war er auf das Dach seines eigenen Hauses gesprungen. Von hier aus hatte man eine gute Aussicht über die restlichen Dächer. „Hier ist die Aussicht uninteressant. Gehen wir in die Stadt, wo ein paar Hochhäuser sind." Spike sprang vom Dach und lief in Hochgeschwindigkeit in Richtung Stadt.

Das Nachtleben hatte bereits begonnen. Straßenlaternen erleuchteten die Dunkelheit. Feiernde Menschenmassen liefen lachend und vom Alkohol angetrieben durch die Straßen. Ein Hochhaus ragte zwischen den normalen Wohnhäusern hervor.

„Schließe deine Augen und hol tief Luft. Wenn ich jetzt auf das Hochhaus springe, wirst du nicht atmen können." Ich holte tief Luft und spürte, wie mein Magen rebellierte, als Spike mit hoher Geschwindigkeit auf das Dach sprang. Er lachte. „Du kannst die Augen wieder aufmachen." Ich öffnete sie vorsichtig und mir bot sich ein gigantischer Ausblick! Die Stadt erschien mir dreimal so groß und Millionen Lichter funkelten mir zu. Mir blieb der Atem weg, als ich das alles sah. „Gefällt es dir?", fragte er sanft und strahlte mich an.

„Ja!" Der Schnee bedeckte die Dächer und Straßen der Stadt. Alles schimmerte und Autos fuhren über eine nicht weit entfernte Schnellstraße. Ich sah fasziniert in alle Richtungen. „Lass mich bitte runter, ich möchte gerne alles ganz genau sehen." Für einen Augenblick vergaß ich den Schmerz über den Tod meiner Mutter.

„Tut mir leid, aber hier ist alles voller Glatteis." Spike drückte mir einen Kuss auf die Wange. „Halt dich an meinem Hals fest, ich springe auf das Haus dort." Er nickte in Richtung Norden. Ich klammerte mich an seinen Hals und er sprang.

Ich spürte, wie die Luft mein Haar in die Höhe riss und der freie Fall plötzlich stoppte. „Es muss toll sein, so frei zu sein." Spike lächelte leicht. „Dafür zahlen die Menschen einen hohen Preis. Wie sehe ich eigentlich in deinen Augen aus?"

Spike lachte. „Nun ja, wenn ich dich so betrachte, siehst du aus wie immer. Wenn ich dich jedoch mit den Augen eines Vampirs betrachte, dann wirkst du wie eine Art Göttin auf mich."

Erstaunt sah ich ihn an. Ich vergaß vollkommen zu fragen, was er mit *wie immer* genau meinte. „Sehe ich etwa aus wie ein Vampir?"

Spike verzog das Gesicht. „Nein, du siehst nicht aus wie ein Vampir. Du siehst aus wie ein Mensch, Irina, wie ein ganz normaler, wunderschöner Mensch." Ich war etwas enttäuscht. Ich war halt doch nur gewöhnlich. Nichts Besonderes. Ich halt. „Aber dennoch sehe ich dich anders als die anderen Lebewesen dieser Erde. Für mich gibt es kein schöneres Mädchen als dich." Er lächelte und ich erwiderte es. Spikes Hand fand meine Wange und ich musste an meine Mutter denken. „Deine Wut auf Adrian ist verständlich, aber ich werde ihn erst bestrafen können, wenn ich die Kristalle habe." Eine einsame Träne rollte von meinem Auge zu Spikes Hand hinunter. Er fing sie auf und leckte sie ab. „Sie schmeckt so menschlich", seufzte er. Ich antwortete ihm nicht. In mir machte sich wieder diese große Leere breit.

Später lagen wir zusammen im Schlafzimmer im Bett. Ich fragte gar nicht erst, woher er wusste, dass ich etwas auf dem Herzen hatte, sondern sagte geradeheraus: „Deine Geschichte, Spike. Ich möchte hören, wie dein früheres Leben war. Ich komme mir so blöd vor! Ich weiß, dass du früher als Mensch gelebt hast, aber nicht, wie dein Leben war. Sollte ich nicht mehr über dich wissen?"

Er sah mich an und sein Gesicht schien wie aus Stein. Er schluckte, doch seine Kehle schien ausgetrocknet zu sein. „Meine Geschichte." Er wiederholte es sehr trocken. „Willst du sie wirklich erfahren?" Ich nickte. „Okay."

Er erhob sich. „Gehen wir." Ich folgte ihm in sein altes Zimmer, in dem ich schon einmal gewesen war. Immer noch stand die Schublade offen und es war alles noch viel unordentlicher als beim letzten Mal. Sein Bett war zerwühlt und Bücher und Fotos lagen verstreut auf dem Boden.

„Du scheinst hier im Moment öfter Zeit zu verbringen", sagte ich und betrachtete das Chaos.

„Ja, ich war in den letzten Tagen manchmal hier oben." Er stand im Türrahmen und starrte unverwandt auf das Durcheinander. „Dich interessiert also mein Leben, wie es vorher war, du kommst jedes Mal hierher, wenn ich nicht da bin, und versuchst herauszufinden, wie es ausgesehen hat. Du durchsuchst Briefe und Fotos. Irina, wenn mein früheres Leben erwähnenswert gewesen wäre, dann hätte ich dir davon erzählt!", begann er zu erzählen. Er ging zu seinem alten Bett und setzte sich. „Du bist so gütig und herzlich, Irina. Nichts, was ich verdient hätte. Weder in meinem früheren Leben noch in meinem jetzigen."

„Wovon redest du?" Ich setzte mich neben ihn und legte beruhigend die Hand auf seinen Oberschenkel. Er sah mich nicht an, sondern starrte auf den Flur hinaus. „Wieso hast du mich nicht verdient?" Jetzt vergrub er das Gesicht in den Händen. Vampire konnten nicht weinen! „Spike?"

„Ich war ein arroganter Idiot!", sprach er durch seine Hände. Seine Stimme hatte einen qualvollen Ton angenommen. „Ich habe mich immer für den Größten gehalten! Ich war so egoistisch! Mein Umfeld bewunderte mich, den reichen, hübschen Anwaltssohn! Ich war beliebt und habe das voll ausgenutzt. Ich war so ein A..."

„Sprich es nicht aus."

„Wenn du mir damals doch nur begegnet wärst und mir die Augen geöffnet hättest! Ich war ..." Er nahm die Hände vom Gesicht und ballte sie zu Fäusten. „... so ein Vollidiot!" Ein mattes Rot färbte seine Iris.

„Mag sein, aber jetzt bist du ..."

„Ein Mörder! Ich bringe Menschen um! Ich habe dich nicht verdient!"

Dieser immense Selbsthass war mir neu und er gefiel mir nicht. „Wieso sprichst du so hasserfüllt? Das kann doch nicht der einzige Grund sein, warum du so reagierst."

Er schloss die Augen und versuchte, sich zu fangen. „Nein, das ist nicht der einzige Grund. Meine Verachtung für mich selbst rührt noch von etwas anderem her."

„Und das wäre?", fragte ich zaghaft.

„Linda und Dina." Ich erinnerte mich vage an den letzten Namen. „Zwei Schwestern. Ich habe sie damals ziemlich ausgespielt. Ich habe mit beiden von ihnen ..." Er schien den Satz nicht zu Ende bringen zu können. Seine Muskeln spannten sich am ganzen Körper an und traten hervor. „Ich will dir nicht wehtun, Irina, denn wenn man so etwas aus der Vergangenheit seiner Freundin erzählt, ist sie meistens sehr verletzt."

„Spike, ich kann sehr wohl mit deiner Vergangenheit leben, du hast schließlich ein neues Leben begonnen, seit du ein Vampir bist."

Erneut schloss er die Augen und wandte sein Gesicht von mir ab. „Ich habe mit beiden von ihnen geschlafen."

Ich atmete langsam wieder auf, als ich den Schreck einigermaßen verdaut hatte. „Bitte, Spike, das ist in Ordnung. Wie du schon sagtest, es ist Vergangenheit. Ich will absolut alles über dein früheres Leben wissen! Alles, was wichtig ist!"

„Wenn du es so siehst, ist nichts davon wichtig."

„Was redest du denn da? Für mich bist du verdammt wichtig!"

Er seufzte. „Was willst du wissen? Stell konkrete Fragen."

Ich überlegte kurz, versuchte, die Müdigkeit in mir zu bekämpfen. „Hm ... Ich weiß nicht so genau, eigentlich hatte ich gedacht, du würdest mir so von deinem Leben erzählen ..."

„Wolltest du nicht wissen, wie ich zu meiner Familie stand? Komm, gehen wir in das alte Büro meines Vaters." Er führte mich in das Zimmer, in dem das Hochzeits- und das Familienfoto standen. „Willst du dich setzen?" Ich nickte und er ließ einen Stuhl aus dem Nichts erscheinen, auf den ich mich setzte. Dann holte er ein Fotoalbum aus dem Schrank. „Ich stelle dir jetzt mal meine gesamte Familie vor." Er kniete sich neben mich und öffnete das ungewöhnliche Fotoalbum. Auf den ersten Seiten waren hauptsächlich Einzelporträts zu sehen. „Das hier ist mein Vater." Er deutete auf den Mann, dessen Gesicht mir bereits bekannt war. „Zu ihm hatte ich kein sehr inniges Verhältnis. Er wollte immer, dass ich ein guter Schüler bin und einmal einen guten Job bekomme. Am liebsten sollte ich seiner Meinung nach ebenfalls Anwalt werden. Genau wie der Rest meiner Familie."

„Und? Ist das auch dein Wunsch gewesen?"

Spike schnaubte. „Garantiert nicht! Ich hasse diesen Job! Ich wollte eigentlich immer ein bequemes Leben, aber man sollte auch sehen können, dass ich für mein Geld arbeite. Das hier ist meine Mutter. Zu ihr hatte ich ein relativ gutes Verhältnis. Aber wie es halt so bei Jugendlichen ist, wenn die Pubertät beginnt, scheinen die Eltern schwierig zu werden." Er wies auf die hübsche Frau, die ich ebenfalls schon kannte. „Das hier sind meine Großeltern Eric Simon und Amily Simon. Sie waren liebevoll und haben meinen Wunsch, etwas anderes als Anwalt zu werden, unterstützt." Er zeigte auf ein leicht veraltetes Foto. Ein älterer Herr hatte seinen Arm um die Hüfte der etwas in die Jahre gekommenen Frau gelegt. Er hatte kaum noch Haare auf dem Kopf und fleckige Haut. Die Frau hatte langes weißes Haar und einen gutmütigen Gesichtsausdruck. Ich lächelte. Obwohl Spikes Großvater etwas griesgrämig aussah, wirkte er trotzdem auf seine Weise herzlich.

„Das hier sind meine Großeltern mütterlicherseits. Ich habe sie nie kennengelernt, sie sind vor zwanzig Jahren gestorben. Matthew und Branda Morrison." Er deutete auf ein Pärchen, das noch recht jung für Großeltern wirkte. Die Frau hatte kurzes, braunes, gelocktes Haar und mandelbraune Augen. Der Mann honigblondes Haar und dunkelbraune Augen. Beide hatten eine schlanke Figur. Aus irgendeinem Grund blieb mein Blick lange an ihnen hängen. Keiner der beiden sah Spikes Mutter ähnlich. „Meine Mutter wurde adoptiert. Ihre richtigen Eltern sind bei einem Brand ums Leben gekommen." Ich schwieg.

„Das hier sind meine beiden Cousins Zack und Max. Sie sind zwei Unruhestifter, aber schwer in Ordnung. Sie leben in Texas." Die beiden waren Zwillinge. Sie hatten ebenholzschwarzes Haar und einen leicht gebräunten Hautton. „Meine Tante und mein Onkel, die Eltern der beiden. Judy und James Harris. James ist Halbengländer." Judy war etwas dicklich und hatte mahagonifarbenes Haar, während James schwarzes bereits angraute.

„Hast du eine große Familie?", fragte ich und sah ihn erwartungsvoll an. Jetzt war meine Müdigkeit verschwunden. Ich wollte unbedingt mehr über seine Familie herausfinden ... und natürlich über ihn.

„Ja. Das hier ist meine Cousine Anna Holly. Sie ist mittlerweile dreiundzwanzig. Ihr Bruder Jim Holly ist für drei Jahre nach China gegangen. Er wollte sich dort mit dem Buddhismus beschäftigen." Er zeigte zuerst auf eine junge Frau mit roten Haaren und einer Brille. Ihr Gesicht war von Sommersprossen übersät. Als er mir ihren Bruder zeigte, erkannte ich das komplette Gegenteil der jungen Frau. Er war attraktiv und sein helles Haar war nicht so strubbelig wie das seiner Schwester. Seine Augen waren ein Mischmasch aus grau und grün. „Von wem du vielleicht wissen solltest, ist Oliver Simon. Er ist der Sohn von meinem Onkel Robin Simon." Er zeigte auf einen Mann, der ziemlich hochnäsig aussah, jedoch Spikes Vater verdammt ähnlich sah. „Er ist arrogant", sagte Spike und sprach das Wort mit sehr viel Abscheu aus.

„Okay, ich denke, ich muss dir nicht mehr Leute aus meiner Familie zeigen." Etwas enttäuscht erhob ich mich vom Stuhl.

„Jetzt kann ich dir mehr über mich erzählen, wo du die wichtigsten Personen kennst. Ich wurde am 31.08.1991 in New York geboren. Auch wenn ich behauptet habe, es wäre nicht mein Geburtstag. Meine Mutter gebar mich zu Hause, während mein Vater im Stau steckte. Wir hatten eine große Wohnung im Empire State Building."

Ich staunte nicht schlecht, denn ich wusste, dass die Wohnungen dort teuer waren. Dann aber fiel mir etwas ein: „Hast du mir nicht, als wir uns kennenlernten, gesagt, du wärst erst siebzehn? Dann kann dein Geburtsjahr nicht 1991 sein ..."

Spike schaute mich mit großen Augen an. Dann lächelte er: „Das ist ein Teil meiner Tarnung in der realen Welt. Ich bin Jahrgang 1991, also etwas älter, als ich dir gesagt habe. Und ich habe, damit verrate ich dir auch noch ein kleines Geheimnis, meinen Führerschein auch erst mit 18 gemacht. Manchmal muss ich halt ein wenig flunkern, es muss ja nicht jeder wissen, wer ich wirklich bin. Und noch eins: Ja, die Lehrer wissen Bescheid. Nun aber zurück zu meiner Geschichte, die interessiert dich ja so brennend. Also: Meine Eltern schickten mich in einen Kindergarten, in dem nur Kinder von reichen Eltern waren." Er verzog abermals das Gesicht. „Ich habe mich dort nie so richtig wohlgefühlt. Die anderen Kinder spielten immer mit sündhaft teuren Spielsachen, die ich nie mochte. Ich wollte immer die schönen Spielsachen haben, mit denen auch ganz normale Kinder spielten und nicht die, die aussahen, als hätte man sie in flüssiges Gold getaucht. Aber meine Eltern ließen es nicht zu. Als ich dann in die Schule kam, fand ich eine Menge Freunde. Doch die Einzigen, denen ich wirklich vertraute, waren Tom und Jeffrey. Sie waren sehr nett und schienen nicht aus dem gleichen Grund mit mir befreundet zu sein wie die anderen. Wir hatten ein wunderschönes Schuljahr, bis meine Eltern mich auf eine Privatschule schickten. Auf der Highschool begannen dann die ganzen Mädchen, auf mich aufmerksam zu werden. Sie versuchten immer unauffällig, in meiner Nähe zu sein, aber ich war genervt von ihnen." Ich stellte mir bildlich vor, wie die ganzen Mädchen um ihn herumliefen, kicherten und versuchten, seine Aufmerksamkeit zu wecken. „Im Junior Year war es besonders schlimm, genau wie ich!" Er brach kurz ab. „Ich wurde zu einem riesengroßen Vollidioten! Meine erste Freundin war Linda. Später kam ich mit ihrer Schwester Dina zusammen. Das war jedoch, nachdem wir nach Deutschland gezogen waren. Ich betrog Dina wiederum mit Linda, nachdem ich mit Linda Schluss gemacht hatte." Irgendwas schien meine Blutzufuhr zu stoppen, denn ich wurde bleich. „Das ist noch längst nicht alles, Irina. Meine Großeltern – Eric und Amily – ich habe sie oft enttäuscht! Ich war arrogant, als ich in Deutschland ankam. Ich habe die Leute von oben herab behandelt und mich an Mädchen rangemacht, die bereits vergeben waren. Ich war als Mensch nie treu!" Er kam zum Ende und sah mich voller Selbsthass in den Augen an. „Ich war Abschaum."

Ich erwachte aus meinem Entsetzen und legte Spike eine Hand auf die Schulter. „Das ist Vergangenheit." Meine Stimmbänder klangen, als wären sie ausgetrocknet.

„Jetzt habe ich dich verletzt. Genau das war der Grund, warum ich dir von all dem nichts erzählen wollte. Du darfst mich dafür hassen."

„Ich werde dich davon befreien." Es war mir plötzlich so klar geworden, als hätte jemand eine Fünfhundertwattbirne in meinem Kopf angeknipst. Ihn quälte seine Vergangenheit, deswegen hatte er immer gesagt, ich solle ihn befreien.

Er lächelte ein wenig. „Du sollst mich von meiner Dunkelheit und meiner Kälte befreien, aber meine Vergangenheit kann man nicht ändern."

Die Fünfhundertwattbirne erlosch. Ich stand wieder im Dunkeln. „Ich bin, was das betrifft, vollkommen ratlos. Ich weiß nicht, was du meinst."

„Du wirst es irgendwann verstehen, Irina."

Am nächsten Morgen fuhr mein Vater zur Polizei. Er wollte eigentlich nicht dorthin gehen, denn er fühlte sich dazu noch nicht bereit, aber er hatte keine andere Wahl. Die Beamten, die er am Abend zuvor noch über den Tod meiner Mutter informiert hatte, hatte natürlich längst ihre Ermittlungen aufgenommen und alle nötigen Schritte in die Wege geleitet. Nun musste mein Vater noch seine Aussage auf dem Revier machen.

Spike und ich gingen unterdessen durch den verschneiten Park; ich fror trotz dicker Jacke. Spike zog seinen eleganten Baumwollmantel aus und legte ihn über meine Schultern. Ich konnte die Hitze, die Spike im Mantel hinterlassen hatte, durch meine dicke

Jacke spüren. Es wunderte mich, dass die Luft um ihn herum nicht zu flimmern begann, obwohl sein Körper glühte. Er brach einfach alle Gesetze der Physik. Jetzt trug er nur noch seine Jeans, die Schuhe, einen stilvollen Pullover und einen schwarzen Schal. All diese Klamotten sahen nicht nur verdammt gut an ihm aus, sondern auch sündhaft teuer. Wir schlenderten über den zugeschneiten Weg und hielten an einer Bank.

„Möchtest du dich setzen?" Spike sah mich an. Ich machte einen Gesichtsausdruck, der so viel bedeutete wie: *Soll das ein Witz sein?* „Keine Sorge, ich werde den Schnee vorher entfernen." Ich trat einen Schritt zurück und er schnipste mit den Fingern. Der Schnee schmolz weg, die Sitzfläche war trocken. Wir setzten uns und er legte wärmend seinen Arm um mich. Ich seufzte.

„Was hast du?", fragte er mich besorgt.

„Ach, ich habe das Gefühl, dass mein Vater es nicht übersteht, bei der Polizei meine Mutter noch einmal zu identifizieren. Es hat ihn so sehr getroffen."

Spike drückte mich an sich. „Er schafft das schon. Allerdings will er in einem Hotel wohnen, bis euer Haus wieder freigegeben ist."

„Aber er kann doch bei dir wohnen, oder nicht?"

„Natürlich kann er, aber er will es nicht annehmen."

„Typisch mein Vater. Aber er ist es, glaube ich, einfach zu sehr gewöhnt, in einem Hotel zu wohnen."

„Tja, das Leben eines internationalen Immobilienmaklers." Spike sah zu einem kahlen Busch hinüber. „Willst du auch ins Hotel?"

Ich sah ihn an. „Nein, wieso sollte ich in ein Hotel wollen?"

„Ich weiß nicht. Aber dein Verhalten ist erstaunlich. Du hast deine Mutter verloren, kannst aber ein normales Gespräch mit mir führen."

Es kostete mich große Willenskraft, meine Trauer innerlich zu verarbeiten. Dennoch war der Schmerz nicht geringer, auch wenn es von außen vielleicht so wirkte. Der kalte Wind rauschte durch die kahlen Äste der Bäume, deren Blätter schon vor Monaten abgestorben waren. Spikes Hitze war angenehm und sein Mantel wärmte mich zusätzlich. Eigentlich hätte ich auch zur Schule gehen und versuchen können, mich etwas abzulenken, doch das wäre sicherlich noch viel zu früh gewesen.

Ein älteres Ehepaar spazierte mit seinem Hund durch den Park. Sie würden gleich an uns vorbeikommen. Der kleine japanische Spitz trottete zu einem Baum, um sein Geschäft zu erledigen. Als er jedoch an unserer Bank vorbeikam, erstarrte er. Wie gebannt blickte er Spike mit seinen schwarzen Augen an. Der seufzte genervt und beachtete den Hund nicht weiter.

„Trollie!" Auweia! Was war das denn für ein Hundename? Das Tier reagierte nicht. Das Ehepaar kam an unsere Bank und sah seinen Trollie ratlos an. „Was hast du denn?", fragte die Frau mit grauenhafter, überfürsorglicher Stimme. Der Hund, der aussah wie ein fetter Schneefuchs, saß einfach nur da und starrte Spike an.

***

„Ähm ... Spike, dieser Hund da, der starrt dich so komisch an", raunte ich ihm gedanklich zu. Zur Antwort drückte er seine Hand gegen meine Schulter. „Wieso macht der das?"

***

Spike antwortete jedoch nicht, sondern stand auf. Der Hund bellte und trippelte auf Spike zu. Dieser zischte und der Hund hielt inne.

„Trollie, komm zu Mama!"

„Verschwinde!", knurrte Spike, woraufhin Trollie ihn irritiert ansah und zu winseln begann.

„Wieso hört Trollie nicht auf mich? Was hast du mit meinem Baby gemacht?", kreischte die hysterische Frau und wies auf Spike.

„Keine Panik, Ihr Hund ist bloß etwas verwirrt."

„Nein! Er war in Ordnung, als wir losgegangen sind! Er ist erst so, seitdem er dich gesehen hat! Du hast ihn verhext!"

Ich verfolgte das Geschehen schon nicht mehr, ich hatte eine mir sehr bekannte Person gesichtet. Ihr schwarzes Haar war nicht zu verkennen und ich glaubte, ihre intensiv blauen Augen zu sehen.

„Ich will meinen kleinen Trollie wiederhaben!"

Spike gab ein entnervtes Geräusch von sich und wandte sich dann an den Hund. Der Spitz schien aufmerksamer zu werden und setzte sich. „Rufen Sie Ihren Hund, er wird kommen."

Die Frau sah ihn entgeistert an. „Du ... Er ..." Sie schien völlig von der Rolle zu sein. Ihr Mann schaute unbeteiligt in der Gegend herum.

Während Spike sich mit der Frau rumschlug, beobachtete ich Adrian, der einen merkwürdigen Gesichtsausdruck aufgesetzt hatte. Spike schien ihn nicht zu bemerken. Adrians ernster Blick ohne dieses böse Funkeln machte mir Angst. Warum wirkte er so gequält?

„Komm her, Trollie, komm!" Der japanische Spitz trottete auf seine Besitzerin zu. „Ja, so ist's gut! Hat dich dieser böse Junge verhext?"

„Unglaublich! Es gibt wirklich dumme Menschen, findest du nicht auch, Irin..." Mitten im Satz hörte er auf zu sprechen. Er folgte meinem Blick und erstarrte. War auch ihm dieser ernste Ausdruck in Adrians Gesicht aufgefallen?

Ich sah Spike nur im Profil, sein Blick verweilte auf Adrian, und es schien, als würde er sich verbittert und in Gedanken mit ihm unterhalten. Ich sah ihn verwundert an, wagte es jedoch nicht, ihn anzusprechen. Adrian blickte den Vampir an, ohne eine Reaktion zu zeigen. Dessen Miene veränderte sich. Er sah jetzt griesgrämig und mit merkwürdig besorgtem Gesichtsausdruck zu dem bösartigen Werwolf hinüber.

Ich verstand die Welt nicht mehr. Ich hatte sogar vergessen, dass dort drüben der Mörder meiner Mutter stand. Jetzt nickte Spike Adrian zu, der sich umdrehte und langsam davonging. Als ich Spike auf das eben Geschehene ansprach, antwortete er nicht, sondern schüttelte nur den Kopf. Dann fuhren wir nach Hause.

Auch mein Vater kam kurze Zeit später betrübt bei Spike zu Hause an. Ich hatte ihn erst ein einziges Mal so leer gesehen: nach dem Tod seiner Mutter, meiner Oma. Während Spike und ich nur dastanden, packte mein Vater seinen Koffer, den er mitgebracht hatte.

„Herr Kolb, Sie ...", setzte Spike an, doch mein Vater unterbrach ihn.

„Ich habe jetzt keine Zeit!" Mein Vater wuselte durchs Zimmer und sammelte hier und da Sachen auf, die er am Abend zuvor aus dem Koffer genommen hatte. Spike hatte sich an den Türrahmen gelehnt und sah seelenruhig zu, wie mein Vater seine Habseligkeiten zusammensuchte.

„Papa, bitte ..."

„Irina, wie du vielleicht siehst, packe ich gerade, und das solltest du auch tun!" Jetzt sah ich nicht mehr nur zu, wie mein Vater seine Sachen verstaute, sondern schloss unwirsch den Deckel seines Koffers.

„Ich werde nicht packen, warum auch? Wir können bei Spike bleiben, bis unser Haus wieder freigegeben wird."

„Wir können nicht für so eine lange Zeit dieses Haus blockieren, außerdem werden seine Eltern auch bald wieder da sein!"

„Und wo willst du so lange hin?", fragte ich und sah dabei zu, wie er einen Pullover vom Boden fischte.

„In ein Hotel, mein liebes Kind!"

„Nein! Ich will aber nicht in einem Hotel wohnen!" Spike stand immer noch in der Tür und regte sich nicht. „Hotel", zischte ich missbilligend. „Nur weil du dein halbes Leben in Hotels verbringst, muss ich das nicht auch tun!"

„So sprichst du nicht mit mir!", donnerte mein Vater.

„Eigentlich kann dir Mamas Tod doch egal sein, du warst eh nie da!"

Mein Vater holte aus und pfefferte mir eine. Jetzt stellte sich Spike schützend vor mich. „Erheben Sie nicht die Hand gegen sie!", zischte er. „Irina kann hier noch etwas bleiben, ich habe nichts dagegen einzuwenden."

„Irina kommt mit und damit basta!"

„Ist das Ihr letztes Wort?"

Mein Vater sah ihn unverwandt an. „Du besitzt die Frechheit, mich herauszufordern?"

Spike richtete den Kragen seines schwarzen Baumwollmantels, dessen er sich immer noch nicht entledigt hatte. „Nun ja, Sie müssen zugeben, dass Ihre Tochter ein Stück weit recht hat."

„Du wagst es ... Haben dir deine Eltern kein Benehmen beigebracht?"

„Nicht das Benehmen, das in Deutschland gang und gäbe ist. Die amerikanischen Sitten sind etwas anders." Das hätte Spike nicht sagen dürfen, denn wenn mein Vater eins nicht leiden konnte, dann waren das die Amerikaner. Er schien sich aufzublasen wie ein Luftballon. „Hier bleibt meine Tochter nicht!"

„Bis an ihr Lebensende!"

„Oh nein! Du wirst mein eigen Fleisch und Blut niemals heiraten!"

„Wir werden sehen." Spike verließ das Zimmer.

Was auch immer Spike damit gemeint hatte, ich wurde daraus nicht schlau. Nun waren es schon zwei Dinge, über die ich mir den Kopf zerbrach. Erstens: Spikes und Adrians merkwürdiges Verhalten. Und zweitens: Spikes Worte gegenüber meinem Vater.

Wütend hatte mein Vater auch all meine Sachen in eine Tüte gestopft und war zu seinem Wagen gegangen. Ich hatte mich geweigert, ins Auto zu steigen, und saß schmollend auf der Couch. Nach zehn Minuten platzte meinem Vater dann endgültig der Kragen und er zog mich ins Auto. Spike hatte sich alles seelenruhig mit angesehen und war ins Haus gegangen, als der Wagen meines Vaters unsanft vom Gehweg rollte. Ich sprach kein Wort mit ihm. Das mochte vielleicht kindisch und albern sein, doch das war mir egal. Die ganze Fahrt über redeten wir nicht ein Wort miteinander. Schweigsam verließen wir die Tiefgarage und betraten kurze Zeit später die Lobby des Hotels. Hier fühlte ich mich sofort unwohl. Spikes Haus war mir so vertraut gewesen und nun musste ich in einem Bett schlafen, von dem ich nicht wissen wollte, was darin bereits alles getrieben worden war. Ich war so sauer, dass ich nicht mal in Gedanken nach Spike rief.

„Morgen gehst du gefälligst wieder zur Schule!", zischte mein Vater, als er das Licht ausknipste und im Nebenzimmer verschwand. Tränen der Wut rollten mir über die Wangen. Wieso hatte sich mein Vater so verändert? Zuerst war er am Boden zerstört gewesen, und dann – ganz plötzlich – war er so ekelhaft. Mir grauste es davor, am nächsten Tag wieder zur Schule zu müssen. Gerade jetzt, wo meine Gedanken Achterbahn fuhren und mir das Denken erschwerten. Der Vollmond strahlte durch die durchsichtigen Vorhänge genau in mein Gesicht. Ich drehte mich zur Wand und wartete darauf, dass Spike kommen und mich holen würde, doch das tat er nicht.

Am nächsten Morgen weckte mein Vater mich unsanft. Missmutig verließ ich das Hotel und nahm den Bus zur Schule. Eine Station vor der Haltestelle Schule stieg ich aus und ging zurück zu Spikes Haus. Ich hatte eine Entschuldigung, also wieso sollte ich diese Zeit nicht nutzen? Spike erwartete mich bereits. Müde sank ich auf seiner Couch zusammen.

„Hast du schlecht geschlafen?", fragte er mich.

Ich sah ihn an. „Zwei Stunden, verfluchter Vollmond!" Spike lachte. Er schien gut gelaunt zu sein. „Was ist daran so lustig?", fragte ich bissig.

„Ach nichts, aber dein Vater hat gestern wirklich übertrieben."

„Du hättest nicht sagen sollen, dass du Amerikaner bist. Mein Vater hält nicht viel von Amerikanern."

Spike nickte. „Ja, ich weiß. Aber er sollte wirklich nicht so herrisch sein." Ich gähnte ausgiebig. „Möchtest du etwas schlafen?"

Ich sah ihn an und gähnte erneut. „Vielleicht sollte ich wirklich etwas schlafen", kam ich zu dem Schluss und stand auf.

„Das Bett ist gemacht. Wenn dir das Zimmer zu kalt ist, kannst du die Heizung aufdrehen."

„Wieso kalt? Wenn du im Schlafzimmer schläfst, ist es immer warm darin."

„Ja, nur ich habe diese Nacht nicht geschlafen."

Ich sah ihn verwundert an. „Wieso nicht? Sonst hast du doch auch ..."

„Nein, Irina, sonst habe ich nicht! Ja, okay, vielleicht eine Stunde am Tag, aber nicht mehr!"

Ich verstand nicht, wieso er auf einmal so energisch war. „Ich gehe schlafen." Als ich das Schlafzimmer betrat, sah es so aus, als hätte noch nie jemand eine Nacht darin verbracht. Ich schlug die riesige Decke beiseite. Der Raum wirkte so kalt ...

„Mach lieber die Heizung an, es ist ziemlich kühl hier." Spike stand im Türrahmen.

„Es ist nicht die Temperatur, die Kälte verbreitet." Spike sah mich finster an. Die gute Laune, die er gehabt hatte, als ich angekommen war, war verflogen. „Was ist los mir dir, Spike? Du bist auf einmal so anders."

Er seufzte und seine düstere Haltung fiel in sich zusammen. „Ich gehe jetzt in die Küche, damit du in Ruhe schlafen kannst. Wie gesagt, du kannst ruhig die Heizung anmachen, wenn es dir zu kalt ist." Er verließ das Schlafzimmer und ich war allein.

Ich starrte auf die Stelle, an der Spike gestanden hatte, und seufzte. Als mich gerade ins Bett gelegt hatte, hörte ich ein Brutzeln, als wenn jemand etwas anbraten würde. Ich stieg wieder aus dem Bett und schlich zur Tür. Es roch nach Fleisch. Ich tippelte zur Küche und fand eine Bratpfanne, die alleine auf dem Herd stand. Spike saß mit dem Rücken zu mir am Tisch, die Hände in die Haare vergraben.

„Spike?" Er rührte sich nicht. „Wieso brätst du Hackfleisch an?" Er gab kein Lebenszeichen von sich. Ich stellte den Herd ab, denn ein beißender Geruch von verbranntem Fleisch stieg mir in die Nase. Plötzlich hörte ich Glas zersplittern. Erschrocken drehte ich mich zu Spike um, der ein Wasserglas in der Hand hielt, oder vielmehr das, was noch davon übrig war. Die Scherben hatten sich tief in seine Hand gebohrt. Er verlor sonst nie in dieser Form die Beherrschung. Was war los mit ihm?

Seine verletzte Hand zitterte. „Würdest du mir bitte das Handtuch dort reichen?" Er nickte zur Spüle hinüber. Ich nahm es und reichte es ihm. „Danke." Als er vorsichtig das Blut von seiner Hand tupfte, zuckte er leicht zusammen, als hätte er Schmerzen.

„Spike, was ist bloß los mit dir?" Ich setzte mich zu ihm.

„Es ist nichts. Wolltest du nicht schlafen gehen?"

Spike verhielt sich in den nächsten Tagen äußerst komisch. Als ich wieder in die Schule musste, war er immer noch merkwürdig. Er hatte sich von mir distanziert und verbrachte viel Zeit in seinem alten Zimmer. Mein Vater hatte sich inzwischen damit abgefunden, dass ich wieder bei Spike wohnte. „Willst du mir nicht mal langsam sagen, was mit dir los ist?", fragte ich ihn, als ich es endgültig leid war, von ihm ignoriert zu werden. Spike saß auf seinem alten Bett und starrte an die Wand. Ich setzte mich neben ihn und legte eine Hand auf seine Schulter. Sein T-Shirt war nicht mollig warm wie sonst immer, es war recht kühl.

„Nimm bitte deine Hand da weg und denk nicht mehr an meine Körpertemperatur, das deprimiert mich."

Ich nahm meine Hand von seiner Schulter. „Willst du mir wirklich nicht verraten, was mit dir los ist?"

„Ich möchte nicht darüber reden, Irina."

„Du bist kaum noch zu Hause, und wenn du mal da bist, schläfst du hier oben. Immer wenn du wiederkommst, riechst du nach Pommes oder anderem Fast Food, du hast dich so schlagartig verändert!"

Er drehte sich zu mir um. „Ja, ja, ich habe mich verändert und es ist noch nicht vorbei!"

„Wie meinst du das?"

„Irina, ich verwandle mich zurück in einen Menschen!"

Ich konnte seine Worte nicht sofort realisieren und stotterte: „A...a...ber wie ist d...d...d...as möglich?"

„Ich weiß es nicht."

„Kannst du da gar nichts machen?"

Er seufzte. „Ich habe mit der Wächterin des Lichts gesprochen, und so wie es aussieht, gibt es keine andere Lösung."

Ich stutzte. „Das heißt, es gibt doch etwas, wodurch deine Rückverwandlung aufgehalten werden kann?" Er gab mir keine Antwort, saß nur da. „Spike, wie wirst du wieder zu einem Vampir?"

Jetzt sah er mich mit durchdringendem Blick an. „Dein Blut."

„Aber das ist doch kein Problem! Und ich dachte schon, es sei etwas Kompliziertes!"

„Es ist nicht einfach nur dein Blut, Irina. Das wäre zu einfach! Sowohl ich als auch du müssen ein Opfer bringen."

„Was für ein Opfer?" Ich hatte das grauenhafte Gefühl, dass es etwas sehr Ernstes sein würde.

„Es ... Ich ... Hör zu, Irina, wenn ein Vampir oder besser gesagt ich das Mädchen gefunden habe, das mein Schicksal ist, ist sie die Einzige, der ich neues Leben schenken kann."

„Was ist mit *neuem Leben* gemeint?"

„Wenn du stirbst, kann ich dich wieder ins Leben zurückrufen. Allerdings weiß ich nicht, ob das auch so ist, wenn *ich* dich getötet habe."

Ich verstand nicht. „Töten?"

Er sah mich ernst an. „Ja. Ich werde nur ein Vampir bleiben, wenn ich dich auf eine spezielle Weise umbringe und dann vor deinem letzten Herzschlag dein komplettes Blut trinke." Diese Worte nahmen mir den Wind aus den Segeln. Mein Leben war also das Opfer. Ich konnte mir schon vorstellen, warum das so sein musste. Mein Schicksal und das von Spike waren miteinander verbunden.

„Ich mach es!" Spike sah mich ungläubig an. „Wenn du mich nicht zurück ins Leben rufen kannst, werde ich eben bei meiner Mutter im Himmel bleiben."

Spike schnaubte. „Es gibt weder ein Wiedersehen mit den Toten noch einen Gott. Selbst den Teufel gibt es nicht."

„Ich mach es trotzdem! Das ist die einzige Möglichkeit, dich zu erhalten. Meinst du, ich würde nicht sehen, dass du an der Menschlichkeit kaputtgehst?"

„Ich will das aber nicht! Irina, die Vorgehensweise ist äußerst brutal, außerdem will ich es nicht riskieren, dich nie wieder zu sehen!"

Ich drückte ihm einen Kuss auf die Lippen. „Wenn du ein Mensch bist, haben Adrian und Farid freie Bahn. Willst du das?" Er schwieg. „Wie werde ich sterben?" Ich hatte Angst, aber ich machte mir Sorgen um Spike und die Menschen, die vor Adrians Mordlust und Farids Anschlägen nicht sicher wären.

„Ich muss dir einen Silberpflock langsam ins Herz schieben. Bevor es das letzte Mal schlägt, muss ich damit beginnen, dein gesamtes Blut zu trinken."

Mir grauste es, aber ich würde es durchstehen, denn ich liebte ihn mehr als mein Leben, das wusste ich in diesem Augenblick nur zu genau. „Okay", sagte ich.

„Nichts ist okay! Verdammt, verstehst du nicht? Ich muss dich *umbringen*! Ich kann und will das aber nicht!"

„Du bist ein Vampir, Spike, du kannst alles."

DER SILBERPFLOCK

Sie lag schlafend im Bett. Ich konnte es nicht fassen, dass sie es so dringend wollte. Jede Faser in mir sträubte sich dagegen, doch ich hatte es ihr versprochen. Der Wecker zeigte zwei Uhr morgens an. Sie wollte schlafen, wenn es passierte. Ich hatte dafür gesorgt, dass sie nicht aufwachte, und gleich wäre ich dafür verantwortlich, dass sie nie wieder aus eigener Kraft aufwachen konnte.

Mein Magen hatte mich tagelang gequält, doch ich hatte keinen Bissen hinunterbekommen. Blut stillte diesen Hunger nicht, nur den matten Durst, der noch ein Überbleibsel von dem Vampir in mir war.

Während Irina seelenruhig und unschuldig schlief, sah ich aus dem Fenster. Vollmond. Marco war sicherlich mit seinen Flohfreunden unterwegs. Der Silberpflock glänzte im Mondschein. Ich hob ihn vom Boden auf und drehte ihn in der Hand. Dieses Ding würde sie töten und das wollte ich unter keinen Umständen. Ich fühlte ein unangenehmes Ziehen in meiner Brust. Mein Herzmuskel machte sich bereit, um wieder schlagen zu können. Ich hob den Pflock etwas höher. Ich hatte also keine andere Wahl. Wenn ich nicht wollte, dass ich sie für immer verlor, dann musste ich sie nun ...

Der Silberpflock blitzte kurz auf, dann durchfuhr er ihre Brust. Ganz langsam drückte ich ihr den Pflock tiefer ins Herz. Dessen Pochen wurde schwächer, und ich zählte langsam bis zehn, dann ließ ich den Silberpflock los und biss in ihre Halsschlagader. Ich nahm große Schlucke ihres Blutes, um alles schnell zu beenden. Als ich den letzten Tropfen aus ihr herausgesaugt hatte, sah ich erschöpft auf ihren Leichnam. Ich zog den Pflock aus ihrer Brust und verschloss die Wunde. Dann legte ich die Hand auf ihre Brust und ließ ihr Herz wieder schlagen. Erleichterung durchströmte mich und ich sank zurück in die Kissen. Bevor ich mich dem Schlaf hingab, deckte ich Irina zu, dann schloss ich die Augen. Das Ziehen in meiner Brust hatte aufgehört.

NEUES LEBEN

Als ich aufwachte, war es, als ob ich in einem schwarzen Loch gewesen wäre. Ich konnte mich nur noch daran erinnern, dass ich ins Bett gegangen war. Die komplette Nacht war mir entfallen, ich konnte mich nicht einmal daran erinnern, ob ich etwas geträumt hatte. Ich drehte mich um. Spike lag mit grimmigem Gesichtsausdruck neben mir. „Was ist diese Nacht passiert?"

Er verzog das Gesicht. „Es ist alles gut gelaufen."

„Das heißt, du bist wieder ein vollständiger Vampir?"

„Ja", sagte er trocken.

„Aber das ist doch wunderbar! Spike, du hast es geschafft, und ich lebe!"

„Ja, du lebst, aber es war die Hölle für mich, dir einen Pflock durchs Herz zu rammen!"

„Aber die Hauptsache ist doch, dass du wieder ein vollständiger Vampir bist."

„Irina, verstehst du nicht, dass es mir miserabel deswegen geht? Du kannst froh sein, dass ich dich wiederbeleben konnte!"

„Ja, ich verstehe auch, dass dir das schwergefallen sein muss, aber lass uns darüber jetzt nicht streiten."

Er sah zur Decke. Dann seufzte er, streckte sich und schloss die Augen. „Wie spät ist es?", fragte er.

„Sechs Uhr", antwortete ich mit einem Blick auf den Wecker.

„Gut, dann schlafe ich noch etwas." Er drehte sich um und ich konnte nur noch seinen Rücken sehen.

Plötzlich überkam mich eine große Müdigkeit. Ich schlummerte langsam wieder ein. Doch zuvor spürte ich, wie sich etwas Heißes an mich schmiegte. Ein Lächeln fuhr mir kurz übers Gesicht, dann übermannte mich der Schlaf.

Die Tage gingen dahin, als wäre nie etwas mit mir geschehen. Mein Vater und ich waren wieder in unser Haus eingezogen, das Wohnzimmer jedoch mieden wir beide. Hier war meine Mutter gestorben. Ich wippte auf meinem Bett hin und her. Bald war Valentinstag und ich überlegte, was ich Spike schenken konnte? Plötzlich fiel mir ein, dass Spike meine Gedanken hören konnte und dachte ab sofort laut. „Parfüm? Nein, seine Haut riecht von Natur aus unwiderstehlich. Vielleicht eine CD? Aber er hört nie Musik." Mir fiel einfach nichts ein.

Als ich aus dem Fenster sah, bemerkte ich, dass es schneite. Und das im Februar! Mir entfuhr ein Seufzer.

Plötzlich klingelte das Telefon. „Irina! Geh bitte dran!", rief mein Vater.

Wieso hob er nicht selbst ab? Ich stand auf und folgte dem Klingeln, und als es lauter wurde, wurde mir klar, warum mein Vater nicht ans Telefon gehen wollte. Mitten im Türrahmen blieb ich stehen. Ich befand mich nun genau an der Stelle, an der ich gewesen war, als Spike Adrian aus dem Fenster geworfen hatte. Ich atmete tief ein und betrat dann das Wohnzimmer. Ich sah nicht dorthin, wo meine Mutter gelegen hatte, und ging ans Telefon.

„Irina Kolb."

„Ach, hallo Kindchen, hier ist Tante Margarete! Ist deine Mutter da?"

Es versetzte mir einen Stich, als Tante Margarete nach meiner Mutter fragte. Ich wusste nicht, was ich ihr sagen sollte. Wir hatten ihr die traurige Nachricht noch nicht mitteilen können, da sie im Urlaub gewesen war.

***

„Spike, hilf mir."
Doch er antwortete nicht.

***

„Hallo? Irina? Bist du noch da?"
„Ähm ... ja, Tante Margarete, sicher."
„Kann ich mit deiner Mutter sprechen?"
„Papa!"

„Nein, deine Mutter!"
„Papa!" Ich rannte mit dem Telefon durchs Haus.
„Was ist denn, Irina?"
Ich fand ihn in der Küche. „Tante Margarete ist am Telefon."
„Ich möchte mit deiner Mutter sprechen!", rief Tante Margarete nachdrücklich in den Hörer.
Mein Vater nahm leicht verwirrt das Telefon in die Hand. „Hallo?" Auch ihn schien sie zu fragen, ob sie meine Mutter sprechen konnte, denn er wurde auf einmal steif. „Claudia? Ähm ... ja ... also, nein ... Sie ist nicht da!"
Mein Vater legte auf. „Gott, wie soll ich Margarete bloß beibringen, dass ihre Schwester tot ist?" Verzweifelt verließ mein Vater die Küche. Armer Papa! Für ihn musste das alles besonders schlimm sein, denn er musste allen Verwandten und Freunden sagen, dass Claudia Kolb tot war. Ich hatte gar kein Interesse mehr daran, ein Geschenk für Spike zu finden, sondern schlich stattdessen auf mein Zimmer und hockte mich auf mein Bett.

***

„Was hast du von mir erwartet, was ich hätte tun sollen?", fragte Spike ihn meinen Gedanken.
„Wieso meldest du dich erst jetzt?"
„Weil ich dir nicht helfen konnte."
„Jetzt muss mein Vater das alles ausbaden, der Arme."
„Tut mir leid, aber ich hätte ja nicht einfach in deinem Haus auftauchen können und deiner Tante erklären können, dass ... Na ja, du weißt schon." Ich antwortete nicht. „Siehst du? Was hätte ich tun sollen?"
„Okay, du hast gewonnen."
„Soll ich dich nachher abholen?"
„Ja, kannst du machen."

***

Um fünf Uhr klingelte es an der Tür. Mein Vater öffnete, was ich sogleich bereute, da ich vollkommen vergessen hatte, dass mein Vater Amerikaner nicht leiden konnte. Als ich an der Haustür ankam, hatte mein Vater diese bereits wieder vor Spikes Nase zugeknallt.

„Wer war das?"

„Dieser Amerikaner!"

„Aber Papa, er hat uns geholfen, als wir unser Haus nicht bewohnen konnten."

Mein Vater schnaubte. „Das war nicht nötig, wir hätten auch von Anfang an in einem Hotel wohnen können!"

„Du kannst ihn nur nicht leiden, weil er Amerikaner ist!"

„So redest du nicht mit mir!" Hastig riss ich meine Jacke von der Garderobe.

„Wo willst du hin?"

„In den Park!"

„Du bleibst hier!" Doch ich war bereits zur Haustür hinaus.

Spike stand bei seinem Wagen und beobachtete, wie ich aus der Tür stürmte. Keine zwei Sekunden später stand er neben mir. „Es ist meine Schuld, ich hätte dich anrufen sollen, bevor ich klingelte."

Ich schüttelte den Kopf. „Nein, ich bin schuld, mein Vater kann Amerikaner nicht leiden. Ich hätte an der Haustür warten sollen bis du kommst!"

Spike legte seinen Arm um meine Hüfte. Ich seufzte. „Was ist?", fragte er.

„Ach, es ist alles so anders, seit meine Mutter nicht mehr da ist. Sie hat dich total gemocht, und jetzt muss ich mich unauffällig mit dir treffen."

„Ach Irina." Spike lächelte mich aufmunternd an. „Es ist doch nicht so schlimm, dass wir uns heimlich treffen müssen. Außerdem sehen wir uns doch in der Schule."

„Ja, schon, aber ich finde das blöd, dass wir unsere Treffen außerhalb der Schule verstecken müssen." Spike konnte mich nicht aufmuntern. Wir schlenderten durch die Gegend. Als wir am Park ankamen, trafen wir auf Jessi. Mit ihr hatte ich in letzter Zeit wenig unternommen.

„Hallo, ihr zw..." Mitten im Satz brach sie ab. Ihr Blick fiel auf Spikes Hand, die auf meiner Hüfte lag.

„Hallo, Jessica, wie geht's?", fragte Spike und lächelte.

Jessi sah ihn irritiert an. „G...gut."

„Bist du ganz allein unterwegs?"

„Ähm ... ja."

„Ach so. Wo willst du denn hin?"

Jessi wurde rot. So kannte ich meine Freundin gar nicht. Normalerweise war sie dominant und sah Jungs eher als Beute an. Verliebt hatte ich sie wirklich noch nie erlebt. Aber ich hatte auch Angst davor. Ich wollte nicht wissen, wie sie reagieren würde, wenn sie realisierte, dass Spike und ich ein Paar waren.

„Ich war auf dem Weg zu dir", gab sie schließlich zu.

Spike lächelte sie an. „Aber was wolltest du denn bei mir?"

Jessi sah ihn peinlich berührt an. „Ich weiß nicht, einfach so."

„Na ja, Irina und ich wollten spazieren und danach in die Stadt." Jessi sah nun enttäuscht aus. „Wir müssen jetzt weiter." Spike und ich ließen sie stehen.

„Ich habe etwas Angst wegen morgen", platzte es aus mir heraus, als wir davongegangen waren.

„Wieso? Weil du mit Jessi verabredet bist?"

Ich nickte leicht. „Ja. Verdammt! Wieso mussten wir sie treffen?" Spike sah mich an und begann zu lachen. „Was ist daran so lustig?", fragte ich verärgert.

„Jessi wird dir schon nicht den Kopf abreißen."

„Das glaubst aber nur du! Jessi ist – wenn es um Jungs geht – unerträglich."

„Wenn sie etwas machen sollte, was dir nicht guttut, dann sag mir einfach Bescheid", beruhigte Spike mich.

„Na gut. Aber wehe, wenn etwas schiefgeht! Ich will sie als Freundin nämlich nicht verlieren."

Normalerweise hätten wir am nächsten Tag Schule gehabt, aber wir hatten Studientage bekommen, da unsere Lehrer eine viertägige Fortbildung machten. So machte ich mich schon morgens auf den Weg zu Jessis Wohnung.

Als ich klingelte, machte mir Herr Sebert – Jessicas Vater – die Tür auf. „Guten Tag, Irina. Jessica ist in ihrem Zimmer."

„Hallo, Herr Sebert. Vielen Dank." Ich ging zu Jessis Zimmer und klopfte.

„Komm rein", tönte es von drinnen.

Ich trat ein und fand Jessi an ihrem Schreibtisch. „Was machst du denn da?", fragte ich über den Schreibtisch gebeugt.

„Ach nichts, bloß Hausaufgaben."

„Du, hör mal, wegen gestern ...", begann ich vorsichtig, wurde aber sogleich von Jessi unterbrochen: „Ach, was soll's. Mich hätte Spike sowieso nicht gewollt. Du bist schließlich von jeglichen Sünden rein, im Gegensatz zu mir." Wir schwiegen für einen unbehaglichen Moment.

„Was wollen wir heute machen?", fragte ich schließlich, um das Schweigen zu durchbrechen.

„Keine Ahnung, heute Abend kommt ein Film, vielleicht können wir den ja gucken." Der Tag war langweilig und die meiste Zeit schwiegen wir. Eine halbe Stunde vor Beginn des Films wurde Jessis Laune schlechter. Als ich in die Fernsehzeitung sah, bemerkte ich auch, warum. Es war ein Liebesfilm: Shakespeares Romeo und Julia. Ich sah auf die Uhr. „Oh, ich muss gehen, ich habe ganz vergessen, dass ..."

„Ja, ja, geh du nur zu deinem Spike!"

Ich sah sie an. „Was soll das? Ich gehe doch überhaupt nicht zu Spike!"

„Ach, hau einfach ab!", erwiderte sie wütend.

„Bitte, auf Wiedersehen!" Ich schnappte mir meine Jacke und verließ die Wohnung.

„Was bildet die sich eigentlich ein? Nur, weil sie sonst jeden abkriegt, den sie will, muss sie doch nicht gleich so übertreiben!" Wutentbrannt stapfte ich den Weg nach Hause entlang.

***

„So wie es aussieht, ist dein Besuch wohl doch nicht so glimpflich verlaufen."

Spike hatte meinen wütenden Gedanken gelauscht und mit deutlichem Vergnügen geantwortet, ohne dass ich ihn darum gebeten hatte. „Willst du nicht zu mir kommen und mit mir darüber reden? Ich wette, das muntert dich auf."

***

Widerwillig bog ich in eine Straße ein, die ich nicht entlanggehen musste, wenn ich nach Hause wollte. Meine Füße steuerten automatisch Spikes Haus an. Was er wollte, das passierte auch! Ich hörte ihn in meinen Gedanken leise lachen.

Als ich bei ihm ankam, stand er bereits in der Haustür. „Na, da bist du ja endlich." Er schob mich hinein und schloss die Tür. „Was ist denn passiert?" Er nahm mir die Jacke ab und hängte sie an den Haken im Flur.

„Ach, erst war sie einigermaßen verständnisvoll und dann eine halbe Stunde vor dem Film, den wir uns ansehen wollten, wurde sie so komisch. Ich habe mich entschieden, nach Hause zu gehen, und sie ist ausgetickt und meinte, dann solle ich doch zu dir gehen."

„Sie ist halt eifersüchtig wie ganz viele andere Mädchen auch." Spike strich mir übers Haar.

„Aber sie ist doch meine beste Freundin! Ich will sie nicht wegen di...dieser Sache verlieren!"

„Sprich ruhig aus, was du denkst. Sprich ruhig aus, dass du sie wegen mir nicht verlieren willst." Ich sagte dazu nichts. „Ich bin dir deswegen nicht böse." Immer noch sagte ich nichts. „Ich kann verstehen, dass du Angst hast, sie zu verlieren, aber sie wird sich schon wieder einkriegen." Er gab mir einen Kuss, danach setzten wir uns ins Wohnzimmer und Spike versuchte weiterhin, mich aufzumuntern. Erfolglos. „Soll ich mich von dir trennen und mit ihr gehen, oder was willst du von mir hören?" Jetzt hatte ich Spikes Wut geweckt.

„Nein, natürlich nicht!"

„Na also. Es wird immer jemanden geben, der mit uns beiden nicht einverstanden ist, das beste Beispiel ist dein Vater."

„Es hat sich so viel verändert. Ist das auch in meinem Schicksal vorherbestimmt?"

„Nein, das nicht."

Ich sah mich im Wohnzimmer um, es wirkte kalt. Spikes Augen waren von schwarzer Farbe erfüllt und ich wusste, was das bedeutete: das Anfangsstadium von gewaltigem Blutdurst. Wenn sich das Schwarz in Gold verwandelte, war er unwiderruflich dem Blutdurst verfallen. Ich hatte ihn zweimal in dieser unberechenbaren Phase erlebt: Als ich Adrian das erste Mal begegnet war und als dessen Anhänger uns verfolgt hatten. Plötzlich trat ein leichter Bernsteinton in seine Augen. „Spike, du musst jagen!" Seine Augen richteten sich auf meinen Hals. „Spike?"

„Du zitterst ja! Ist dir kalt?"

„Nein." Ich schüttelte den Kopf.
„Hast du Angst?" Ich antwortete nicht.
„Aber wovor denn?"
„Sieh in den Spiegel."
„Wozu? Ich weiß doch, wie ich aussehe." Während er sprach, ruhten seine Augen unablässig auf meinem Hals. Ich stand auf, ging in den Flur, wo ein Spiegel hing, und stellte mich davor.

Spike blieb im Türrahmen stehen. „Wieso willst du unbedingt, dass ich mich vor den Spiegel stelle?"

„Tu es doch einfach", bat ich schon fast flehend. Spike stellte sich hinter mich, die Hände auf meine Hüften gelegt. Sein Kinn hatte er auf meine Schulter gelegt. „Sieh dir deine Augen an, Spike. Sie sind bernsteinfarben! Wann hast du das letzte Mal gejagt?"

„Gestern."

„Aber wieso sind deine Augen dann ..."

„Irina, ich verspüre den gleichen Durst wie immer. Nichts, was gefährlich wäre." Ich sah verwirrt in den Spiegel. „Vielleicht ist das einfach nur eine Phase." Ich hoffte genau wie er, dass es nur eine Phase war. „Solltest du heute Nacht nicht lieber bei mir schlafen?", fragte er und fuhr mit den Lippen über meinen Kieferknochen.

„Glaubst du wirklich, dass es eine gute Idee ist, wenn ich heute Nacht bei dir schlafe?"

„Wieso nicht?" Er hob eine Braue.

„Wir wissen ja noch nicht, was diese Phase für Auswirkungen hat."

„Mach dir da mal keine Sorgen, es wird schon nichts passieren."

Er hatte mich überredet, ich nahm mein Handy aus der Hosentasche und rief meinen Vater an. „Hallo, Papa, ich bin's, ich wollte nur sagen, dass ich bei Jessi schlafe."

„Na meinetwegen, hast du die Sachen, die du brauchst?"

Ich sah Spike an, der nickte. „Ja, Jessi leiht mir welche."

„Gut, dann bis morgen."

„Ja, gute Nacht." Ich legte auf. „Habe ich noch Sachen hier?", fragte ich überrascht.

„Nein, aber du hast anscheinend vergessen, was ich bin."

„Na ja, stimmt, du kannst mir ja Sachen besorgen."

Spike duschte, während ich mir Gedanken über seine Augenfarbe machte. Nach einer halben Stunde klopfte ich an die Badezimmertür. Es kam keine Antwort. „Kann ich rein?", rief ich. Immer noch keine Antwort. „Spike?" Ich öffnete die Badezimmertür und erschrak. Das Wasser in der Dusche lief noch und Spike lag bewusstlos am Boden. Ich drehte das Wasser ab. „Spike, komm zu dir!" Ich schlug mit den Fingern gegen seine Wange, doch er reagierte nicht. „Komm schon, wach auf!" Doch er rührte sich nicht. „Verdammt!" Ich ließ meine Augen über sein Gesicht wandern und blieb an seiner linken Schulter hängen. Eine Wunde, die noch nicht ganz verheilt war, klaffte am Schlüsselbein. Ich musste Spike irgendwie aus der Dusche kriegen! Ich wickelte ein Handtuch um seine Lendengegend. Dann drehte ich Spike in der Dusche und griff unter seine Achseln, um ihn ins Schlafzimmer aufs Bett zu ziehen. Er atmete nur mühsam. „Was ist los mit dir? Wach auf!" Panisch schüttelte ich ihn. „Du bist ja ganz kalt!" Das stimmte nicht ganz, seine Haut war lauwarm. „Verdammt, was soll ich nur tun?" Ich lief zum Telefon und wählte nicht Marcos, sondern Etiennes Nummer.

„Hallo? Professor? Spike geht es nicht gut, er ist bewusstlos, ich weiß nicht, was ich tun soll!", rief ich aufgeregt in den Hörer.

„Hat er irgendwelche merkwürdigen Verhaltensweisen gezeigt, bevor er zusammengebrochen ist?"

„Nein, nicht wirklich."

„Irgendwelche äußeren Veränderungen?"

„Ähm ... ja! Seine Augen waren bernsteinfarben!"

„Das ist eigentlich ein Symptom für Blutmangel. Hatte er äußerliche Verletzungen?"

„Na ja, seine Schulter ... Auf seiner Schulter ist eine Wunde, die noch nicht ganz verheilt ist."

„Welche Schulter?"

„Die linke."

„Dieselbe Schulter, an der er von diesem Hund gebissen wurde? Ist die Wunde am Schlüsselbein?"

„Ja, genau!"

„Du musst ihm von deinem Blut geben! Du musst ihm so lange Blut einflößen, bis er wieder aufwacht und von selbst trinken kann. Am besten schneidest du mit einem Messer die Narbe an deiner Schulter auf, um an Blut zu kommen. Die Wunde wird wieder zuwachsen." Das war keine tolle Antwort.

„Na gut. Professor, was ist Spike zugestoßen?"
„Er ist erneut von Arashin gebissen worden."
„Wieso sind Sie sich da so sicher?"
„Weil diese Hundeart immer in die gleiche Stelle beißt. Ich habe ein wenig nachgeforscht."
„Okay, dann werde ich ihm jetzt helfen. Nur eines noch: Wieso sind Spikes Augen bernsteinfarben? Ich meine, sonst achtet er doch immer darauf, dass er genügend getrunken hat."

„Nun, ich vermute, er hat nicht schnell genug dein Blut zu sich genommen, deswegen hat Spikes Körper wahrscheinlich versucht, die Wunde mit dem, was er noch im Körper hatte, zu versorgen. Aber jetzt solltest du lieber Spike helfen, bevor er stirbt!" Etienne legte auf, und ich ging in die Küche, um ein Messer zu holen.

Als ich wieder zu Spike ins Schlafzimmer ging, zog ich meinen Pullover aus. Dann setzte ich mich neben ihn aufs Bett und hielt das Messer an die Narbe, die Spike mir hinterlassen hatte. „So, jetzt geht's los." Ich atmete tief durch und zog die Klinge über die Narbe. Ein brennender Schmerz durchfuhr meine gesamte Schulter. Ich ließ Blut in Spikes Mund laufen und wartete darauf, dass er aufwachte. Nach einer Minute schlug er schwach die Augen auf, doch ich bemerkte es nicht sofort.

„Du hättest ruhig mehr ausziehen können." Ich erschrak und starrte Spike an. „Wieso gibst du mir dein Blut?"

„Darauf gebe ich dir keine Antwort mehr."

„Macht nichts, dafür bist du halb nackt, das macht die ganze Sache wieder wett." Ich verdrehte die Augen. „Irgendwie fühlt es sich an, als hätte man mir die Oberschenkel zusammengebunden."

„Oh, ja. Ich habe dir ein Handtuch um die Hüfte gebunden."

„Ist es dir etwa unangenehm, mich nackt zu sehen, obwohl ich bewusstlos war?" Ich errötete. „Du bist ja süß!"

„Etienne hat gesagt, du musst noch mehr Blut von mir trinken", wechselte ich peinlich berührt das Thema.

„Nein, nicht jetzt. Vielleicht später. Jetzt muss ich erst mal dieses lästige Handtuch loswerden." Er begann, am Handtuch rumzufummeln. Ich stand auf und wollte aus dem Zimmer gehen, doch Spike rief mich zurück. „Willst du weg?"

„Ja, du solltest dich erst mal anziehen."

„Schatz, du hast mich doch eben schon unbekleidet gesehen, dann wirst du es auch jetzt verkraften. Irgendwann wirst du mich so oder so wieder nackt sehen!" Ich setzte mich zurück aufs Bett und drehte ihm den Rücken zu. Nach einer Weile schlug heißer Atem gegen meinen Rücken. Als ich mich umwandte, kniete Spike auf der Matratze. Automatisch sah ich beschämt weg.

„Och, Irina, jetzt dreh dich doch wieder um. Es ist besser, du gewöhnst dich schon mal an meinen nackten Körper, denn ich habe beschlossen, dass ich ab sofort nachts unbekleidet schlafen werde."

„Das war jetzt ein Scherz, oder?"

„Nein, war es nicht. Ich will nicht, dass wir uns wie ein schüchternes Pärchen verhalten. Außerdem ist es ein schönes Gefühl, frei zu sein."

„Frei? Spike, für dich ist es vielleicht Freiheit, aber für mich ist es unangenehm." Er schlang die Arme um mich und drückte seinen harten Oberkörper an mich. Bei dieser Umarmung floss ein warmes, mulmiges Gefühl durch meinen gesamten Körper. Jetzt konnte ich mir vorstellen, was Spike mit *frei* meinte. Nach einiger Zeit des Schweigens wanderten Spikes Hände hinunter zu meinem Gürtel. Heißes Adrenalin schoss durch meine Adern.

„Keine Angst, ich ziehe dich nicht ganz aus", flüsterte er. Dann öffnete er den Gürtel und den Knopf meiner Hose. „Zieh sie aus, vielleicht fühlst du dich dann auch befreiter." Wieso sollte ich mich dann befreiter fühlen? „Versuch es, vielleicht fällt dann die Last von heute von dir ab."

Ich zog die Hose aus und schlüpfte unter die Decke. Spike verdrehte die Augen. „Ist es dir jetzt schon peinlich, in Unterwäsche vor mir zu sitzen?"

„Nein, aber es ist etwas kühl hier drinnen", log ich.

„Soll ich dich wärmen?"

„Öhm ... Lass mich vorher noch Zähne putzen." Nachdem ich im Bad gewesen war, schlüpfte ich zu Spike unter die Decke und schmiegte mich an seinen heißen Körper.

„Und? Immer noch unangenehm?", war seine erste Frage.

Ich überlegte für einen Moment. „Nein, eigentlich nicht."

„Siehst du. Es ist kuschelig und einfach befreiend." Ich schmiegte mich noch enger an ihn. „Du wirst ja richtig anhänglich." Spike grinste. Während er mir über den Rücken strich, schloss ich genüsslich die Augen. Seine Lippen fuhren über meine Wange und ich lächelte. „Endlich. Die Dunkelheit in mir verschwindet langsam", bemerkte er unwillkürlich.

Ich sah auf. „Wirklich?"

„Ja. Deine Liebe gibt mir innere Stärke. Ich weiß gar nicht, was ich ohne dich machen soll. Ich liebe dich, Irina Kolb."

„Ich dich auch, Spike Simon." Überraschend einfach kamen mir die Worte über die Lippen, aber sie entsprachen der Wahrheit.

Mein Vater war außer sich, als er erfuhr, dass ich nicht bei Jessica, sondern bei Spike übernachtet hatte. Er hatte bei Jessis Vater angerufen und gesagt, ich solle um drei Uhr nachmittags wieder zu Hause sein, doch als Herr Sebert ihm dann sagte, dass ich nicht da wäre, suchte er im Telefonbuch nach Spikes Nummer und rief bei ihm an. Spike hatte meinem Vater trotzig erklärt, dass ich bei ihm wäre und so lange bleiben würde, wie ich wollte. Nachdem mein Vater wutentbrannt aufgelegt hatte, schaltete Spike mein Handy aus und verfrachtete mich ins Auto.

„Wo willst du hin? Spike, bring mich lieber nach Hause, sonst bekomme ich noch mehr Ärger!", protestierte ich.

„Wir fahren zu Etienne und dort bleiben wir so lange, bis dein Vater aufgibt!"

Als wir an dem Haus des Professors ankamen, war dieser außer sich. „Du kannst doch nicht einfach dieses Mädchen hier abliefern!"

„Etienne, ihre Mutter ist tot, und ihr Vater verbietet ihr jeglichen Umgang mit mir! Du weißt genau, dass ich so etwas nicht auf mir sitzen lasse!"

Etienne verdrehte die Augen und ließ sich auf einem Stuhl nieder. „Spike, ich verstehe ja, dass du das nicht gut findest, aber er ist ihr Vater! Und sie ist minderjährig!"

„Hast du vielleicht mal daran gedacht, dass Irina das auch nicht will?"

„Stimmt das?", wandte Etienne sich an mich.

„Nun ja, gut finde ich das ja nicht, aber ich habe Angst davor, was mein Vater macht, wenn ich wieder nach Hause komme."

„Na gut. Ihr zwei könnt bis heute Abend bleiben, aber nicht länger, verstanden?", gab Etienne endlich auf.

„Ja, ja. Irina, ich muss noch mal kurz weg", brummte Spike und wandte sich zum Gehen.

„Ist gut. Professor, kann ich vielleicht etwas trinken?"

„Natürlich." Etienne gab mir ein Glas Cola und ich setzte mich zu ihm an den Tisch. „Erzähl mal, was war gestern? Hat ja anscheinend alles gut geklappt. Hatte Spike danach irgendwelche speziellen Wünsche? Mehr Blut? Küsse? Vielleicht Sex?"

Ich sah den Professor entgeistert an. „Ähm ... Ist das wichtig?"

„Nein, aber interessant."

„Na ja, er wollte ... er ... ich habe ihn ja unter der Dusche gefunden. Er wollte, dass ich ..."

„So, bin wieder da!", platzte Spike dazwischen, der eben wieder zurückgekommen war.

„Oh Spike, sie hat mir gerade von gestern berichtet."

„Etienne, ich bin kein Forschungsobjekt! Nur, weil du mich sozusagen erschaffen hast, heißt das nicht, dass du alles von mir und über mich wissen darfst und musst", erwiderte der Vampir genervt.

Etienne sah etwas enttäuscht aus. „Gut, gut, dann frage ich halt nicht mehr. Aber du müsstest mir eigentlich alles über gestern erzählen, schließlich muss ich dich und deine kleine Freundin bis heute Abend hier beherbergen."

„Nein, du hattest schon viel zu oft die Gelegenheit, mich zu erforschen!" Spike und Etienne stritten sich noch weitere zehn Minuten.

„Ich muss jetzt los, ich treffe mich noch mit einem alten Freund. Ich vertraue euch beiden", beendete der Wissenschaftler schließlich die Diskussion.

„Das solltest du nicht tun", sagte Spike mit einem Grinsen.

„Wenn ich wiederkomme, möchte ich, dass mein Haus noch steht!" Mit diesen Worten verließ uns Etienne.

„Was wollte er dieses Mal?", fragte Spike und lehnte sich zurück.

„Er wollte wissen, ob du irgendein starkes Verlangen hattest, nachdem du wieder zu dir gekommen warst." Spike antwortete nicht, sondern verfiel seinen Gedanken. Ich sah mich in der altmodischen Küche etwas genauer um. Auf einem Schrank standen die Worte: *Chemische Stoffe aus dem Labor.* Ich fragte mich, warum Etienne Chemikalien ausgerechnet in der Küche lagerte, als Spikes Handy klingelte.

„Woher hat die denn meine Nummer? Ja?" Ich sah Spike an. Wen meinte er? „Gut und dir? Freut mich. Sag mal, woher hast du eigentlich meine Nummer? Ah. Okay, danke." Spike legte auf. „Dieser Idiot!", fauchte er.

„Was ist denn?", fragte ich, ohne zu wissen, was vor sich ging.

„Marco hat Jessica meine Handynummer gegeben. Er weiß ganz genau, dass ich sie nicht ausstehen kann!" Spikes Laune hatte sich schlagartig verschlechtert. „Erst nervt mich Etienne und jetzt Jessica!" Er steigerte sich immer weiter in seine Wut hinein. Ich bemerkte, wie seine Iris von einem satten Rot verfärbt wurde.

„Beruhig dich erstmal. Der Tag mag vielleicht schlecht angefangen haben, aber vielleicht wird er ja noch gut?"

Spikes Augenfarbe blieb rot. „Es fehlt nur noch, dass Marco mich nervt. Wenn ich ihn heute sehe, dann ..."

„... dann wirst du gar nichts tun. Spike, setz dich erst mal und mach irgendwas, das dich beruhigt." Für einen Moment war Stille. Dann sagte Spike: „Beruhigen? Ich werde jetzt zu Marco gehen und ihn umbringen!"

Ich folgte ihm zum Ferrari und stieg mit ihm ins Auto ein. „Lass ihn doch! Er hat deine Nummer weitergegeben, ja und? Leg dir eine neue zu."

Spike schien mir nur halb zuzuhören, denn er sagte: „Marco hat ihr nur meine Nummer gegeben, weil sie liebt!" Der Motor heulte auf und wir fuhren mit einem unsanften Ruck auf die Straße.

„Verdammt, Spike, lass den Quatsch!" Doch er hörte nicht, fuhr viel zu schnell in Richtung Marcos Haus. Der Wagen war gerade vor Marcos Tür zum Stillstand gekommen, da sprang Spike auch schon hinaus und klingelte Sturm. Wie albern! Wieso rastete Spike nur so dermaßen aus?

„Mann, welcher Idiot ... Spike!" Carla setzte sofort ein breites Lächeln auf, das so künstlich wirkte, dass mich eine Woge der Abneigung überkam.

„Wo ist dein Bruder?", schnaubte Spike wie ein wildgewordener Stier.

„Drinnen, wieso?"

„Er soll sofort herkommen!" Carla verschwand im Haus, um ihn zu holen.

„Was ist denn los? Spike." Marco schien überrascht zu sein, als er an der Haustür auftauchte.

„Mitkommen!" Spike zog Marco hinter sich her.

Ich stieg aus dem Wagen und folgte den beiden. Der Vampir bugsierte seinen Freund auf ein Getreidefeld, das von Bäumen umsäumt und von Schnee bedeckt war.

„Was sollte das?", brüllte Spike und Marco zuckte erschrocken zusammen.

„Was sollte *was*?", fragte er sichtlich verwirrt.

„Wieso hast du ihr meine Nummer gegeben? Du weißt ganz genau, dass ich sie hasse!" Ich lief zur Mitte des Feldes, wo die beiden standen.

„Wen meinst du?"

„Jessica."

Marco sah aus, als hätte man ihm ins Gesicht geschlagen. „Sie hat dich ... angerufen?" Spike brüllte auf und klang dabei wie ein Tiger. Wieso rastete er so aus? „Spike, beruhig dich mal wieder."

Endlich war ich bei den beiden angekommen. Der Vampir sah furchtbar aus. Furchtbar wütend. Sein wunderschönes Gesicht wirkte wie das einer Raubkatze und seine Augen hatten eine blutrote Farbe angenommen. Der kalte Wind pfiff mir um die Ohren und verwehte meine Haare in alle Richtungen.

„Spike, sie hat doch gar nichts getan!" Marcos Versuche, ihn zu besänftigen, schlugen fehl.

„Nichts getan? Du hättest heute Nacht ihre Gedanken hören sollen: *Irina, diese Schlampe, wie konnte sie es wagen, ihn mir wegzunehmen? Dafür wird sie büßen!* Das ging ihr durch den Kopf!"

So hatte meine beste Freundin also über mich gedacht? Auch Marco sah bedröppelt aus. „Deine tolle Jessica interessiert sich nicht für dich, Marco! Sie will mich und dafür werde ich ihr einen Denkzettel verpassen! Glaubst du, mir macht das Spaß, Jessicas Gefühle von Irina fernzuhalten?" Mir wurde schwindelig. „Diese feindseligen Gedanken gegenüber Irina sind die reinste Folter für mich! Das geht nun schon seit Monaten, Marco! Langsam kann ich meine Wut nicht mehr zurückhalten! Wenn ich sie das nächste Mal sehe, zerfetze ich sie in der Luft!"

Marco erbleichte. „Du willst ... sie töten?"

„Zu gern, aber ich darf nicht!" Jetzt sah Marco ihn fragend an.
„Du und Irina, ihr würdet das nicht ertragen." Alles drehte sich.
„Der Tod ist grausam, Marco, aber ich bin grausamer!"
„Was willst du mir damit sagen?", fragte Marco.
„Ich werde Jessi das Gefühl geben, dass sie etwas Besonderes ist. Wenn sie sich in Sicherheit wiegt, dass ich mich in sie verliebt habe, lasse ich sie eiskalt fallen."
„Das ist nicht gerecht, Spike!" Marco sah ihn verärgert an.
„Das entscheidest nicht du!"
„Wieso tust du das? Sie ist vielleicht eifersüchtig, aber das ist doch kein Grund, ihr Unrecht anzutun!"
Spike knurrte verärgert. „Auch das ist meine Entscheidung. Du bist blind, Marco! Sie beachtet dich gerade mal so viel wie ein Salatblatt!"
Jetzt war es Marco, der knurrte. „Du lässt sie in Ruhe, Vampir, oder du hast ein Problem!" Vampir? Seit wann nannte Marco seinen besten Freund Vampir?
Spike lachte. „Das will ich sehen. Du wirst mich nicht einmal bei einem Kampf treffen, denn ich werde jeden Zug von dir bereits kennen, sogar vor dir!" Die beiden sahen sich feindselig an.
„Was soll das?" Marco und Spike sahen mich an, als hätten sie eben erst meine Anwesenheit bemerkt. „Hört auf, euch zu streiten! Mein Gott, es sind doch bloß Jessi und ich! Der Konflikt zwischen ihr und mir geht euch gar nichts an!"
Für Marco schien das in Ordnung zu sein, doch für Spike war es offenbar alles andere als akzeptabel. Er sagte nichts. „Vergesst doch die ganze Sache einfach und gebt euch die Hand. Ich fände es gut, wenn ihr beide den Konflikt zwischen Jessica und mir nicht zu eurem Problem machen würdet." Spike fauchte und drehte mir den Rücken zu.
„Geht klar, insofern Spike sich daran hält", stimmte Marco zu.
„Ich werde mich nicht daran halten!", schnauzte dieser mit immer noch abgewandtem Gesicht.
Ich sah auf seinen Rücken. „Wieso tust du das, Spike?" Ich stellte genau die gleiche Frage wie Marco.
„Weil ich nicht will, dass Jessica dich verletzt, Irina."
„Aber sie verletzt mich doch überhaupt nicht!" Das stimmte

nicht so ganz. Die Tatsache, dass Jessica sich an mir – der Schlampe – rächen wollte, hatte mir einen Stich versetzt.

„Sie wird dich verletzen, das garantiere ich dir", entgegnete Spike. Ich sah, wie Marco eine Hand zur Faust ballte, und wollte eine erneute Auseinandersetzung zwischen den beiden verhindern. „Bitte, Spike, lass uns das Thema wechseln."

„Nein!" Spike hatte sich wieder zu mir umgedreht. „Wenn du ein Problem damit hast, dass ich dich vor Jessica schützen will, dann wirst du dich damit abfinden müssen!"

Marcos Knöchel knackten. Mit mühsam beherrschter Stimme sagte er: „Du willst also Jessi falsche Hoffnungen machen, um ihr wehzutun? Ziemlich link, meinst du nicht?"

Spike verdrehte die Augen. „Mich würde ihr Schmerz befriedigen, denn ich weiß dann, dass ich Irina gerächt habe." Das gab Marcos Wut den Rest. Er verwandelte sich in den großen grauen Wolf. Seine dunkelbraunen Augen waren zu Schlitzen verengt. Ein Knurren entwich seiner Brust. Spike sah den Wolf an, ohne zu reagieren. „Glaubst du, ich wäre jetzt beeindruckt?" Spike lachte, der Wolf knurrte. Ich stöhnte leise auf. Die beiden wollten doch jetzt nicht im Ernst wegen dieser lächerlichen Sache gegeneinander kämpfen?

„Lass Jessi in Ruhe und ich werde dich nicht angreifen", sagte Marcos Stimme, ohne dass sich die Schnauze des Wolfes bewegte. Spike lachte erneut. Ich ging ein paar Schritte zurück. Spike sah angriffslustig aus.

„Was wird das?", fragte ich leise und eher mich selbst als die beiden, die sich kampfbereit gegenüberstanden.

„Du willst also wirklich gegen mich kämpfen?" Ein Grinsen zog sich über Spikes Gesicht. Der große graue Wolf fletschte die Zähne. Ich schlug mir die Hände vors Gesicht und lugte zwischen meinen Finger hindurch. Spike hatte sich mit dem Rücken zu Marco gestellt und ging auf ein paar Bäume zu.

„Wo willst du hin?", fragte Marco wütend.

„Zu Jessica!", rief Spike gehässig.

Marco knurrte laut und stürmte dann auf Spike los. Der graue Wolf erlangte eine beeindruckende Geschwindigkeit und erreichte den Vampir, indem er auf seinen Rücken sprang. Spike lachte erneut laut auf und warf Marco ab. Warum kämpften sie jetzt? Ich wollte nicht, dass Spike Marco zerfetzte, sie waren schließlich beste Freunde. Marco rappelte sich auf und sprang mit aufgerissenem Maul wieder auf Spike zu.

„Vergiss es, Marco!", rief Spike und streckte einen Arm aus, woraufhin Marco zwanzig Meter weit flog.

„Hört auf!", schrie ich entsetzt. Doch weder Marco noch Spike hörten auf mich. Marco versuchte unablässig, Spike zu beißen, was ihm nicht ein einziges Mal gelang. Ich hörte, wie eine nervige Stimme nach Marco rief. Wenn Carla ihren Bruder als riesigen grauen Wolf sah, dann wäre alles aus!

„Marco, deine Schwester kommt!", zischte ich, doch das kämpfende Paar hörte nicht auf. Ich sah, wie Carla am Feldrand auftauchte und stehen blieb. Ich sah ihren Gesichtsausdruck zwar nicht, denn sie war zu weit weg, aber ich konnte ihn erraten. Als ich zu Spike und Marco blickte, erkannte ich, wie Spike den riesigen Wolf in der Luft wegtrat. Ein lautes Knacken zerriss die Luft. Marco jaulte auf.

„Spike!" Ich lief auf die beiden zu.

Marco lag schwer atmend und winselnd am Boden. „Was hast du getan?" Ich warf ihm einen wütenden Blick zu. Marco winselte lauter, als ich ihm über die Flanke strich. „Du hast ihm die Rippe gebrochen!"

„Zwei", korrigierte mich Spike.

Währenddessen kam Carla auf uns zu. „Wir müssen Marco zu einem Arzt bringen!", sagte ich. Ich versuchte, dem Verletzten aufzuhelfen, doch er war einfach zu schwer.

„Klar! Ein Tierarzt wird sich freuen, wenn wir ihm einen ponygroßen Werwolf mitbringen!", höhnte Spike.

„Sei still und hilf mir lieber, schließlich hast du ihm die Rippen gebrochen!"

„Wieso sollte ich ihm helfen?"

„Er ist dein bester Freund!"

„Benimmt sich so ein bester Freund? Er hat mich angegriffen!"

„Weil du es wolltest!"

„Ih! Was ist das?" Carla hatte uns erreicht.

„Das ist ein Wolf", knirschte ich. Carla warf ihrem Bruder einen angewiderten Blick zu. „Spike, jetzt hilf mir doch mal!" Ich war sauer. Wollte Spike seinen besten Freund wirklich hier liegen lassen?

„Ich verschwinde. Mir wird das alles zu bunt." Spike wandte sich zum Gehen. „Er ist ein Wolf, ein wildes Tier, der braucht keine Hilfe."

„Diego wird dich umbringen!"

„Soll er's doch versuchen!" Spike ging.

„Carla, hast du ein Handy dabei?", wandte ich mich an Marcos Schwester.

„Ja, und ich werde jetzt meinen Bruder anrufen und ihn fragen, wo er ist!"

„Das hat Zeit! Wir brauchen einen Tierarzt!" Carla gab mir nur ungern ihr Handy. Ich wählte Etiennes Nummer.

„Professor? Hier ist Irina, können Sie einen verletzten und sehr großen Wolf behandeln?"

„Was fehlt ihm denn?"

„Rippenbruch."

„Ich komme persönlich vorbei, ein Tierarzt würde einen so großen Wolf erschießen. Wo bist du denn?" Ich nannte Etienne Marcos Adresse und dass wir uns auf dem Feld davor befanden.

Eine halbe Stunde verging, dann fuhr der ziemlich abgenutzter Opel Corsa, den Spike und ich auch schon gefahren waren, mitten auf das Feld. Etienne kam auf uns zugelaufen und warf seine Arzttasche neben Marco. „Mein Gott, Marco, was machst du denn für Sachen?"

Bei der Erwähnung des Namens sah Carla Etienne schief an. „Sagten Sie gerade *Marco*?"

Etienne warf ihr mit hochgezogenen Brauen einen Blick zu. „Ja, mein Kind. Irina, sei so lieb und such in meiner Tasche ein Fläschchen mit blauer Flüssigkeit." Ich durchwühlte die Arzttasche und fand schließlich das gesuchte Gefäß. Etienne entkorkte es und goss den Inhalt in Marcos Schnauze. „Wo ist denn unser lieber Vampir?" Carla sah Etienne an, als sei er verrückt geworden, und Marco ließ ein Schnauben hören.

„Er ist gegangen", antwortete ich.

„Natürlich. Ä...ähm, wie bitte?" Etienne sah mich merkwürdig überrascht an. „Er ist gegangen? Aber ..."

„Kümmern Sie sich um den Wolf, ich werde ihn später suchen", sagte ich, und Etienne machte sich an Marcos Flanke zu schaffen. Carla sah Marco noch einmal angewidert an, dann verschwand auch sie vom Feld.

„Was ist eigentlich passiert?", fragte Etienne interessiert. Marco schien sich an die Eigenschaften eines Wolfes halten zu wollen und schwieg.

„Spike und er haben sich gestritten. Spike hat ihn dann so sehr provoziert, dass Marco ihn angegriffen hat."

„Ja, Spike besitzt die Fähigkeit, jemanden so zu manipulieren, dass er das tut, was er will."

„Ich weiß. Professor ..."

„Nenn mich doch einfach Etienne."

„Etienne, hältst du es für möglich, dass Spike es gerne sieht, wenn andere leiden?"

Etienne überlegte kurz, dann sagte er: „Nun, ich denke, dass es ihm egal ist, wenn jemand leidet, solange du es nicht bist. Marco ist doch das beste Beispiel dafür. Er hat ihn verletzt und einfach liegen lassen." Der Wolf jaulte. „Spike wird dich von nun an nicht länger als Freund ansehen, Marco. Du bist ab sofort sein Feind. Tut mir leid." Marco sah den Wissenschaftler an und winselte. Nachdem er wieder stehen konnte, verwandelte er sich zurück in einen Menschen, sah mich mit einem traurigen Blick an und ging.

Etienne sah Marco gedankenverloren nach. Dann seufzte er und ließ seine Arzttasche zuschnappen. „Ich werde jetzt fahren. Kommst du zurecht?" Ich nickte, obwohl ich keine Ahnung hatte, wie ich nach Hause kommen sollte. Etienne ging zurück zu seinem Opel Corsa und fuhr davon.

Ich konnte niemanden anrufen, da Spike mein Handy hatte. Nach einer gefühlten Stunde Laufen blieb ich stehen und sah auf die endlose Straße. In der Ferne konnte ich vage die Umrisse der Stadt sehen, die verschneit und von einem Nebel umgeben war, der die weißen Dächer der Stadt beinahe unsichtbar machte. Wie lange würde ich bis zu den Häusern brauchen? Seufzend beschloss ich, mich auf den Weg zu machen. „Wieso konnte er nicht einfach auf mich warten?", murmelte ich wütend vor mich hin.

„Weil er dich sonst vor Wut in der Luft zerrissen hätte." Erschrocken drehte ich mich um. Spike kam auf mich zu, die Hände in den Hosentaschen.

„Verfolgst du mich schon die ganze Zeit?", fragte ich leicht verärgert.

„Seit dreiundfünfzig Minuten und fünfzehn Sekunden. Wieso hast du mich nicht einfach gerufen? Ich hätte dich abgeholt." Ich sah ihn verständnislos an. „Mir einfach in deinen Gedanken gesagt, dass ich dich abholen soll?", half er mir weiter.

„Das ist mir gar nicht eingefallen."

„Ihr Menschen denkt einfach nicht richtig nach."

„Könntest du bitte aufhören, uns Menschen andauernd zu kritisieren?" Ich sah ihn verärgert und genervt an, woraufhin er lachte. Nicht spöttisch, wie bei Marco, sondern amüsiert.

„Willst du den restlichen Weg zu Fuß gehen oder rennen?"

„Rennen? Du kannst ja rennen, ich aber garantiert nicht."

„War ja auch eher so gemeint, dass ich renne."

Jetzt fiel mir Spikes Geschwindigkeit wieder ein. „Na schön, solange wir schnell zu Hause sind."

„Haha! In fünf Minuten werden wir bei mir sein." Spike nahm mich huckepack und rannte los. Der Wind zischte an meinen Ohren vorbei und schlug mir hart ins Gesicht. Während Spike rannte, sprachen wir nicht miteinander. Ich dachte über Marco nach. Waren die beiden jetzt wirklich Feinde? Spike antwortete mir nicht auf meine Gedanken und es war das erste Mal, dass ich mir wünschte, er täte es. Als wir bei ihm zu Hause ankamen, ließ Spike mich wortlos eintreten. „Willst du wirklich Jessi falsche Hoffnungen machen?", fragte ich vorsichtig.

„Ja." Seine Antwort war kühl.

„Was bringt das?"

„Schmerz."

„Glaubst du wirklich, das wird ihr lange wehtun? Spike, ich kenne Jessica, sie lässt sich nicht so einfach aus der Bahn werfen."

„Jessica wird für sehr lange Zeit bluten! Ich kenne sie besser als du. Sie liefert mir mit ihren Gedanken genug Informationen."

„Und was ist mit Marco? Ihn verletzt das doch auch!"

„Marco ist ein Werwolf, er wird schon damit klarkommen."

„Aber er hat auch Gefühle!"

Die freien Schultage vergingen schnell und der erste Schultag war grauenhaft, denn ich traf zuerst auf Jessica.

„Irina, bitte! Marco ist gerade mein kleinstes Problem."

„Ich versteh dich nicht!" Ich ging zum Telefon und überlegte, ob ich Jessica anrufen sollte. Mit einem Knurren in meinem Kopf gab Spike mir zu verstehen, dass ich das lieber nicht tun sollte.

JESSICA

„Guten Morgen, Jessica." Ich lächelte sie an.
„Guten Morgen, Spike." Auch sie lächelte. „Machst du nichts mit Irina?" Ihre Miene verdüsterte sich.
„Nein!"
„Wieso denn nicht?"
„Nicht so wichtig."
„Ja, Irina ist in letzter Zeit ziemlich still geworden."
„Schön für sie!"
„Du bist da ganz anders."

***

Ich verstand nicht, wieso ich jedes Wort, das Spike und Jessica sprachen, in meinem Kopf hören konnte.

***

„Wirklich?" Jessi klang hoffnungsvoll.
„Ja, du bist aufgeweckter als Irina, das gefällt mir. Irina ist im Moment etwas merkwürdig."
„Wieso?", fragte Jessica.
„Ich weiß es nicht. Vielleicht ist sie im Moment eher mit Marco beschäftigt. Sie macht sich viele Gedanken um ihn. Vielleicht liegt es aber auch am Tod ihrer Mutter."

***

Was sollte das? Wollte er jetzt so tun, als würde er mit mir Schluss machen? Und gleichzeitig wollte er mir ein schlechtes Gewissen machen, weil ich viel über ihn und Marco nachdachte?

***

„Sie denkt viel über Marco nach? Wieso? Du bist doch da", bemerkte Jessi.

„Ja, aber Marco scheint interessanter als ich zu sein."

„Du bist doch nicht uninteressanter als Marco!" Sie war empört.

„Tja, Irina scheint das anders zu sehen. Ach, was soll's? Ich war schließlich auch Single, bevor ich hier an die Schule kam."

Jessis Gesicht strahlte für einen Moment.

Mein Plan ging auf. Jessica fühlte sich als etwas Besonderes und Irina war sauer. Na ja, dass Irina sauer war, gehörte eigentlich nicht zu meinem Plan, aber ihre Wut war eine Art Trost für mich. Sie wusste genau, dass ich es nicht guthieß, dass sie so viel über Marco und mich nachdachte. Dieser Flohsack war so blind vor Liebe.

Jessica sah mich lächelnd an. „Und, was machst du heute noch so?" Ich sah auf. Irina war soeben hinter Jessica aufgetaucht und sah ziemlich wütend aus. Ich musste mir ein Grinsen verkneifen.

„Lass Spike in Ruhe!", giftete Irina. Sie ging an Jessica vorbei und blickte mich zornig an.

„Was soll das, Irina? Ich darf reden mit wem ich will!", konterte Jessica.

Irina beachtete sie nicht, sondern legte eine Hand auf meinen Bauch, stellte sich auf die Zehenspitzen und flüsterte mir ins Ohr: „Wenn wir zu Hause ankommen, dann kannst du etwas erleben!" Sie ging.

„Schreibt sie dir immer vor, was du zu tun hast?", fragte Jessica abschätzig.

„Nein, eigentlich nicht." Ich grinste zufrieden.

Nach dem Unterricht wartete ich am Auto auf Irina. Als wir zu Hause angekommen waren, brach all die Wut, die sie in der Schule nicht an mir auslassen konnte, aus ihr heraus und streichelte mein Ego, das zufrieden schnurrte. „Was sollte das?" Sie stand vor mir, die Hände in die Hüften gestemmt.

„Wovon redest du genau?", erwiderte ich unschuldig.

„Wenn ich es könnte, würde ich dich jetzt in Stücke reißen! Wieso lässt du Jessica nicht einfach in dem Glauben, wir seien zusammen und alles ist in bester Ordnung?" In ihrer Stimme lag ein gewisser Unterton, der mich stutzig werden ließ.

„Willst du mir damit sagen, dass zwischen uns nichts mehr ist?"
Mein Ego hatte aufgehört zu schnurren. Vielmehr war das zufriedene Geräusch einem wütenden Knurren gewichen.

Irinas Wut verpuffte. „Nein, so war das nicht gemeint ..."

„Sag nichts! Ich werde das trotzdem durchziehen, Irina!"

„Aber meinst du nicht auch, dass sie genauso über mich denken wird wie jetzt, auch wenn du sie fallen lässt wie eine heiße Kartoffel?"

„Nein, sie wird schlecht über mich denken, aber damit habe ich kein Problem." Sie sah mich an. „Irina, vertrau mir doch, ich bin ein Vampir, alles, was ich tue, gelingt mir auch."

„Ich halte es trotzdem nicht für richtig."

„Du hältst es bloß für unrichtig, weil du eifersüchtig bist."

„Quatsch!"

„Komm, hör auf! Die Eifersucht frisst dich ja schon fast auf."

„Das stimmt nicht!"

„Eifersucht ist menschlich."

„Und wenn ich eifersüchtig wäre, würdest du dann Jessica in Ruhe lassen?"

„Nein." Ich lächelte und sie sah mich verletzt an. „Irina, versteh doch bitte, dass ich ihr wehtun will, nach dem, was sie alles über dich gedacht hat."

„Tut mir leid, aber dafür habe ich kein Verständnis. Außerdem kannst du doch nicht jeden bestrafen, der schlecht über mich denkt."

„Könnte ich schon. Mir geht es darum, dass sie deine beste Freundin war. So denkt man nicht über seine beste Freundin."

„Aber man klaut seiner Freundin auch nicht die große Liebe."

Ich nahm sie in den Arm. „Erinnere dich daran, dass wir gegenseitig unser Schicksal sind und daran kann niemand etwas ändern." Ihr Herz pochte wild, was mich amüsierte. Sie war immer noch genauso verliebt wie am Anfang. „Du hast Wut und Enttäuschung in dir, lass sie raus, Irina. Lass mich Jessica bestrafen."

Irina schlief tief und fest. Ein Blick in den Spiegel und das Brennen in meiner Kehle verrieten mir, dass es Zeit war, jagen zu gehen. Ich ging zum Panoramafenster im Wohnzimmer, öffnete es und sprang hinaus. Die kalte Luft schlug mir entgegen, was meine

Sinne schärfte. Wo fand ich um diese Uhrzeit ein Opfer, das in meinem Alter war? Ich sah mich um und ging rasch die Straße entlang, während ein sehr brutaler Gedanke in meinem Kopf herumspukte: Jessica zu zerfetzen und genüsslich ihr Blut zu trinken.

***

Dann tauchte Irina in meinen Gedanken auf. „Lass sie in Ruhe!"

***

Ich bog um eine Ecke und mir fiel ein, wer mein nächstes Opfer sein würde. Dina oder Linda. Beide waren ein Teil meiner Vergangenheit.

***

Wieder tauchte Irina in meinen Gedanken auf. „Wieso willst du ihr Leben zerstören?"

***

Der Durst vernebelte allmählich mein Denken. Ich verschwand in eine andere Stadt und landete auf einer Party. Ich sah mich genauer um und stellte fest, dass hier auch Jugendliche waren. Ein Blick in ihre Gedanken verriet mir, dass sie am nächsten Tag keine Schule hatten. Alle Partygäste waren chic gekleidet. Mit einer Handbewegung passte auch ich meine Kleidung an das Fest an.

Der riesige Privatgarten war beleuchtet. Ich schritt über die Wiese zum Büffettisch. Ein braunhaariges Mädchen stand an der Bowle und schenkte sich neu ein. Ich stellte mich neben sie und nahm mir ebenfalls ein Glas. Ich hörte, wie sich ihr Herzschlag veränderte. Mein Geruch raubte ihr den Verstand.

„Hi", sagte sie und sah mich leicht schüchtern an. „Bist du gerade erst gekommen? Ich habe dich gar nicht gesehen."

Ich lächelte. „Ja, ich konnte leider nicht früher. Mein Name ist übrigens Spike."

„Clarissa."

„Es ist mir ein Vergnügen." Instinktiv küsste ich ihr den Handrücken. Als meine Lippen ihre Haut berührten, spürte ich, wie das Blut durch ihre Adern floss. Mein Durst loderte auf. Sie wurde rot. „Oh, nicht doch, das braucht dir keineswegs unangenehm zu sein, ich tue nur, was einem hübschen Mädchen wie dir zusteht." Sie wurde noch röter. „Sollen wir ein Stück gehen?", fragte ich.

„Ja, gerne", hauchte sie. Ich führte sie weg von der Party in den hinteren Teil des großen Gartens. „Wo willst du hin?" Plötzlich wurde sie unruhig, doch das kannte ich bereits.

„Keine Angst, ich will dir nichts tun, falls du das denkst." Ich lächelte und sie beruhigte sich wieder. „Ich möchte dich gerne näher kennenlernen." Sie sah mich aufmerksam an. Jetzt rückte der Zeitpunkt näher, an dem ich meinen Durst stillen konnte. Noch bevor sie schreien konnte, hatte ich ihre Halsschlagader durchtrennt und das Blut rann mir blitzschnell die Kehle hinunter. Fürs Erste war mein Durst gestillt, doch es würde keine vier Tage dauern, dann würde er mich wieder überkommen.

Ich kehrte in mein Schlafzimmer zurück, riss mir die Kleidung vom Körper und legte mich neben Irina. Ich hoffte, dass sie nichts bemerkt hatte. Während sie sich im Schlaf auf die Seite drehte, stieß sie mit der Brust gegen meinen Oberarm. Sofort stieg Hitze in mir auf. Das Blut hatte zwar meinen Durst gestillt, doch ich reagierte intensiver auf bestimmte Berührungen. Irina seufzte im Schlaf. Ich strich ihr übers Haar und beobachtete, wie sie ruhig und gleichmäßig atmete. Langsam verschwand die Hitze in mir und ich schloss die Augen. Es dauerte dennoch drei Stunden, bis ich eingeschlafen war. Am nächsten Morgen stellte sich heraus, dass Irina meinen nächtlichen Ausflug mitbekommen hatte, allerdings dachte sie, es sei nur ein Traum gewesen.

Am nächsten Morgen gingen wir zusammen zur Schule. Irina sah nicht besonders gut aus, offensichtlich fühlte sie sich schlecht. Nach dem Englischunterricht, den wir mehr schlecht als recht hinter uns gebracht hatten, stellte ich mich so vor sie, dass sich unsere Oberkörper berührten. Meine Arme legten sich automatisch um sie. „Ich bin bei dir", sagte ich, als sie zu schluchzen begann. Ich konnte ihren Herzschlag an meiner Brust spüren. In meiner Kehle loderte es auf. „Wir sollten hier rausgehen." Sie antwortete nicht. „Bitte, es ist besser so." Irina antwortete immer noch nicht. Ich hob sie leicht hoch, stärkte ihren Körper, indem ich meinen rechten Arm um ihre Hüfte legte. „Willst du nach Hause?" Immer noch keine Antwort.

„Wir haben in zehn Minuten Geschichte." Ich erinnerte mich an den Moment, als die beiden Werwölfe von Adrian uns angegriffen hatten und Herr Toba, unser Geschichtslehrer, vergeblich versuchte, Marco, Irina und mich zum Unterricht zu rufen.

Johannes, ein Schüler aus der Dreizehnten, sah mich an. In seinem Blick lag Hass, oder zumindest etwas, das dem sehr nahe kam. Ich setzte Irina auf einer Bank ab und ging zu Johannes hinüber. „Gibt es einen triftigen Grund dafür, dass du mich so feindselig anstarrst?" Johannes sah mich düster an. Ich grinste. „Eifersüchtig?"

Es schellte und alles passierte auf einmal. Johannes war aufgesprungen und hatte die Faust erhoben. Sie rauschte bereits auf mich zu, prallte jedoch lediglich gegen meine flache Handfläche. „Versuch das nie wieder!" Meine Stimme war ernst und warnend. Die halbe Schule war um uns versammelt.

„Volltreffer! Er ist ein Karatekünstler, Leo-San!" Leo-San? Unsere bekloppte Karatefreakbande. Ich versuchte angestrengt, nicht die Augen zu verdrehen. Johannes sah mich wütend an.

„Sie kennt dich nicht mal, also lass deine Augen von ihr und wage am besten gar nicht mehr, an sie zu denken!", knurrte ich so leise, dass nur er es hören konnte.

Er sah nicht begeistert aus und ich hörte in seinen Gedanken, wie er versuchte, sich Mut zuzureden, bevor er sprach. „Du hast mir gar nichts zu sagen!"

Mein Grinsen wurde breiter. „Wenn du endlich keine Angst mehr vor mir hast, kannst du mir das gerne noch mal sagen." Ich drehte mich um und ging.

Irina saß immer noch vollkommen aufgelöst auf der Bank, auf der ich sie abgesetzt hatte. „Wer war das?", fragte sie, den Blick auf Johannes gerichtet, der zu uns rüberstarrte.

„Nur einer aus der Dreizehn. Komm, wir haben Geschichte."

Als wir am Klassenraum ankamen, warfen uns einige Schüler missbilligende Blicke zu. Ich konnte damit umgehen, aber für Irina war es nicht so leicht, all das zu ignorieren. Sie sah mit beklommenem Blick zu Boden. Herr Toba öffnete die Tür zum Klassenraum. „Was ist denn hier los?"

Sofort trat Stille ein. „Kommt bitte rein." Wir betraten den Klassenraum und setzten uns. Während Herr Toba unablässig über den

Angriff auf Nagasaki und Hiroshima redete, ließ ich mich von Irina ablenken.

Die Stunde verging langsam. Als die Pause dann endlich begann, war Irinas Laune besser. Wir saßen auf einer Bank und unterhielten uns, als Jessica zu uns stieß. „Spike? Kann ich dich mal sprechen?"

O nein, die kam mir ja gerade recht! „Was gibt's denn?"

„Unter vier Augen."

„Ich bin gleich wieder da." Ich stand auf und folgte Jessica. „Also gut, was willst du von mir?"

„Ich dachte, Irina sei dir zu langweilig?"

„Was? Jessica, sie ist traurig, sie hat ihre Mutter verloren. Da ist es mir im Moment egal, ob sie langweilig ist oder nicht!"

„Dann ist sie also wichtiger als ich?"

Ich spürte, wie Wut in mir hochstieg. „Im Moment will ich nichts von Eifersucht hören!"

„Ich dachte, du liebst mich?"

„Wie kommst du darauf?"

„Aber, du hast doch mit mir geflirtet!"

„Ein Flirt muss nichts mit Liebe zu tun haben. Jessica, dachtest du wirklich, ich würde auf ein Mädchen stehen, das Männer als Frischfleisch sieht?" Jessica sah mich an, fassungslos und bleich. Und dann gab ich ihr den Todesstoß: „Irina ist nicht langweilig, im Gegenteil, sie ist das Beste, das mir je passiert ist." Ich drehte mich um und ging zurück zu Irina, während Jessica mir nachstarrte.

Es läutete zur nächsten Stunde. Chemie war schlichtweg eine Katastrophe! Frau Gomez saß mittlerweile verzweifelt an ihrem Pult und hatte die Finger in die Haare vergraben. Lukas sah zu mir und Irina herüber, in seinem Blick lag etwas Hämisches. Mir fiel auf, dass seine Natriumlösung, die wir eigentlich mischen sollten, von einer scharlachroten Farbe war.

„Was hast du da reingetan?", fragte ich entsetzt. Jetzt begriff ich, was er getan hatte, und ich ließ ein lautes Brüllen hören. Sofort verstummte die Klasse. Sie starrten mich alle an und mir wurde schlagartig bewusst, dass ich soeben das Brüllen eines wütenden Löwen losgelassen hatte. „Raus hier!" Alle sahen mich verständnislos an. „Ich sagte, raus hier! In wenigen Minuten wird das Gebräu von Lukas in die Luft gehen!"

Frau Gomez sah auf. Ihr Blick wanderte zu dem purpurnen Gemisch. „Sofort raus aus der Schule!" Sie sprang auf und betätigte den Feueralarm.

In absoluter Panik verließen alle das Schulgebäude und liefen auf die große Wiese nebenan. Ein durchdringender Knall zerriss die Luft. Meine Augen huschten durch die Menge, nach einer Person suchend, die ich aus den Augen verloren hatte, seit wir aus der Schule geflüchtet waren.

„Hat einer von euch Irina gesehen?", fragte ich Stephan und Jason. Die beiden schüttelten den Kopf. Plötzlich ertönte ein Schrei, von dem ich mir sicher war, dass er für alle anderen nicht hörbar war. Mein Gehirn analysierte den Klang und Entsetzen durchfuhr mich. Ich rannte so schnell los, dass ich von jetzt auf gleich verschwand. Mir war klar, dass Jason und Stephan dies beobachtet hatten, doch das war mir egal. Ich sprang durch ein Fenster in den zweiten Stock, wo der Chemiebereich lag. Flammen hatten sich bereits in einem Drittel der Schule ausgebreitet. „Irina, wo bist du?"

„Hier!" Ihre Stimme kam vom Treppenhaus her. Ich rannte dorthin und konnte wildes Herzklopfen hören. „Im Zwischengang der Treppe, ich bin verschüttet!"

Der Weg war durch eingestürzte Balken blockiert. Ich materialisierte mich und ein verführerischer Duft drang in meine Nase: Irinas Blut. Sofort war mein Durst wieder geweckt, doch ihr Wimmern hielt mich bei Verstand. Mit einer Bewegung meiner Hand war Irina befreit und ich dematerialisierte uns aus der Schule zurück auf die Wiese, direkt neben Marco. Aus Irinas Bein quoll Blut. Ich konnte spüren, wie sich das Grau in meinen Augen verdunkelte und in tiefes Schwarz verwandelte.

„Spike, wie ..." Frau Römer sah mich verdattert an.

„Marco, bring mich hier weg!", presste ich hervor. Ich spürte, wie mein Körper zu beben begann, im Kampf gegen den Drang, Irina zu beißen.

„Wieso weg? Willst du nicht warten, bis ein Notarzt kommt?", entgegnete Marco.

„Bring mich von ihr weg, hab ich gesagt!"

Marco sah mich erschrocken an. „Spike, deine Augen, sie sind ... sie sind golden!"

„Mach schon!"

„Ich kann nicht, Spike. Herr Brettler wird gleich nach der Anwesenheit fragen!"

Der Kampf war aussichtslos, der Durst war stärker. Ich spürte, wie meine oberen Eckzähne länger wurden. „Verdammt, Marco!" Meine Stimme klang gepresst.

„Tut mir leid, Mann, aber ich kann dir jetzt nicht helfen, du musst dich selbst beherrschen."

„Wenn jemand stirbt, dann kannst du das auf deine Kappe nehmen!", zischte ich mit zusammengebissenen Zähnen Marco zu. Dieser sah so aus, als wollte er sagen: *Dafür kannst du mich nicht verantwortlich machen.* Ich vermied es, mir Einblick in seine Gedanken zu verschaffen.

Irina sah Marco und mich an. Meine unverhohlene Wut hatte sie erschreckt. Von Frau Römer nahm keiner mehr Notiz.

„Bring mich hier weg, Marco, du weißt ganz genau, dass ich das aus eigener Kraft nicht schaffe. Nicht jetzt." Marco sah mich an und schüttelte leicht den Kopf. Ich merkte, wie mir die Kontrolle entglitt. Meine Hände, die ich zu Fäusten geballt hatte, lösten sich.

Irina saß unterdessen auf dem Boden und beobachtete mich. In ihrem Blick war keine Spur von Angst zu sehen. Erschöpft ließ ich den Durst siegen. Ich ging in die Hocke und atmete den Duft ihres Blutes ein. Mein Widerstand war verschwunden, es gab keinen Grund mehr, gegen den Durst anzukämpfen. Mir war Frau Römers Blick nicht mehr bewusst, der auf meinem Nacken ruhte. Meine Lippen öffneten sich langsam, sie berührten gerade ihre Haut, als ich von ihr weggerissen wurde. Marcos Hände waren um meine Schultern geschlungen und hielten mich fest. „Lass mich los!", stieß ich hervor. Doch Marcos Hände ließen nicht locker. „Ich sagte: Lass. Mich. Los!" Die Muskeln in meinem Rücken spannten sich und Marco wurde von mir weggeschleudert. „Fass mich nie wieder an, Flohsack!" Ich drehte mich zu ihm um. Er rappelte sich gerade wieder auf.

„Du wolltest das doch nicht!", fuhr er mich an. Ein Knurren entwich meiner Kehle.

„Spike." Irinas Stimme drang an mein Ohr.

„Du kannst sie nicht jedes Mal angreifen!" Marcos Worte interessierten mich nicht. Auch Frau Römers Stimme sagte irgendetwas, doch ich achtete nicht darauf. Meine Oberlippe hatte sich gehoben und entblößte meine Fangzähne. Ein Kreischen ertönte zu meiner Rechten und mir war klar, dass es von Frau Römer gekommen sein musste.

„Was tust du da?" Marcos Schreie gellten über die ganze Wiese. Ich war wutentbrannt auf ihn zugesprungen, woraufhin er zu Boden stürzte. Ich realisierte nicht sofort, dass Marcos Hände an meinen Oberarmen lagen.

„Geh runter von mir, verdammt noch mal!", rief mein Freund.

Ich starrte ihm wütend in die Augen. „Hör auf, solche Sachen zu denken!", fauchte ich. Meine Hände zitterten.

„Dann hör du auf, Irina anzugreifen!" Und er fügte leise hinzu: „Ich hoffe, dir ist klar, dass du soeben deine Identität als Vampir preisgegeben hast!"

Ich sah ihn immer noch an, nicht minder wütend. „Das ist alles deine Schuld!" Ich ließ ihn los und er rappelte sich auf. Ich konnte die erdrückende Stille spüren, die nur durch die Sirene der anrückenden Feuerwehr gestört wurde.

Erneut durchzuckte mich eine Welle des Durstes und raubte mir das restliche Quäntchen Verstand. Ich sprang zurück und landete hinter Irina. Ihr leises Stöhnen, als meine Zähne in ihr Bein schlugen, klang wie Musik in meinen Ohren. Große Mengen von Blut strömten meine Kehle hinunter. Etwas sauste durch die Luft. Ich wirbelte herum, sah, wie Johannes' Faust durch die Luft auf mich zupreschte, reagierte sofort und sprang beiseite.

Marco tauchte plötzlich neben mir auf. „Es wäre besser, du würdest verschwinden!", hörte ich seine Stimme in meinem Kopf. Merkwürdigerweise standen wir eine Sekunde später auf der Waldlichtung. Die erdige Luft kühlte nicht nur meine glühenden Lungen, sondern auch meinen Kopf, und das Gold, das sich mit Rot vermischt hatte, verschwand aus meinen Augen.

„Bist du jetzt endlich wieder richtig normal drauf?", fragte mich Marco.

„Ich wüsste nicht, was dich das angehen sollte?", antwortete ich.

„Du weißt, dass du gerade eben vor der gesamten Schule Irinas Blut getrunken hast?"

„Ja!", erwiderte ich zerknirscht.

„Du solltest nicht mehr zur Schule kommen."

„Damit Jessica Irina weiterhin schlecht behandeln kann? Nein!"

„Sie wissen jetzt, dass du ein Vampir bist!"

„Dann müssen sie halt lernen, damit umzugehen! Was machst du überhaupt hier?"

„Ja, das frage ich mich auch, aber du hast mich hierher gebracht."

Ich gab ihm keine Antwort. Ich hätte ihn nicht mitgenommen, wenn ich bei Verstand gewesen wäre. „Es wissen also alle, dass ich ein Vampir bin? Gut, dann will ich ihnen auch klarmachen, dass mit mir nicht zu spaßen ist."

„Ach komm, du willst dich jetzt ernsthaft aufspielen?"

Ich sprang auf einen Baum. „Keine Sorge, solange deine liebe Jess nichts anstellt, bleibt ihre Schlagader unversehrt." Marco ließ ein wütendes Knurren hören. Der Wind fuhr eisig durch die kahlen Äste der Bäume, und Erinnerungen an Flammen drangen in mein Gedächtnis. „Es hat gebrannt ..." Marco behielt sein grimmiges Schweigen bei. Jetzt, wo der Wind mir über das Gesicht strich, fügte sich Bild um Bild zusammen wie ein Puzzle. Der Wind frischte mein Gedächtnis auf. Erst jetzt wurde mir richtig bewusst, dass ich Irinas Blut getrunken hatte. „Verdammt!" Ich sprang vom Baum und stieß ihn sogleich um. „Alle haben das gesehen, richtig? Wir müssen zurück zur Schule! Sofort!" Bevor Marco noch etwas dagegen einwenden konnte, standen wir bereits wieder auf der Wiese. Ein beißender Geruch von Medizin drang in meine Nase. Meine Augen wanderten umher und suchten in dem Durcheinander nach der Quelle des Gestanks. Ich entdeckte einen Notarzt, der sich über jemanden beugte, und einen Moment lang glaubte ich, den Geruch von Irinas Blut wahrzunehmen.

Doch dann wandte ich mich von dem Arzt ab und sah zu dem Schulgebäude, aus dem dicke Rauchschwaden quollen und aus dessen Fenstern im Obergeschoss orange-rote Flammen tänzelten. Das Feuer war also noch nicht vollständig bekämpft. Ich spürte die Blicke der anderen auf mir ruhen.

Als ich mich umdrehte, bemerkte ich die Gesichter einiger Schüler, die offenbar starr vor Entsetzen waren, dass ich so nah bei ihnen stand.

Marco war zurück zu seiner Klasse gegangen. Ich sah wieder zu der Stelle, an der der Arzt sich über einen Schüler gebeugt hatte. Jetzt war jener jedoch mit etwas anderem beschäftigt, denn ich konnte erkennen, wen er behandelt hatte. Irina saß im Gras und schaute trübsinnig zum rauchenden Gebäude. Ihr verletztes Bein war verbunden worden. Ich stieß einige Schüler beiseite und ging auf sie zu. „Irina?" Sie wandte den Blick vom Schulgebäude ab und sah mich an.

„Hi. Alles in Ordnung?", fragte sie mich.

Ich zog eine Grimasse. „Das fragst du *mich*?" Ich schüttelte den Kopf, unterdrückte meine Wut und wartete auf Irinas Antwort.

„Nun ja, schließlich wurdest du enttarnt." Das stimmte nicht so ganz. Ich wurde nicht enttarnt, ich hatte mich selbst enttarnt. „Mir geht's gut. Was ist mit deinem Bein?"

„Kann mich nicht beklagen. Doktor Jansen hat mein Bein gut versorgt."

Ich lächelte ein schwaches Lächeln. „Während ich weg war, hat da irgendjemand etwas gesagt?"

„Nein, jedenfalls nicht zu mir. Aber es wurde viel getuschelt."

Natürlich. Das hätte ich mir auch denken können. Aber für den Moment war ich einfach nur erleichtert darüber, dass es Irina gut ging.

DIE BEERDIGUNG

Ich sah in den Spiegel und bemerkte, dass meine Augen merkwürdig leer wirkten. Spike wartete bereits auf mich. Es war ungewohnt, ihn in Anzug und Krawatte zu sehen. Ich entfernte mich einen Schritt vom Spiegel, um das schwarze Kleid zu betrachten, das er mir besorgt hatte. Meine Haare waren hochgesteckt und mein Gesicht dezent geschminkt. „Mein Vater wird es nicht gerne sehen, dass ich dich mit auf die Beerdigung nehme", sagte ich.

„Keine Sorge, er wird sich noch bei mir bedanken." Ich verstand nicht, was er damit meinte. „Können wir los?", fragte er dann.

Ich atmete tief durch und folgte Spike zum Ferrari. „Ähm ...", machte ich, als ich den Ferrari sah, der sonst knallrot war. „Hast du dir ein neues Auto gekauft?"

Er lachte. „Nein, aber ich wollte auf einer Beerdigung nicht unbedingt mit einem roten Auto ankommen. Ich dachte mir, schwarz passt besser zu diesem Anlass." Er hielt mir die Wagentür auf und ich stieg ein.

Wir erreichten den Friedhof und Spike parkte nicht weit von dem Tor, das sich nahe der kleinen Kapelle befand, an der wir uns mit dem Pastor treffen sollten. Meine Mutter war jetzt seit über zwei Monaten tot. Wir hatten uns für eine Feuerbestattung mit anschließender Urnenbeisetzung entschieden – deshalb hatte alles so lange gedauert.

Mein Vater wartete bereits vor der Kapelle mit einigen Verwandten und Freunden. Als er uns entdeckte, kam er auf uns zu, zu meiner Verwunderung mit einem Lächeln auf den Lippen. „Da bist du ja, ich habe mir schon Sorgen gemacht." Er wandte sich an Spike. „Ich weiß gar nicht, wie ich dir danken soll."

„Tun Sie es, indem Sie Irina entscheiden lassen, wen sie liebt und wen nicht." Das Lächeln meines Vaters verblasste ein wenig.

„Irina!" Die strenge Stimme meiner Tante drang an mein Ohr. Ich drehte mich zu ihr um. „Wer ist denn der junge Mann hier?"

„Spike Simon, Frau ..."

„Frau Müsch", sagte sie forsch.

„Freut mich." Spike lächelte nicht.

„Du bist nicht ehrlich, junger Mann!", tadelte ihn Tante Margarete.

„Tut mir leid, aber heute ist nicht unbedingt ein Tag, an dem man sich freuen kann." Tante Margarete schürzte die Lippen.

„Ah, da kommt der Pastor", warf mein Vater ein.

Wir folgten dem Mann und kamen schließlich an einem ausgehobenen Grab an. Mein Vater trug die Urne, mir wurde schrecklich flau im Magen. In dieser kleinen Urne sollten die Überreste meiner Mutter liegen? Meine Vorstellung versagte bei diesem Gedanken.

„Wir haben uns heute hier versammelt, um einen geliebten Menschen auf seinem Weg zum Herrn zu begleiten. Claudia Kolb war eine lebenslustige Frau, die ihrer Tochter eine liebevolle Mutter und ihrem Mann eine gute Ehefrau war." Ich spürte, wie sich meine Augen mit Tränen füllten. Spike legte seinen Arm um mich. „Gott hat beschlossen, sie zu einem seiner Engel zu machen. Als Jesus einst vor seine Jünger trat ..." Spike schien bei diesen Worten ein Schnauben zu unterdrücken.

„... so erhebet euch und erweist dieser wunderbaren Frau die letzte Ehre. Herr, gib der Verstorbenen das ewige Leben. Lasset uns beten ..."

Weder Spike noch ich sprachen die heiligen Worte nach. Die Urne wurde in das Grab gelassen und wir traten vor. Heiße Tränen rannen mir die Wangen hinunter, als ich eine weiße Rose warf. Eine glühende Hand legte sich tröstend auf meine Schulter. Auch Spike warf eine Rose hinab ins Grab. Auf einem der Blütenblätter befand sich ein Tropfen Blut, den ich unverwandt anstarrte.

„Es ist dein Blut, ich will, dass du für immer mit deiner Mutter verbunden bist", flüsterte Spike mir zu. Ich war nicht einmal sauer darüber, dass Spike mein Blut geraubt hatte. In der Tat verspürte ich sogar eine Art Erleichterung. Jetzt war ich für immer mit meiner Mutter verbunden. Während der Pastor das Grab segnete, gingen

Spike und ich etwas weiter nach hinten, sodass wir abseits des Geschehens standen.

„Es ist komisch", sagte ich und starrte auf die anderen, die am Grab standen. „Ich habe das Gefühl, dass sie einfach nur für längere Zeit verreist ist und jeden Moment nach Hause zurückkommt."

„Der Tod sucht sich seine Opfer selbst aus, Adrian war bloß sein Vollstrecker." Es lief mir eiskalt den Rücken hinunter, als er dies sagte. Wenn Adrian ein Vollstrecker des Todes war, was genau war dann Spike? „Mach dir nicht so viele Gedanken über den Tod, Irina. Er ist unberechenbar!"

Am nächsten Morgen wachte ich früh auf. Es war Samstag und mein Vater schlief noch tief und fest. Als ich mich angezogen hatte, ging ich, ohne zu frühstücken, nach draußen, holte mein Fahrrad und radelte los.

Ich hatte am vorherigen Tag nicht viel Zeit gefunden, mich richtig von meiner Mutter zu verabschieden. Während ich zum Friedhof fuhr, dachte ich nach. Wieso hatte Adrian das nur getan? Und wieso hatte Spike meiner Mutter nicht geholfen? Ja, wieso nicht? Spike und ich waren auf dem Weg zu mir nach Hause gewesen, und als wir von der Polizei verfolgt wurden, hatte er es vorgezogen, sich festnehmen zu lassen, während Adrian bereits bei meiner Mutter eingetroffen war. Hatte Spike es nicht von Anfang an gewusst?

„Er hat sie sterben lassen!", durchzuckte es mich schmerzlich. Endlich erreichte ich den Friedhof. Mit schnellen Schritten ging ich an all den anderen Ruhestätten vorbei. Als ich am Grab meiner Mutter ankam, verflog meine Wut auf Spike und Tränen schossen mir in die Augen. Ein riesiger Engel aus Marmor, der schützend die Hand über das Grab ausstreckte, stand auf der frisch umgegrabenen Erde. Weiße und rote Blumen waren darin eingepflanzt.

„Wenn du dein Grab nur sehen könntest", schluchzte ich. „Dann würdest du ihm auch verzeihen." Ich wischte mir die Tränen aus den Augen. Der weiße Marmor des Monuments glitzerte im matten Sonnenlicht. Erst jetzt fiel mir auf, dass vor der riesigen Engelsstatue ein Grabstein aus dem gleichen Marmor stand. Darauf stand in goldenen Lettern geschrieben:

Claudia Kolb
* 07.03.1971 † 10.12.2009.
Wir werden dich nie vergessen, denn du wirst für immer in unseren Herzen verweilen.

Ich spürte, wie mein Körper bebte und von heftigen Schluchzern erschüttert wurde. „Ich vermisse dich!" Tränen quollen mir aus den Augen und rannen meine Wangen hinunter.

„Gabriel passt auf sie auf", sagte eine vertraute Stimme hinter mir. Ich drehte mich um. Spike stand da und sah mich mit seinen sturmgrauen Augen an.

„Wer?", fragte ich ratlos.

„Der Erzengel Gabriel." Er wies auf das Monument.

Ich schniefte. „Warum hast du sie sterben lassen?" Die Worte waren gegen meinen Willen aus meinem Mund gepurzelt.

Spike sah mich nicht an, sein Blick lag immer noch auf Gabriel. „Ich dachte, ich würde es rechtzeitig schaffen. Aber als ich bei dir zu Hause ankam, war deine Mutter bereits tot. Alles, was ich jetzt noch tun kann, ist, Adrian zu töten."

„Also hast du sie gar nicht mit Absicht sterben lassen?", schniefte ich.

„Was? Nein! Wieso sollte ich dir deine Mutter nehmen wollen?" Er sah verärgert aus.

Wir schwiegen. Ein kalter Windhauch zog über den Friedhof.

„Weiß dein Vater, dass du hier bist?", fragte Spike mich schließlich. „Du solltest nach Hause gehen. Es gibt da jemanden, den ich lange nicht mehr besucht habe, und ich finde, es ist an der Zeit, sie wieder mal aufzusuchen." Ich hatte keine Ahnung, wen er meinte, fragte aber auch nicht nach. „Also dann, bis später", murmelte er, drückte mir einen Kuss auf die Wange und verschwand ins Nichts.

Ich sah erneut auf das Grab meiner Mutter. Ein weiterer Windstoß fegte über den Friedhof und biss mir schmerzhaft in die Wangen. Ich fuhr mir mit den Händen übers Gesicht und bemerkte, dass mein Gesicht noch ganz nass von den vielen Tränen war.

„Ich komme heute Nacht noch mal wieder. Vielleicht kommt Spike ja auch", verabschiedete ich mich von meiner Mutter. Ich wandte mich zum Gehen. Als ich an der kleinen Kapelle vorbeikam, erhaschte ich einen Blick auf einen aufgebahrten Sarg. Ich erschauderte und lief hastig zu meinem Fahrrad. Langsam radelte ich zurück nach Hause. Als ich dort ankam, war mein Vater bereits zu einem wichtigen Geschäftstermin gegangen. Und Spike war gewiss immer noch bei der großen Unbekannten zu Besuch.

Ich ging in mein Zimmer und schaltete leise Musik ein. Während ich so auf meinem Bett saß und vor mich hin grübelte, bemerkte ich gar nicht, wie die Zeit verflog. Als ich dann auf die Uhr sah, war es bereits zwölf Uhr mittags. Spike musste nun eigentlich wieder zurück sein.

***

„Spike? Bist du wieder zu Hause?"
„Nein, noch nicht", war seine knappe Antwort.
„Oh. Wann kommst du denn wieder?"
„Ich weiß es noch nicht. Aber ich beeile mich."
„Okay, kommst du dann zu mir?"
„Ja. Ich muss dringend mit dir reden." Ich stutzte. Worüber musste er so dringend mit mir reden? „Stell jetzt bitte keine Fragen." Er verstummte und in meinem Kopf ertönte nur noch eine Stimme, nämlich meine.

***

Ich saß auf meinem Bett und lauschte weiterhin der Musik. Ich war in einen dösigen Zustand verfallen. Die Anlage spielte gerade ein besonders lahmes Lied, als ich knarrende Schritte vernahm. Mit schummrigem Blick sah ich zur Tür. War mein Vater wirklich schon zurück? Die Türklinke wurde heruntergedrückt und Spike betrat mein Zimmer. Seine Haare tropften vor Nässe.

„Regnet es draußen?", fragte ich überflüssigerweise, als ich endlich aus meinem dösigen Zustand erwacht war.

„Ja", lautete seine knappe Antwort.

Ich rutschte ein Stück zur Seite, sodass er sich neben mich setzen konnte. Als er Platz genommen hatte, berührten sich unsere Beine, und ich spürte die Kälte, die der Regen auf seiner feuchten Jeans hinterlassen hatte. Instinktiv zog ich mich von ihm zurück.

„Oh, ich durchnässe deine Bettdecke." Er wollte aufstehen, doch ich hielt ihn zurück. „Kein Problem, bleib sitzen. Du wolltest mir doch etwas Wichtiges erzählen."

Er ließ sich zurück aufs Bett sinken und seufzte. „Ich würde dich gerne jemandem vorstellen. Ihr Name ist Ingrid Wetterberg."

„Klingt, als wäre sie etwas älter."

„Ja, sie ist dreiundsiebzig. Sie bedeutet mir sehr viel und ich möchte dir diesen besonderen Menschen gerne näherbringen. Sie möchte dich ohnehin kennenlernen."

Ich stutzte. „Du hast ihr von mir erzählt? Gut, dann ..."

„Du wirst sie mögen, sie ist total herzlich. Wie wär's mit morgen?"

„Klar, warum nicht? Ein bisschen Abwechslung könnte ich gut gebrauchen." Ich lächelte.

„Gut, dann hole ich dich morgen ab", erwiderte er.

Am nächsten Morgen stand Spike um zwölf Uhr vor meiner Haustür. Er wirkte freudig erregt. „Können wir?", fragte er mit einem Lächeln.

Ich nickte und schloss die Haustür hinter mir. Spike hielt mir die Tür des nun wieder roten Ferraris auf und ich stieg ein. „Wohnt sie weit weg von hier?", fragte ich neugierig.

„Zehn Minuten mit dem Auto." Er startete den Motor.

Wir fuhren durch die Stadt und kamen an einem Haus mit vier Stockwerken an, es wirkte altertümlich. Spike hatte den Sportwagen in einer Nebenstraße geparkt. Auf einer der vier Klingeln stand in Druckbuchstaben der Name: *Wetterberg*.

Spike läutete und einen Augenblick später ertönte eine freundliche Stimme. „Hallo? Wer ist da?"

„Ich bin's, Spike." Ohne Antwort wurde die Tür geöffnet. Frau Wetterberg wohnte im dritten Stock und es gab keinen Aufzug. Die Wohnungstür stand offen, doch niemand empfing uns. Für Spike schien das nicht ungewöhnlich zu sein. Wir betraten eine nette kleine Wohnung. In der Diele stand ein rundes Holztischchen mit einem alten Telefon darauf. Es war eines mit Wählscheibe. Spike führte mich ins Wohnzimmer, wo eine Frau mit langem weißem Haar saß. Auf ihren Lippen lag ein Lächeln. „Spike! Und du hast mir keine Blumen mitgebracht", sagte sie gespielt vorwurfsvoll.

„So? Habe ich das nicht?" Lächelnd ließ er einen Blumenstrauß aus dem Nichts erscheinen. Frau Wetterberg lachte freudig auf und nahm ihn entgegen. „Ich habe dir jemanden mitgebracht." Spike deutete auf mich.

„Du musst Irina sein! Oh, ich freue mich ja so!" Frau Wetterberg strahlte und Spike nickte mir aufmunternd zu. Wir setzten uns auf ein altes Sofa und ich hatte genug Zeit, das Wohnzimmer zu inspizieren. Die Wände waren lachsfarben und mit dunklem Kirschholz getäfelt. Kleine, gerahmte Bilder von Landschaften hingen sorgfältig übereinander an den Wänden. Ich hörte, wie Spike sprach, und wandte mich ihm zu.

„Ingrid, ich weiß, wie sehr du dich freust, aber Irina hat eine schwere Zeit durchzustehen. Ihre Mutter ist gestorben."

Frau Wetterbergs Miene verdüsterte sich. „Es scheint, als würden dunkle Zeiten auf euch zukommen." Ich blinzelte verständnislos. Wovon redete diese Frau?

„Es war kein natürlicher Tod", fuhr Spike fort. „Adrian hat sie getötet."

„Nicht möglich! Das geht zu weit!" Frau Wetterberg war entsetzt. Woher kannte sie Adrian?

„Ich mache mir große Sorgen um Irina", ertönte Spikes Stimme. „Adrian will sie und ich habe keine Ahnung, wofür."

Frau Wetterberg schien zu überlegen. Dann schüttelte sie den Kopf. „Nein, mir fällt auch nichts ein." Schweigen. Schließlich fragte unsere Gastgeberin: „Wollt ihr etwas trinken, ihr Lieben?"

Zu meiner Verwunderung nickte Spike. „Irina? Schatz?" Er tippte mich an, Frau Wetterberg lächelte und wuselte davon.

„Sie ist nett ...", sagte ich. „Und merkwürdig", schoss es mir durch den Kopf. Aus den Augenwinkeln sah ich, wie er grinste.

„So, ihr Lieben. Spike, schau nicht so gierig, benimm dich mal ein bisschen mehr wie ein Mensch!", tadelte Frau Wetterberg. Als ich ihn ansah, bemerkte ich, dass seine Augen glühten. Frau Wetterberg reichte ihm ein Glas mit dunkelroter Flüssigkeit. „Spike!" Ihr strenger Tonfall riss den Vampir aus seinem Rausch und er sah schuldbewusst aus. Wie ein Hund, der von seinem Herrchen die Leviten gelesen bekam, weil er ein Möbelstück zerstört hatte. „Hier, Kind, Limonade." Sie reichte mir ein Glas mit gelber, sprudelnder Flüssigkeit hin.

Spike hielt sein Glas in den Händen und betrachtete glücklich den Inhalt. Das dicke und rote Zeug sah verdächtig aus. Dann erkannte ich, was es war, und mir wurde schlagartig schlecht. Woher hatte diese Frau Blut? Spike nahm den ersten Schluck und sofort verkrampfte sich sein Körper. Seine Augen färbten sich tiefschwarz. Erschrocken starrte ich ihn an, Frau Wetterberg nahm währenddessen gelassen einen Schluck Tee.

Schließlich schloss Spike die Augen und entspannte sich. Als er sie einige Zeit später öffnete, hatte seine Iris ihre gewöhnliche sturmgraue Farbe wieder angenommen. Er lehnte sich in das Sofa zurück und sah aus dem Fenster in den bewölkten Himmel. Ich bemerkte, dass Frau Wetterberg mich beobachtete, und nahm schnell einen Schluck Limonade. Gedankenverloren führte Spike sein Glas an die Lippen und trank. Er krampfte nicht mehr und seine Iris verfärbte sich auch nicht. „Was könnte er nur wollen?", murmelte er abwesend vor sich hin.

„Mach dir darüber jetzt keine Gedanken, noch ist nichts passiert."

Der Vampir sah Frau Wetterberg nicht an, sein Blick war immer noch auf den Himmel gerichtet. „Ja, noch ist nichts passiert", wiederholte er. Allmählich fühlte ich mich unwohl. Diese Frau war sehr merkwürdig, und außerdem war die komplette Situation absurd und bizarr. Spike verstummte und nippte erneut an seinem Becher. Gemütlich lehnte er sich wieder ins Sofa zurück. Er schien sich hier wirklich wohlzufühlen. Ich trank meine Limo aus und stellte das leere Glas auf den Tisch. Der Nachmittag schien aus Schweigen zu bestehen.

Als Spike ausgetrunken hatte, sah er mich an. „Willst du gehen?", fragte er mich.

Frau Wetterberg nickte. „Tschüss, ihr zwei!" Wir verabschiedeten uns ebenfalls und gingen zurück zum Ferrari.

„Du findest sie etwas seltsam, richtig?", fragte er mich.

„Ja, sie ist komisch." Spike lachte. „Sie ist trotzdem eine nette Frau", fügte ich hastig hinzu.

„Ach, Irina, natürlich ist sie komisch. Sie kennt einen Vampir und lebt allein, da muss man doch merkwürdig werden."

„Na danke!", schnaubte ich.

„Hey, du bist weder alt noch allein, du kannst nicht merkwürdig sein. Aber sie ist eine ganz besondere Frau. Sie war für mich da und hat mich aufgebaut, als ich am Boden war. Ich habe sie im Krankenhaus kennengelernt, nachdem ich dort eingeliefert worden war, weil man dachte, ich sei tot." Er drückte auf den Knopf des Autoschlüssels und der Wagen gab ein Piepen von sich.

„Sie bedeutet dir also wirklich etwas", stellte ich fest.

Spike lächelte. „Ja, das tut sie."

Nachdem wir eingestiegen waren, steuerte Spike weder sein noch mein Zuhause an, sondern fuhr geradewegs auf den Friedhof zu.

„Wieso fährst du dorthin?", fragte ich.

„Du hattest deiner Mutter versprochen, mit mir noch einmal zu ihrem Grab zu kommen." Sein Blick war leicht vorwurfsvoll.

„Ja, gestern habe ich es versprochen", erinnerte ich mich.

„Du wolltest, dass sie mich besser kennenlernt und mir vergibt." Ich nickte langsam.

Wir kamen am Friedhof an und er parkte dort, wo er auch bei der Beerdigung geparkt hatte. Als wir an der kleinen Kapelle vorbeikamen, war der aufgebahrte Sarg vom vorherigen Tag verschwunden. Wir schlenderten durch die Reihen und kamen schließlich am Grab meiner Mutter an. Der Engel Gabriel stand beeindruckend und mit ausgestreckter Hand da. Spike sah ihn spöttisch an.

„Willst du das Grab meiner Mutter beleidigen oder warum starrst du es so an?", fragte ich gereizt.

„Nein, es ist nur ... Ich halte nichts von diesem Engel."

„Und warum hast du ihn dann ausgewählt?"

„Weil er edel aussieht."

„Weil er edel aussieht? Na ja, das stimmt." Ich betrachtete Gabriel und nickte anerkennend. Spike trat neben den Marmorengel und strich mit der Hand über den weißen Marmor.

„Dieser Marmor ist sehr selten. Und teuer", fügte er hinzu.

„Willst du angeben?"

„Ein bisschen vielleicht." Er grinste. „Willst du für einen Moment allein sein?", fragte er schließlich.

„Ja, ich rufe dich, wenn ich fertig bin." Er ging davon. Zögernd wandte ich mich wieder der Ruhestätte meiner Mutter zu. „Spike glaubt nicht an Gott oder Engel, er wollte einfach nur, dass du ein prächtiges Grab hast. Auch die Urne, in der du ruhst, ist mit feinster Seide gepolstert, damit du es bequem hast. Es ist wohl an der Zeit, dass ich dir erzähle, was sein Geheimnis ist. Mama, Spike ist ein Vampir. Er ist aber trotzdem okay." Ich warf einen Blick über die Schulter und sah zu Spike, der einige Meter entfernt bei einem schlichten Grab stehen geblieben war. „Ich vermisse dich so schrecklich! Es gibt Momente, in denen ich vergesse, dass du tot bist, aber dann versetzt es mir einen scharfen Stich, wenn mir klar wird, dass du nie mehr wiederkommst." Ich wischte mir die Augen. „Spike." Ich flüsterte seinen Namen nur, denn ich wusste, dass er mich hören konnte.

Elegant und geschmeidig glitt er durch die Grabreihen und stellte sich hinter mich. „Willst du auch allein mit ihr reden?" Ich hatte erwartet, dass er es für lächerlich halten würde, doch er nickte. Ich entfernte mich einige Schritte und entdeckte inmitten der Reihen ein Kindergrab. Es fühlte sich plötzlich so an, als läge ein Stein in meinem Magen. Ich las:

Tammo Eserman
* 04.11.2000 † 17.01.2001

Mir stockte der Atem. Der Junge war gerade mal drei Monate alt gewesen, als er starb. Die armen Eltern. Auf dem Grabstein klebte das Foto eines Babys. Es hatte große hellblaue Augen und eine zarte weiße Haut. Es lachte zufrieden in die Kamera. Ein Schauder durchfuhr mich. Wie musste es sich wohl anfühlen, ein drei Monate altes Baby zu verlieren? Ich wandte meinen Blick ab und bemerkte, dass es genau dasselbe Grab war, an dem Spike zuvor ebenfalls gestanden hatte.

„Komm zu mir, Irina." Spikes Stimme hatte einen merkwürdigen Unterton.

Ich ging zu ihm und wartete darauf, dass er etwas sagte. „Lass uns zum Auto gehen", brachte er schließlich heraus. Ich nickte stumm und wir machten uns auf den Rückweg. Als er wieder hinter dem Steuer saß, wirkte sein Gesichtsausdruck verbittert. Hatte er Schuldgefühle?

„Spike?", fragte ich vorsichtig. Er antwortete nicht. „Ist irgendwas?" Immer noch bekam ich keine Antwort.

Eine Woche später verkündete Spike, dass wir Frau Wetterberg erneut besuchen würden. Ich hatte nichts dagegen, auch wenn mir diese alte Dame noch immer ein wenig unheimlich war. Als wir an ihrer Haustür ankamen und klingelten, machte niemand auf. Spike sah misstrauisch zum Fenster hoch. Seine Augen verengten sich. „Da stimmt was nicht." Er drückte gegen die schwere Holztür, deren Schloss nachgab und die sich mühelos aufdrücken ließ. Spike sprang die Stufen zum dritten Stock hinauf. Ich folgte ihm. Die Wohnungstür stand offen. Ich ging hinein und fand ein schreckliches Chaos vor. Langsam ging ich ins Wohnzimmer und erschrak.

Spike war über einen schlaffen Körper gebeugt. Als er sich wieder aufrichtete, stand ihm unverhohlener Zorn ins Gesicht geschrieben. „Sie ist tot", zischte er zwischen zusammengebissenen Zähnen hervor.

Als er wutentbrannt ans Fenster trat, konnte ich den erschlafften Körper von Frau Wetterberg sehen. Ihre Augen waren geschlossen. Unwillkürlich tauchten vergangene Bilder vor meinem geistigen Auge auf: der leblose Körper meiner Mutter auf dem Boden im Wohnzimmer liegend. Plötzlich umschlossen Spikes Arme meinen Körper. Ich schüttelte den Kopf, um die schmerzlichen Erinnerungen loszuwerden, doch es gelang mir nicht. „Irina!" Ich hörte Spikes Stimme, als wäre eine Wand zwischen uns. Etwas Nasses rollte meine Wange hinunter, Kälte durchfuhr meinen gesamten Körper. Ich zitterte. Glühende Hände fingen mich auf, als sich der schwarze Abgrund vor mir auftat. Schließlich wurde ich von Dunkelheit eingehüllt.

„Irina!" Als ich die Augen öffnete, schien der Boden zu beben. „Irina, was ist los?" Spikes Stimme drang durch den Schleier, der ansonsten jegliche Geräusche abschirmte. Blind griff ich ins Leere. Nach einigen verzweifelten Versuchen fühlte ich etwas Warmes, das meine Finger sanft umschloss. „Komm zu dir." Seine Stimme wurde leiser und dumpfer anstatt klarer. Heiße Flüssigkeit rann mir den Nacken hinunter. „Du musst aufstehen, Irina!" Jetzt war Spikes Stimme eindringlicher. Aber war das wirklich Spikes Stimme? War das wirklich die Stimme eines rasenden Vampirs? Nein, es war die Stimme eines besorgten Engels. Hilfe suchend wandte ich den Kopf hin und her, doch immer noch war ich mit Blindheit geschlagen.

„Irina", flüsterte der Engel, „bitte steh auf, du musst aufstehen." Verzweifelt starrte ich ins Leere, doch ich konnte nichts sehen.

„Frau Kolb?" Das war nicht die Stimme des flehenden Engels, das war die Stimme eines Fremden! Ich schlug um mich, wollte die warmen Hände loswerden, die versuchten, meinen Puls zu messen.

„Frau Kolb, bitte! Können Sie mich hören?"

„Irina." Da war er wieder, der Engel.

„Hilfe." Meine Stimme war schwach und brüchig.

„Ich bin da, Irina, ich bin da!", war die Antwort des Engels, der immer verzweifelter klang.

„Frau Kolb? Irina Kolb? Ich muss Sie untersuchen, bitte hören Sie auf, um sich zu schlagen."

Doch ich wollte nicht auf diese fremde Stimme hören. Glühende Hände drückten mich mit sanfter Gewalt zu Boden. Ich spürte einen Stich in meinem linken Oberarm. Vor Schreck keuchte ich auf.

„Irina, ganz ruhig." Die Engelsstimme.

Ich beruhigte mich für einen Moment, doch ich konnte immer noch nichts sehen.

***

Plötzlich ertönten die Worte des Engels in meinem Kopf: „Bleib ruhig liegen, Irina. Es passiert dir nichts. Ich bin bei dir." Das kannte ich bislang nur von Spike.

***

„Sie werden jetzt einen etwas unangenehmen Druck am Oberarm spüren", erklärte die fremde Stimme.

***

„Das ist ein Arzt, Irina, er untersucht dich. Hab keine Angst."

***

Ich blieb einfach liegen. Blind starrte ich in das schwarze Nichts und ließ alles über mich ergehen.

***

„Hast du Schmerzen?" Ich antwortete dem Engel nicht. „Hast du Schmerzen?", fragte er eindringlicher.

„N...nein", sagte ich immer noch mit brüchiger Stimme.

„Hast du irgendwelche Beschwerden?"
„I...ich ... kann ... n...nichts ... sehen", brachte ich mühsam hervor.

***

„Was haben Sie gesagt?", fragte der Fremde. Offensichtlich hatte ich meinen letzten Satz nicht nur in Gedanken, sondern auch laut ausgesprochen.
„Sie kann nichts sehen", antwortete der Engel. Die Stimme war nicht mehr nur in meinem Kopf, sondern real.
„Nichts sehen?" Der Fremde, der wohl der Arzt war, klang ratlos. „Frau Kolb? Wir bringen Sie jetzt ins Krankenhaus." Die glühende Hand, die mich sanft am Arm hielt, verkrampfte sich leicht. „Sind Sie damit einverstanden?" Diese Frage schien nicht an mich gerichtet zu sein, denn der Fremde sagte: „Gut." Der Druck der Hand löste sich von meinem Arm und der Boden unter mir begann, heftig zu ruckeln. Nach einer Weile schlug mir schneidende Kälte gegen den Körper, die jedoch schnell einer wohligen Wärme wich. Lautes Sirenengeheul ertönte und es ruckelte erneut.
„Sie sollten sich einen Anwalt nehmen", sagte eine weitere fremde Stimme.
„Ich habe sie nicht getötet, diese Frau war wie eine Familie für mich." Der Engel schien sauer zu sein, denn sein Tonfall klang hart. Noch mehr Geruckel und etwas, das wie Fußgetrappel klang.
„Patientin mit Platzwunde am Hinterkopf, außerdem beklagt sie sich darüber, dass sie nichts mehr sehen kann." Der Fremde sprach schnell.
„Wir sollten sie erst mal gründlich untersuchen. Doktor Klein, informieren Sie Doktor Gerst, er soll sich gleich mal ihre Augen ansehen. Tut mir leid, aber Sie können hier nicht rein!" Eine forsche Frauenstimme hatte die ganze Zeit über geredet, doch jetzt wurde ihr Wortschwall von der wütenden Engelsstimme unterbrochen.
„Sie glauben gar nicht, wie sehr ich da rein kann!"
„Nein, entschuldigen Sie, aber dies ist die Notaufnahme."
Notaufnahme. Dieses Wort klang, als wäre es gefährlich. Augenblicklich begann ich wieder, um mich zu schlagen.
„Halten Sie sie fest!", rief die Frauenstimme.

„Irina." Beruhigend sprach der Engel auf mich ein. „Irina, Schatz, hör auf, ich bin bei dir." Die glühende Hand berührte meine Wange. Ich hielt still. Solange dieser Engel bei mir war, fühlte ich mich sicher.
„Lassen Sie mich jetzt endlich rein?"
Die forsche Frauenstimme schwieg.
„Alles wird gut, ich bleibe bei dir." Der Engel war jetzt also bei mir und würde auch bleiben. Das war gut ...
Dann fiel mir etwas ein und ich erschrak. Was würde Spike wohl dazu sagen, wenn er herausfand, dass ich mich bei diesem Engel geborgen fühlte? Die Stimme in meinem Kopf lachte. Wieso lachte sie?

***

„Irina, ich bin es, Spike. Aber es amüsiert mich, dass du mich für einen Engel gehalten hast."
Ich hatte mich nicht getraut, dem Engel in Gedanken zu antworten aus Angst, Spike könnte mich hören. Doch jetzt, wo ich wusste, dass es Spike war, rang ich mich zu einer Antwort durch.
„Spike, was ist mit mir? Warum kann ich nichts sehen?"
Er antwortete nicht sofort. „Ich denke, das ist bloß der Schock."
„Und was meinen die Ärzte?" Erst jetzt realisierte ich richtig, dass ich mich in einem Krankenhaus befand.
„Sie haben dich noch nicht untersucht, aber es dauert sicher nicht mehr lange."

***

Das beruhigte mich nicht. Meine Gedanken waren klar, doch die Panik zog mir immer noch die Brust zusammen.
„Sie müssen jetzt wirklich gehen", drängte auf einmal die forsche Frauenstimme. „Hören Sie, Sie können wirklich nicht mit reinkommen."
„Ich werde aber mitkommen! Sie ist meine Freundin, ich will bei ihr sein!" Spikes Stimme klang verärgert.
„Tut mir leid. Wenn Sie nicht sofort hier rausgehen, dann muss ich den Sicherheitsdienst rufen."
Spike schnaubte. „Den Sicherheitsdienst", knurrte er. Widerwillig löste sich die warme Hand von meiner.

***

„Spike!", schrie ich in Gedanken.
„Sobald sie dich untersucht haben, komme ich, versprochen."

***

Ich spürte, wie ich hochgehoben und auf etwas Weiches gelegt wurde.
„Die Wunde muss genäht werden", sagte die forsche Frauenstimme. Genäht? Die wollten mir mit Nadel und Faden eine Wunde zunähen? Sofort begann ich wieder, wild um mich zu schlagen. Ich war kein Kleidungsstück, das man je nach Belieben wieder flicken konnte. „Jetzt geht das wieder los! Frau Kolb, wenn Sie nicht aufhören, um sich zu schlagen, dann verlieren Sie eine Menge Blut. Eine Platzwunde hört nicht einfach so auf zu bluten." Verbissen schlug ich weiter um mich. Spike war nicht mehr da, das hieß, niemand konnte mich beschützen. „Verdammt, jetzt halten Sie doch still!" Mehrere Hände packten mich und versuchten, mich festzuhalten, doch das versetzte mich nur noch mehr in Panik. Ich stieß entsetzte und abgehackte Rufe aus.

***

Nach einer halben Ewigkeit meldete sich Spike in meinem Kopf. „Was ist los? Warum schreist du so rum?"
„Sie wollen meine Wunde zunähen!"
„Das müssen sie doch auch! Sie haben die Blutung mithilfe eines Druckverbands gestoppt. Und jetzt müssen sie die Wunde nahen, damit sie schneller heilen kann."
„Aber das wird noch mehr wehtun! Ich hab Angst."
„Sie hält still, geben Sie ihr die Spritze", drang auf einmal wieder die Stimme der Ärztin in mein Bewusstsein.
„Spritze? Spike!"
„Beruhige dich, Irina!"
„Spike, ich ... ich ..." Dunkelheit umfing mich, schlimmer als zuvor.

***

„Irina! Wach auf!"

Heiße Lippen brannten auf meinem Handrücken. Ich schlug die Augen auf. Dunkelheit. „Spike?" Ich tastete in der Luft nach seinem Gesicht. Eine glühende Hand ergriff die meine und hielt sie an seine Wange.

„Ich bin hier."

„Was ist mit mir passiert? Und warum kann ich immer noch nichts sehen?"

„Du bist in der Wohnung von Frau Wetterberg zusammengebrochen und auf den Hinterkopf gefallen. Du hast eine Platzwunde und viel Blut verloren. Aber die Ärzte können sich noch nicht erklären, warum du nichts sehen kannst. Deine Augen werden nachher untersucht."

„Okay. Bleibst du bei mir?" Ich lächelte matt.

„Ich möchte dir gerne etwas sagen, Irina. Und gleichzeitig ist es eine Frage." Spike zögerte kurz, bevor er fortfuhr. „Egal, was auch passiert, ich bin bei dir. Ich liebe dich, auch wenn ich es dir körperlich noch nicht richtig zeigen konnte. Wenn dir etwas passieren sollte, könnte ich mir das nie verzeihen. Deshalb frage ich dich jetzt: Solltest du jemals im Sterben liegen, soll ich dich dann zu dem machen, was ich bin?"

Mir wurde flau im Magen. Ich tastete nach Spikes Hand und antwortete aufrichtig: „Nein." Ich konnte zwar sein Gesicht nicht sehen, aber ich ahnte, dass es bedrückt aussehen musste.

„Warum nicht?" Seine Stimme klang ruhig, doch ich konnte den Schmerz darin hören.

„Ich will nicht töten müssen, um meinen Durst zu stillen."

„Wenn du stirbst, werde ich mit dir sterben, Irina."

Ich bemerkte, dass es ihm mit diesem Entschluss ernst war. „Aber noch lebe ich."

„Und so soll es bleiben."

Ich hörte, wie eine Tür aufging. Ein Arzt kam herein und stellte sich als Doktor Gerst vor. Er fragte mich, wie es mir gehe. Ich traute mich zunächst nicht zu antworten. Erst, als Spike aufmunternd meine Hand drückte, sagte ich: „Ich kann nichts sehen."

Für einen Moment herrschte Stille, bis der Arzt sprach. „Gut, ich werde Sie in einen anderen Raum zur Untersuchung bringen. Könnten Sie sie in den Rollstuhl heben?", wandte er sich an Spike.

„Klar." Ich spürte, wie ich hochgehoben wurde, und einen Augenblick später saß ich in einem Rollstuhl. Spike schob mich darin durch die Gänge des Krankenhauses. Nach einer Weile meldete sich die Stimme des Arztes: „Sie kennen dieses Gerät wahrscheinlich vom Augenarzt, Ihr Freund wird Ihr Kinn jetzt auf eine kleine Ablage legen. Bitte folgen Sie meinen Anweisungen."

Nach der Untersuchung, deren Ergebnisse von den Ärzten noch ausgewertet werden mussten, waren wir auf dem Weg zurück in mein Krankenzimmer, als ich Spike die Frage stellte, die mich beschäftigte: „Glaubst du, ich werde je wieder sehen können?"

„Wenn die Diagnose Blindheit lautet, dann werde ich dir dein Augenlicht wiedergeben."

Ich war überrascht. „Jetzt sag mir nicht, dass du das auch kannst!"

„Doch, wenn es wirklich notwendig ist."

Der Rollstuhl hielt kurz an und ich konnte eine Türklinke hören, die heruntergedrückt wurde. Wir waren angekommen. Er hob mich hoch und legte mich auf etwas Weiches. Ich war so müde und wollte nur schlafen ...

Plötzlich drang eine Stimme in mein Bewusstsein, doch ich verstand nicht, was sie sagte. Sie schien eine andere Sprache zu sprechen. Darauf ertönte eine weitere Stimme, die sehr wütend klang. Eine Tür schlug zu. Ich öffnete die Augen. Das Zimmer war verschwommen, doch ich konnte einen blonden Haarschopf erkennen. „Spike?" Ein Knurren. Ich weitete die Augen ein wenig, um besser sehen zu können. Endlich, nach einer guten halben Minute, gewöhnten sie sich an das Licht, und die Bilder wurden schärfer. „Spike?", wiederholte ich. Diesmal drehte er sich um. Sein Gesicht glich einer blutrünstigen Bestie. „Was ist los?", fragte ich verwirrt.

„Nichts, es ist alles in Ordnung. Wie geht es dir?"

„Gut. Aber mit dir ist nicht alles in Ordnung, du siehst aus, als würdest du den Nächsten anfallen, der durch diese Tür kommt." Ich wies auf die Zimmertür. Für einen Moment wich die Wut aus seinem Gesicht und machte Erstaunen Platz.

„Du kannst wieder sehen?"

„Ja, scheint so. Wo bin ich überhaupt?" Ich sah mich neugierig um.

„Ich habe dir ein Einzelzimmer geben lassen. Aber eins, wo du wirklich ungestört bist."

„Was hat es gekostet?", fragte ich frech.

„Das geht dich nichts an!", erwiderte Spike nüchtern.

„Und warum warst du jetzt so sauer?" Als hätte ich auf einen Knopf gedrückt, verwandelte sich sein Gesicht wieder in eine wutverzerrte Fratze.

„Ein Arzt sollte deine Ergebnisse vorbeibringen. Dann stand auf einmal Doktor White hier im Zimmer."

„Adrians Vater?" Ich konnte meine Überraschung nicht verbergen. „Ich wusste gar nicht, dass er in einem Krankenhaus arbeitet. Aber warum bist du so wütend?"

Spike schwieg für einen Moment. Dann sagte er: „Doktor White hat mir gerade verkündet, dass mit deinen Augen alles in Ordnung ist, da huschte ihm ein Gedanke durch den Kopf." Er biss die Zähne aufeinander. „Wortwörtlich wiedergegeben dachte er: *Noch geht es deiner kleinen Freundin gut, aber du solltest dich nicht zu sehr darauf verlassen, dass es immer so bleiben wird.*" Spikes Gesichtszüge verhärteten sich noch mehr.

„Ich dachte, Doktor White würde nicht zu seinem Sohn stehen? So kam es mir jedenfalls vor, als ich ihn damals zusammen mit Jessi ..." Ich brach ab, wusste ich doch, dass ich jeden Grund hatte, sauer auf meine beste Freundin zu sein, dennoch schmerzte diese längst vergangene Erinnerung.

„Doktor White hat Angst vor seinem Sohn, denn er weiß genau, dass er ein mächtiges Rudel anführt. Auch wenn er nicht weiß, dass dieses Rudel dank mir nicht mehr auf Adrian hört." Ich erinnerte mich an Adrians wütende Worte: „Du Idiot! Dachtest du wirklich, ich würde mich nicht an dir rächen, nach dem, was du mir angetan hast? Wegen dir gehorcht mir mein Rudel nicht mehr!"

„Er sagte es an dem Tag, an dem er ... äh ... sein Rudel ihm nicht mehr gehorchen wollte und du schuld daran wärst." Plötzlich verschwand alle Wut aus Spikes Gesicht. Er setzte sich neben mich ans Bett und schloss mich in seine Arme. „Bitte vertrag dich wieder mit Marco, Spike. Er liebt Jessi, na und? Er war doch auch nicht so, als er wusste, dass du mich liebst. Im Gegenteil, er war damit mehr als einverstanden." Spike antwortete mir nicht. „Außerdem ist dein Plan doch sowieso schiefgegangen, da kannst du dich doch wohl wieder mit ihm vertragen."

„Das ist nicht so einfach!" Er hatte mich losgelassen. „Wenn ich einmal Hass auf jemanden verspüre, kann ich ihn nicht so einfach wieder vergessen."

„Das Leben eines Vampirs ist wohl doch nicht so leicht, was?"

„Nicht so leicht, wie du es dir vielleicht vorgestellt hast."

Die Tür ging auf und Doktor White betrat das Zimmer. „Oh, wie ich sehe, geht es dir besser. Du kannst also wieder vollständig sehen?"

„Ja", antwortete ich zögernd.

„Gut. Spike, Füße vom Bett!"

Spike ließ ein drohendes Knurren hören. „Vorsicht, alter Mann, soweit ich weiß, ist Ihre Unsterblichkeit vorbei!"

„Noch nicht ganz, sieben Jahre hab ich noch", erwiderte Doktor White schnippisch. „Ich gebe Bescheid, dass es dir wieder gut geht. Oh. Und bevor ich es vergesse, du hast wahrscheinlich eine Gehirnerschütterung. Du kannst gerne noch etwas hierbleiben und dich ausruhen, bevor du nach Hause gehst." Doktor White verließ das Krankenzimmer.

„Willst du gehen?", fragte Spike und erhob sich.

„Ja, in zehn Minuten. Ich möchte mich noch ein bisschen ausruhen."

Wir saßen in Spikes Auto. Er hatte das Fenster leicht geöffnet, damit frische Luft in den Wagen kam. Es war bereits dunkel und nur die Straßenlaternen beleuchteten den Weg.

„Wann kommt dein Vater von seiner Geschäftsreise wieder?", fragte er mich.

„Montag oder Dienstag, wieso?"

„Du brauchst Ruhe. Du wirst so lange im Bett bleiben, bis deine Gehirnerschütterung weg ist." Wir kamen an seinem Haus an.

„Geh schon mal rein, ich fahre den Wagen in die Garage." Spike reichte mir den Schlüssel und ich stieg aus. Während er das Auto in die Tiefgarage fuhr, schloss ich die Haustür auf. Drinnen war es dunkel. Als ich das Licht anmachen wollte, funktionierte es nicht.

„Verdammt! Wo hat Spike bloß den Sicherungskasten?" Ich ging ins Wohnzimmer. Auch hier gab es kein Licht.

„Du kannst so lange, wie du willst, am Lichtschalter rumfummeln, das Licht wird trotzdem nicht angehen." Ich erstarrte. Ein Streichholz flammte auf und eine Kerze wurde angezündet, die das

Zimmer in mattes Licht tauchte. Adrian stand neben dem Wohnzimmertisch. Sein langer schwarzer Ledermantel hing über der Rückenlehne des Sofas. „Bist du überrascht, mich zu sehen? Nun, wie ich gehört habe, warst du im Krankenhaus bei meinem Vater. Der Blutsauger soll ziemlich ausgerastet sein." Adrian lachte.

„Woher weißt du das alles?", fragte ich panisch.

„Oh. Das war ganz einfach rauszufinden. Doktor Gerst, der Arzt, der deine Augen untersucht hat, steht unter meinem Befehl."

„Ist er etwa auch ein Werwolf?"

„Nein, du Dummerchen, natürlich nicht! Ich habe ihn erpresst. Er hat eine Frau und zwei Kinder, er steht mir liebend gerne als Informant zur Verfügung." Er grinste böse.

„Irina?", ertönte Spikes Stimme an der Tür.

„Hier!" Ich traute mich nicht, ihm zu sagen, dass Adrian hier war, aus Angst, Adrian würde mir etwas tun. Eigentlich hätte ich Schritte hören müssen, doch Spike glitt lautlos über den Boden der Diele.

Adrian sah gelassen aus.

Die Silhouette des Vampirs tauchte im Türrahmen auf. „Was machst du hier, Adrian? Und wie bist du hier reingekommen?" Ich konnte seinen Gesichtsausdruck nicht sehen, da das Licht der Kerze nicht bis zu ihm reichte.

„Oh, das war ganz einfach. Während ihr zwei Hübschen im Krankenhaus wart, habe ich mir mal dein Haus genauer angesehen und ein offenes Kellerfenster entdeckt. Dadurch bin ich eingestiegen. Also hat mich eigentlich deine eigene Dummheit hereingelassen. Hättest du das Kellerfenster geschlossen, wäre ich nie in dein Haus gekommen."

„Schön, dann weiß ich jetzt, dass ich meine Fenster nicht mehr offen lasse. Und was willst du hier?"

„Eigentlich hatte ich gehofft, nur Irina anzutreffen, aber leider", er betonte die letzten beiden Worte, „bist du auch hier."

Im Schein der Kerze konnte ich Adrians wutverzerrtes Gesicht sehen. Nach einigen Augenblicken jedoch entspannte es sich wieder. „Nun gut, es passt mir zwar nicht sonderlich, dass du auch aufgetaucht bist, Blutsauger, aber was soll's? Jetzt kannst du auch hören, was ich zu sagen habe." Spike rührte sich nicht. „Ich will euch einen Deal vorschlagen."

Spike schnaubte. „Ich verhandle nicht mir dir, Adrian! Und jetzt raus hier!" Die Kerze erlosch.

„Oh. Da scheint jemand sauer zu sein", spottete Adrian.

„Es wird nicht mehr lange dauern, dann wirst du Geschichte sein, Adrian White!", entgegnete Spike ihm finster.

„Meinst du? Oh, ich glaube, dass ich noch eine lange und glorreiche Zeit vor mir habe. Denn genau wie du bin ich unsterblich." Adrian lachte leise und griff nach seinem Mantel. Spike knurrte wütend, als Adrian an ihm vorbeiging und zur Haustür hinaus entschwand. Spike drückte auf den Lichtschalter und es wurde hell im Raum.

Ich stand immer noch wie erstarrt da. Es war noch nicht lange her, da war meine Mutter beerdigt worden, weil Adrian sie ermordet hatte. „Welchen Deal wollte er mit uns machen?", fragte ich immer noch starr vor Schreck.

„Ich weiß es nicht, aber ich bin daran nicht interessiert."

„Wieso nicht? Vielleicht wäre dieser Deal nützlich?"

Spike sah mich eindringlich an. „Adrian würde sich an eine Abmachung mit mir nicht halten."

Plötzlich pochte ein heftiger Schmerz in meinem Kopf. „Au! Mein Kopf", entfuhr es mir.

Der eindringliche Blick von Spike verwandelte sich in einen besorgten. „Du solltest dich hinlegen." Er legte eine Hand an meinen Rücken und schob mich sachte zum Schlafzimmer.

Mit einem Gefühl, als würde mein Kopf explodieren, befolgte ich seinen Vorschlag. „Kommt Adrian hier rein?"

„Er wird dieses Haus nicht mehr betreten. Schlaf jetzt, ich gehe nach oben. Wenn etwas sein sollte, ruf mich." Er verließ das Schlafzimmer.

Ich lag reglos im Bett. Der Schock saß mir immer noch in den Knochen und hielt mich wach. Als ich auf den Wecker sah, zeigte er halb zwölf. Die Kopfschmerzen waren zwar etwas besser geworden, doch immer noch schien der Schmerz meinen Schädel spalten zu wollen. Ich setzte mich auf und hielt mir die Stirn. Doktor White hatte mir keinerlei Medikamente mitgegeben. Ich stand auf und ging ins Badezimmer. Als ich den Medizinschrank öffnete, war er leer. „Das darf doch nicht wahr sein", stöhnte ich. Ich ging zur Treppe und stieg hinauf. „Spike?", rief ich. Aber alle Türen im oberen Stock waren geschlossen und hinter keiner von ihnen war er zu finden. „Ich brauche eine Kopfschmerztablette oder ich sterbe!" Schwankend ging ich zurück zur Treppe. Wo war er? Während ich die Stufen hinuntertorkelte, überlegte ich, wo er wohl stecken mochte.

INGRID

Jetzt, wo ich nicht mehr im Krankenhaus war, kehrte die Wut zurück. Sie war getötet worden und es war kein magisches Wesen gewesen. Ich sprang vom Dach eines Hauses und landete elegant vor Ingrids Zuhause. „Du hättest niemals Blut von ihr nehmen dürfen", schoss es mir durch den Kopf. Ich drückte die Haustür auf und sprang die Stufen in den dritten Stock hoch. Die Wohnung war mit einem Polizeisiegel verschlossen worden.

„Verdammt!" Ich sah mich um und drückte die Tür auf, das Siegel gab sofort nach. Als ich das Wohnzimmer betrat, fand ich, wonach ich suchte. Ein kleines Messer lag halb verborgen unter einer alten Kommode. Blut klebte an der Klinge. Nach einem tiefen Atemzug war mir klar, dass es sich nicht nur um Ingrids Blut handelte. Es würde für mich ein Leichtes sein, den Mörder ausfindig zu machen. Der Geruch des fremden Blutes hatte sich in mein Gedächtnis eingeprägt.

Etwas regte sich vor der Wohnungstür. Mir drang der Geruch eines Verbands in die Nase. Wieso kehrte der Täter an den Tatort zurück? Seine Schritte näherten sich langsam und vorsichtig dem Wohnzimmer. Der Atem des Mannes ging in unregelmäßigen, hektischen Stößen. Meine Sinne schärften sich, die Instinkte eines unberechenbaren Jägers waren geweckt. Dieser Mann würde definitiv die zweite Leiche in diesem Haus werden! Er betrat das Wohnzimmer. Seine blinden Augen suchten in der Dunkelheit. Ich zog das Messer unter der Kommode hervor und trat dem Eindringling entgegen.

„Suchst du das hier?" Ich hielt das Messer hoch.

Der Mann sah mich entsetzt an. „Wie hast du das so schnell gefunden?", fragte er nervös.

„War nicht besonders schwer. Warum hast du sie umgebracht?"

„Das war ein Unfall! Ich wollte die Frau nicht töten! Ich wollte doch nur ihren Schmuck!"

Ich brüllte auf und der Mann zuckte zusammen. „Dann wird das hier auch ein Unfall sein!"

„Nicht! Ich habe drei Kinder."

„Lügner! Du besitzt nicht ein einziges Kind!"

„Hör mal, du willst doch nicht schon in deinen jungen Jahren im Gefängnis enden?"

„Oh. Ich werde nicht ins Gefängnis kommen. Ich werde ganz normal weiterleben." Meine Eckzähne wurden länger und ein böses Funkeln trat in meine Augen. „Adieu, Unbekannter!"

Blut bespritzte die Wände, als sich meine Zähne in die Kehle des Mannes bohrten. Sein Schrei blieb ihm im Hals stecken. Als er zu Boden sank, begutachtete ich seine zerfetzte Schlagader. Meine Rache war vollzogen, jetzt konnte ich mich um Ingrids Begräbnis kümmern.

EIN ALBTRAUM

Mein Kopf rebellierte. Es fühlte sich an, als habe mein Gehirn beschlossen, mehr Platz zu brauchen. Während ich mich an die Rückenlehne der Couch klammerte, versuchte ich, gegen die Ohnmacht anzukämpfen. Ein Schlüssel drehte sich im Schloss und eine Tür wurde geöffnet. „Spike?" Meine Stimme war bloß ein Flüstern.

„Irina?" Wieder konnte ich seine Schritte nicht hören. Plötzlich stützten mich glühende Hände. „Was ist los, wieso bist du nicht im Bett?"

„Ich ... ich konnte nicht schlafen, weil ich solche Kopfschmerzen habe. Als ich nach dir gerufen habe, hast du nicht geantwortet, wo warst du?"

Er antwortete nicht sofort, sondern half mir zuerst aufs Sofa. „Ich war in Sachen Wetterberg unterwegs." Auf Spikes Gesicht trat ein liebevoller Ausdruck.

„Hast du eine Kopfschmerztablette?"

„Nein, ich habe keine Medikamente hier", gestand er.

„Spike, mein Schädel ist dabei zu zerbersten!" Ich hielt diesen Schmerz keine Sekunde länger aus.

„Ganz ruhig, Irina, ich bringe dich jetzt erst mal ins Bett und dann kümmere ich mich um deine Kopfschmerzen." Er trug mich ins Schlafzimmer und legte mich behutsam aufs Bett. Während er sich neben mich legte, spürte ich die Hitze, die von seinem Körper ausging. Allmählich ließ der Schmerz nach. Meine Augenlider wurden schwer und ich spürte, wie der Schlaf mich übermannte. Träume von einem gigantischen schwarzen Wolf mit intensiv blauen Augen verfolgten mich. Sein Fell wirkte dicht und weich, und es weckte das Verlangen in mir, es zu berühren. Bevor ihn meine Hand jedoch berühren konnte, knurrte etwas hinter mir. Als ich mich umdrehte, stand ein großer Tiger vor mir. Seine gelben Augen sahen mich warnend an. Der Wolf trat neben mich und fletschte die Zähne. Ein Ruck ging durch den kräftigen Raubtierkörper und der Tiger setzte zum Sprung auf den Wolf an. „Aufhören!", rief ich, doch das kämpfende Paar hörte nicht.

„Du wirst sie nicht in die Finger bekommen!" Der Tiger sprach eindeutig mit Spikes Stimme.

„Es war ihre Entscheidung!", knurrte der Wolf mit Adrians Stimme.

„Ach ja?", knurrte der Tiger.

„Hört auf!", rief ich dazwischen.

Die schwere Pranke des Tigers traf den Wolf hart an der Flanke. „Spike, du tust ihm weh!" Ich war vorgesprungen und hatte den Tiger am Schwanz gepackt.

„Warum tust du das?", fauchte er wütend und riss seinen Schwanz los. „Er hat dich verführt!" Die gelben Augen des Tigers funkelten mich wütend an.

Ich schreckte hoch. Schweißgebadet sah ich mich in der Dunkelheit um. Mein BH klebte mir an der Brust und auch meine Haare lagen schweißnass auf Rücken und Schultern. Mein Herz pochte wild und ich versuchte, die Panik zu unterdrücken, die sich mit einem Schrei aus meiner Kehle befreien wollte. Ich zitterte und Schweißperlen bahnten sich nun ihren Weg von meiner Stirn bis zu meinem Kinn. Eine heiße Hand packte mich am Arm und ich schrie, bis alle Angst gewichen war. Die starke Hand zog mich an einen muskulösen Körper. Sofort klebte meine nasse Haut an ihm.

„Irina!" Eine besorgte Stimme drang an mein Ohr. „Was ist los?" Ich keuchte und krallte mich an Spikes Arm. „Irina, was ist mit dir?" Meine Gedanken überschlugen sich, während er sich damit abmühte, mich zu beruhigen. „Hattest du einen Albtraum?" Ich schüttelte den Kopf.

Mühsam stieß ich hervor: „Als du weg warst, war er hier."

RACHE, WUT UND VERZWEIFLUNG

——O———————O——

In ihren Gedanken sah ich es. Adrians Gesicht tauchte klar und deutlich vor meinem geistigen Auge auf. Flammen tanzten in meinen Eingeweiden und meine Iris war von blutroter Farbe. Jetzt wurde mir schlagartig bewusst, welchen Deal Adrian mir hatte vorschlagen wollen: ihr Wohlergehen gegen meine Hilfe, sein Rudel zurückzuholen. Trockenheit brannte wie Feuer in meiner Kehle. Der Blutdurst drohte, mich zu übermannen.

„Mein Arm!" Ihre Stimme klang, als habe sie Schmerzen. Sofort wandte ich meine Aufmerksamkeit ihr zu. Sie hielt sich das rechte Handgelenk, das zitterte.

„Der Kristall!", murmelte ich. Deswegen hatte Adrian so gegrinst. Jetzt wurde mir alles klar. Adrian hatte Irina hypnotisiert, um sie zu verführen, und hinterher hatte er ihre Erinnerung gelöscht. Er wusste, dass er jetzt unsterblich war – für immer. Erst ihr Traum hatte ihr die Wahrheit vor Augen geführt. Und dass es nicht einfach nur ein Traum gewesen war, dafür war der wachsende Kristall der Beweis.

Ich biss die Zähne zusammen und spürte, wie meine Eckzähne mir in die Lippe schnitten. Der bittere Geschmack meines eigenen Blutes benetzte meine Zunge. Angewidert zog ich meine Zähne aus dem Fleisch und schluckte. Meine Wut war jedoch noch da und sie würde auch nicht abklingen. Als mein Blut meine Kehle hinabbrann, loderte sie verheißungsvoll auf. Die Mordlust drang in jede Faser meines Körpers.

„Adrian!" Meine Stimme klang Furcht einflößend.

Irina zitterte in meinen Armen, doch ich ließ sie nicht los. Die Angst durchzog ihren ganzen Körper. „Er wird für alles bezahlen, was er dir angetan hat, das schwöre ich dir, Irina!" Sie wimmerte. Nach einiger Zeit schlief sie erschöpft in meinen Armen ein. Ich blieb wach und die Wut brannte so frisch wie zuvor.

Irina schlief den ganzen Tag und ich verbrachte die Zeit damit, meine ungezügelte Wut herauszulassen. Acht Menschen starben dabei, doch das milderte meinen Zorn nicht. Irina musste so viel durchmachen. Ich lag neben ihr und betrachtete sie, während sie schlummerte. Dabei überlegte ich, wie ich Adrian umbringen konnte. Ich würde Irinas Handgelenk nicht aufschneiden. Ich musste einen anderen Weg finden! Das Telefon klingelte, und als ich abhob, war es Marco, der vollkommen aufgelöst war. „Spike? Ich weiß nicht, was das ist, aber du solltest es dir mal ansehen!"

„Wovon redest du?", fragte ich verwirrt.

„Mein Handgelenk! An meiner Pulsader glitzert es so komisch!"

Die Wut flammte wieder heftig in mir auf. Adrian hatte alles gut durchdacht. „Keine Panik, das bringt dich nicht um. Es ist ein Kristall. Er gehört Adrian und macht ihn unsterblich."

„Was? Und wie werd ich den wieder los?", rief Marco entsetzt.

„Indem du dir das Handgelenk aufschneidest und ihn rausholst."

„Bist du verrückt?"

„Beruhig dich mal wieder. Irina hat auch einen Kristall, er ist das Gegenstück zu deinem. Und ich werde ihren Arm nicht aufschneiden!"

„Ist dieser Kristall wirklich nicht gefährlich?"

„Verdammt, nein! Ich muss ganz dringend überlegen, wie ich Adrian jetzt umbringen kann!"

„Kann ich vorbeikommen?", fragte Marco flehend.

„Von mir aus."

Eine halbe Stunde später stand er vor meiner Tür. „Wie sind die Kristalle überhaupt in unsere Handgelenke gekommen, ohne dass wir es bemerkt haben?"

Ich wollte diese Frage nur ungern beantworten, doch er drängte so lange, bis ich genervt nachgab. „Sie entstehen, wenn ein bösartiger Werwolf mit einer Frau schläft. Diese Frau ist das Hauptzentrum. In ihr wächst der entscheidende Kristall. Dann muss Adrian einen normalen Werwolf wählen, in dem er einen zweiten platziert."

Marcos Gesicht war bleich geworden. „Deswegen bist du so wütend. Irina hat dich mit Adrian betrogen!"

„Was? Nein!" Natürlich! Wie hätte es auch anders sein sollen? Marco verstand mal wieder alles falsch. „Wenn ich ehrlich sein soll, wäre es mir lieber gewesen, sie hätte mich betrogen. Aber was er ihr angetan hat ... Dafür wird er büßen!"

„Willst du mir nicht mal langsam erzählen, was passiert ist?"

„Nein! Du musst nicht alles wissen!", schleuderte ich ihm entgegen.

„Hör mal, ich bin dein bester Freund und sehe doch, dass du mit der Situation nicht fertig wirst. Nur, weil du ein Vampir bist, heißt das noch lange nicht, dass du mit allem klarkommst."

„Ich bin nicht überfordert, okay? Ich bin einfach nur verdammt wütend!" Zorn wallte in mir auf und ich musste mich zusammenreißen, damit ich keinen Wutanfall bekam, denn ich wollte Irina nicht wecken. „Mir geht es gut! Hör auf, dir Sorgen zu machen!"

„Dir geht es nicht gut, Spike! Wenn du mal in den Spiegel schauen würdest, würdest du das erkennen! Du siehst verdammt beschissen aus!" Ich fletschte die Zähne. „Wenn ich es nicht besser wüsste, würde ich sagen, du brauchst einen Psychologen. Aber, hey, du bist nicht nur dieser toughe Vampir. Wenn du mich fragst, warst du das mal. Aber Irina hat dein ganzes Leben verändert, Mann! Dank ihr bist du meiner Meinung nach menschlicher geworden. Innerlich stirbst du doch vor Sorge um sie! Also, was ist passiert?"

Gegen meinen Willen verrauchte meine Wut ein wenig und ich beschloss, meinen Freund einzuweihen. Ich setzte mich auf einen Stuhl und wartete, bis er sich auch niedergelassen hatte. Dann begann ich zu berichten: „Am Samstag wurde Frau Wetterberg ermordet. Irina musste ins Krankenhaus, weil sie das alles nicht verkraftet hat. Als wir nach Hause kamen, war meine Wut noch nicht ganz abgeklungen. Ich war zornig, weil Doktor White sie behandelt hat. Bevor ich das Haus betrat, brachte ich den Wagen in die Garage. Plötzlich hörte ich Irina nach mir rufen. Ihre Stimme klang panisch. Als ich das Wohnzimmer betrat, stand Adrian vor ihr. Er wollte uns einen Deal vorschlagen."

Ich zögerte kurz und Marco hakte nach: „Was für einen Deal?"

„Den konnte er nicht mehr erläutern, denn ich habe ihn rausgeschmissen. Nachdem Irina sich etwas beruhigt hatte, ging ich nach oben. Aber lange hielt ich es nicht aus, ich musste den Tod von Ingrid rächen. Später ging ich zur Polizei, um ihren Leichnam freigeben zu lassen. Als ich nach Hause kam, schien alles normal. Irina schlief, also legte ich mich ebenfalls hin. Mitten in der Nacht begann sie auf einmal zu schreien. Sie hörte erst auf, als sie in meinen Armen lag."

„Wieso hat sie geschrien?" Marco hielt den Atem an.

Meine Hände ballten sich zu Fäusten. „Er hat sie verführt, als ich weg war!"

Marco sah aus, als hätte man ihm ins Gesicht geschlagen. „Was?", würgte er heiser hervor.

„Er hat sie gegen ihren Willen verführt und ich war nicht da!" Ich vergrub die Finger in meinem Haar. „Ich hätte nicht gehen dürfen! Das ist alles meine Schuld!"

„Nein, das konntest du doch nicht ahnen", protestierte Marco.

„Ich habe sie allein gelassen!" Ich spürte, wie meine Augen sich mit etwas Nassem füllten.

„Was ist denn hier los?" Eine müde Stimme erklang von der Tür her.

„Sei nicht so hart zu dir selbst", sagte Marco und klopfte mir auf die Schulter.

„Spike?" Irina hatte sich neben mich gestellt. „Was ist los?" Ich richtete mich auf und sie setzte sich auf meinen Schoß. „Spike, du ... du weinst ja!" Ich hatte nicht bemerkt, dass eine Träne meine Wange hinunterrollte. Irina legte ihre Arme um meinen Hals und legte den Kopf an meine Schulter. „Was ist passiert?"

„Er ist viel menschlicher geworden", hörte ich Marco sagen.

„Bist du nun wieder zum Menschen geworden?" Irina klang besorgt.

„Nein." Meine Stimme war brüchig.

„Aber was hast du denn? Ich hab dich noch nie so am Boden zerstört gesehen." Meine Hände klammerten sich an ihre Schulterblätter.

„Spike, was ist los mit dir?", wiederholte Irina angstvoll.

„Ich werde dich nie wieder allein lassen, das verspreche ich dir!" Nun rannen auch ihr die Tränen hinab. „Er wird bezahlen, das schwöre ich!" Ein kleiner Teil meiner unterdrückten Wut drängte wieder an die Oberfläche und stoppte meine Tränen.

„Aber es war doch gar nicht deine Schuld!", schluchzte Irina.

„Ich werde dafür die volle Verantwortung übernehmen!" Irina klammerte sich fester an mich, als wolle sie meinen Wutausbruch so zurückhalten. Sie wirkte erschöpft und müde. Ich sagte mühsam beherrscht: „Verlass bitte das Haus, Marco!"

„Wieso das denn?" Marco erhob sich langsam und sah mich irritiert an.

„Bravo, Rodrigues, für einen Moment hast du meinen Hass bezwungen, aber jetzt ist er wieder wild und frei. Also sieh zu, dass du hier rauskommst!" Er sah für einen Moment aus, als wolle er auf mich losgehen, doch dann verließ er wortlos die Küche.

Irina sagte nichts. Sie war zu erschöpft, um mich anzufahren. Ich trug sie zurück ins Schlafzimmer. „Du wirst wohl noch etwas länger kraftlos sein. Ich lasse dich von einem Arzt krankschreiben", sagte ich. Sie sah mich müde an. „Schlaf jetzt. Keine Angst, ich bin bei dir, es wird nichts passieren." Sie schloss die Augen und ich lehnte mich neben ihr in die Kissen zurück.

Auch ich war etwas müde. Der heutige Tag hatte mich angestrengt und auch die Wut hatte ihren Preis gefordert. Außerdem kam nun noch der Schock hinzu, dass ich angefangen hatte zu weinen. Eigentlich hatte ich es nie für möglich gehalten, dass ich so etwas konnte. Es ärgerte mich, weil es ein Zeichen der Schwäche war. Aber am meisten erboste mich, dass Marco es gesehen hatte. Ich schloss die Augen. Er würde schon noch sehen, was er davon hatte zu behaupten, ich sei menschlicher geworden. Vielleicht war ich besorgter um Irina geworden, aber etwas Menschliches sah ich nicht in mir. Wie lange würde es wohl noch dauern, bis Adrian Marcos Rudel Ärger machte? Oder besser gesagt, bis Marco Diego von dem Kristall in seinem Arm berichtete? Ich grinste. Diego würde das alles nicht verstehen, er war viel zu stur, um es überhaupt einsehen zu wollen. Marco würde sein blaues Wunder erleben! Die Müdigkeit drückte mir auf die Augenlider. Und so wurden sie zu schwer, um sie noch länger offen zu halten. Tiefer Schlaf holte mich ein ...

Der Motor fauchte, als ich auf die Straße fuhr. Eine Woche war vergangen seit jener Nacht, in der wir die Wahrheit über Adrian herausgefunden hatten. Stumm und hilflos hatte ich mit ansehen müssen, wie Irina litt. Meine Wut hatte sich von Tag zu Tag gesteigert und ich befürchtete, dass sie sich eines Tages unkontrolliert Bahn brechen würde. Aus diesem Grund hätte ich die Schule gern gemieden, doch ich wollte und konnte Irina nicht allein lassen. Die Gefahr, dass Adrian noch einmal auftauchen und ihr auflauern würde, war viel zu groß. Und Irina wollte sich keineswegs davon abhalten lassen, am Unterricht teilzunehmen. Außerdem nervte mich in der Schule das ständige Getuschel über mein Verhalten nach der Explosion im Chemielabor. Jeder stellte Vermutungen an, auch das Wort *Vampir* hatte ich bereits vernommen, aber niemand wagte es, mich direkt darauf anzusprechen, denn keiner konnte wirklich glauben, dass ein Vampir unter ihnen lebte. Mir sollte es recht sein, denn eigentlich war es mir völlig egal, was meine Mitschüler und die Lehrer von mir hielten.

Als kein weiteres Auto mehr auf der Straße zu sehen war, gab ich Vollgas. Wenn ich nicht schleunigst in den Wald kam, würde ich vermutlich jeden, der mir im Weg stand, umbringen. Der Matsch des Waldbodens spritzte in alle Richtungen, als ich mit qualmenden Reifen zum Stehen kam. Ich knallte die Autotür mit einer solchen Wucht zu, dass sie aus ihrer Halterung fiel. Auch eine Eiche musste daran glauben. Ich ließ erneut ein Brüllen hören. Warum war ich nur so wütend?

Etwas sehr Heißes brodelte in meinem Magen. Ich hustete, doch diese brennende Hitze wollte nicht verschwinden. Wütend trat ich gegen eine Tanne, die sofort umkippte. Nach einiger Zeit schnaubte ich nur noch gereizt.

Ich spürte die scharfen Spitzen meiner oberen Eckzähne und mir war bewusst, dass meine Augen in der Farbe von Blut glühten. Es würde nicht mehr lange dauern, dann würde die Mordlust die Oberhand über mich gewinnen. Ich ließ mich auf dem Stamm der gefällten Eiche nieder und wartete darauf, dass mich der Blutrausch und die Mordlust übermannten. Währenddessen durchströmten Bilder so schnell meinen Kopf, dass ein Mensch sie nicht hätte erfassen können: Arashin fletschte seine Zähne, an denen grüner Sabber hing. Farids böses Grinsen, und dann tauchte Adrians Gesicht vor meinem geistigen Auge auf. Es loderten wütende Flammen in mir. Meine Eckzähne wurden ein weiteres Stück länger und ich spürte, wie meine Iris zu leuchten begann. Ich nahm kaum wahr, dass ich mich von dem Baumstamm erhob. Heißer Speichel sammelte sich in meinem Mund. Meine Kehle kribbelte unangenehm. Die Mordlust hatte mich gepackt. Meine Beine bewegten sich so schnell, dass ich für jedes Lebewesen beinahe unsichtbar war.

Schon bald trieb es mich in eine halb leere Bar, die eigentlich nur geöffnet hatte, um das darin angebotene Essen zu verkaufen. Alkohol schmeckte mir nicht sonderlich, aber er erhöhte die Aggressivität beim Jagen. Ich hielt den Blick gesenkt, damit niemand meine Augen sehen konnte. Als ich mich auf einen Barhocker an der Theke gesetzt hatte, sah mich die Kellnerin freundlich an. „Was darf's denn sein?"

„Einen doppelten Tequila", gab ich kurz angebunden zurück.

„Deinen Ausweis, bitte." Sie lächelte mich auffordernd an.

Ich griff in meine Jackentasche, holte mein Portemonnaie heraus und zeigte ihr den Ausweis. „Vielen Dank! Ein doppelter Tequila, kommt sofort!" Diese übertriebene Freundlichkeit steigerte meine Wut noch mehr. Immer noch sammelte sich heißer Speichel in meinem Mund und zwang mich – öfter als nötig – zu schlucken.

„So, bitte sehr!" Die Kellnerin stellte den Alkohol vor meine Nase.

Ich kippte das Glas in einem Zug hinunter und spürte sofort die Wirkung. Ich knallte das Geld auf den Tresen und verschwand ohne ein weiteres Wort.

Sobald ich draußen war, sprang ich auf eines der Dächer und wartete darauf, dass die Mordlust mir den Weg weisen würde. Bilder von verschiedenen Orten gingen mir durch den Kopf, doch keines blieb lange genug, um mir den Platz zu offenbaren, an dem ich meine Wut abreagieren konnte. Schließlich tauchte doch noch etwas vor meinem inneren Auge auf: Es war eine Kirche. Aber nicht etwa eine beliebige, sondern die, in der mein Vater getauft worden war. Mein Vater, der hier in Deutschland geboren worden war. Mein Vater, den ich hasste und verachtete. Die Kirche befand sich in Frankfurt.

Keine drei Sekunden waren vergangen, da stand ich auch schon davor und konnte den Pastor sprechen hören. Es wurde gerade eine Messe gehalten. Ich konnte nicht warten, bis diese vorbei war! Das würde ich nicht mehr aushalten. Ich riss die Flügeltüren auf und schritt den Gang zwischen den Bankreihen entlang. Dabei gab ich mir keinerlei Mühe, leise zu sein. Ich ging geradewegs auf den Pastor zu, der seinen Wortschwall gestoppt hatte und mich irritiert anblickte. Ich stellte mich so nah vor ihn, dass sich unsere Oberkörper berührten. Meine Lippen streiften beinahe sein Ohr, als ich flüsterte: „Verzeihen Sie mir, Vater, denn ich habe gesündigt."

Der Pastor schwieg für einen Moment, dann sagte er langsam: „Deine Sünde sei dir verziehen."

„Gut!" Unvermittelt riss ich ihm die Kehle mit den Zähnen heraus. Die Anwesenden begannen, zu schreien und aus dem Gotteshaus zu fliehen. Zwei Priester kamen herbeigerannt, um zu sehen, warum die Leute so aufgelöst waren. Ich fauchte sie an und entblößte dabei meine blutverschmierten Zähne.

„Herr, steh uns bei, denn es kommen harte Zeiten", begann der eine zu beten. „Lass die Leben hier auf unserer Erde verschont sein. Erlöse diesen Jungen von dem Bösen." Ich verdrehte die Augen.

Der zweite Priester klammerte sich an das Kreuz um seinen Hals. „Vater unser im H...Himmel", stammelte er. „G...geheiligt werde d...dein Name. Dein Reich k...komme." Das wurde mir nun doch zu albern. Ich trat auf die beiden zu. „Denn dein ist das Reich und die Kraft und die Herrlichkeit in Ewigkeit", beendete der Mann Gottes schnell sein Gebet.

„Amen", ergänzte ich und riss den beiden die Kehle heraus. Das Blut tat gut, und nachdem ich alle drei Priester ausgesaugt hatte, verließ ich die Kirche und kehrte zurück in den Wald, wo mein Auto stand. Meine Wut war verschwunden.

Ich betrachtete meinen Wagen, dessen Fahrertür auf dem Asphalt lag. Außerdem war das komplette Auto mit Matsch bespritzt. Ich schüttelte den Kopf und schnipste mit dem Finger. Sofort sah der Wagen wieder aus wie neu. Etwas vibrierte und ich öffnete das Handschuhfach. Ich nahm das Handy heraus und nahm ab. Es war Irina. „Wo bist du?"

„Im Auto. Ich fahre gerade nach Hause. Soll ich dich abholen?"

„Ähm ... Ja, kannst du machen."

„Gut, bis gleich." Ich bog in die Straße ein, in der sie wohnte.

Zehn Minuten später kam Irina auf das Auto zu. „Wo warst du?", fragte sie ruhig.

„Im Wald." Mehr sagte ich dazu nicht. Sie sollte nicht wissen, was ich getan hatte, denn für ihre Ohren würde das kaltblütig klingen.

War es wahrscheinlich auch, aber für mich war es etwas Normales.

„Und ... was hast du da gemacht?"

„Ein paar Bäume umhauen", wich ich aus.

Sie schwieg. Es würde nicht lange dauern, dann würde der Mord an den drei Priestern im Fernsehen laufen. Die Medien würden es als mysteriösen Mord in der Kirche präsentieren, da war ich mir sicher. Doch selbst wenn das Irina schocken würde, an ihrer Liebe zu mir würde es nichts ändern. Sie kannte mich gut genug, um zu wissen, dass ich tötete, um zu überleben. Ein Vampir war nun mal nicht ungefährlich.

Irina schaltete das Radio an, um Musik zu hören. Doch statt Musik liefen auf allen Sendern Nachrichten.

„Vor wenigen Minuten wurden drei Priester in einer Kirche in Frankfurt tot aufgefunden. Die Polizei ermittelt bereits. Laut Zeugenaussagen hat ein Vampir die drei Opfer getötet. Mehr dazu heute Abend."

Sie schaltete das Radio aus. „Nur im Wald, ja?" Ich antwortete nicht.

Zu Hause redete Irina auf mich ein: „Wieso hast du sie umgebracht? Und dann noch ausgerechnet in einer Kirche vor Zeugen! Seit wann bist du so naiv?"

Ich hielt inne, um diese Worte noch einmal auf mich wirken zu lassen. Vor Zeugen? Naiv? Was? „Äh ... Was hast du gerade gesagt?", fragte ich sie verwirrt.

„Seit wann du so naiv bist? Wie konntest du vor Zeugen drei Männer in einer Kirche umbringen?"

„Ich habe drei Menschen kaltblütig ermordet, und dir fällt nichts Besseres ein als *naiv*?"

„Ja. Ich habe mich schon lange damit abgefunden, dass du ein Vampir bist." Ich sah sie ungläubig an und wusste nichts weiter zu erwidern.

Nachdem sie sich wieder beruhigt hatte, war sie vor Erschöpfung eingeschlafen. In letzter Zeit musste sie wirklich viel durchmachen: der Tod ihrer Mutter, die ständige Bedrohung durch Adrian und nun die Enttäuschung über meine Unvorsichtigkeit. Aber das Allerschlimmste war: Sie würde zukünftig in ständiger Angst leben müssen. Meine Wut steigerte sich, doch sie war diesmal gegen mich selbst gerichtet. Ich hatte Irina in eine Welt gezerrt, die gefährlich war. Eine Welt, in der ein Mensch nicht überleben konnte.

Ich ballte die Hand zur Faust. Ich wollte, dass Adrian bezahlte und Irina die Chance bekam, ihn eigenhändig zu bestrafen! Sie konnte Adrian töten, aber ich wollte nicht, dass sie sich dafür aufschneiden musste und Schmerzen erlitt.

Es gab nur eine Möglichkeit, wie sie sich schmerzlos von dem Kristall befreien konnte und fast genauso stark wurde wie ich. Sie musste zum Vampir werden! Nicht für immer, aber so lange, bis sie Adrian vernichtet hatte. Dieser Gedanke war verlockend. Marco hätte kein allzu großes Problem, Adrians Kristall aus sich rauszuschneiden. Er würde seinem Rudel einen großen Gefallen damit tun.

Meine Entscheidung war gefallen, und warum länger warten? „Irina, wach auf!" Sie schlug die Augen auf, denn meine Worte waren keine Bitte, sondern ein Befehl. „Du wirst Adrian töten!"

„Was ist los?", erwiderte sie verwirrt.

„Ich sagte, du wirst Adrian töten!"

Sie sah mich entgeistert an. „Nein, werde ich ..." Sie fiel zurück in die Kissen. Ich hatte bereits begonnen, sie zu verwandeln. Ich biss sie nicht und ließ dabei das Gift in ihre Blutbahn rinnen, denn das würde sie zu einem ewigen Vampir machen. Meine bloße Willenskraft verwandelte sie.

NUR EIN
WENIG RACHE

———O————————O———

Ich wachte auf und verspürte ein unangenehmes Brennen im Hals. Ich setzte mich auf und sah mich um. Es schien nur mäßig dunkel zu sein, denn ich konnte alles problemlos erkennen. Obwohl es eigentlich bereits Nacht war. Meine Augen erhaschten einen Blick auf einen göttlichen Körper. Kräftige Muskeln und ein übernatürlich hübsches Gesicht erweckten meine Aufmerksamkeit. Die Augen des Jungen waren geschlossen. Mit Schrecken stellte ich fest, dass ich Spike beinahe nicht erkannt hätte! Seine Konturen waren so scharf wie nie zuvor. Ein Lächeln zuckte über sein Gesicht und er öffnete die Augen. „Hallo, Irina. Wie ich sehe, bist du wach." Erleichtert stellte ich fest, dass sich seine Stimme nicht verändert hatte. „Mit Sicherheit zerfetzt dir der Durst die Kehle."

Ich sah ihn schief an. „Was hast du vor?", fragte ich mit einem scharfen Unterton.

„Hol dir den Kristall aus dem Arm und gib ihn mir", sagte er.

Ich betrachtete mein Handgelenk. „Warum sollte ich das tun?"

„Weil du dich dann endlich an Adrian rächen kannst."

„Was hat Adrian getan?"

Jetzt veränderte sich sein Gesichtsausdruck. Er sah nun wild und zornig aus. „Er hat deine Mutter getötet und dich gegen deinen Willen verführt!" Wut stieg in mir hoch und ich knurrte. „Nutze deine Wut! Er hat dir so oft wehgetan!" Seine Augen begannen zu glühen. Eine starke Kraft spiegelte sich darin wider. Es ging eine unglaubliche Macht von ihm aus.

Das Brennen in meiner Kehle wurde stärker. Meine Hand fuhr, ohne dass ich es merkte, über meinen Hals.

„Du solltest dringend jagen!", sagte Spike und das Glühen seiner Augen ließ etwas nach. Ich schluckte erneut, doch das Brennen verschlimmerte sich nur. Spike öffnete das Fenster. „Komm, gehen wir auf die Jagd!"

Ich sah an mir herunter. „In Unterwäsche?" Mit erhobenen Brauen blickte ich ihn an.

„Nein, natürlich nicht." Er wandte sich dem Schrank zu und öffnete ihn. „Zieh dich am besten unauffällig an. Wenn wir auf einem Fest jagen sollten, sorge ich schon dafür, dass wir passend gekleidet sind."

Ich holte die erstbesten Anziehsachen heraus und zog sie an. Ich trug nun ein blutrotes Top und eine Jeans. Meine Körpertemperatur betrug etwa fünfzig Grad, bei Weitem nicht so viel wie bei Spike. „Du hast mich zum Vampir gemacht", bemerkte ich. Wundern tat ich mich nicht über diese Verwandlung, dafür steckte ich schon zu lange in Spikes Welt.

„Ja, damit du dich an Adrian rächen kannst. Aber es wundert mich, dass dir das erst jetzt auffällt."

Ich zog ein paar rote High Heels an. Spike stieg auf die Fensterbank und sprang in den Vorgarten. Ich folgte ihm auf demselben Weg. Es waren bloß zwei Meter gewesen, doch ich spürte, wie meine Füße trotz der hohen Schuhe – den Aufprall abfederten. Meine scharfen Augen entdeckten ein Eichhörnchen, das einen Baum hochlief. Ich hörte Schritte. Das Brennen war nun so stark, dass es meine Kehle auszutrocknen schien.

„Wo möchtest du jagen?", fragte mich Spike.

Ich überlegte kurz. „Wo jagst du denn immer?"

Er lachte. „Wo mich mein Durst hinführt. Denk an Adrian, wo führt dich dein Durst hin?"

Wut, die unbezähmbar zu sein schien, durchflutete mich plötzlich. Meine Augen fühlten sich merkwürdig an. Als würde jemand eine dickflüssige Substanz auf meiner Iris verteilen.

„Wo führt er dich hin? Welche Bilder gehen dir durch den Kopf?"

Ich ließ meine Gedanken ruhen und unzählige Bilder tauchten vor meinem inneren Auge auf. Ich sah verschiedene Orte. Plötzlich blieb ein Bild stehen. Es zeigte den verlassenen Park, in dem der Hund damals verrückt gespielt hatte. Ich verspürte den Drang, dorthin zu gelangen, und ohne zu überlegen, rannte ich los. Spike konnte ohne Probleme mit mir mithalten. Er schien Spaß daran zu haben, mich so kraftvoll und wütend zu sehen. Wir erreichten innerhalb einer Minute den verlassenen Park. Jetzt sah Spike sich um. „Hast du wirklich diesen Ort gesehen?", fragte er etwas unsicher.

„Ja!" Meine Stimme klang bedrohlich.

„Ich sehe aber keine Menschen."

„Du sagtest, ich solle an Adrian denken, also habe ich an ihn gedacht."

„Gut, und wo ist er?"

Ich sah mich um. Adrian ... Wie sah er noch mal aus? „Kannst du mir ein Bild von ihm zeigen?", fragte ich. Ich hatte tatsächlich vergessen, wie er aussah. Kein Bild von seinem Gesicht wollte vor mein inneres Auge treten. Spike nickte und schloss für einen Moment die Augen. Ein schwarzhaariger Junge mit recht hübschem Gesicht und blasser Haut tauchte in meinen Gedanken auf. Seine intensiv blauen Augen fielen mir direkt ins Auge. „Er muss hier sein!", sagte ich. In meinen Gedanken verwandelte sich der Junge in einen pechschwarzen Wolf.

„Wo soll er deiner Meinung nach denn sein?" Ich spähte zu den Büschen hinüber, konnte jedoch keinen Wolf oder Menschen erkennen. „Eigentlich sind die Sinne eines Vampirs perfekt, aber du bist kein vollwertiger Vampir, in zwei Tagen wirst du wieder zu einem Menschen werden. Anscheinend sind deine Sinne wohl doch nicht so perfekt." Etwas bewegte sich zwischen den Büschen. Ich spürte, wie sich meine Sinne schärften. „Er ist nicht hier, Irina, lass uns endlich jagen gehen." Spike sah genervt aus.

„Er ist hier! Ich kann ihn sehen. Dort in den Büschen."

Sein Blick wanderte unauffällig zu den Büschen. „Wie schlecht sind deine Augen eigentlich?", fragte er dann. „Das ist nicht Adrian, das ist ein Haufen Jugendlicher." Ich sah noch einmal genauer hin und wirklich, es handelte sich um Jugendliche. „Na ja, wenigstens hast du uns zur Beute gebracht", grinste Spike. Erneut bemerkte ich das plagende Brennen in meiner Kehle.

„Okay, gehen wir." Komisch, ich verspürte keinerlei Mitleid mit den Jugendlichen. Ich wusste, dass mindestens zwei von ihnen sterben würden, dennoch machte es mir nichts aus. Einem Menschen tat es schließlich auch nicht leid, wenn er ein Steak oder ein Schnitzel aß.

Wir näherten uns der Gruppe, die es sich gerade mit Bier und Chips gemütlich gemacht hatte. Einer von ihnen entdeckte uns und winkte uns zu sich. „Hey, ihr zwei, habt ihr Lust, euch zu uns zu setzen?"

In Spikes Blick lag ein Funkeln. „Klar!", sagte er und ließ sich auf einem großen Stein nieder. Die beiden Mädchen, die ebenfalls auf Steinen saßen, sahen Spike interessiert an. Das Funkeln in seinen Augen wurde stärker. Sah er immer so aus, wenn er jagte?

Die vier Jungs, die etwas abseitsgestanden hatten, traten zu dem, der uns zu sich gerufen hatte. „Wollt ihr ein Bier?"

„Nein, danke", lächelte Spike, doch das Funkeln verschwand nicht aus seinen Augen.

„Mein Name ist Sebastian, könnt mich aber ruhig Basti nennen", sagte derjenige, der uns eingeladen hatte.

„Spike", stellte er sich vor.

„Und wer bist du?", fragte einer der anderen Jungen an mich gewandt.

„Irina."

„Wunderschöner Name!", prostete er mir mit einer Flasche Bier zu. „Erik."

„Hi!" Ich lächelte. Es war so einfach, als Vampir einen Jungen für sich zu gewinnen.

***

„Wir sollten sie schnell töten", raunte Spike mir in Gedanken zu. „Alkohol im Blut schmeckt nicht."

***

„Wollt ihr ein paar Chips?", fragte eines der Mädchen. Es war kleiner als das andere und hatte blonde, wilde Locken.

„Nein, wir wollen wirklich nichts", sagte ich freundlich.

„Sei nicht albern!" Spike griff mit Hingabe in die Tüte. „Wenn wir schon kein Bier annehmen, sollten wir wenigstens die Chips nicht ablehnen!" Das Mädchen mit den wilden Locken kicherte. Seine Freundin sah nicht gerade begeistert aus. Von Minute zu Minute spürte ich, wie Spike innerlich ungeduldiger wurde, aber er war ein Profi, er wusste, wann der richtige Zeitpunkt da war.

„Ist sie deine Schwester?", fragte Erik dann.

„Nein." Spike wirkte auf einmal aufmerksam. „Irina ist meine Freundin! Meine!"

Einer der Jungen erwiderte: „Reg dich ab, ist ja gut!"

Das Mädchen mit der wilden Lockenmähne schien verängstigt zu sein, während seine Freundin Spike wütend anblickte. Ob es ihr Instinkt oder einfach nur Angst war, was sie vor Spike warnte, konnte ich nicht sagen, aber sie wich vor ihm zurück. Sie war aufgestanden und funkelte ihn misstrauisch an. Spike drehte sich langsam zu ihr um. Als er ihr entschlossenes Gesicht sah, lächelte er. Ja, er verstand, wie man jagte.

„Verzeihung, ich muss den Wodka nicht vertragen haben." Bedächtig setzte er sich wieder hin.

***

„Geh und ködere dir einen der Jungs. Meinetwegen auch zwei, aber tu es jetzt!", hörte ich ihn in meinen Gedanken. Ich verstand nicht, wieso Spike es auf einmal so eilig hatte, aber ich ging auf die Böschung zu.

***

„Was ist los? Wo willst du hin?", fragte Erik mich.

„Mir ist schlecht", antwortete ich.

„Warte, ich komme mit, du solltest nicht alleine durch den Park gehen." Er warf einen Blick auf Spike, ob dieser etwas dagegen hatte. Doch als der keine Anstalten machte, ihn aufzuhalten, folgte er mir. Als wir einige Meter von den anderen entfernt waren, blieb ich stehen. „Geht es dir etwas besser?", fragte er.

„Ja, etwas."

„Ist dieser Typ wirklich dein Freund?" Ich hörte Spike in einiger Entfernung reden.

„Ja. Aber anscheinend haben er und ich wirklich zu viel getrunken. Bist du immer so hilfsbereit?"

„Nein, aber bei dir mache ich eine Ausnahme." Der Typ zwinkerte.

„Das ist lieb." Ich gab ein künstliches Würgegeräusch von mir. Das Brennen, das sich die ganze Zeit über zurückgehalten hatte, attackierte mich erneut. Ich spürte, wie meine Zähne gegen mein unteres Zahnfleisch drückten.

***

„Komm schon, Irina, töte ihn endlich!", drängte Spike.
***

Ohne Vorwarnung versenkte ich meine Zähne in seinen Hals und das warme Blut strömte in meinen Mund. Er strampelte, kam gegen meine Kraft jedoch nicht an. Ich trank erstaunlich schnell und nach wenigen Schlucken bewegte sich Erik nicht mehr.

„Sauber, er hatte keine Zeit zu schreien", hörte ich Spikes Stimme hinter mir.

„Wenn du mich wieder in einen Menschen verwandelst ... Das tust du doch, oder?"

„Ja."

„Dann mach es bitte so, dass ich das hier alles vergesse. Ich will nicht wissen, dass ich ein Vampir war. Ich würde es nicht ertragen."

„Gut. Und jetzt suchen wir Marco. Er hat den zweiten Kristall und den brauchen wir, wenn wir Adrian umbringen wollen."

Die Wut, die ich auf Adrian gehabt hatte, war verschwunden. Spike berührte mich am Arm und wir standen in einem Wald auf einer Lichtung. Sechs Wölfe starrten uns an. Ein grauer trat auf uns zu und musterte mich. „Du hast sie zu einem Vampir gemacht", stellte Marco fest.

„Ja, aber nur für zwei Tage, ich will Adrian endlich loswerden. Gib mir deinen Kristall!"

„Du sagtest, ich würde mich nicht aufschneiden müssen!"

„Du tust es lieber, denn das ist nicht nur das Beste für Irina, sondern auch für dein Rudel."

„Wieso das Beste für mein Rudel?"

„Weil Adrian ansonsten nicht lange warten und euch das Leben zur Hölle machen wird!"

Ein brauner Wolf mit bernsteinfarbenen Augen trat vor. „Marco, tu, was der Vampir dir sagt!"

„Ja, Diego." Marco verwandelte sich zurück in einen Menschen und nahm das Messer entgegen, das Spike aus dem Nichts heraufbeschworen hatte. Er seufzte und setzte die Klinge an. Der Vampir knurrte. „Selbst wenn ich es könnte, würde ich es nicht tun, und jetzt mach schon!" Es war nicht zu übersehen, dass Spikes Worte Marco hart getroffen hatten. Er schloss die Augen und trieb die Klinge in sein Fleisch. Ein karamellfarbener Wolf winselte.

„Emilie, es muss sein!", fuhr Diego sie barsch an.

Marco hatte die Augen wieder geöffnet und schnitt den Kristall aus dem blutenden Fleisch heraus. Er ließ das Messer mit zitternder Hand fallen und sank auf die Knie. Sein Wimmern machte Emilie nervös, denn sie lief auf und ab, den Schwanz und die Ohren gesenkt.

„Verwandle dich in einen Wolf, dann ist der Schmerz nicht mehr so stark", riet ihm Pascals Stimme.

Spike verfolgte mit kaltem Blick das Geschehen. „Und jetzt du, Irina. Du kannst keinen Schmerz empfinden, hol den Kristall raus." Ich hob das dreckige und blutverschmierte Messer auf. Spike schnippte und die Klinge war wieder sauber.

Ich schluckte und legte wie Marco das Messer an. „Okay", sagte ich eher zu mir als zu den anderen. Ich trieb die Klinge in mein Handgelenk und wartete auf den Schmerz, doch er blieb aus. Erleichtert schnitt ich den Kristall frei, während mein Blut zu Boden floss. Spike nahm den Fremdkörper sachte aus der Wunde und betrachtete ihn. „Endlich bin ich ihn los!", sagte er und ein zufriedener und zugleich grimmiger Ausdruck trat in sein Gesicht.

„Du?" Ich warf ihm einen bösen Blick zu.

„Ja. Du natürlich auch, aber ich kann endlich, nach so langer Zeit, aufatmen."

Ich knurrte. Wieso war er so egoistisch? „Komm, Irina, ich will sein Gesicht sehen, wenn er stirbt."

Ich brüllte auf und warf ihn zu Boden. „Was soll das?", fragte ich und drückte seine Schultern nach unten. „Warum liebst du mich nicht mehr?" Die umstehenden Wölfe sahen einander an.

„Was redest du da? Irina, ich liebe dich doch!", entgegnete Spike perplex.

„Nicht, wenn ich ein Vampir bin! Du liebst mich nur, wenn ich ein Mensch bin! Du liebst mein Blut, nicht mich!"

„Hör auf, so einen Schwachsinn zu reden!" Er rollte mich zur

Seite und setzte sich auf mich. Meine Schultern gruben sich in den erdigen Waldboden.

„Aber wieso bist du auf einmal so merkwürdig?", fragte ich ihn verwirrt.

„Weil ich endlich über Adrian triumphieren kann. Verstehst du das denn nicht?"

Ich spürte, wie Dreck in meine Wunde am Handgelenk eindrang. „Du lügst auch nicht?", wollte ich sichergehen.

„Warum sollte ich lügen?" Spike ließ mich los und ich konnte aufstehen. „Marco, gib mir den Kristall!", forderte er. Der graue Wolf streckte ihm widerwillig die Pfote entgegen. Als der Vampir den Kristall regelrecht herausriss, heulte Marco auf. „Irina, denk an Adrian. Wo ist er?"

Ich schloss die Augen und ließ die Bilder durch meinen Kopf rasen. Erneut tauchte der Park in meinen Gedanken auf. Ich rannte los, Spike dicht hinter mir.

Als wir an unserem Ziel ankamen, schnaubte er. „Das ist doch nicht dein Ernst?" Er sah sich um. „Adrian ist nicht hier, ich dachte, das hätten wir geklärt?"

„Anscheinend ist er doch hier irgendwo. Der Park ist riesig, er könnte überall sein. Du vertraust mir nicht."

„Doch, aber wenn Adrian hier wäre, wüsste ich davon", entgegnete er.

„Vielleicht nicht. Erinnerst du dich noch daran, wie du ihn damals gesucht hast? Als du eine Woche nicht geschlafen hast? Ich bin durch den Kristall mit Adrian verbunden, vielleicht kann ich ihn deshalb aufspüren?"

„Und wo ist er dann?"

„Keine Ahnung, lass uns den Park absuchen." Wir gingen über das riesige Gelände und erreichten schließlich ein Wasserbecken. Eine Art Wasserfall führte an einer Steinwand ins Becken hinab. „Riechst du das?", fragte ich. „Es riecht nach Adrian ... beziehungsweise nach Hund."

Spike atmete tief ein. „Ja, du hast recht, es riecht nach Adrian."

„Es riecht nicht nur nach mir, ich bin auch hier." Adrian trat hinter der Steinwand hervor.

Auf Spikes Gesicht zeichnete sich das Gefühl des Triumphes ab.

„Endlich", sagte er. „Endlich kann ich dich für immer vernichten!"

Adrian lächelte. „Dazu müsstest du erst einmal die beiden Kristalle aus deinem Freund und deiner Geliebten herausschneiden. Und das, wie wir beide ganz genau wissen, würdest du nicht über dich bringen."

„Oh." Spike machte einen Schritt auf Adrian zu. „Du unterschätzt mich. Marco ist mir so ziemlich egal, es war ein Leichtes, ihn dazu zu überreden, den Kristall aus sich herauszuholen. Aber in einem Punkt hattest du recht, ich könnte Irina niemals aufschneiden und ihr solche Schmerzen zufügen."

„Schmerzen", schnaubte Adrian. „Ich dachte eher, du könntest den Geruch ihres Blutes nicht ertragen, ohne sie beißen zu müssen. Aber nun gut."

„Trotzdem hast du einen entscheidenden Fehler gemacht", sagte Spike und das triumphierende Grinsen wurde noch breiter.

„Wirklich? Ich sehe keinen."

„Ich habe sie zu einem Vampir gemacht. Sie konnte sich ohne Schmerzen aufschneiden." Er hielt die beiden blutverschmierten Kristalle hoch.

Adrian sah wie betäubt auf Spikes Hand. „Du bist wirklich so weit gegangen, und hast sie verwandelt?" Fassungslos starrte er auf die Kristalle.

„Ja. In zwei Tagen wird sie wieder ein Mensch und du wirst endlich tot sein!" Spike zerdrückte die Kristalle zu feinem Staub.

„Nein!", rief Adrian und sprang vor, doch das rettete die Kristalle nicht.

„Irina wird sich an dir rächen und du wirst es nicht verhindern können!" Adrian machte Anstalten zu fliehen, doch Spike lachte nur. „Wenn du versuchst wegzurennen, wirst du gegen eine magische Wand rennen. Du kannst nicht fliehen." Adrian sah erbärmlich aus. „Komm schon, Irina, gib ihm den Rest!"

„Ich kann nicht!"

„Was?" Spike sah mich ungläubig an. „Das ist nicht dein Ernst, oder?"

„Doch. Ich kann mich an alles erinnern, wirklich an alles, nur nicht mehr daran, was Adrian mir angeblich angetan hat."

„Aber ich habe es dir doch gesagt!"

„Ja, sicher, aber trotzdem, ich kann das nicht."

Jetzt sah Adrian triumphierend aus. Ein wildes Grinsen zog sich über sein Gesicht. „Tja, Blutsauger, sieht so aus, als müsstest du mich freilassen."

Spike knurrte. „Davon träumst du! Nun gut, wenn du ihn nicht töten willst, mache ich das!" Der Triumph und das Grinsen wichen aus Adrians Gesicht. Auf einmal wehte ein starker Wind und zerzauste Spikes Haar. Merkwürdigerweise schien er von ihm selbst auszugehen, denn je mehr Siegesgewissheit er ausstrahlte, desto stärker wurde der Wind. „Ich werde dich umbringen, Adrian. Du wirst durch mich sterben und es wird ohne dich wunderbar ruhig sein!"

„Wirst du dich nicht schrecklich langweilen ohne mich?", versuchte Adrian zu scherzen.

„Keine Sorge, Farid ist auch noch da", sagte Spike und in seiner Stimme lag ein böser Unterton.

Ich wollte nicht sehen, wie er Adrian umbrachte, es war unfair, ihn gefangen zu halten. Er war nun wehrlos und konnte sich nicht verteidigen. Es hatte etwas Feiges an sich. Ich entfernte mich von den beiden. Als ich mein Handgelenk betrachtete, bemerkte ich, dass die Wunde komplett verheilt war. Ich drehte mich noch einmal um und rannte dann los. Innerhalb weniger Sekunden kam ich wieder da an, wo wir mit Erik und den anderen gewesen waren.

Erik. Er lag tot und blutleer am Boden, die Augen weit aufgerissen. Ich ging zurück an die Stelle, an der die anderen gewesen waren. Es bot sich mir ein Anblick der Verwüstung. Die Mädchen lagen in merkwürdigen Positionen am Boden. Einer der Jungen war an einen Baum gelehnt, ein anderer achtlos zwischen die Bierflaschen geworfen worden. Aber einer fehlte. Wo war er? Ich sah mich um, konnte ihn jedoch nicht entdecken. Ich lauschte und konnte einen Herzschlag hören. Er ging schnell und verriet mir, dass sein Besitzer wahnsinnige Angst hatte. Ich ging zu einem Gebüsch und entdeckte einen blonden Haarschopf. Ich kniete mich hin. Der Junge zitterte. „Du heißt Sören, oder? Das habe ich vorher am Feuer mitbekommen. Keine Angst, ich tu dir nichts."

„E...er hat sie alle umgebracht ...", stotterte er.

„Wer?", fragte ich.

„Ich ... ich weiß es n...nicht. Er war groß, h...hatte schwarzes Haar ..."

„Adrian!" Also hatte Spike nicht gejagt, ich war die Einzige gewesen, die Blut vergossen hatte.

„Komm, ich bringe dich nach Hause. Wo wohnst du?"

„In der Buchholzstraße, aber d...du kannst mich doch nicht nach H...Hause bringen. Ich will nicht, d...dass du alleine zurückgehen musst."

„Ich komm schon klar. Und jetzt steh auf."

„Wo ist eigentlich Erik?"

„Oh. Ich befürchte, er ist auch tot." Plötzlich bereute ich es, ihn getötet zu haben. „Buchholzstraße, sagtest du?"

Er nickte. „Wir sollten die Polizei rufen", sagte er.

„Ich kümmere mich schon darum, wenn du in Sicherheit bist", antwortete ich ihm. Als der Junge seinen Blick schockiert über seine toten Freunde wandern ließ, konnte er ein Schaudern nicht unterdrücken. „Tut mir leid", brachte ich hervor. Ich fühlte mich mies und eine ungezügelte Wut suchte mich heim. „Warte hier, ich bin sofort wieder da!" Ich rannte zurück zu Spike und Adrian.

Der Vampir weidete sich immer noch an seiner grenzenlosen Macht, während Adrian in seinem magischen Gefängnis stand. „Jetzt ist es langsam an der Zeit, dir den Gnadenstoß zu geben!"

„Spike, warte!" Ich stellte mich vor ihn. „Ich will ihn töten!"

Ein Grinsen huschte über seine Lippen. „Wirklich? Gut, dann töte du ihn", gab er mir dämonisch grinsend zur Antwort.

Ich drehte mich zu Adrian um. „Warum hast du die Jugendlichen umgebracht?" Adrian sah mich mit unergründlicher Miene an.

„Die Jugendlichen hier im Park, ich habe ihre Leichen gefunden!"

„Woher willst du wissen, dass ich es war?"

„Oh, das ist ganz einfach. Du hast einen übersehen! Er hat alles beobachtet und dich identifiziert!"

„Tja, es hat halt Spaß gemacht, sie zu töten. Was soll's? Es gibt so viele Menschen auf der Welt", entgegnete Adrian schulterzuckend.

Spike sah vergnügt zu, wie ich mich vor Adrian aufbaute. „Du hast sie getötet, weil es dir Spaß gemacht hat!"

„Und Spike etwa nicht? Er hat diese Priester doch auch umgebracht. Ist das vielleicht etwas anderes?" Ich hielt für einen Moment inne. Nein, es war nichts anderes, oder doch?

„Aber Sören, der Junge, den du übersehen hast, hat in einer Nacht all seine Freunde verloren!"

„Ja, und? Haben die Priester keine Freunde und Verwandten gehabt? Du regst dich doch nur darüber auf, weil ich sie getötet habe. Hätte Spike sie alle umgebracht, wäre es dir egal gewesen. Nur, weil du ihn liebst, verteidigst du ihn!"

Ja, auch das stimmte. Adrian hatte mit allem recht, was er sagte, dennoch raunte meine innere Stimme mir zu, dass Spikes Morde irgendwie verständlicher waren. Sie waren aus Instinkt und Überlebenswillen geschehen, nicht bloß aus reinem Spaß.

„Das stimmt nicht so ganz, Adrian. Ja, ich liebe ihn, sehr sogar, aber trotzdem tötet er nicht, weil es ihm Spaß macht. Er tötet, um zu überleben."

„Um zu überleben! So nennst du das also!"

„Jetzt reicht's! Adrian, hör auf zu diskutieren!", mischte sich Spike ein. „Töte ihn endlich, Irina. Er will Zeit rausschlagen, lass deiner Wut freien Lauf!"

Ich sah die zerfetzten Leichen der Jugendlichen vor mir und die Wut loderte wieder auf. Erneut hatte ich das Gefühl, jemand würde mir eine dickflüssige Substanz auf der Iris verteilen. Adrian sah entsetzt aus. Plötzlich wurde mir bewusst, dass sich meine Augen rot verfärbt hatten. „Bevor du stirbst: Ich weiß, dass Spike mich nicht angelogen hat. Du hast meine Mutter umgebracht und mich gegen meinen Willen verführt!" Adrian wurde plötzlich kreideweiß, Spike grinste böse, der Triumph blitzte in seinen Augen auf. Meine oberen Eckzähne drückten gegen mein unteres Zahnfleisch. Ich hob die Oberlippe und entblößte die Reißzähne. Die Wut ließ meinen Körper beben und ich merkte kaum, dass ich mich auf Adrian zubewegte. Es ging alles ganz schnell. Ich hatte ihm mit den Zähnen die Kehle rausgerissen und sein erstickter Schrei hallte mir in den Ohren nach. Die drückende Substanz auf meiner Iris verschwand.

Schwer atmend stand ich da und spürte nur Spikes Arme, die sich um mich schlangen. „Lass uns gehen. Adrians Zeit ist vorbei."

„Nein, ich muss Sören nach Hause bringen, das habe ich ihm versprochen. Er ist der Einzige, der überlebt hat, und ist total fertig."

Wir gingen zurück zu dem Jungen, der hinter einem Busch kauerte. Als er uns erkannte, trat er hervor. „Wo warst du? Du warst so schnell weg."

„Ich musste noch etwas erledigen. Adrian kann dir nichts mehr tun", beruhigte ich ihn.

„Warum? Wo ist er?"

„Tot", sagte Spike. „Irina hat es nicht ertragen, dass du unglücklich bist und all deine Freunde verloren hast."

„Hat sie ihn ... Aber dann ist sie ja nicht besser als er!", stieß der Junge entsetzt hervor. Ich wollte ihn tröstend an der Schulter berühren, doch er sprang zurück. „Nein! Fass mich nicht an! Heute Nacht sind fünf Menschen gestorben! Findest du nicht, dass das genug ist?"

„Du Idiot!" Spike hatte sich neben mich gestellt und blickte den Jungen verächtlich an. „Sei froh, dass er tot ist. Er hätte weitere Menschen umgebracht!"

„Woher willst du das denn wissen?" Fest blickte er Spike an.

„Weil er schon Tausende umgebracht hat!" Ich konnte die Spannung, die die Wut in Spike entfachte, förmlich auf meiner Haut prickeln spüren. „Er ist ein Werwolf! Wie hat er deine Freunde getötet? Sag's mir!" Entsetzt blickte Sören Spike an und brachte keinen Ton hervor. Die Nachricht, ein Werwolf habe seine Freunde umgebracht, schockierte ihn zutiefst und ließ ihn die grausamen Bilder des Abends noch einmal durchleben.

„Spike, hör auf, das ist nicht leicht für ihn. Ich bringe ihn jetzt nach Hause, du kannst schon mal vorgehen. Ich komme dann nach", ging ich dazwischen.

„Ich will nicht, dass du mich nach Hause bringst", erwiderte der Junge mit fester Stimme, nachdem er sich wieder im Griff hatte.

„Aber ..."

„Lass ihn, Irina. Er will nicht", machte mir Spike klar.

Ich gab nach. „Ja, vielleicht sollte er wirklich alleine gehen."

Spike und ich wollten gerade verschwinden, als uns der Junge zurückrief. „Wartet! Ihr wart gar nicht auf einer Party, oder?"

Ich seufzte. „Nein."

„Warum seid ihr zu uns gekommen und habt nichts getrunken?" Weder Spike noch ich antworteten.

„Ihr wolltet auch keine Chips, nur Spike hat sich dazu überreden lassen, aber er wirkte nicht besonders glücklich dabei. Ihr seid beide unnatürlich schön. Nein, perfekt! Eure Bewegungen sind geschmeidig und fließend, fast schon raubtierhaft. Du sagtest, derjenige, der meine Freunde getötet hat, sei ein Werwolf. Nehmen wir mal an, das stimmt wirklich. Was seid ihr dann?"

Ich senkte den Blick. Warum hatte Spike mich zum Vampir gemacht? Warum ließ er es zu, dass ich mordete?

„Wir sind Vampire", hörte ich ihn ruhig antworten.

„Vampire also. Ich glaube euch, aber nur, weil ich euch beobachten konnte. Irina war unwirklich schnell von einem auf den anderen Moment weg. Ich hatte unterdessen viel Zeit, über euer Verhalten nachzudenken."

„Ja, ich sehe, du bist schlau", entgegnete Spike.

„Nein, nicht schlau genug. Ich hätte früher erkennen müssen, was ihr seid, und die anderen warnen müssen. Vampire und Werwölfe sind verfeindet. Ich hätte ahnen müssen, dass Gefahr droht. Ich habe so viel über euch gehört ..."

Spike schüttelte den Kopf. „Moment mal! Stopp! Du hast mir eben nicht glauben wollen, dass Werwölfe existieren, wie hättest du uns dann bitte schön erkennen sollen?"

Sören überging die Frage, indem er einfach weiterredete. „Ich konnte mir plötzlich alles zusammenreimen und herleiten." Er musterte mich. Ich sah leicht niedergeschlagen zu Boden. Schuldgefühle erdrückten mich. „Ihr seid eine Gefahr für die Menschheit! Wie viele Vampire existieren?", fragte er dann.

„Wenn du es so sehen willst, eigentlich nur ich."

Der Junge sah verwirrt aus. „Aber sie ist doch auch ein Vampir." Er deutete auf mich.

„Sie ist nur für zwei Tage ein Vampir, sie sollte sich an Adrian rächen können."

„Rächen? Wofür denn?"

„Das geht dich nichts an!", fauchte Spike.

Sören hob die Hände, als wollte er sagen: kein Grund, gleich so auszuflippen.

Ein ohrenbetäubendes Heulen ertönte aus der Ferne. Ich sah auf und auch Spike blickte sich um. „Verdammt!", knurrte er. „Sie haben ihn gefunden. Bring du Sören nach Hause, ich kümmere mich um die Werwölfe!"

„Warte! Noch einen Moment!", mischte sich der Junge ein.

Spike hielt inne. „Was willst du noch?"

„Wer von euch hat Erik getötet?"

Die Schuld drohte, mich erneut zu ersticken. Ich wollte gerade gestehen, als Spike antwortete: „Ich."

Die Miene des Jungen verdüsterte sich. „Das wird dir leidtun!"

Spike lachte leise in sich hinein. „Ich werde darauf warten." Er verschwand.

„Komm, ich bringe dich nach Hause", meldete ich mich schließlich zu Wort. Sören sah mich kurz an, dann ging er voraus und ich folgte ihm. Er wohnte keine zehn Minuten vom Park entfernt. Nachdem wir uns steif voneinander verabschiedet hatten, entfernte ich mich ein paar Schritte von der Tür und wartete, bis er im Haus verschwunden war. Das Licht im Hausflur flammte auf. Ich konnte Sörens schemenhafte Gestalt durch die Milchglastür sehen, die sich immer mehr entfernte. Ich hörte, wie sich eine Tür öffnete und wieder schloss. Eine Männerstimme ertönte: „Wo warst du?" Offensichtlich handelte es sich dabei um die von Sörens Vater.

„Im Park. Du hattest recht! Vampire existieren!"

„Mein Sohn, schön, dass du es endlich einsiehst." Ich hörte Glas klirren. „Du hast einen gesehen, oder?" Eine kurze Pause folgte. „Wo? Im Park? Ah, wusste ich's doch! Sie lauern und wollen jeden von uns, mein Junge!"

Endlich hatte Sören seine Sprache wiedergefunden. „Vater? Wie sieht ein Vampir wirklich aus?" Plötzlich vernahm ich das Geräusch einer Flüssigkeit, die in einem Gefäß hin und her schwappte.

„Nun, sie können ihre Gestalt verändern. Aber ihr wahres Gesicht sieht grauenhaft aus! Du sagtest, du hättest einen gesehen? Wie hast du ihn erkannt?"

„Er hat es mir gesagt ... und er hat Erik ermordet." Eine Weile herrschte bedrückte Stille, dann fügte Sören hinzu: „Vater, ich will dir jemanden vorstellen. Sie steht noch draußen vor der Tür. Ich spüre es." Erschrocken sah ich zu dem Fenster empor, in dem als einziges Licht brannte. Zwei Personen standen dort und sahen auf den Bürgersteig zu mir hinunter.

„Lass sie herein", sagte Sörens Vater.

Sein Sohn verschwand vom Fenster, und die Sprechanlage ertönte. „Irina? Komm doch rein." Dann wurde die Tür aufgedrückt. Unsicher stieg ich die Stufen zu Sörens Wohnung hoch. Das Klackern meiner Absätze hallte von den Wänden wider. Sören erwartete mich bereits an der Tür. Was sollte das?

„Guten Abend. Oder besser gute Nacht", begrüßte mich Sörens Vater, ein Mann mit kastanienbraunem Haar, das elegant zurückgekämmt worden war. „Beinahe hätte ich vergessen, mich vorzustellen. Mein Name ist Doktor Lindental."

„Hallo, ich bin Irina, freut mich." Nein, eigentlich war das ganz und gar gelogen.

„Sie ist im Park gewesen, und dieser Vampir hat versucht, sie zu verführen", erklärte Sören.

Erstaunt blickte ich ihn an. Wieso log er? Ich beschloss, einfach mitzuspielen, um zu sehen, wohin das führte.

„Versucht?", fragte Doktor Lindental.

„Er wollte sie gerade beißen, als er mich sah", erwiderte sein Sohn.

„Ja, ein Vampir erkennt sofort die Gefahr. Gut so, sie sollen wissen, dass die Lindentals gefährlich sind." Anscheinend war dieser Mann ein Vampirhasser oder so.

„Ein Werwolf hat heute Nacht all meine Freunde getötet." Na, so wirklich traurig klang das nicht. Sören sprach auf einmal mit Gleichgültigkeit.

„Ich werde den Eltern Bescheid sagen", antwortete sein Vater. „Hat dieser Vampir dich verletzt?", fragte er dann an mich gewandt.

„Nein, hat er nicht. Sie sagten Vampir, glauben Sie wirklich, sie existieren?", fragte ich unschuldig.

„Und ob! Dich hat er doch beinahe ausgesaugt!", rief Doktor Lindental und machte eine ausladende Geste, bei der der Rotwein in seinem Glas gefährlich schwappte. Ich schwieg. Es war eindeutig, dass dieser Mann unter einem Wahn litt. „Sören, bring das Mädchen auf dein Zimmer. Morgen kann sie sicher nach Hause gehen."

„Ja, Vater." Sören führte mich in sein Zimmer. Ein Doppelbett stand darin und ein riesiger Kleiderschrank aus hellem Birkenholz. Er schloss die Zimmertür. Er stand mit dem Rücken zu mir und ich hörte, wie sich seine Gesichtsmuskeln dehnten. Er grinste.

„Warum grinst du?", fragte ich.

„Dein lieber Spike wird sich bestimmt fragen, wo du bist, nicht wahr? Er wird dich suchen und hierherkommen. Du wirst in zwei Tagen wieder ein Mensch sein, aber er bleibt eine stetige Gefahr."

„Was willst du mir damit sagen?"

„Wenn er hierherkommt, wird mein Vater ihn vernichten, und du wirst nichts unternehmen, um ihm zu helfen, oder du wirst ebenfalls sterben! Mein Vater ist ein Vampirjäger, gefürchtet und gefährlich. ... Wenn wir deinen kleinen Freund vernichtet haben, wirst du bei mir bleiben, und wenn du es nicht tust, verrate ich meinem Vater, dass du ein Vampir bist, und dann wirst auch du vernichtet!"

Ein Schauder lief mir den Rücken hinunter. Auf wie viele Feinde würde ich eigentlich noch treffen?

***

„Irina, wo bleibst du?", hörte ich Spike plötzlich in meinen Gedanken.

„Ich komme erst morgen wieder, Spike. Aber versprich mir, dass du mich nicht holen kommst."

„Wieso? Wo bist du denn? Was ist los? Wovor hast du solche Angst?", fragte er mich alarmiert.

„Sörens Vater ist eine Art Vampirjäger und Sören will dich ihm ausliefern."

„Aber, Irina, der kann mir nichts anhaben, das weißt du doch."

„Er hat mir gedroht, mich zu töten."

Wahrscheinlich war das mein Fehler. Ein wildes Knurren ertönte in meinem Kopf. „Ich komme!"

„Nein!", erwiderte ich erschrocken. Aber es war zu spät, ich konnte Spikes Stimme in meinem Kopf nicht mehr wahrnehmen.

***

Einige Sekunden später stand er in Sörens Zimmer.

„Vampirjäger also. Lächerlich!"

Sören drehte sich zu Spike um. „Ach, ist es das?" Auf Sörens Gesicht breitete sich ein böses Lächeln aus. „Du hast die Wahl. Entweder lässt du dich töten oder deine Freundin muss dran glauben."

„Und womit willst du mich zur Strecke bringen? Weihwasser? Knoblauch?"

„Silber. VAMPIR!" Sofort sprang die Zimmertür auf und Sörens Vater stand mit einem Silberpflock im Türrahmen.

„Lächerlich", hörte ich Spike sagen.

„Stirb, Vampir!", rief Doktor Lindental und rammte Spike das Silber in die Brust.

„Sollte ich jetzt so was wie *aua* sagen?", fragte er gelangweilt.

„Wieso stirbst du nicht?", fragte der Vampirjäger mit Wahnsinn in den Augen.

„Vielleicht weil Sie nichts über den Vampir wissen? Über mich."

„Warum stirbt er nicht? Sag es mir!" Sören hielt mir ein Messer an die Kehle. Spike knurrte.

„Ich weiß es nicht", sagte ich.

„Lüg nicht!", zischte Sören.

„Woher soll ich das denn wissen?" Ich begann zu schluchzen. Wie gut man als Vampir schauspielern konnte ...

„Du bist doch selber ... Du kennst ihn doch!", rief Sören verzweifelt.

„Ich weiß es aber nicht. Er hat es immer für sich behalten, hat kein Risiko eingehen wollen."

„Aber ... aber ..." Sören wusste nicht, was er tun sollte. Das Messer zitterte bedrohlich an meiner Kehle.

„Wie viele gibt es noch von deiner Art?", fragte der Vater.

„Nur mich, ich bin der Einzige." Spikes Augen glühten.

„Der Einzige? Pah! Niemals!"

„Dann glauben Sie es halt nicht. Sören, wenn du Irina nicht loslässt, reiße ich deinen Vater in Stücke!"

Sören sah abschätzend zu Spike.

„An deiner Stelle würde ich tun, was er sagt. Er tut alles, wenn es um meine Sicherheit geht", sagte ich.

Doktor Lindental blickte zu seinem Sohn. „Sören, lass das Mädchen gehen, ein Vampir hat es nicht so gern, wenn man seine Nährquelle bedroht."

Spikes Brüllen war nicht besonders laut, aber es zeigte Wirkung. Doktor Lindental zuckte zusammen.

„Sie ist nicht seine Nährquelle! Sie ist auch ein Vampir!", schrie Sören. „Er hat sie für zwei Tage zu einem Vampir gemacht, wenn das stimmt."

„Es stimmt!", knirschte Spike. „Wenn sie ein vollwertiger Vampir wäre, hätte sie dich schon längst umgebracht."

Sörens Messer berührte nun unangenehm meine Kehle. „Warum hast du sie überhaupt verwandelt? Wolltest du wissen, wie es ist, wenn man nicht mehr allein ist? Wenn man nicht mehr so gut wie ausgestorben ist?"

„Du glaubst wirklich, ich würde sie gegen ihren Willen für immer in einen Vampir verwandeln?"

„Ja, genau das glaube ich!", spie Sören Spike entgegen. Doktor Lindental entfernte sich währenddessen aus dem Zimmer, doch Spike bemerkte es nicht, er war zu sehr in Rage. „Wir werden euch beide vernichten!" In Sörens Blick lag Zuversicht. „Und mit ihr werden wir beginnen!" Doktor Lindental stand wieder in der Tür. Er hielt eine Art Pistole in der Hand.

„Holz", verkündete er. „Birkenholz!"

Spike verdrehte die Augen. „Damit können Sie nicht mal einen Werwolf töten." Doktor Lindental schien der Mut zu verlassen. „Wenn Sie einen unvollständigen Vampir wie Irina töten wollen, brauchen Sie schon eine Eberesche. Aber mich können Sie mit keinem Holz der Welt besiegen, das sage ich Ihnen jetzt schon."

„Und mit welchem Holz kann man Werwölfe vernichten?"

„Bösartige Werwölfe, deren hundertjährige Unsterblichkeit vorbei ist, kann man mit dem Holz einer Trauerweide töten." Warum unterhielten die sich jetzt über Holz? Verdammt, ich hatte Angst!

***

„Spike, bitte, lass uns endlich gehen", flehte ich in Gedanken.

***

„Okay, genug jetzt, lass sie los und wir verschwinden einfach. Tust du das allerdings nicht, dann wird dein Vater dran glauben müssen." Sören sah unschlüssig aus und dann – für einen Moment – wirkte er, als dächte er darüber nach, das Leben seines Vaters zu opfern, um mich zu töten und Spike damit verletzen zu können.

Die Sekunden vergingen und wurden zu Minuten. Spike drückte Doktor Lindental den Unterarm gegen die Kehle, während Sören einfach nur dastand und mir das Messer an den Hals hielt.

***
"Spike, tu doch etwas", flehte ich ihn in Gedanken an.
***

„Okay, du willst also wirklich, dass ich deinen Vater töte? Schön, kannst du haben." Spikes Eckzähne wurden länger und er führte seinen Mund an Doktor Lindentals Hals.

„Warte!", rief Sören. Spike hielt inne. „Ich lasse sie gehen, wenn du uns beiden – mir und meinem Vater – nichts tust."

Spike sah aus, als wäre das kein gleichwertiges Angebot. „Bitte, Spike, rächen kannst du dich immer noch", raunte ich ihm zu. Er zeigte keine Reaktion. „Warum sagst du nichts?", rief ich. Ich hielt dieses Schweigen nicht mehr aus. Sören wurde immer ungeduldiger und nervöser.

Nach einiger Zeit war Spike endlich wieder aufgetaut. „Okay, aber keine Sorge, ich komme wieder." Er ließ Sörens Vater los und auch dessen Sohn ließ mich gehen. Spike nahm meine Hand und zog mich aus der Wohnung. „Vampirjäger!", schnaubte er verächtlich. „Die haben ja keine Ahnung, welchen Fehler sie heute Nacht begangen haben!"

Ich war froh, nachdem wir das Haus der Lindentals endlich verlassen hatten. Sören und sein Vater hatten den heutigen Abend trotz Spikes Wut unbeschadet überstanden. Ich wusste nicht genau, wieso ich darüber so erleichtert war, obwohl die beiden nicht davor zurückgeschreckt wären, mich und Spike umzubringen, wenn sich ihnen eine Möglichkeit dazu geboten hätte. Aber meiner Meinung nach waren an diesem Abend schon genug Menschen gestorben.

Als wir bei Spike zu Hause angekommen waren und er mich ins Schlafzimmer geführt hatte, ließ er mich nicht aus den Augen. Er schien nach den heutigen Geschehnissen etwas besorgt um mich zu sein. Ich lächelte ihn beruhigend an, dabei nahm ich allerdings noch etwas anderes an ihm wahr. In seinen Augen lag unverkennbar ein Glühen, das ich noch nie an ihm bemerkt hatte. Ihm lagen weder Zorn noch Blutdurst zugrunde. Eher vermittelte es den Eindruck von Begierde. Konnte das sein? Erstarrt blickte ich ihn an. Was war los mit ihm? Plötzlich spürte ich seinen heißen Atem in kurzen, heftigen Stößen an meinem Nacken. Er hatte sich mir rasch und beinahe unmerklich genähert. Würde mein Herz noch schlagen, hätte es womöglich versucht, aus meiner Brust hervorzubrechen. Seine weichen Lippen berührten meinen Hals. Was sollte das? Spikes Hand schob die störenden Haarsträhnen aus meinem Nacken und liebkoste ihn.

Eine unerklärliche Angst kroch mir den Rücken hoch. Was hatte er vor? Ich stand stocksteif da und wartete. Etwas Spitzes streifte meinen Hals. Eine Sekunde später realisierte ich, dass es Spikes Zähne waren. „Du brauchst keine Angst haben, Irina", murmelte er. „Ich werde dir nicht wehtun." Welche Ironie, abgesehen davon, dass ich keine Schmerzen verspüren konnte. Mein Körper entspannte sich nicht. Was entfachte diese Gier in ihm?

Etwas bohrte sich in meinen Hals. Ein stummer Schrei entfuhr mir und gleichzeitig überkam mich ein unglaubliches Gefühl. Ich konnte mich nicht mehr auf den Beinen halten und ließ mich unbeabsichtigt nach hinten fallen, doch Spike fing mich auf. Ich hörte, wie mein Blut leise seine Kehle hinunterfloss. Seine Hände umschlossen meine Taille. Ich verfiel in eine Art Rausch. Spikes Finger fuhren fordernd meinen Rücken entlang.

Das Verlangen erreichte gerade seinen Höhepunkt, als Spike seine Zähne aus meinem Hals zog und den Griff lockerte. Das Glühen in seinen Augen war fast erloschen. Weder er noch ich sagten etwas. Das Hochgefühl von vorhin wirkte noch nach. Spike ließ mich nicht los, sein Kinn ruhte auf meiner Schulter. Ich war mir sicherer denn je: Wir gehörten zusammen!

Nach einer Weile ließ Spike mich los und blickte mir tief in die Augen. Das Glühen war nun ganz verschwunden. „Willst du immer noch, dass ich dir die Erinnerung an dein Vampirdasein nehme?"

Ich wagte nicht zu blinzeln. „Nein, ich will nichts vergessen, auch Sören und seinen Vater nicht." Und das meinte ich ernst. Ich wollte nicht vergessen, was Spike und ich soeben geteilt hatten. Und wenn ich dafür die Erinnerung an den Vorfall mit den Lindentals in Kauf nehmen musste, hatte ich mich wohl damit abzufinden.

Er nickte. „Gut."

Nachdem ich mich ein wenig ausgeruht hatte, nahm ich eine Dusche. Als ich zurück ins Zimmer kam, saß Spike auf dem Bett und starrte Löcher in die Luft.

„Hey, hast du Langeweile oder warum sitzt du hier so rum?", fragte ich ihn. Ich zurrte das Handtuch fester um meinen Körper und ließ mich neben ihm auf dem Bett nieder.

„Beiß mich!", sagte er plötzlich und blickte mich mit leuchtenden Augen an.

„Was?", rief ich entsetzt aus. Er strahlte dasselbe gierige Funkeln aus wie vorhin und verwirrte mich damit aufs Neue.

„Du sollst mich beißen!", raunte er mir heiser entgegen.

Ich sah ihn verdutzt an. „Wieso sollte ich das tun? Ich denke, Vampirblut schmeckt nicht?"

„Dein eigenes Blut schmeckt nicht. Aber ich habe dich doch vorhin auch gebissen. Bist du nicht in einen Rausch verfallen?" Zögernd nickte ich, die wunderbare Erinnerung an diesen Moment noch ganz frisch in meinem Gedächtnis. „Na also. Bitte, Irina, beiß mich."

Ich hielt inne, aber ein wenig neugierig war ich ja schon zu erfahren, wie es sich wohl anfühlte, wenn man derjenige war, der zubiss und das Blut trank. Ich spürte, wie meine Eckzähne automatisch länger wurden. „Was ist das eigentlich für ein Rausch?", fragte ich.

„Man nennt es den *Vampirorgasmus.*" Er lächelte leise. „Es hat nichts mit Sex zu tun, aber es fühlt sich einfach umwerfend an. Dagegen ist menschlicher Sex gar nichts. Wenn man lange genug das Blut des anderen trinkt, ist es geradezu perfekt."

Ich überlegte kurz, ob ich das für eine gute Idee hielt, aber schließlich siegte die Neugierde. Ich biss zu. Sofort quoll Blut aus der Wunde und floss mir in den Mund. Es schmeckte nach Verlangen und Sehnsucht. Je mehr Blut ich trank, desto stärker wurden die Gefühle. Spikes Finger klammerten sich an mein Handtuch. Ich spürte seinen Willen, dem Rausch mehr zu verfallen. Immer mehr Blut floss mir die Kehle hinunter. Ich hielt meine Augen geschlossen und ließ meine Sinne die Umgebung ertasten. Ich spürte, wie Spikes Finger ungeduldig am Handtuch rissen. Sofort zog ich meine Zähne aus seinem Hals. Die Augen immer noch geschlossen, spürte ich das Handtuch von meinem Körper gleiten. Weiche Lippen liebkosten mein Schlüsselbein.

Einige Augenblicke später überkam mich eine merkwürdige Müdigkeit. Ob das wohl an Spikes Blut lag? Hatte jedes Blut eine andere Wirkung? Ich ließ mich weiter in die Kissen zurücksinken. Bald umhüllten mich Wärme und vollkommene Schwärze. Als ich wieder erwachte, fühlte ich mich merkwürdig. Mein Körper war steif und schmerzte. Es war dunkel im Zimmer und ich konnte kaum etwas erkennen.

„Du hast ziemlich lange gebraucht, bis du wieder zu dir gekommen bist", sagte Spikes Stimme irgendwo aus dem Dunkeln.

Ich ahnte, dass mein kurzfristiges Dasein als Vampir beendet und ich wieder zum Menschen geworden war. Im Dunkeln konnte ich praktisch so gut sehen wie ein Maulwurf, ich tastete blindlings auf dem Bett umher.

„Ich bin hier." Spikes Hand umfasste die meine.

Welch eine Ironie. Von einem Moment auf den anderen war ich vom mächtigen Jäger zur schwachen Beute degradiert worden. Spikes Hand zog mich zu sich. Er war zweifellos besorgt.

„Was hast du?", fragte ich.

„Jetzt, wo du wieder ein Mensch bist, mache ich mir nun mal Sorgen. Es fließt das Blut eines Vampirs in mir."

„Natürlich, schließlich bist du auch ein Vampir", lachte ich.

„So war das nicht gemeint. Es fließt noch immer dein Blut in mir."

Ich hob meinen Kopf von seiner Brust, um die Umrisse seines Körpers besser sehen zu können. Ehrlich gesagt konnte ich selbst diese nur schwer erkennen. Mann, war es düster in diesem Zimmer!

„Und was bewirkt das?"

„Dass mein Verlangen nach Blut stärker geworden ist. Die vielen Menschen auf den Straßen machen mich verrückt. Das ist die Auswirkung deines Blutes. Zuerst dachte ich, es würde daran liegen, dass so viele Leute unterwegs waren, aber der Durst ist ständig präsent und verschwindet überhaupt nicht mehr."

„Und du hast jetzt Angst, dass du mich beißen könntest?"

„Ja. Genau davor habe ich Angst. Außerdem ist heute Vollmond. Mein Durst ist dann besonders stark." Mir schwirrte der Kopf. Es klang merkwürdig verlockend, bis zum letzten Tropfen von ihm ausgesaugt zu werden. In seinen Armen zu sterben ...

„Irina, was machst du da?" Spikes Stimme klang beunruhigt. Dabei brauchte sie das gar nicht. Ich spürte, wie sich sein Körper anspannte. „Lass dich nicht von den Trugbildern leiten, Irina. Sie entstehen durch meine Macht, aber ich kann sie nicht kontrollieren."

Ich war jedoch schon in die von ihm erschaffene Welt eingetaucht und achtete nur auf die süßen Worte, die er mir unterbewusst einflüsterte ...

***

„Jeder noch so kleine Tropfen erlöst mich, Irina. Befreie mich von dieser Dunkelheit. Dein Blut kann mich retten, du musst es mir nur geben. Indem du dein Leben gibst, rettest du das meine."

***

Ja. Er musste weiterleben, schließlich besaß er so viel Macht und war der Einzige seiner Art. Menschen gab es viele ... Ich stand auf, er blieb auf dem Bett liegen und starrte mir einfach nur wie in Trance nach, als ich das Zimmer verließ und kurze Zeit später mit einer Nagelpfeile in der Hand zurückkam.

„Ja, stich zu und erlöse mich", flüsterte mir seine Stimme zu.

Ein stechender und sengender Schmerz, dann spürte ich, wie Blut aus der kleinen Wunde an meinem Hals sickerte ...

EIN LETZTER KAMPF

―――○―――――○―――

Der Geruch ihres Blutes traf mich wie ein Rammbock. Ich nahm den leichten Druck wahr, der sich auf meiner Iris verteilte. Jegliches Vernunftgefühl wich aus meinem Körper, ich drohte, die Kontrolle zu verlieren. Ich fühlte mich wattig im Kopf und meine Kehle war trocken wie die Sahara. Als ob die Sonne unerträglich und unerbittlich auf den Sand knallte, brannte meine Kehle. Der unwiderstehliche Duft ihres Blutes raubte mir jeglichen Verstand. Ich näherte mich langsam der winzigen Wunde an ihrem Hals. Ihr Herz schlug ein wenig schneller als sonst. Ich drückte meine Lippen sanft auf das kleine Blutrinnsal und tastete mich dann langsam bis zum Einstich hoch. Ihre Augen schlossen sich. Ein Schauder schüttelte meinen Körper und beschwor meine Wildheit und unverhohlene Gier herauf. Unvermittelt biss ich zu. Sofort füllte sich mein Mund mit warmem und frischem Blut. Ich nahm große Schlucke. Ihr Körper begann zu zittern. Meine Hände umfassten ihre Schultern und krallten sich fest. Immer mehr Blut quoll aus ihrer Vene und floss meine Kehle hinunter. Meine Gier wurde größer und mein Griff ungestümer. Immer lauter knackten ihre Knochen und ihr Körper wurde schwach. Sie war vollkommen blutleer.

Als ich erwachte, hatte ich das Gefühl, dass irgendetwas nicht stimmte. Es war viel zu ruhig. Ich öffnete meine Augen und klares Sonnenlicht blendete mich. Ich ließ das gleißende Licht in meine Pupille eindringen, bis diese sich daran gewöhnt hatte und ich wieder klar sehen konnte. Jetzt bemerkte ich, was fehlte: der Herzschlag, der Puls, Blutrauschen.

Ich drehte mich zur Seite und Übelkeit überkam mich. Ihre Haut schimmerte weiß im Sonnenlicht ebenso, wie ihr Haar darin glänzte. Tausende Diamanten glitzerten auf ihren sanften Lippen. Ihre

Adern waren unnatürlich deutlich zu sehen. Ich strich ihr mit den Fingerspitzen sachte über die schneeweiße Wange. Ihre Haut war weich. Mein Speichel hatte dafür gesorgt, dass sie auf ewig aussehen würde, als schliefe sie. Weder die Leichenstarre noch der Verwesungsprozess würden jemals einsetzen.

Ich stand auf und betrachtete ihren Hals. Meine Bissspuren waren verschwunden. Kraftlos schlurfte ich ins Badezimmer. Meine Augen strahlten immer noch golden, und jäh blitzte der Durst wieder auf. Ich wandte das Gesicht vom Spiegel ab und klammerte mich ans Waschbecken.

„Tja, du hast sie wohl umgebracht. Schade, ich hatte noch so viel mit ihr vor", hörte ich plötzlich eine bekannte Stimme hinter mir. Aber das konnte nicht sein! Ich drehte mich langsam um. Erschrocken erstarrte ich. In Adrians Gesicht stand ein Ausdruck des Bedauerns. Sofort mischte sich ein Rotton in das Gold meiner Iris. „Was hast du getan, wie ist das möglich? Du bist tot! Was willst du, Adrian?"

„Dich beglückwünschen. Du bist der erste Vollidiot, der seine große Liebe ausgesaugt hat. Wie ich hierherkomme, kann ich dir nicht sagen. Das würde die Spannung verderben. Allerdings muss ich zugeben, dass es nicht schlecht ist, einen Arzt mit gewissen Fähigkeiten als Vater zu haben." Ein lautes Knurren entwich meiner Kehle. „Na, na, willst du es etwa leugnen? Zu blöd, da der Beweis doch auf deinem Bett liegt." Automatisch stellte ich mich in Angriffsposition. „Dir scheint es nicht unbedingt leidzutun. Du trauerst ja nicht mal. Stattdessen bereitest du dich darauf vor, mich umzubringen."

„Du weißt gar nicht, wie sehr es mir leidtut! Meine Eingeweide brennen, mein Herz zerreißt gerade in Millionen lodernder Fetzen und in mir wächst mit jeder Sekunde der Selbsthass!"

„Bravo!" Adrian klatschte. „Bravo, bravo, bravo! Für dieses Theaterstück sollte man dir den Oscar verleihen. Oh nein, warte! Der wird ja nur für Filme verliehen. So ein Pech!"

Ich schnellte nach vorne, griff nach seiner Kehle und drückte ihn an die Wand. „Mit dir bin ich noch nicht fertig, Adrian! Noch lange nicht!"

„He", würgte der hervor. „Soll ich dir mal verraten, wieso ich Irina nie umgebracht habe?" Ich verengte die Augen. „Weil ich genau wusste, dass du sie wiederbeleben kannst, egal, wie lange sie schon tot sein würde."

Ich ließ ihn unvermittelt los. „Verschwinde!", blaffte ich ihn an.

Er rieb sich die Kehle. „Wie du meinst, aber das hier war nicht unser letztes Treffen." Er verließ gelassen das Zimmer.

Ich ging zurück zu Irinas leblosem Körper und setzte mich daneben. Ich betrachtete sie mit einer unbekannten Leere in meinem Herzen. Vorsichtig hob ich ihren Kopf an und bettete ihn an meine Brust. Alles hätte ich gegeben, damit sie weiterleben könnte. Meine Schuldgefühle erdrückten mich. Ohne zu zögern, hätte ich meine Unsterblichkeit für sie geopfert, wenn sie nur wieder atmen würde. Reglos und still saß ich da, hielt sie in meinen Armen und konnte den Blick nicht von ihrem wunderschönen Gesicht abwenden. Der einzige Gedanke, der in meinem Geist Platz hatte, galt Irina und wie ich sie wieder ins Leben zurückholen könnte. Die Zeit verstrich, und ohne es zu bemerken, schwanden mir allmählich die Sinne.

Plötzlich durchdrang eine sanfte Stimme die Schleier meines Schlafes. Ich konnte meine Augen nicht öffnen, die Lider waren schwer wie Blei und ich hatte das Gefühl, mein Körper schmerzte überall.

„Spike, wach auf!" Da war wieder diese sanfte Stimme, und zarte Hände strichen mir über die Wange. Mühsam schlug ich die Augen auf und blickte in das besorgte Gesicht von Irina. Sie lebte! Es hatte funktioniert, meine Energie und mein Wille hatten sie mir zurückgebracht. Unendlich glücklich schloss ich sie in meine Arme und pflasterte ihr Gesicht mit Küssen. Eine Weile saßen wir nur so da und genossen die Nähe des anderen. Schließlich fragte sie mich: „Was ist eigentlich passiert?"

„Du hast dich meiner Macht ergeben und dir mithilfe einer Nagelfeile in den Hals gestochen", versuchte ich, ihr die Geschehnisse der letzten Stunden zu erklären.

Sie sah mich verwundert an. „Ich habe mich selbst verletzt?"

„Ja. Aber wie gesagt nur, weil meine innere Gier dich dazu getrieben hat. Jedenfalls konnte ich mich nicht mehr kontrollieren, da ich unter dem Einfluss des Vollmonds stand. Ich habe dein Blut getrunken, konnte mich aber nicht beherrschen. Deswegen bist du ... Na ja, eigentlich habe ich dich getötet. Es tut mir so unendlich leid!" Schuldbewusst blickte ich sie an, suchte nach einem Zeichen von Verständnis oder Verzeihen in ihrem Gesicht.

Sie legte mir ihre Hand, die eiskalt war, beruhigend an die Wange und sprach: „Aber ich lebe wieder, du brauchst dir keine Sorgen zu machen. Mir geht es gut." Ich spürte, dass es keine Lüge war. Dennoch beunruhigten mich ihre Worte. „Was ist danach passiert?", wollte sie weiter wissen.

„Ich glaube, ich habe zu viel Kraft in deine Wiederbelebung gesteckt. Das hat mich meine ganze Energie gekostet."

„Das ist dir das letzte Mal aber nicht passiert, oder?"

„Nein." Ich schauderte. Das letzte Mal hatte ich ihr einen Silberpflock ins Herz gerammt, um meinen Körper daran zu hindern, sich zurück in einen Menschen zu verwandeln.

„Na siehst du. Vielleicht war das auch bloß die Auswirkung des Vollmonds?", lächelte sie.

Mit einem Mal schoss mir ein anderer Gedanke durch den Kopf, den ich bis zu diesem Moment verdrängt hatte: Adrian war wieder da und er hatte mir Rache geschworen! Laut sagte ich: „Hör zu. Gestern Nacht ist sehr viel passiert. Das wird dich nun schockieren, und ich weiß auch nicht genau, wie es möglich ist, aber Adrian ist hier aufgetaucht. Er ist wieder am Leben."

Irina erblasste. „Er war hier? Aber er ist tot. Ich habe es gesehen … Wie ist das möglich?"

„Ich weiß es nicht. Ich sage es zwar nur ungern, aber Diego und die anderen könnten uns helfen."

„Also wird er wieder hinter mir her sein?", fragte sie besorgt.

„Ja, denn er wird sich rächen wollen, und zwar in erster Linie an mir. Er weiß genau, wie sehr er mich zur Weißglut treiben kann, wenn er dir etwas antut. Wir müssen mit Marco und Diego sprechen."

Ich wollte Marco ein wenig ärgern und materialisierte uns direkt in seinem Schlafzimmer. Ich sah auf den Wecker. Drei Uhr morgens. Diese Uhrzeit zauberte ein Grinsen auf mein Gesicht. Marco war tatsächlich zu Hause. Äußerst ungewöhnlich, da er normalerweise nachts mit seinem Rudel unterwegs war. „Hallo! Aufwachen, du Flohsack!" Ich rüttelte ihn wach.

„He … Was?" Marco war aufgesprungen und riss wild den Kopf

hin und her. Er rieb sich die Augen. „Spike? Was machst du hier?"

„Du meinst, was macht ihr hier? Aber um es kurz zu machen: Adrian ist wieder da."

„Was? Aber ich dachte, er wäre tot?" Marco riss erschrocken die Augen auf.

„Das war er auch, aber sein Vater war so freundlich und hat ihn wiederbelebt. Wie auch immer er das geschafft hat. Ich will, dass du Diego davon berichtest!"

„Jetzt? Um diese Zeit? Ja, ist ja gut. Man sieht sich." Marco schleppte sich immer noch verschlafen zu seinem Fenster.

„Ist es von dir beabsichtigt, in Boxershorts durch die Straßen zu rennen?", fragte ich ihn.

Er blinzelte mich verwirrt an. „Ich glaube nicht, dass es jemand sehen wird, wenn ich als Wolf durch die Gegend laufe." Er öffnete das Fenster und schlüpfte hinaus.

Nachdem er verschwunden war, blickte Irina mich an und fragte: „Was sollte das jetzt? Wie soll Diego uns eigentlich helfen?" Sie sah verzweifelt aus.

„Diego ist zwar ein Werwolf, aber nicht so ein Idiot, wie Bully es war. Er hat uns schon einmal geholfen. Oder es zumindest versucht."

„Adrian ist wieder unsterblich, hab ich recht?"

Ich sah sie unverwandt an. „Ja, solange er mit keinem Mädchen ..." Ich unterbrach mich und nahm stattdessen ihre Hand, die eiskalt war. „Lass uns nach Hause gehen."

Marcos Zimmer war im Erdgeschoss, also kletterten wir wie Marco aus dem Fenster. Wir gingen zum Feld, wo der Kampf zwischen mir und meinem Freund stattgefunden hatte.

„Du willst doch nicht etwa den ganzen Weg zu Fuß gehen, oder?", fragte mich Irina.

„Ich möchte noch etwas frische Luft schnappen", entgegnete ich ihr. Das war nicht gelogen, aber ich wollte auch zu Diego, ich musste mit ihm reden! Ich horchte in mich hinein, um Marcos Rudel zu orten.

Jäh stieß ich auf mein Ziel. Diego und fünf weitere Wölfe befanden sich in dem Wald, in dem Irina das Rudel das erste Mal gesehen hatte. „Ich habe es mir anders überlegt, wir werden Diego selbst einen Besuch abstatten." Bevor sie etwas einwenden konnte, standen wir auch schon auf der großen Wiese vor dem Wald.

„Müssen wir dort hinein? Es ist gruselig", flüsterte Irina ängstlich.

„Keine Angst, dir passiert schon nichts." Wir betraten den Wald, zehn Minuten später standen wir vor Marcos Rudel.

„Was willst du von mir?", wurde ich von dem Anführer der Werwölfe nicht gerade freundlich empfangen.

„Hat Marco dir noch nichts erzählt, Diego?", fragte ich.

„Er ist eben erst angekommen. Was ist bitte so wichtig, dass Marco uns zusammentrommelt und ihr beide hier auftaucht?" Der große braune Wolf tigerte auf und ab.

„Adrian ist wieder da."

„Was heißt *wieder da*?"

„Das heißt, dass er nicht mehr tot ist."

Der Gesichtsausdruck des Wolfes war schwer zu deuten. „Nicht mehr tot ... Wie ist das möglich?"

„Ich weiß nicht, wie er das gemacht hat, aber sein Vater scheint ihm dabei geholfen zu haben."

„Und warum erzählst du mir das?"

„Erstens, weil es deine Pflicht ist zu wissen, wenn Gefahr droht. Und zweitens, weil dein Leben verschont wird, indem du mir hilfst."

Der braune Wolf zog die Lefzen hoch. „Du tust so, als würde ich in deiner Schuld stehen!", knurrte er.

Ich wollte gerade ein hämisches Grinsen aufsetzen, als ich ein Geräusch hörte. Es war noch fünf Minuten von uns entfernt. „Sie kommen!", teilte ich den anderen mit.

„Wer kommt?", fragte Diego fast herausfordernd.

„Adrian."

„Du hast sie hierher gebracht!" Die Augen des Wolfes funkelten zornig.

„Ich habe sie nicht hierher gelockt!", knurrte ich zurück.

Die Bewegungen der immer näherkommenden Wölfe wurden schneller. Adrian war nicht allein!

„Ihr solltet von hier verschwinden!", rief ich in Diegos Richtung. Doch der hatte ganz andere Sorgen. Pascal und Chris rauften miteinander und sie waren dabei so laut, dass Adrians Rudel sie problemlos hören würde. „Verdammt, hört auf ihr zwei!", zischte Diego, doch die beiden hörten nicht auf, sich zu kabbeln. Mit einem Schnauben ging Diego dazwischen.

In der Zwischenzeit hatten die feindlichen Werwölfe ihr Tempo erhöht und waren noch gute zwei Minuten von uns entfernt. Irina hatte sich fest an mich gepresst und ein Zittern erschütterte ihren Körper. „Verschwindet von hier!", rief ich erneut und war mir dabei ziemlich sicher, dass der Feind meine Worte vernommen hatte.

Emilie winselte, dann brach ein schwarzer Wolf aus dem Gestrüpp hervor und landete in der Mitte der kleinen Lichtung, auf der wir uns befanden. Seine intensiv blauen Augen leuchteten auf. Es war Adrian. Irinas Körper hatte sich versteift. Das Zittern war verschwunden.

Jetzt näherten sich von allen Seiten Wölfe. Allesamt schwarz. Der Wolf mit den blauen Augen zog die Lefzen zurück, so als wolle er grinsen.

„Du hast sie bereits mitgebracht? Aber das wäre doch gar nicht nötig gewesen." Adrians Stimme hallte merkwürdig.

„Spike, ich habe Angst", vernahm ich Irinas Stimme in meinem Kopf. Ich ignorierte ihre Gedanken und beäugte misstrauisch die restlichen Wölfe. Einer mit struppigem Fell und schwarzen Augen fiel mir ins Auge. Es war Riley, der Adrians Nachfolger als Leitwolf werden würde, sollte diesem etwas zustoßen.

„Und wozu hast du diese Hunde hier mitgebracht?" Mit einem Blick auf Diegos Rudel bedeutete Adrian mir, wen er meinte.

„Sie sind rein zufällig hier", sagte ich ruhig.

Adrians Augen verengten sich. „Mach dich ja nicht lustig über mich!"

„Oh, keineswegs."

„Gut, wir wollen doch nicht ... zu Mördern werden." Seine Lefzen schoben sich noch weiter nach hinten.

Heiße Wut durchströmte mich, doch ich wusste, wenn ich Adrian jetzt angriff, war Irina leichte Beute für sein Rudel. Ich versteckte all meine Wut hinter einem höhnischen Grinsen. „Stimmt. Das wollen wir nicht."

Adrians Grinsen verflüchtigte sich ein wenig. Hätte mein Herz noch geschlagen, hätte es vor Vergnügen einen Sprung gemacht.

Riley bewegte sich und ich schnellte herum. Er war Irina und mir gefährlich nahe gekommen. Ich wartete auf seine Gedanken, um herauszufinden, was er vorhatte, doch sein Kopf war der reinste Friedhof bei Nacht. Während Riley auf uns zuschlich, beobachtete Adrian uns.

Plötzlich blitzte ein Wort auf: „Jetzt!" Pfoten schlugen auf dem Boden auf und die Luft begann zu zischen, als riesige Wölfe zum Sprung ansetzten.

„Ein Hinterhalt!", ging es mir durch den Kopf. „Irina, komm zu mir, so dicht du nur kannst." Sie drückte sich enger an mich. Doch bevor ich sie festhalten konnte, rissen mich drei aus Adrians Rudel von ihr weg. Zwei schwarze Wölfe hatten wieder ihre Menschengestalt angenommen und sie gepackt. Marco sprang vor, wurde jedoch von einem braunäugigen Wolf zur Seite gerissen. Ich rappelte mich auf und suchte mit meinem Blick nach Irina, doch ich konnte nur schwarze Wölfe sehen.

„Irina, wo bist du?"

„Ich weiß es nicht. Irgendwo auf dieser Lichtung. Hilf mir, er kommt!" Die Panik ließ ihre Stimme beben. „Er macht mir Angst! Bitte, halte ihn fern von mir."

Ich griff blindlings nach einem Werwolf und schleuderte ihn von mir weg. Angst schnürte mir die Brust zu. Angst um sie. „Marco!" Meine Stimme klang merkwürdig hohl und überhaupt nicht nach mir. Ich erhaschte einen Blick auf Diego, der Marco aus dem Getümmel gerissen hatte und sich mit seinem Rudel an der Seite drängte. Adrian stand wieder als Mensch vor zwei seiner Untergebenen, die ebenfalls ihre Wolfsgestalt aufgegeben hatten. Sie blickten auf den Boden hinab.

„Ist Adrian bei dir?", fragte ich Irina und kämpfte mich durch die Werwolfmenge.

„Ja. Bitte hilf mir, er hat einen ganz komischen Blick."

Materialisieren! Warum war ich da nicht früher drauf gekommen? Im nächsten Moment packte ich Adrian am Kragen und rief: „Hau ab!" Sofort bereute ich mein Handeln, da einer seiner Handlanger Irina ergriff.

„An deiner Stelle würde ich mich loslassen", grinste Adrian.

Nur widerwillig folgte ich seinem Vorschlag und ließ von ihm ab. „Was suchst du hier, Adrian?"

Sein Grinsen wurde breiter. „Rache!"

So sehr verwunderte mich das nicht.

„Wieso lässt du dich von ihm einschüchtern? Ich denke, du bist das mächtigste Wesen auf der Welt?", hörte ich Irinas Stimme.

Ja, das war ich, aber ich wollte Adrian die Show vermiesen. „Du willst dich also rächen? An wem?"

„An dir! Wegen dir bin ich gestorben!"

„Sagen wir, der Kandidat hat fünfzig Punkte. So stimmt das nicht ganz." Ich warf einen kurzen Blick auf Irina. „Ich wollte es, ja, aber du hast dich selbst ins Aus geschossen. Hättest du die Jugendlichen nicht getötet, hättest du ihre Wut nicht entfacht."

„Diese Jugendlichen waren doch bloß ein kleiner Zeitvertreib."

„Ach wirklich?" Ich drehte mich um. Ein Junge mit blondem Haar stand am Rande der Lichtung und beobachtete uns.

„Wer bist du denn?", fragte Adrian verblüfft.

„Ich bin, so gesehen, der letzte Überlebende des Massakers, das du angerichtet hast", antwortete Sören.

„Sag mal, wie dumm bist du eigentlich?", sagte Adrian dann.

„Dumm? Oh nein. Ich bin hier, um mich genau wie du zu rächen."

„So, so, und an wem?" Adrians Interesse war geweckt.

„An diesem Vampir dort." Er wies auf mich.

Ich rollte mit den Augen. Das sollte wohl ein Witz sein!

„Du willst den Vampir jagen? Sag mal, Kleiner, hast du irgendwelche magischen Fähigkeiten oder hast du Drogen genommen?", verhöhnte Adrian den unscheinbaren Jungen.

Sören sah verunsichert aus. „Magische Fähigkeiten?"

„Ja. Bist du ein Werwolf, ein Element, ein Herrschender?"

„Nein, ich bin ein Mensch."

Adrian prustete los. „Du willst dich an ihm rächen? Hahaha! Das ist das Lächerlichste, was ich je gehört habe! Also doch Drogen!"

„Du bist ein Werwolf, richtig? Siehst du diese Pistole hier? Die ist mit Trauerweidenholz geladen." Sören ignorierte Adrians Einwurf und demonstrierte seine alberne Waffe. Wieso brachte er Trauerweidenholz mit, wenn er keine Ahnung hatte, ob sein Ziel die Grenzmarke von hundert Jahren bereits überschritten hatte? Menschen waren manchmal so dumm!

Ich hörte Irinas Herz hämmern. Für sie war es sehr unangenehm, so viele Feinde um sich zu haben. Außerdem war die Erinnerung an Sören für sie sicherlich alles andere als positiv. Als sie ihn das letzte Mal gesehen hatte, hatte er sie mit einem Messer bedroht.

„Hast du wenigstens eine Strategie, wie du den Blutsauger umbringen kannst?", hörte ich Adrian fragen.

„Umbringen? Ihn? Nein." Sören lachte. „Ihn werde ich nicht umbringen. Ich bin an ihr interessiert." Er wies auf Irina.

„Wirklich? Nun, du kommst leider zu spät, sie gehört mir." Adrian schenkte ihm ein bedauerndes Lächeln.

„Dir? Aha. Und was willst du mit ihr machen?", fragte Sören.

„Das geht dich nichts an." Adrians Stimme hatte einen ruhigen, hypnotischen Ton angenommen.

„Spike, bitte, lass uns verschwinden", raunte mir Irina zu.

„Warte noch einen Moment", gab ich zur Antwort. Es begann gerade, interessant zu werden.

„Spike!" Marcos Stimme drang an mein Ohr. „Bring sie hier weg!"

„Halte dich da raus!"

„Es ist viel zu gefährlich! Siehst du denn nicht, dass Irina totale Angst hat?" Marco war bei mir angekommen. „Wer ist das denn?", fragte er dann mit einem Blick auf Sören.

„Darf ich vorstellen, unser Vampirjäger!"

„Vam... Aber ansonsten ist alles in Ordnung, oder?"

Adrian wandte sich mir zu. „Willst du uns beiden nicht einen Gefallen tun und diesen Blondschopf beseitigen?"

„Tut mir leid, aber dies ist nicht der richtige Zeitpunkt." Ich hatte Sören versprochen, mich an ihm zu rächen und das würde ich auch tun, doch noch nicht jetzt.

Sören sah Adrian abschätzend an. „Ich bin bereit, dir das Massaker an meinen Freunden zu verzeihen. Aber dafür verlange ich eine Gegenleistung." Ich unterdrückte ein Lachen.

Auf Adrians Gesicht breitete sich ein gehässiger Ausdruck aus. „Du willst mit mir eine Art Handel eingehen? Hör mal zu, du jämmerlicher Wurm, dieses Massaker, wie du es nennst, war ein kleiner Zeitvertreib. Nichts, was ich irgendwie bereue. Dieses lächerliche Ding kannst du wieder wegstecken", fügte er mit einem gehässigen Blick auf die Trauerweidenpistole hinzu.

„Gut, dann nehme ich mir eben, was ich will!" Sören wollte eine Hand nach Irina ausstrecken, doch Adrian, Marco und ich traten vor.

„Wenn du sie anrührst, mache ich Hackfleisch aus dir!", zischte ich.

Plötzlich hielt er statt der Weidenpistole eine Ebereschenknarre in der Hand. „Ich sagte doch bereits, dass ich mir nehmen werde, was ich will."

„Ziemlich dumm von dir", entgegnete Marco ihm gleichgültig.

„Halts Maul! Okay, Vampir, wenn du sie mir freiwillig gibst, werde ich dir nichts tun. Hinderst du mich jedoch daran, muss ich dich leider erschießen."

Adrian begann zu lachen. „Du willst ihn töten? Wie blauäugig bist du eigentlich?"

„Nur, weil du zu blöd warst, es zu tun?", warf Marco ein. Jetzt war es an ihm zu lachen. „Adrian hält bis jetzt den Rekord. Zugegeben, Farid macht seine Sache auch nicht schlecht."

Ich fügte hinzu: „Du musst wissen, dass Farid ein sehr mächtiges Wesen ist. Er ist der Herrscher des Sandes. Die komplette Sahara steht unter seinem Befehl. Erinnerst du dich noch an die Sandstürme hier in Deutschland? Farid hat den Hamburger Hafen zugeschüttet."

„Und wenn schon, dann haben die beiden eben nicht das Richtige getan." Sören ließ sich nicht von seinem Plan abbringen.

„Oh, du weißt gar nicht ..." Marco brach ab. Er hatte das Funkeln in meinen Augen bemerkt. Wir mussten Adrian ja nicht gleich auf die Nase binden, dass Farid einen Köter besaß, der durchaus die Macht hatte, mich zu vernichten.

„Okay, erschieß mich ruhig." Sören sah mich überrascht an. „Komm schon, drück ab."

„Du willst wirklich, dass ich dich umbringe?", fragte er unsicher.

Ich hatte ihn aus dem Konzept gebracht. Das heißt, wenn er denn eines hatte. „Ich will, dass du es versuchst", antwortete ich ihm.

„Ich soll versuchen, dich umzubringen?"

„Sag mal, bist du schwer von Begriff?" Langsam wurde ich ungeduldig.

„Na schön! Hast du ihm noch irgendetwas zu sagen?", fragte Sören an Irina gewandt. Sie schüttelte den Kopf, unfähig, auch nur ein Wort zu sagen. Sören richtete die Waffe auf meine Brust. „Dann geht's also los!" Sein Zeigefinger betätigte den Abzug. Das spitze Holzgeschoss bohrte sich in mein Herz. Blut durchtränkte meinen weißen Pullover. Ich atmete tief ein, um meine Lungen mit genug Luft zu füllen. Dann ließ ich einen tiefen Seufzer los.

„Nun, da ich nicht tot bin und es bei dem Versuch geblieben ist, könnten wir diese allmählich langweilige Prozedur unterbrechen und alle wieder nach Hause gehen?"

„Nein! Ich will sie!", rief Sören. „Sie war ein Vampir, jetzt ist sie wieder ein Mensch, ich will ihren Körper untersuchen." Es fühlte sich an, als hätte mir jemand Salzsäure in die Venen gespritzt. Ihren Körper untersuchen? Erneut drückte das Blutrot auf meine Augen.

„Du wirst sie nicht anrühren! Der Einzige, der sie anfassen darf, bin ich!" Adrian verkrampfte sich leicht. „Und nur ich!"

Irina hatte es geschafft, sich mir so zu nähern, dass sie meine Hand ergreifen konnte. „Bitte, lass uns endlich gehen", flehte sie.

„Keine Panik, wir werden gleich gehen", versuchte ich, sie zu beruhigen.

„Nein!" Erneut funkte Sören dazwischen. „Ich will mehr über sie herausfinden, zum Beispiel wie ihr Körper auf diese Degeneration reagiert hat!"

„Wie oft noch? Ich lasse niemanden an sie ran! Hörst du?"

„Tja, so ganz stimmt das nicht", meldete sich Adrian. „Ich meine, du hast mich sicherlich nicht ganz freiwillig an sie rangelassen, aber ich hatte durchaus Gelegenheit dazu."

„Wenn du nicht willst, dass ich dich zerquetsche wie einen Käfer, Adrian, dann solltest du lieber dein Maul halten!" Meine Wut wurde dadurch noch mehr angestachelt. Ich hatte den Eindruck, eine weitere Ladung Salzsäure würde durch meine Adern gepumpt.

„Lass uns gehen, Spike. Hör auf zu reden und lass uns einfach verschwinden." Ihr Flehen war unerbittlich.

„Du wirst nicht so einfach mit ihr verschwinden, Blutlutscher! Ich habe noch nicht, was ich wollte!", ging Adrian dazwischen.

„Glaubst du im Ernst, ich würde sie dir überlassen? Hältst du mich wirklich für so dumm?", zischte ich ihn an.

„Ich halte dich nicht für dumm, ich kenne deine Intelligenz nur zu gut. Ich kann es nur nicht ertragen, dass ich nicht das bekomme, was ich will!"

„Ich weiß. Aber für mich ist es eine Genugtuung, dich unzufrieden zu sehen", entgegnete ich ihm höhnisch. Bevor Adrian auch nur irgendetwas tun konnte, waren Irina und ich verschwunden. Wir standen bei mir zu Hause im Wohnzimmer.

„Was meinte Sören damit? Meinen Körper untersuchen?", fragte sie mich ängstlich.

„Ich habe keine Ahnung, was in diesem kranken Wesen vorgeht. Aber eins weiß ich: Du bist kein Versuchsobjekt! Es reicht, wenn einer von uns unablässig erforscht wird."

„Du meinst Etienne?"

„Ja", seufzte ich. Etienne ... Ständig stellte er neue Forschungen an, um mehr über meine Verwandlung herauszufinden. Ein grimmiges Lächeln schlich sich auf meine Lippen. Er würde meine Natur allerdings niemals verstehen. Er würde vielleicht Schlüsse aus meinen Verhaltensweisen ziehen können, aber meinen wahren Charakter konnte er nicht ergründen.

„Ich frage mich, wie Sören uns überhaupt gefunden hat", vernahm ich Irinas Stimme während meiner Überlegungen.

Ja, genau. Wie hatte dieser Möchtegernvampirjäger uns gefunden? Hatte sein Vater irgendetwas damit zu tun? Wollte Doktor Lindental mir eins auswischen, weil ich ihm bei unserer ersten Begegnung gedroht hatte? Aber das war lächerlich! Es war quasi Selbstmord, Irina als Versuchskaninchen benutzen zu wollen. Alleine die Idee, ihren Körper zu untersuchen, machte mich rasend. Ich hörte plötzlich ein Gepolter und dann ein Fluchen. Als ich mich umdrehte, sah ich Irina, die über etwas gestolpert war.

„Kannst du das Licht anschalten? Ich bin blind wie ein Maulwurf!", schimpfte sie ungehalten. Ich lachte und betätigte den Lichtschalter. „Glaubst du, Adrian wird uns hierher verfolgen? Oder Sören?", fragte sie dann.

„Wenn einer der beiden es wagen sollte, werde ich sie durch die Hölle jagen!", versprach ich. Ich schloss sie liebevoll in meine Arme, um ihr die Angst zu nehmen.

Doch plötzlich versteifte sich ihr Körper und sie blickte ängstlich auf. „Was war das?"

„Was denn?", fragte ich.

„Hast du das nicht gehört?" Furchtsam klammerte sie sich an mich.

„Nein, was denn?" War sie paranoid, oder war ich einfach nur zu sehr in Gedanken versunken?

„Draußen, da war, glaube ich, jemand. Es klang zumindest so."

Ich ging zum Panoramafenster und blickte hinaus. „Da ist niemand, vielleicht hast du dir das nur eingebildet?" Rums! Ich wirbelte herum. Etwas war heftig gegen die Außenwand des Hauses geknallt. Erneut ging ich zum Fenster und blickte hinaus. Da entdeckte ich ihn: Adrian! Ein wütendes Knurren entrang sich meiner Kehle. Wie konnte er es wagen? Ich sprang durch die Fensterscheibe und kam neben ihm zum Stehen.

„Du Mistkerl!", schrie ich ihm entgegen. Als ich auf ihn losgehen wollte, nahm ich verwundert eine Bewegung zu seinen Füßen wahr und ließ meinen Blick dorthin wandern. Sören kauerte am Boden und sah Adrian mit merkwürdigem Gesichtsausdruck an.

„Was wird das hier?", fragte ich an Adrian gewandt.

„Dieser Trottel hat sich an mein Fell gekrallt, als ich hierher gerannt bin!", antwortete er finster.

Adrian hatte also wirklich vorgehabt, in mein Haus einzudringen. Dieser Idiot! Hätte er sich nicht denken können, dass ihm das misslingen würde? „Warum wolltest du unbedingt hierherkommen? Was versprichst du dir davon?"

„Um meinen Willen zu bekommen, Blutsauger. Was denkst du denn?" Ich knurrte. „Hey, bleib locker, ich will sie schließlich nicht ... nur untersuchen."

In meinen Augen blitzte es kurz rot auf. „Halt den Mund! Du solltest dich erst recht von ihr fernhalten!"

„Sollte ich das?" Ein Grinsen breitete sich auf seinem Gesicht aus.

Jetzt waren meine Augen scharlachrot. Mit einem Mal flog Adrian durch die Luft und prallte auf der anderen Straßenseite gegen ein Haus.

Darin sah Sören seine Chance und rappelte sich auf. „Was will der denn von ihr?", fragte er mich.

Meine Augen verengten sich und ich spähte zu Adrian hinüber, der mich feindselig anstarrte.

„Du Hund, lass es uns ein für alle Mal zu Ende bringen!", zischte ich.
Plötzlich hörte ich Irina im Haus aufkeuchen. Für einige unerträgliche Sekunden passierte nichts, doch dann – Sören hatte begonnen, sich vom Haus zu entfernen – vernahm ich, wie riesige Pfoten sich näherten.
„Du Feigling! Kannst nicht einmal ohne dein Rudel klarkommen?" Sein Rudel ... Wie hatte er es überhaupt zurückgewonnen?
Hinter mir ertönte unvermittelt ein kläglicher Laut. Alarmiert wirbelte ich herum. Sören stand mit zitternder Weidenpistole vor zwei großen Wölfen. „Haut ab oder ich lasse euch zu Staub zerfallen!"
Ich verdrehte die Augen. Dieser Kerl wusste wirklich rein gar nichts über die Welt, in der ich lebte.

***

„Was ist da draußen los?", fragte Irinas Stimme in meinem Kopf.

***

Doch ich antwortete nicht. Ich war viel zu sehr mit dem Gedanken beschäftigt, ob ich Sören sterben lassen sollte. Nein! Dann wäre meine Rache verwirkt. Ich wollte ihm eigenhändig die Kehle herausreißen! Der braunäugige Wolf schien zu grinsen. „Entweder seid ihr sehr naiv oder aber sehr dumm. Habt ihr immer noch nicht verstanden, dass ich das mächtigste Wesen auf der Welt bin?", schrie ich ihnen ungeduldig entgegen.
Der zweite Wolf wandte mir seinen Kopf zu. Eine hässliche Narbe zog sich über sein rechtes Auge. Bei seinem Anblick tauchten in meinem Gedächtnis Bilder auf ...

ERINNERUNGEN

Die Straße zog sich hoffnungslos in die Länge. Die Sonne ging an einem prächtigen Horizont mit rosa-gelben Wolken unter, doch dieses Schauspiel beeindruckte mich nicht. Ich verfolgte weiterhin meinen Weg. Die Häuser warfen lange Schatten auf die Straße, die – abgesehen von mir – völlig unbelebt war. Ein Heulen störte die Stille. Ich wusste nicht, wer das war, aber es irritierte mich. Das laute Knurren, das aus meiner Kehle drang, ließ das Heulen für einen Moment verstummen. Dann näherten sich Schritte. Viele Schritte. Schatten vermischten sich mit den Schemen der Häuser. In mir regte sich etwas. Ich war auf dem Weg zur Jagd. Nicht zu irgendeiner Jagd, sondern zu einer Hetzjagd. Wer auch immer mich jetzt stören wollte, er würde nicht überleben!

Die Schatten nahmen Gestalt an. Es waren Wölfe. Sie verfolgten mich, ohne ein Geräusch von sich zu geben. Bösartige Werwölfe aus den Wäldern Sibiriens. Und das Wort *bösartig* konnte man hier durchaus ernst nehmen. Der Größte von ihnen kam auf mich zugeschlichen. Ein grimmiges Auge starrte mich an.

„Was willst du?", fragte ich. Der Wolf gab keine Antwort. War mir auch recht, Kämpfen war mir sowieso lieber als albernes Gerede. Ich war stehen geblieben und beobachtete, wie der Wolf mich umkreiste. Das sollte mir Angst machen? Also bitte! Seine Augen waren stahlgrau und mit schwarzen Punkten gesprenkelt.

Das restliche Rudel hielt sich im Hintergrund. Das war merkwürdig und machte sie zu gefährlichen Gegnern. Gefährlich, weil sie genug Zeit und Kraft sammeln konnten, um einen effektiven Angriff zu starten. Zumindest griffen sie so ihre Beute an. Mich jedoch nicht! Und wenn sie es doch wagen sollten, würde ich sie in Fetzen reißen.

Die Sonne sank immer tiefer und es wurde finster. Der Wolf mit den unbarmherzigen Augen stellte sich vor mich und ein Grinsen ließ seine Lefzen zucken. Ich lauschte auf Gedanken, doch es herrschte absolute Stille. Das war nicht unbedingt das, was mir weiterhalf.

„Es wäre äußerst dumm, mich anzugreifen", sagte ich.

Keiner der Wölfe regte sich. Dieses Rudel war merkwürdig. Eine Art Wolfsmilitär. Sie waren alle aufeinander abgestimmt, brauchten keine Befehle oder Zeichen, sie wussten ganz genau, was sie zu tun hatten. Aber mich wirklich angreifen zu wollen, war mutig. Meine Augen fixierten den Wolf vor mir, registrierten jeden Muskel, jede noch so kleine Bewegung.

Russische Worte liefen über seine nichtvorhandenen Lippen. „Greift ihn nicht an!", lautete die Botschaft.

„Noch nicht."

Ah, dieser Kerl war also doch klug, nicht nur eine Kampfmaschine. Na ja, schade, ein kleiner Kampf hätte Spaß gemacht.

Die Augen des Wolfes verengten sich. Jetzt konnte ich Gedanken wahrnehmen. „Warum erschreckst du dich nicht?", fragte sich der Wolf gerade selbst. Dieses Russisch war lästig. Die Sprache war nicht nur sonderbar, sondern auch mit unangenehmen Lauten versehen. Schön, ich war auf feindlichem Territorium. In der Ukraine war ich nicht besonders willkommen, was mich eigentlich herzlich wenig interessierte. Doch was machten sibirische Werwölfe hier?

„Warum kommt er mir so komisch vor?", ertönten die Gedanken des Rudelführers.

Warum musste er gerade jetzt über mich nachdenken? Ich wollte kämpfen und nicht seinen russischen Gedanken lauschen! Dann stoppte sein Gedankenstrom und laut sagte er, diesmal auf Ukrainisch: „Wer bist du?"

Was? Okay, das war jetzt mehr als seltsam. Seit wann wollte ein bösartiger Werwolf den Namen seines Opfers wissen? Okay, gut, dieses Rudel war sowieso abstrus.

„Ich habe dich gefragt, wer du bist?", fragte er noch einmal mit Nachdruck.

„Find's doch heraus." Ich grinste.

Der Wolf knurrte. „Wer ... Woher kennst du uns?"

„Ich kenne euch nicht", gab ich zurück.
„Wieso hast du keine Angst vor uns?"
„Wieso sollte ich Angst vor euch haben?" Mein Grinsen wurde breiter.
„Hast du jemals so große Wölfe gesehen, die auch noch sprechen können?"
„Werwölfe sind nichts Besonderes."
„Du kennst dich also mit Werwölfen aus?"
„Ja, sehr genau sogar. Na ja, es wimmelt auf der Erde doch nur so von euch."
„Ein Mensch weiß von uns? Das ist ungewöhnlich."
Ein Mensch! Da hatte er den Nagel auf den Kopf getroffen. „Oh. Ich bin kein Mensch."
Der Wolf legte den Kopf schief. „Kein Mensch? Ein Element bist du wohl kaum, denn ein Element hält sich nicht am Tag auf der Straße auf."
„Tja, mittlerweile ist es aber Abend und dunkel geworden, außerdem kann ich mich nicht daran erinnern, dass bösartige Werwölfe tagsüber in Wolfsgestalt umherlaufen."
Der Leitwolf hob die Lefzen an. „Du suchst wohl Streit, was?"
„Nein, ich suche den Kampf, und dein Rudel wird ihn nicht überleben."
„Das werden wir ja sehen!" In seinen Gedanken gab er Anweisungen. Er war wohl doch kein geübter Soldat.
Die restlichen Werwölfe schlichen nun wieder auf mich zu. Wenigstens war diese Taktik geblieben.
„Ihr seid wirklich so dumm und wollt mich angreifen? Amüsant." Bei diesen Worten sprangen fünf der Wölfe auf mich zu. Derjenige, der zuerst bei mir ankam, öffnete seine Schnauze und entblößte die Zähne, doch er hatte keine Gelegenheit, sie in mir zu versenken, denn ich schleuderte ihn mithilfe einer Druckwelle von mir.
Die Augen des Leitwolfs verengten sich und diesmal waren seine Gedanken in sehr aggressivem Tonfall. „Wer bist du?" Das restliche Rudel stürmte auf mich zu, wurde jedoch ebenfalls von mir weggeschleudert.
„Bist du ein Diener der Luft?", fragte der Leitwolf.
Ich lachte hohl auf. „Ich? Ein Diener der Luft? Ein Diener?" Mei-

ne Miene verfinsterte sich. „Du willst mich als einen Diener darstellen? Tut mir leid, aber so niveaulos bin ich nicht."

„Nein, natürlich nicht, dazu bist du zu mächtig."

„Nenn mir deinen Namen und ich verrate dir, was ich bin."

Der Sibirer sah mich mit einem grimmigen Gesichtsausdruck an. „Ich heiße Dimitrij." Es überraschte mich, dass er mir seinen Namen tatsächlich verriet. Das hieß also, dass er sich für mich interessierte. Nun gut, er sollte wissen, mit wem er es zu tun hatte, oder besser gesagt, mit was er es zu tun hatte.

„Nun, was bist du also?", fragte mich der Wolf ungeduldig.

„Ein Vampir."

Er fletschte die Zähne. „Vampire existieren nicht!", zischte er.

„Stimmt, Vampire existieren nicht, nur ich – der einzige Vampir!"

„Ich glaube nicht, dass du ein Vampir bist, ich glaube eher, dass du ein Diener der Luft bist, und zwar ein etwas höherer Diener. Für welchen Clan arbeitest du?"

„Eigentlich gehört mir ja ein Clan, aber er ist nicht das vorletzte Glied der Kette. Mir gehört das Element Feuer."

„Die Feuernation? Und warum erzeugst du Druckwellen? Das ist eine Eigenschaft des Elementes Luft."

„Ich bin ein Vampir, ich bin weder Feuer noch Wasser, weder Erde noch Luft. Nicht einmal Eis. Nein, ich bin der Meister der fünf Elemente und nicht nur das. Wenn ich wollte, würde dich jetzt ein Blitz grillen."

Jetzt hatte ich seine Wut entfacht. „Lügner! Du arroganter Lügner! Tötet ihn! Ich will seine Visage bluten sehen!"

Das Rudel hatte sich eine neue Strategie ausgedacht und glaubte, mich so überrumpeln zu können. Da hatten sich die Wölfe allerdings getäuscht. Erneut flogen die riesigen Wesen durch die Luft, was Dimitrij ziemlich rasend machte. Er hatte es wohl nicht so gern, wenn sich seine Beute gut schlug.

Dann machte er selbst den größten Fehler und sprang mich direkt frontal an. Meine Eckzähne fuhren durch Fell und Fleisch. Der Geschmack von säuerlichem und bitterem Blut gelangte auf meine Zunge. Dimitrij knurrte wütend und schnappte nach meinem Arm, doch er verfehlte mich. Diese Wölfe waren doch nicht solche Kampfmaschinen, wie ich gedacht hatte. Je wütender Dimitrij wurde, desto häufiger verfehlte er mich. Und zwar um mehrere Zentimeter.

„Vergiss es, du kannst mich nicht verletzen!", rief ich ihm zu, doch er wollte nicht aufgeben. Unermüdlich schnappte er nach mir und machte sich ziemlich lächerlich.

„Reißt ihn in Stücke!", rief er schließlich seinem Rudel zu.

„Ja, ja, tut das mal", dachte ich und wartete gelassen auf den Angriff. Es schienen sich nur zwei zu trauen.

Der eine Wolf schien nicht sonderlich gut auf mich zu sprechen zu sein. Es war derjenige, den ich vorhin als Ersten durch die Luft gejagt hatte. „Jetzt bist du fällig!" Mein Gott, der hatte den schlimmsten Akzent.

„Ich freu mich schon", erwiderte ich gelangweilt. Der andere Wolf zog sich zurück und ließ meinem speziellen Gegner freie Bahn. Dieser kam unbeirrt auf mich zu. Ich hatte jegliche Kampfeslust verloren, sogar die Hetzjagd, auf der ich eigentlich war, interessierte mich nicht mehr. Ich würde das hier einfach hinter mich bringen und dann nach Hause gehen. Der Werwolf fletschte die Zähne und schliff seine Krallen am Asphalt. Dann sprang er auf mich zu, doch ich reagierte so schnell, dass er mich verfehlte. Nach zwei Minuten hatte ich keine Lust mehr, diesen albernen Tanz aufzuführen. Mit einer Handbewegung tötete ich ihn und entfachte dadurch nicht nur eine ungeheure Wut, sondern auch große Furcht unter den Werwölfen. Ich konnte ihre Anspannung förmlich spüren. Die Bestürzung über meine Macht und den Verlust brachte sie an den Rand der Verzweiflung.

„Du hast ihn umgebracht!", knurrte einer der Wölfe wütend.

„Ich sagte doch, dass man mich nicht verletzen kann." Ein tiefes Knurren drang nun aus den Kehlen der anderen. „Ihr braucht euch gar nicht erst die Mühe zu machen, ich werde jeden, der mich anzugreifen versucht, töten. Es hängt von euch ab, ob ihr leben oder sterben wollt. Ich werde jetzt gehen."

Dimitrij machte einen Schritt nach vorn.

„Das wird dir noch leidtun, Vampir!"

„Mein Name ist Spike. Und die Narbe, die ich dir hinterlassen habe, wird dich an mich erinnern."

Als Zähne sich in meine Hüfte bohrten, wurde ich aus meinen

Gedanken gerissen. Ich fluche, als das Blut über meine Kleidung rann. Dimitrijs Zähne lösten sich aus meinem Fleisch und er sah mich mit einem gehässigen Blick an. „Ich erinnere mich, dass du einmal gesagt hast, man könne dich nicht verletzen. Wie du siehst, ist es möglich."

„Vielleicht hast du mir eine Wunde zugefügt, aber töten wirst du mich niemals, Dimitrij!", fuhr ich ihn an. Adrian befand sich nicht mehr auf der anderen Straßenseite, er stand nun dicht am Panoramafenster. „Irina, geh nach oben und schließ dich in mein altes Zimmer ein!", raunte ich ihr zu. Im selben Moment sprang Adrian durchs Fenster und ins Haus. Ich hoffte inständig, dass Irina sofort nach oben verschwunden war.

Dimitrij fixierte mich mit seinem vernarbten Auge. „Du wirst ihm nicht folgen können, ohne dass du an mir vorbei musst!" Sein Grinsen war spöttisch.

„Wenn du nur wüsstest", ging es mir durch den Kopf.

Dimitrij war Teil von Adrians Rudel geworden. Der einst so erfolgreiche Leitwolf war zu einem einfachen Rudelmitglied degradiert. Damit konnte er nicht zufrieden sein. Mich wunderte, dass Dimitrij sich Adrian unterordnete, obwohl er älter war. Das musste ganz schön an seinem Ego kratzen. Ein Schrei holte mich plötzlich auf den Boden der Tatsachen zurück. Das spöttische Grinsen auf Dimitrijs Gesicht wurde breiter.

„Adrian bekommt immer, was er will."

„Da wäre ich mir nicht so sicher!" Ich ließ Dimitrij stehen und dematerialisierte mich rasch in mein altes Zimmer. So weit schien sie nicht gekommen zu sein, denn hier war sie nicht. Ich riss die Tür auf und konnte sie auf der Treppe erkennen. Sie war starr vor Entsetzen. Jetzt, wo sie kein Vampir mehr war, konnte ich es ihr auch nicht verübeln. Sie war absolut machtlos.

Adrian stand direkt vor ihr, aber seltsamerweise sah er nicht hämisch aus. Ich hatte eigentlich ein arrogantes Grinsen erwartet, stattdessen machte er einen verdammt wütenden Eindruck. Das war nicht gut! Sein Gesicht wirkte aschfahl vor Zorn und alles Menschliche schien aus ihm herausgesaugt worden zu sein. Das Knurren, das aus seiner Brust drang, war ein tiefes Grollen.

Irina schien zu einer Salzsäule erstarrt zu sein, denn sie bewegte sich keinen Zentimeter. Ich blieb, wo ich war, und wartete, bis Adrian sich anschickte, etwas zu tun. Doch er sprach lediglich mit furchterregender Stimme: „Das wird dir noch leidtun, Irina! Ich hatte dir nicht umsonst einen Teil von mir gegeben! Du hättest ihn nicht zerstören sollen!" Seine Augen sprühten vor Zorn. Ich machte einen Schritt auf sie zu, doch Adrian war so in Rage, dass er mich nicht bemerkte. Sobald er ihr auch nur ein Haar krümmte, war er tot!

„Du kannst davon ausgehen, dass wir uns nicht zum letzten Mal so nahe waren", fügte er gerade hinzu. Ich unterdrückte ein mächtiges Knurren und fletschte stattdessen die Zähne. Irina brachte kein Wort heraus.

Der untere Teil der Treppe zerbarst und Adrian kam für einen Moment ins Wanken. Als er sich wieder halten konnte, fixierten mich seine Augen. Sie verengten sich zu schmalen Schlitzen.

„Es wird dir nicht gelingen, Irina noch einmal so nahe zu kommen! Geh sofort weg von ihr!"

Ein tiefes Grollen drang erneut aus Adrians Brust. Für ihn bedeutete es nichts Gutes, wenn er sich noch mal an Irina vergreifen würde! „Es ist vorbei, Blutsauger! Du hast ausgespielt! Dieses Mal werde ich gewinnen!" In Adrians Augen flackerte Triumph.

„Oh ja, ich werde draufgehen", antwortete ich gelangweilt.

„Dieses Mal wirst du garantiert sterben, Blutlutscher. Ich musste lange suchen, um die Waffe zu finden, die dich tötet. Jetzt ist es endlich so weit!"

Riley erreichte als Erster die Treppe – oder das, was noch davon übrig war. Ich wartete gespannt auf die versprochene Waffe. Was auch immer er versuchen würde, es würde nicht gelingen. Riley war als Mensch an die Treppe getreten und wühlte in seiner Hosentasche. Auf seinem Gesicht breitete sich ein höhnisches Grinsen aus, als seine Hand sich um etwas schloss. Adrian grinste mich an. Riley zog eine Ampulle hervor, in der sich eine grüne, leuchtende Flüssigkeit befand. Ich starrte fassungslos auf das Gefäß, in dem sich offenbar Arashins Speichel befand. Woher wusste Adrian, dass Arashin der Einzige war, der mich wirklich töten konnte? Und woher hatte er Arashins Gift?

„Damit hast du nicht gerechnet, richtig? Du hättest niemals gedacht, dass ich deine Schwachstelle finden würde", feixte Adrian.

„Wie hast du es geschafft, dem Wüstenhund das Gift abzuzapfen, ohne von ihm in Stücke gerissen zu werden?", fragte ich verwirrt.

„Oh, das war ganz einfach. Ich hatte ein ausführliches Gespräch mit Suada, der Tochter von Farid. Du musst wissen, dass sie mich sehr gern hat und mir liebend gern diesen Gefallen getan hat. Falls es dich interessiert, deine Schwachstelle habe ich durch deinen Freund Etienne herausgefunden. Der Professor konnte seinen Mund nicht halten. Mit den richtigen Methoden bringt man jeden zum Reden. Außerdem hat er wohl nie gedacht, dass ich Arashins Gift besorgen könnte."

Ich versuchte, meine Verblüffung zu überspielen, indem ich sagte: „Suadas Vater sollte lieber nicht erfahren, dass sie dir geholfen hat. Denn eigentlich wollte er der Erste sein, der mein Leben beendet." Plötzlich nahm ich Irinas Gedanken wahr. Als ein Messer darin auftauchte, knurrte ich: „Du wirst dich nicht verletzen, wenn ich dieses Gift in mir haben sollte!" Und wenn ich sterben sollte, würde ich Adrian vorher den Hals umdrehen.

Riley warf Adrian die Spritze zu. „Sag mal, wird dich Irina sehr vermissen?", fragte Adrian beiläufig.

„Sie wird mich nicht vermissen müssen, Flohsack!", entgegnete ich ihm wütend.

Adrian zückte eine Pistole, legte die Ampulle in eine dafür vorgesehene Öffnung und richtete den Lauf auf mich. „Ich will dein Gesicht schmerzverzerrt sehen. Und ich will, dass du um dein Leben flehst!" Noch bevor ich antworten oder überhaupt reagieren konnte, drückte er ab. Das Geschoss bohrte sich in die Stelle meiner Brust, an der sich einst mein Herz befunden hatte.

TOD UND VERDERBEN

Erschüttert beobachtete ich das Geschehen. Vor Entsetzen konnte ich mich nicht rühren. Als sich unvermittelt das Projektil in Spikes Brust bohrte, fühlte ich, wie in mir etwas zerbrach. Spike blickte verwirrt in Adrians Gesicht, dann auf den Fremdkörper in seiner Brust. Wut verzerrte seine ebenmäßigen, wunderschönen Gesichtszüge und er begann, auf Adrian zuzugehen. Das Gift wirkte schnell, denn seine Bewegungen waren bereits unkontrollierter als gewöhnlich, und er hatte Mühe, sich aufrecht zu halten.

Adrian sah den Vampir triumphierend und höhnisch grinsend an. Endlich hatte er sein Ziel erreicht! Sein gefährlichster Feind war besiegt und fiel nun vor seinen Füßen zu Boden. Er beugte sich über ihn und feixte: „Ich habe dir ja gesagt, dass dieses Mal ich gewinnen werde, Blutsauger!" Adrian wandte sich an Riley und gab das Zeichen, ihm zu folgen. „Wir sehen uns wieder, Irina!", waren seine letzten Worte, bevor er das Haus endgültig verließ.

Die Starre, die mich die ganze Zeit bewegungsunfähig gemacht hatte, löste sich in diesem Moment auf. Ich stürzte auf Spike zu, der nun auf dem Boden kauerte und mühsam versuchte, sich wieder aufzurichten. Als ich mich neben ihm niederließ, blickte er mich mit seinen sturmgrauen Augen, in denen so viel Liebe und gleichzeitig Schmerz lag, flehend an.

„Irina, bitte, geh weg. Du sollst das nicht mit ansehen müssen." Als ich diese Worte hörte, konnte ich die Tränen nicht zurückhalten. Ungehindert strömten sie mir über die Wangen.

„Ich werde dich nicht allein lassen. Niemals!", stammelte ich. Fühlte es sich so an, wenn einem das Herz brach? Er musste leiden und ich musste tatenlos zusehen. Halt, das stimmte nicht! Es gab etwas, das ich tun konnte. Ich schob den Ärmel meines Pullovers nach oben und entblößte mein Handgelenk. Als er bemerkte, was ich vorhatte, schüttelte er schwach, aber unerbittlich den Kopf.

„Nein! Was machst du denn? Das will ich nicht! Ich habe dir gesagt, dass ich dir nie mehr wehtun werde."

Ich blickte ihm fest in die Augen: „Aber es ist die einzige Möglichkeit, dich zu retten." Doch er schüttelte immer noch vehement den Kopf. Nun gut, wenn er sich nicht freiwillig von mir helfen lassen wollte, dann musste ich ihn eben zwingen. Ich stand auf und ging in die Küche. In einer Schublade fand ich, was ich suchte. Sofort machte ich mich wieder auf den Weg zu ihm.

Bei ihm angekommen bettete ich seinen Kopf in meinen Schoß und zog das scharfe Messer, das ich soeben geholt hatte, hervor. Seine Augen weiteten sich vor Entsetzen.

Mit schwacher Stimme hauchte er: „Was soll das? Ich hab dir doch gesagt ..."

Ich entgegnete ihm: „Ich weiß, was du gesagt hast, aber ich werde dich nicht einfach sterben lassen. Es wird höchste Zeit. Du bist schon völlig erschöpft." Ich setzte die Klinge an mein Handgelenk, zögerte dann aber kurz. Ich warf einen Blick auf Spike, der mittlerweile völlig reglos und mit geschlossenen Augen dalag. Eine Welle der Zärtlichkeit durchfuhr mich. Er hatte mir so viel gegeben. In diesem Augenblick begriff ich, wie viel er mir wirklich bedeutete und warf alle meine Zweifel über Bord. Die Klinge durchdrang ohne Schwierigkeiten meine Haut. Das Blut rann hervor. Ich legte ihm mein Handgelenk an die Lippen.

„Spike, trink! Bitte! Du darfst nicht sterben."

Mühsam schlug er seine Lider auf. „Irina, es ist zu spät! Du kannst mich nicht mehr retten." Er konnte sich kaum noch bewegen und seine Augen hatten all ihren Glanz verloren. „Ich danke dir für alles, was du für mich getan hast. Ich liebe dich mehr als mein Leben. Aber jetzt musst du mich gehen lassen." Er lächelte mich schwach an und streichelte ein letztes Mal zärtlich über meine Wange, um die Tränen, die immer noch unkontrolliert flossen, wegzuwischen.

„Nein, das darf nicht sein!" Verzweifelt hielt ich ihm wieder mein stark blutendes Handgelenk an die Lippen, doch er regte sich nicht mehr. Als ich begriff, dass er tatsächlich gestorben war, fing ich wild an zu schreien. Ungläubig starrte ich Spike an. Wie konnte das bloß sein? Er war doch unverwundbar. Und nun hatte er mich verlassen. Ich fuhr ihm mit der Hand über das Gesicht, in der Hoffnung, vielleicht doch noch ein Lebenszeichen zu erhalten. Doch nichts!

Mein Handgelenk blutete mittlerweile so stark, dass die warme rote Flüssigkeit schon eine kleine Pfütze auf dem Boden gebildet hatte. Doch ich merkte davon nichts. Meine ganze Aufmerksamkeit galt dem wunderschönen Vampir, dessen Kopf noch immer auf meinem Schoß gebettet war.

Ich saß Ewigkeiten da und starrte ihn mit tränenverschleiertem Blick an, unfähig, mich zu bewegen. Dabei fiel mir nicht auf, wie immer mehr Blut aus dem Schnitt an meinem Arm hervorquoll. Schmerzen hatte ich keine. Das Einzige, was ich wahrnahm, war das Gesicht von Spike, dessen Konturen immer mehr vor meinen Augen verschwammen. Lag das an den Tränen? Ich wusste es nicht, und es war mir auch egal.

Plötzlich schossen mir Bilder durch den Kopf: als ich Spike das erste Mal vor der Schule gesehen hatte, die Fahrt in seinem Ferrari, als er mir im Wald offenbart hatte, was er war. Und schließlich der Moment, in dem er mir seine Liebe gestanden hatte.

Nach dieser Bilderflut fühlte ich mich leer und schwach. Langsam fühlte ich, wie mir meine Sinne schwanden. Ein letztes Mal nahm ich all meine verbliebene Kraft zusammen und legte meine Lippen auf die von Spike. „Ich liebe dich!", hauchte ich, dann umfing mich Dunkelheit.

DIE AUTORIN

Saskia Trögeler wurde am 4. Dezember 1993 in Köln geboren. Sie besucht die Gesamtschule Köln-Rodenkirchen, macht dort ihr Abitur und lebt mit ihren Eltern zusammen.

Mit dem Schreiben begann sie bereits in der Grundschule, wo ihre Lehrerin erstmals ihre Sprachgewandtheit bemerkte. Seit jeher sind Bücher ihre Leidenschaft.

Papierfresserchens MTM-Verlag
Die Bücher mit dem Drachen

Selina Lux
Aleyon – Der letzte Held
Taschenbuch
ISBN: 978-3-86196-140-6, 12,50 Euro

Aleyon ist ein junger Mann, der in den Kriegswirren Galawyns groß geworden ist. Sein Talent im Umgang mit dem Schwert verhilft ihm zu dem Auftrag, zusammen mit seinem Freund Talor das kleine Mädchen Yala aus der gefährlichen Stadt in die Sicherheit auf dem Lande zu begleiten, denn: Sie ist die einzige Nachfahrin des gestürzten Königs und somit rechtmäßige Thronerbin! Doch Ergor, der dunkle Widersacher der Königsfamilie, hat seine Spione überall, die sich die Schwarzen Finger nennen und mit besonderen. Waffen, den Todesbringern, kämpfen. Gemeinsam mit Yalas Kindermädchen Alana begeben sie sich auf die Reise und entkommen immer nur knapp den Mannen Ergors.

Natascha Honegger
Die Amulettmagier
Taschenbuch
ISBN: 978-3-86196-131-4, 13,90 Euro

Isalia, Jerino, Valeria und Alessandro wären eigentlich ganz normale 13-Jährige, wären da nicht ihre leuchtenden Augen und ein Amulett, das ihre Schicksale miteinander verbindet und sie vor eine große Aufgabe stellt: Eine Prophezeiung besagt, dass sie auserwählt sind, Aria, ihr geliebtes Heimatland, von dem skrupellosen Tyrannen Arkamoor Salsar zu befreien. Ausgestattet mit der Magie der Luft, des Wassers, des Feuers und der Erde beginnt für sie das größte Abenteuer ihres Lebens. Ein Abenteuer, in dem nicht nur ihre Freundschaft, sondern auch die zarte Liebe von Isalia und Jerino auf eine harte Probe gestellt wird.

MEIN BUCH - DEIN BUCH

Macht euer eigenes Buch!

- Schulen und Kindergärten
- Schreibgruppen für Kinder und Jugendliche
- Familien, die kreativ sein möchten
- Senioren, um Lebenserinnerungen niederzuschreiben und zu bewahren
- Und viele andere, die mit einem individuellen Buch die Erinnerung an eine gemeinsame Zeit festhalten möchten
- Eigene Illustrationen / Fotos möglich!

Wer einmal der „Faszination Buch" erlegen ist, kommt von ihr so schnell nicht mehr los. Dieser Aufgabe hat sich Papierfresserchens MTM-Verlag mit dem Kinder- und Jugendbuchprojekt „Mein Buch - Dein Buch" mit Leib und Seele verschrieben. Ein individuelles Buch für jeden Jungen und jedes Mädchen, das Lust am Lesen weckt!

Wie entsteht dieses Buch?

Sie schicken uns die Texte, Bilder und Zeichnungen per E-Mail oder CD-ROM ein, wir erstellen das Layout und lassen das Buch drucken. Natürlich zeigen wir Ihnen das fertige Buch als PDF vor Drucklegung! Lassen Sie sich für Ihr Projekt ein individuelles Angebot erstellen. Haben Sie weitere Fragen? Wir beantworten sie gerne!

Natürlich haben wir die Preise für ein solches Projekt moderat gehalten: Buchpreis pro Buch (Mindestbestellmenge 30 Bücher) ab 9 Euro (bis 100 Seiten Taschenbuch, einfarbiger Druck).

Beispiele: